Die Autorin Sophia Farago wurde in Linz geboren, wo sie auch heute nach Studienaufenthalten in Wien, Innsbruck und München wieder lebt. Sie hat Rechtswissenschaften studiert und arbeitet als Wirtschaftsjuristin im internationalen Handel. Sophia Farago ist verheiratet und hat zwei Kinder. Ihr zweites Buch wird ab September 1993 unter dem Titel ›Maskerade in Rampstade‹ (Bd. 11430) überall im Buchhandel erhältlich sein.

Die Braut des Herzogs Der Herzog von Wellbrooks ist einer der tonangebenden Dandys im London der Regency-Zeit. Damals lag England im Krieg mit Napoleon, ein Kampf, der erst in Waterloo endete. In den adeligen Zirkeln von London geht indessen das gesellschaftliche Leben seinen gewohnten Gang: Debütantinnen-Bälle, Tea-Partys, Wettrennen mit Pferden. Auch Wellbrooks frönt allerlei Vergnügungen in einer Zeit, die für ihren lockeren Lebensstil noch heute berühmt und berüchtigt ist.
Erschien der vermögende, gutaussehende und hochadelige Wellbrooks auf einem der zahllosen Debütantinnen-Bälle, so war ihm die Aufmerksamkeit der Damenwelt gewiß. Die Mütter drängten sich um ihn, um ihm ihre jungen Töchter vorzustellen – denn der unverheiratete Wellbrooks war zweifellos der begehrenswerteste Junggeselle Londons.
Um diesem Ansturm auf seine Person zu entgehen, macht Wellbrooks auf Anraten seiner lebensklugen Großmutter der ihm völlig unbekannten Miss Olivia Redbridge einen Heiratsantrag, mit der Absicht einer Vernunftsehe. Olivia lebt bei Bath auf dem Lande, führt den Gutshaushalt ihres verwitweten Vaters und ist mit dem mondänen Treiben in der Hauptstadt überhaupt nicht vertraut.
Als Olivia nun zur Ballsaison erstmals nach sechs Jahren wieder nach London kommt, und die beiden sich kennenlernen, sind sie voneinander sehr beeindruckt. Aber Olivia verfolgt auch eigene Absichten. Sie hat den Auftrag, ein dunkles Geheimnis zu lüften, um das der Herzog weiß, und gerät dabei immer mehr ins Zwielicht, bis hin zu dem Verdacht, eine französische Spionin zu sein.

SOPHIA FARAGO

DIE BRAUT DES HERZOGS

Roman

Fischer Taschenbuch Verlag

7.–9. Tausend: Juni 1993

Originalausgabe
Veröffentlicht im Fischer Taschenbuch Verlag GmbH,
Frankfurt am Main, Februar 1993

Umschlaggestaltung: Manfred Walch, Frankfurt am Main
Gesamtherstellung: Clausen & Bosse, Leck
Printed in Germany
ISBN 3-596-11495-0

Gedruckt auf chlor- und säurefreiem Papier

I.

Das Haus von Lord Linham, am Ende der Brook Street im vornehmen Londoner Stadtteil Mayfair gelegen, erstrahlte in festlichem Glanz. Eine Kutsche nach der anderen fuhr vor; ihnen entstiegen Damen in eleganten Roben, tief dekolletiert, die Taille enggeschnürt, begleitet von Herren in noblem Frack und Zylinder.

Im Inneren des Hauses herrschte lebhaftes Treiben. Obwohl es erst Ende April und somit noch früh in der Saison war, versprach der Ball, der zu Ehren des Debüts von Miss Julie Linham gegeben wurde, ein voller Erfolg zu werden. Wochenlang war emsig für dieses Ereignis gearbeitet worden. Lady Linham hatte zahlreiche zusätzliche Arbeitskräfte eingestellt, und auch die eigene Dienerschaft war in unermüdlichem Einsatz gestanden.

Der Aufwand hatte sich gelohnt: die Kristallüster an den Dekken des Ballsaales funkelten im Schein zahlloser Kerzen. Die Spiegel in schweren Goldrahmen, die eigens für diesen Anlaß an den Längsseiten des Saales angebracht worden waren, warfen das Licht tausendfach zurück. Üppige Blumenbouquets, in den Lieblingsfarben von Mylady – weiß und rosé – gehalten, tauchten den Raum in ein Blütenmeer und bildeten mit den neuerworbenen Vorhängen aus schwerer altrosa Seide eine harmonische Einheit. In den angrenzenden Räumen waren Sitzgelegenheiten aufgestellt worden, und Spieltische in der Bibliothek (die der Herr des Hauses nur mit äußerstem Widerwillen zur Verfügung gestellt hatte) garantierten, daß sich auch Tanzunwillige gut unterhalten konnten.

Lady Heather Linham, eine korpulente Dame Mitte fünfzig, stand, in eine voluminöse Kreation aus dunkelrosa Krepp gehüllt, zusammen mit ihren beiden ältesten Kindern am Fuße der Treppe, die in den Ballsaal hinabführte, um die ankommenden Gäste zu begrüßen. Die Debütantin war eine junge Dame von siebzehn Jahren. Blonde Haare, die mit Hilfe eines heißen Eisens zu festen Locken gedreht worden waren, umrahmten ihr blasses Gesicht. Rote Flecken auf den Wangen verrieten die Aufregung, die Miss Julie Linham angesichts ihres ersten großen Auftretens in der Gesellschaft erfaßt hatte. Davon abgesehen sah sie jedoch reizend aus. Da sie zudem eine stattliche Mitgift zu erwarten hatte, zweifelte niemand daran, daß es an Bewerbern um ihr Herz und möglicherweise für den Ehestand nicht mangeln würde.

Ein paar Schritte hinter der in zartes Rosa gekleideten Miss Linham stand ihr Bruder, Lord Charles Linham, der Hausherr. Er war neun Jahre älter als seine Schwester und hatte bereits vier Jahre zuvor das Erbe seines Vaters angetreten. Vielleicht war es der Umstand, daß er in so frühen Jahren – er war kaum großjährig geworden – die Verantwortung für seine Mutter, die drei jüngeren Geschwister und ausgedehnte Besitzungen hatte übernehmen müssen, der ihn früh hatte erwachsen werden lassen. Lord Linham wirkte älter als seine sechsundzwanzig Jahre. Er war ein gesetzter Mann, der wie seine Mutter etwas zur Korpulenz neigte. Seine sportlichen Ambitionen waren gering. Denn wenn er auch ein leidlich guter Schütze war, selbstverständlich sein eigenes Gespann lenkte und sogar ab und zu in Jackson's Boxclub gesehen wurde, so geschah dies weniger, um besondere Fertigkeiten in einer dieser Sportarten zu erwerben oder aus Neigung, sondern allein um den gesellschaftlichen Konventionen Genüge zu tun. Er war nie nach der neuesten Mode gekleidet und verachtete die Eitelkeit der tonangebenden Dandys aus tiefster Überzeugung.

Seine einzige Leidenschaft gehörte der Medizin. Er widmete seine Freizeit dem Studium heilkundiger Schriften, war über alle Leiden seiner Mitmenschen bestens informiert, konnte Krankheiten und Todesursachen vieler wichtiger Persönlichkeiten aus der Geschichte nennen und scheute sich auch nicht, seiner Umgebung Ratschläge in allen medizinischen Belangen aufzudrängen. Er galt mithin allgemein als ehrbarer junger Mann – aber auch als das, was junge Stutzer wie Mr. George Romsey einen »verdammt aufgeblasenen, langweiligen Kerl« nannten.

In diesem Augenblick konnte Lord Linham nicht seinem Hobby frönen. Die Musikkapelle intonierte soeben den Eröffnungstanz und ihm oblag es, als erster seine Schwester aufs Parkett zu führen.

Es blieb Lady Linham überlassen, später ankommende Gäste alleine zu begrüßen. Der Tanzsaal war bereits überfüllt. Mylady blickte mit sichtlicher Genugtuung in die Runde. Nichts verdeutlichte den Erfolg eines Ballabends mehr, als wenn die Gäste am nächsten Tag klagten, es sei geradezu unangenehm voll gewesen. Als der Gästestrom abriß, verließ auch sie den Platz am Fuße der Treppe und schwebte auf eine Gruppe von Damen zu, in der sie ihre intimste Freundin Lady Mable Darlington entdeckt hatte.

»Es ist wirklich ein außergewöhnlich gelungener Abend, meine Liebe«, sagte diese sofort, als sie ihre Freundin näher kommen sah. »Ich dachte gerade, wie bedauerlich es ist, daß meine Nichte diesen Ball noch nicht miterleben kann.« Sie wandte sich an die umstehenden Damen: »Ich habe meine Nichte Olivia, die Tochter meiner viel zu früh verstorbenen Schwester, eingeladen, diese Saison bei mir zu verbringen.«

»Ist das nicht das unscheinbare Landkind, das Sie bereits einmal vor Jahren vergeblich unter die Haube bringen wollten, meine Teuerste?« erkundigte sich Mrs. Kirkgate, die wegen ihrer bissigen Bemerkungen ebenso bekannt wie gefürchtet war.

Lady Darlington errötete leicht: »Olivia ist keineswegs unscheinbar«, beeilte sie sich mit Nachdruck zu versichern. »Sie ist eine äußerst attraktive junge Dame.«

Da sie selbst ihre Nichte seit sechs Jahren nicht mehr gesehen hatte, konnte sie nur hoffen, daß die Behauptung auch den Tatsachen entsprach.

»Ihre Tochter ist ein einnehmendes, kleines Ding«, wechselte Lady Sefton das Thema, an ihre Gastgeberin gerichtet, »ich bin sicher, sie wird eine glänzende Partie machen.«

»Bei dieser Mitgift dürfte das kaum zu verhindern sein«, setzte Mrs. Kirkgate hinzu.

Es blieb Lady Linham erspart, nach einer passenden Antwort

zu suchen, denn in diesem Augenblick kündigte der Butler das Eintreffen eines weiteren Besuchers an. Da es bereits nach elf Uhr war, hatte er seinen Posten am Eingang des Saales verlassen, um die Lakaien beim Einschenken der Getränke zu beaufsichtigen. Als er den späten Gast erkannte, eilte er umgehend zur Türe des Ballsaales zurück. »Seine Gnaden, der Herzog von Wellbrooks!« verkündete er mit eindrucksvoller Stimme.

Erwartungsvolle Ruhe senkte sich über den Saal, als seien sämtliche Gespräche mit einem Male verstummt. Alle blickten gespannt die Treppe empor. Lady Linham wandte sich um, ein Triumphgefühl leuchtete in ihren Augen. Er war doch noch gekommen! Fast hätte sie die Hoffnung schon aufgegeben. Erst die Tatsache, daß Seine Gnaden unter ihren Gästen weilte, machte den Abend zu einem beneidenswerten Erfolg. Wellbrooks gehörte zu den besten Kreisen, er war in vieler Hinsicht tonangebend, einer der begehrtesten Junggesellen Londons. Natürlich, er war Lady Linhams Neffe. Und doch hatte sie nicht damit rechnen dürfen, daß seine verwandtschaftlichen Gefühle so weit gehen könnten, den Ball seiner Cousine zu besuchen. Er mied für gewöhnlich alle Veranstaltungen, die zu Ehren von Debütantinnen stattfanden. Nicht einmal Miss Morgans Ball, der letzte Woche gegeben wurde, hatte er mit seiner Anwesenheit beehrt. Und dabei galt Miss Morgan als die hübscheste Debütantin dieser Saison. Aber zu Julies Ball war er gekommen!

Nun stand der Herzog auf der obersten Stufe der Treppe und ließ seinen Blick langsam über die anwesenden Gäste schweifen. Nichts als unverhohlene Langeweile spiegelte sich auf seinem Gesicht. Das Aufsehen, das sein Erscheinen erregte, konnte ihm unmöglich entgangen sein. Und doch war er es viel zu gewöhnt, um sich etwas anmerken zu lassen. Seit seinem ersten Erscheinen in der Öffentlichkeit hatte man ihn umschmeichelt und hofiert. Stets hatte man ihm das Gefühl gegeben, etwas Besonderes zu sein. Ein seltenes Schmuckstück, das jeder gerne für seine Familie gewinnen wollte.

Den knapp Zwanzigjährigen hatte das Verhalten der Gesellschaft erschreckt und abgestoßen. Es dauerte nicht lange, da bat er seinen Vater, ihm ein Offizierspatent zu kaufen. England lag bereits seit längerem mit Frankreich im Krieg. Napoleon, der sich 1804 zum Kaiser der Franzosen gekrönt hatte, hatte in beispiellosen Eroberungskriegen einen großen Teil Europas unter seine Herrschaft gebracht und seine zahlreichen Brüder und Schwestern als Könige eingesetzt. Unter dem Oberkommando des Herzogs von Wellington kämpften englische Truppen in Spanien gegen den Feind. Der junge Wellbrooks wollte sich lieber den Strapazen des Krieges aussetzen, um für seine Heimat Siege zu erringen und seine Tapferkeit unter Beweis zu stellen, als in London zu bleiben und sich den Gefechten auf dem Heiratsmarkt auszuliefern. Vor zwei Jahren war sein Vater gestorben, und er war nach London zurückgekehrt, um sein Erbe anzutreten. Die Jagd der heiratsfähigen Mädchen auf ihn hatte nun noch viel vehementer eingesetzt. Wenn er auch mit Einladungen und Gunstbezeugungen überhäuft wurde, so schien ihm das im Gegensatz zu früher nichts mehr auszumachen. Keine der zahllosen Bemühungen der Gesellschaft, ihn zu erfreuen oder zu beeindrucken, konnte seine Unnahbarkeit durchdringen oder seine Langeweile erschüttern.

Lady Linham blickte erwartungsvoll zu ihrem Neffen empor, der gemächlich die Treppe zum Ballsaal hinabschritt. So hatte sie Gelegenheit, seine elegante Erscheinung zu bewundern. Die dunkelblaue Jacke aus feinem Tuch saß wie angegossen. Das Halstuch war auf unnachahmlich individuelle Weise gefaltet. Sein einziger Schmuck war eine goldene Uhrkette, die bereits sein Großvater getragen hatte, und eine Nadel mit einem einkarätigen Brillanten am Halstuch.

Mit ihrem strahlendsten Lächeln begrüßte Lady Linham Wellbrooks, während er sich galant über ihrer Hand verbeugte.

»Willkommen in unserem Hause, Wellbrooks. Wir freuen uns sehr, dich zu sehen. Ich hatte schon befürchtet, du würdest dich gar nicht in der Stadt aufhalten.«

Der Herzog hob überrascht seine rechte Augenbraue: »Was

veranlaßte dich zu diesem Gedanken, liebe Tante?« wollte er wissen. »Ich versichere dir, ich habe die letzten Wochen in der Stadt verbracht.«

Wie immer wurde Mylady bei dem arroganten Blick ihres Neffen nervös: »Ich dachte nur«, erwiderte sie mit leichtem Tadel in ihrer Stimme, »deine Großmutter ist bereits vor einer Woche bei uns eingetroffen, um am heutigen Ball teilzunehmen. Alle Verwandten haben ihr einen Besuch abgestattet. Du bist der einzige, der sie noch nicht aufgesucht hat.«

»Dann werde ich mich beeilen, Versäumtes nachzuholen«, antwortete ihr Neffe kühl. Er verbeugte sich leicht und machte sich auf die Suche nach seiner Großmutter.

Er ließ seine Tante mit Zweifeln zurück, ob es wirklich so klug war, ihn an seine Pflichten als Enkel zu erinnern. Sie hätte es bei weitem vorgezogen, wenn er in der kurzen Zeit seiner Anwesenheit – denn sicher würde er den Ball bald wieder verlassen –, ihre Tochter zum Tanz geführt hätte. Statt dessen plauderte er nun mit ihrer betagten Mutter in einem der hinteren Zimmer.

Der Herzog wußte, daß er seine Großmutter im grünen Salon finden würde. Das war der Raum, in dem sie sich am liebsten aufhielt, wenn sie bei ihrer Tochter zu Besuch war. Doch es war gar nicht so leicht, sich einen Weg durch die Menge zu bahnen. Zahlreiche Eltern ergriffen die Gelegenheit beim Schopf, um ihm ihre Tochter vorzustellen. Eine entfernte Cousine seines verstorbenen Vaters, eine besonders energische Dame, ging sogar so weit, ihn an der Hand zu fassen und diese an ihre Enkelin weiterzureichen. Dazu äußerte sie den unmißverständlichen Befehl, er möge das Mädchen zum Tanz führen. Dem Herzog lag bereits eine seiner scharfen Abfuhren auf der Zunge. Da fiel sein Blick auf das feingeschnittene Gesicht der Debütantin. Große, blaue Augen blickten flehend zu ihm empor, und die hübsch geschwungenen Lippen zitterten. So unterdrückte er seinen ersten Impuls, verbeugte sich vor ihr und geleitete das Mädchen auf das Parkett.

Das Aufsehen, das er damit erregte, war enorm. Man fragte sich, wie es kam, daß er gerade dieses Mädchen um einen Tanz gebeten hatte, während er die anderen nicht zur Kenntnis zu nehmen schien. Vielerlei Vermutungen über die Absichten seiner Gnaden wurden angestellt. Der Herzog konnte nur dankbar sein, daß es eine hübsche junge Dame war, der er zu so unverhoffter Popularität verhalf. Nach dem Tanz brachte er seine Partnerin zu ihrer Duenja zurück. Sofort scharte sich eine große Zahl von Bewunderern um das Mädchen. Ihre Großmutter lächelte zufrieden. Sie hatte ihr Ziel erreicht.

Nun bemerkte der Herzog seinen Freund MacAlister, der gemeinsam mit seinem Schwager an einer Seitenwand des Ballsaales stand und ihn mit amüsiertem Lächeln beobachtete. Er steuerte sofort auf die beiden zu.

»Na, Julian?« fragte MacAlister. »Wir hatten nicht erwartet, dich hier zu sehen. Dabei scheinst du den Abend wirklich zu genießen. Wer war denn die junge Dame, die du mit deiner Aufmerksamkeit ausgezeichnet hast?«

»Ich habe keine Ahnung«, erklärte der Herzog. »Ich werde rasch meiner Großmutter guten Abend sagen und dann diese Stätte ohne weitere Verzögerung verlassen. Mein Leben ist nicht so einfach wie das eure. Ihr steht da, völlig unbehelligt. Keine Hyäne wirft euch ihre heiratsfähige Tochter an den Hals. Ihr ahnt gar nicht, wie gut es euch geht.«

Die beiden Freunde grinsten schadenfroh.

»Diesen Vorzug kannst du leicht genießen«, sagte MacAlister gelassen, »du brauchst nur zu heiraten, Julian. Dann geht es dir so wie uns.«

Der Herzog schnaufte verächtlich und machte sich weiter auf die Suche nach seiner Großmutter.

Er fand die alte Dame, wie er es erwartet hatte, im grünen Salon. Sie saß auf einer kleinen Bank, umringt von einer großen Zahl von Bekannten und hielt Hof.

Lady Addlethorpe war eine zierliche kleine Lady, die weißen Haare zu adretten Löckchen gedreht. Cremefarbene Spitzen schmückten Kragen und Manschetten ihrer Ballrobe. Sie machte den Eindruck einer Großmutter wie aus dem Bilderbuch. Niemand, der sie nur vom Sehen kannte, hätte bei ihr einen wachen Verstand und eine gefürchtete, scharfe Zunge vermutet. Sie hatte ihrem seligen Gatten drei Töchter geschenkt und glücklicherweise als viertes Kind auch einen Erben geboren. Nun lebte sie zurückgezogen im Dowerhouse von Addlethorpe Park in Sussex. Einmal im Jahr, zur Saison, weilte sie für einige Wochen im Hause ihrer zweitältesten Tochter Lady Linham, die dem Aufenthalt ihrer kritischen Mutter stets mit Bangen entgegensah. Ihre älteste Tochter, die Mutter des Herzogs, die ihrem Herzen am nächsten gestanden hatte, war zu ihrem Leidwesen bereits gestorben. Die jüngste Tochter, Charlotte, war immer noch ledig, obwohl sie die dreißig bereits vor Jahren überschritten hatte. Sie lebte bei ihrer Mutter als eine Art Gesellschafterin.

Lady Addlethorpe, die sich eben mit einem alten Bekannten unterhielt, sah den Herzog auf sich zukommen. Sie blickte ihm voller Stolz entgegen. Schon immer hatte sie eine Schwäche für gutaussehende Männer gehabt, und nun erschien es ihr überdies, als würde Julian ihrem geliebten, seligen Gatten immer ähnlicher werden. Er war großgewachsen, seine breiten Schultern verrieten den Sportler. Die brünetten Haare waren etwas länger, als es die von Beau Brummell kreierte Mode vorsah. Er hatte sie mit lockerem Schwung aus der Stirne gekämmt. Der Blick aus seinen tiefbraunen Augen, der oft so herablassend kühl sein konnte, ruhte nun voller Wärme und Freundlichkeit auf ihr. Er trat näher und beugte sich galant über ihre Hand.

»Großmama, Sie sind wirklich ein Lichtblick«, sagte er und küßte die dargebotene Wange.

»Ihr könnt alle gehen!« wandte sich Mylady an die Umstehenden. »Kein Grund mehr, sich mit einer alten Frau zu unterhalten. Wirklich, geht. Und amüsiert euch gut.«

Als die Bekannten auf solch energische Art vertrieben worden waren, wandte sie sich ihrem Enkel zu und klopfte einladend neben sich auf das Sofa.

»Setz' dich und lass' deine Entschuldigungen hören. Warum

hast du mich nicht schon längst aufgesucht? Ich bin jetzt bereits tagelang in der Stadt, und alle Verwandten haben es der Mühe wert gefunden, mich willkommen zu heißen.«

»Arme Großmama«, bemerkte der Herzog mitfühlend. Er war weit davon entfernt, zerknirscht zu sein. »Haben sie dich sehr angeödet?«

Ihre Ladyschaft ließ ihr tiefes Lachen ertönen: »Du hast wohl wenig Familiensinn, Wellbrooks?« wollte sie wissen.

»Gar keinen«, erwiderte ihr Enkel lächelnd.

Ein Lakai trat näher, um den beiden ein Glas Champagner zu servieren. Diese Unterbrechung nützte eine hagere, große Dame, auf deren schütterem, grauem Haar eine mächtige Witwenhaube thronte. Sie hatte im Türrahmen auf eine günstige Gelegenheit gewartet, um Wellbrooks mit ihrer Tochter bekannt zu machen.

»Meine liebe Lady Addlethorpe«, rief sie aus und stürzte, ihre widerstrebende Tochter am Handgelenk gefaßt, auf die ältere Dame zu. »Entschuldigen Sie bitte, daß ich Sie so gegen alle Konventionen anspreche. Aber es ist mir einfach ein Bedürfnis, Ihnen zu sagen, wie sehr ich mich freue, Sie bei so guter Gesundheit zu sehen.«

Lady Addlethorpe neigte huldvoll ihr Haupt und reichte der Dame zwei Finger: »Mrs. Stamperford, wenn ich nicht irre«, sagte sie betont hoheitsvoll. Dabei musterte sie beiläufig die kleine, pummelige Gestalt im hellblauen Rüschenkleid, die halb verdeckt hinter ihrer Mama stand, die Augen sittsam zu Boden gerichtet.

»Ist das eine Ihrer Töchter?« Es klang nicht gerade begeistert.

»Wie freundlich von Mylady, daß Sie sich an mich erinnern. Ja, das ist wirklich meine Tochter. Meine jüngere Tochter Eliza, um genau zu sein.« Sie schob das Mädchen vor Lady Addlethorpe, damit es seinen Knicks machen konnte. »Meine älteste Tochter Abigail hat vor zwei Jahren debütiert. Und sie hat bereits in ihrer ersten Saison geheiratet. Nicht daß ich mich beklage, denn die Ehe ist außerordentlich glücklich. Ich habe bei der Erziehung meiner Mädchen den allergrößten Wert darauf gelegt, daß sie all die Fähigkeiten erlernen, die zur Führung eines großen Haushalts unumgänglich sind. Ja, ja sie geben perfekte Ehefrauen ab, meine Lieblinge. Und doch...« sie kramte umständlich ein Taschentuch aus ihrem Retikül, um damit die Augenwinkel abzutupfen, »...und doch ist es immer wieder eine Qual für ein Mutterherz, eines ihrer Kinder zu verlieren. Ich hoffe inständig, daß mir meine liebe Eliza noch lange erhalten bleibt.« Die begehrlichen Blicke, die sie dem Herzog zuwarf, straften diese Worte Lügen. Erbittert stellte sie fest, daß Lady Addlethorpe nicht geneigt schien, ihr ihren Enkel vorzustellen.

Sie wußte natürlich, wer der Mann war, der neben der alten Dame saß. Er war schließlich der einzige Grund gewesen, das Gespräch mit Lady Addlethorpe zu suchen. Ein unglückliches Geschick hatte es gewollt, daß sie noch nicht offiziell miteinander bekannt gemacht worden waren. So beschloß sie, ohne lange zu zögern, auch hier die Initiative zu ergreifen: »Und das ist Ihr ältester Enkel, nicht wahr Mylady? Es freut mich außerordentlich, Ihre Bekanntschaft zu machen, Euer Gnaden. Mein Sohn ist ein so eifriger Bewunderer Ihrer Kutschierkunst. Und meine Eliza hat gerade unlängst zu mir gesagt: ›Mama‹, sagte sie, ›Seine Gnaden, der Herzog von Wellbrooks, sieht aus wie ein Märchenprinz.‹ Nicht wahr, das sagtest du doch?« Sie schob ihre Tochter, die über und über errötet war, noch weiter nach vorne, damit sie dem Herzog ihre Hand reichen konnte, wobei sie einen tiefen Knicks machte. Seine Gnaden verbeugte sich knapp und wandte sich dann demonstrativ seiner Großmutter zu. Die ungebetene Gesprächspartnerin mußte erkennen, daß die Unterhaltung mit ihr beendet war. Sie erklärte beleidigt, daß sie Ihre Ladyschaft nun nicht mehr länger aufhalten wolle und zog, Eliza im Schlepptau, von dannen. Das Mädchen folgte ihr nun mit viel größerer Bereitwilligkeit.

»Was für ein vulgäres Weib«, stellte Lady Addlethorpe fest, als die beiden außer Hörweite waren. »Sie hatte Glück, daß sie die Frau von Jack Stamperford ist, den ich schon als kleinen Jungen gekannt habe. Sonst hätte ich ihr eine scharfe Abfuhr erteilt.«

Der Herzog winkte ab: »So sind sie doch alle«, sagte er.

»Was um Himmels willen meinst du damit?« fragte Ihre Ladyschaft erstaunt. »Was soll das heißen, so sind sie alle?«

Sie war ein derart anmaßendes Verhalten, wie es Mrs. Stamperford an den Tag gelegt hatte, ganz und gar nicht gewöhnt.

»Ja, denkst du denn, das sei mir zum ersten Mal passiert? Denkst du, es sei das erste Mal, daß mir eine Mutter mit hochfliegenden Plänen ihre heiratsfähige Tochter geradezu aufdrängt?« fragte der Herzog bitter. »Warum, meinst du wohl, meide ich derartige Veranstaltungen? Kannst du dir vorstellen, wie es ist, eines der begehrtesten Objekte am Heiratsmarkt zu sein? Ich kann es dir sagen: es ist unerträglich!«

Seine Großmutter betrachtete ihn eingehend von der Seite und schwieg geraume Zeit nachdenklich.

»Ich glaube, ich habe eine Idee, wie dir geholfen werden könnte«, sagte sie schließlich.

Bevor sie ihm jedoch ihre Überlegungen darlegen konnte, wurde sie von ihrer Tochter, Lady Linham, unterbrochen. Diese hatte die Furcht ihrer Mutter gegenüber niedergerungen und war gekommen, um den hohen Gast zu entführen.

»So viele Gäste haben bereits nach Wellbrooks gefragt, Mama. Ich kann es nicht zulassen, daß er sich den ganzen Abend im Hinterzimmer vergräbt, um mit dir zu plaudern.«

Der Herzog erhob sich widerstrebend und blickte mit resigniertem Lächeln auf seine Großmutter hinab.

»Statte mir morgen einen Besuch ab, Julian«, sagte diese und schenkte ihrem Enkel ein warmes Lächeln. »Dann können wir alles in Ruhe besprechen. Ich erwarte dich um zehn Uhr.«

Der Herzog beugte sich nieder, um ihre Wange zu küssen.

»Ich werde pünktlich sein«, versprach er.

Dann bot er seiner Tante den Arm und ließ sich von ihr in den Ballsaal zurückführen.

II.

Es war am nächsten Morgen, gegen neun Uhr, als Seine Gnaden das Schlafzimmer verließ und gemächlich die breiten Stufen in die Eingangshalle hinabschritt. Er war korrekt für einen Vormittagsbesuch gekleidet. Enganliegende Hosen in zartem Biskuitgelb. Die Jacke aus feinstem Tuch. Die Spitzen seines Kragens waren frisch gestärkt, doch nicht ganz so hoch, wie es die herrschende Mode vorschrieb. So war es Seiner Gnaden möglich, den Kopf zu drehen, ohne die ganze Spitzenpracht zu verderben. Das Halstuch war kaskadenartig geknüpft, die Stiefel spiegelblank poliert. Sein Kammerdiener hatte eine spezielle Rezeptur für die Politur erfunden, und er verwendete Stunden darauf, die Stiefel seines Herrn auf Hochglanz zu bringen. Es war ihm eine Genugtuung zu wissen, daß er die Kammerdiener einiger anderer Herrn der feinen Gesellschaft mit seiner Kunst zur Verzweiflung brachte. Noch so verlockende Bestechungsversuche konnten ihn nicht dazu hinreißen, sein Rezept zu verraten, das er als sein strengstes Geheimnis hütete.

»Man stelle sich vor«, hatte er erst kürzlich der Köchin unter dem Siegel der Verschwiegenheit anvertraut, »der neue Kammerdiener von Lord Greenhood hat mir doch tatsächlich eine sehr ordentliche Summe geboten, wenn ich ihm nur verrate, ob ich Champagner für meine Stiefelpolitur verwende. Natürlich hat er kein Sterbenswörtchen erfahren. Ich würde Seine Gnaden nie derart schamlos hintergehen.«

Wenn der Herzog auch vielleicht etwas von der unverbrüchlichen Treue seiner Dienerschaft ahnte, so verschwendete er weder einen Gedanken an seinen Kammerdiener noch an dessen Stiefelpolitur, als er die Halle seines Hauses betrat. Im Vorbeigehen warf er einen kritischen Blick in den mannshohen Spiegel, entfernte ein Staubkorn vom linken Ärmel und öffnete die Türe zum Frühstückszimmer.

Der Butler war eben dabei, mit einem der Diener den Frühstückstisch zu decken. Nun wandte er sich abrupt um und hätte vor Erstaunen fast das Sahnekännchen fallen lassen. Er faßte sich jedoch rasch und wünschte korrekt einen guten Morgen. Dabei hoffte er, seine Gnaden habe seinen entgeisterten Blick nicht bemerkt. Doch Wellbrooks ließ sich nicht täuschen:

»Du hast recht, Hindley«, meinte er mit leichtem Schmunzeln, »es ist verdammt früh. Meine Großmutter erwartet meinen Besuch. Sag' im Stall Bescheid. Ich brauche meine Braunen in genau einer halben Stunde. Und nun wollen wir einmal sehen, wie mir das Frühstück so früh am Morgen schmeckt.«

Hindley, der den Appetit seines Herrn sowie dessen Abneigung zu warten kannte, beeilte sich, einen der Diener zu den Ställen zu schicken. Dann begab er sich höchstpersönlich in die Küche, um die Köchin von der überraschenden Tatsache in Kenntnis zu setzen, daß der Hausherr umgehend zu frühstükken wünsche.

Zwar war Seine Gnaden auch an anderen Tagen kein extremer Langschläfer. Nur selten verließ er sein Schlafzimmer erst nach der Mittagsstunde, wie es viele Herrschaften von Stand zu tun pflegten. Daß er aber zu so früher Stunde sein Frühstück einnehmen wollte, sorgte in der Küche für Aufregung. Mrs. Rushend, die Köchin, wies ein Küchenmädchen an, rasch den Kessel über das Feuer zu hängen, um Wasser zu wärmen. Dann machte sie sich selbst an das Braten von Eier und Schinken. Diese Aufgabe konnte sie an keines der Mädchen übertragen. Nur sie wußte, wie Seine Gnaden die Eier bevorzugte und welcher Schinken dafür zu nehmen war. Henry, der erste Diener, trug Platten mit Wurst, Fisch und Tomaten nach oben. Edward folgte mit dem kalten Braten.

»Ich sage Ihnen, Mr. Hindley, das hat etwas zu bedeuten«, meinte die Köchin in wichtigem Ton, als sie Eier und Schinken auf einen vorgewärmten Teller gleiten ließ. »Ohne Grund steht Seine Gnaden nicht so bald am Morgen von seinem warmen Lager auf. Es sollte mich nicht wundern, wenn uns bald eine Vermählung ins Haus stünde.«

Der Butler erlaubte sich ein kleines Lächeln: »Hier versagt Ihr Spürsinn, liebe Mrs. Rushend«, meinte er erhaben. Stolz darauf, die wahren Pläne seines Herrn für diesen Vormittag zu kennen.

»Seine Gnaden werden von seiner Großmutter erwartet. Sie wissen doch, wie Lady Addlethorpe ist, nicht wahr?« Es blieb dahingestellt, ob er damit ausdrücken wollte, daß Ihre Ladyschaft immer zu so früher Stunde aufzustehen pflegte oder ob sie ihre Besucher zu jeder von ihr gewählten Stunde pünktlich zu sehen wünschte und keine Verspätung duldete. Auch dann nicht, wenn es sich um den Herzog von Wellbrooks handelte.

Mrs. Rushend wischte sich ihre Hände an der Küchenschürze ab. »Denken Sie an meine Worte«, sagte sie wissend.

Pünktlich um zehn Uhr fuhr der Wagen des Herzogs vor dem Hause seines Cousins in der Brook Street vor. Gekonnt brachte er seine Braunen vor dem Haustor zum Stehen. Seine Tante Charlotte, die eben ans Fenster getreten war, um durch einen Vorhangspalt die Ankunft ihres Neffen mitzuerleben, registrierte diesen Umstand mit Unmut: »Ein Herzog sollte nicht selbst kutschieren«, sagte sie zu ihrer Mutter, die neben ihr vor dem Kamin saß. »Es schickt sich nicht.«

Trotz des freundlichen Aprilmorgens war ein kleines Feuer entfacht worden. Die alte Dame versuchte soeben vergeblich, ihre Beine in eine bereitgelegte Wolldecke zu hüllen.

»Hilf mir lieber, dieses Ding da über die Füße zu legen«, befahl sie unwillig, »anstatt mir einen Vortrag darüber zu halten, was sich deiner Meinung nach für einen Herzog schickt. Und dann sage diesem Tölpel von einem Diener, daß ich umgehend ein ordentliches Feuer im Kamin sehen möchte. Mit diesem Flämmchen kann man ja nicht einmal ein junges Mädchen wärmen, geschweige denn eine alte, gichtige Frau wie mich. Es sollte mich nicht wundern, wenn mich mein Enkel Charles absichtlich frieren ließe. Vermutlich denkt er, etwas Abhärtung könnte mir nicht schaden, der verhinderte Arzt!«

Sie schnaubte verächtlich und zog sich die Decke bis zur Brust hinauf. Dann wandte sie sich wieder ihrer Tochter zu: »Na, was stehst du noch herum?« fauchte sie. »Julian empfange ich alleine. Ich habe mit ihm zu reden, und was ich zu sagen habe, geht niemanden etwas an. Also geh.«

Derart unfreundlich aus dem Zimmer komplimentiert, machte sich Miss Charlotte auf die Suche nach einem Lakaien. In der Halle begegnete sie ihrem Neffen, der eben im Begriff war, dem Butler zu den Räumen seiner Großmutter zu folgen. Wie immer, wenn sie ihrem stattlichen Neffen gegenüberstand, errötete sie zutiefst und fiel in nervöse Befangenheit. Sie war nun schon weit in den Dreißigern und hatte die Hoffnung auf eine standesgemäße Heirat längst aufgegeben. Man munkelte etwas von einem Verlobten, den sie in ihrer Jugend über alles geliebt haben soll. Die Verlobung sei aus unbekannten Gründen geheimgehalten worden und eines Tages sei der Verlobte durch einen Unfall (oder war es ein Duell?) aus dem Leben geschieden. Lady Addlethorpe tat beide Versionen mit einem verächtlichen Achselzucken ab und sagte, die Wahrheit sei, daß ihre liebe Charlotte, obwohl ein braves Mädchen und ganz bestimmt tugendsam, nie eine Schönheit gewesen sei und bei Gott auch keine mehr werden würde. Darum habe man keine standesgemäße Ehe arrangieren können. Die ein, zwei Anträge, die ihre Tochter erhalten habe, seien von stadtbekannten Mitgiftjägern gekommen. Und man habe es vorgezogen, die Tochter lieber ledig als an der Hand eines Taugenichts zu wissen.

Nun begrüßte sie ihren Neffen mit einem gezwungenen Lächeln und erklärte, um ihn vorzuwarnen, daß Mama nicht bester Laune sei. Dann huschte sie an ihm vorbei, um sich in den Küchentrakt zu begeben.

Der Herzog betrat das Zimmer seiner Großmutter so knapp hinter dem Butler, daß diesem jede Möglichkeit genommen war, ihn anzukündigen. Er beugte sich über Myladys Hand und sagte lächelnd: »Wie fühlst du dich heute morgen, Großmama? Tante Charlotte meinte, du seist nicht gerade bester Laune. Soll ich mich nun fürchten und lieber wieder das Weite suchen?«

»Charlotte ist eine Schwätzerin«, entgegnete seine Großmutter mit einer wegwerfenden Handbewegung und machte sich daran, ihren Besucher eingehend zu betrachten.

»Du siehst gut aus, Julian«, stellte sie schließlich fest und fügte mit süffisantem Lächeln hinzu: »Man sieht dir deinen lockeren Lebenswandel kaum an.«

Die rechte Augenbraue ihres Besuchers schnellte hoch: »Ach, wirklich?« fragte er steif.

Die alte Dame registrierte zufrieden seine Empörung. »Komm, setze dich zu mir. Mit seiner Großmutter streitet man nicht. Und bei mir ziehst du ohnehin den kürzeren.«

Der Herzog lachte auf und ließ sich schwungvoll in einem Fauteuil nieder, der seiner Großmutter gegenüberstand.

»Mir einen lockeren Lebenswandel vorzuwerfen! Jetzt wäre es dir beinahe gelungen, mich aus der Reserve zu locken«, gestand er. »Das passiert mir nicht allzu häufig.«

»Natürlich nicht. Weil du dich mit lauter Leuten umgibst, die dir von vornherein recht geben«, erklärte seine Großmutter. »Du brauchst endlich jemanden, der zu seiner Meinung steht. Der dir widerspricht. Der aufzeigt, wenn du im Unrecht bist. Der dich aus deiner selbstgefälligen Ruhe holt...«

»Um Gottes willen, nein!« rief Seine Gnaden entsetzt.

Da in diesem Augenblick der Diener eintrat, um Holz im Kamin nachzulegen, ließ es Mylady damit bewenden, ihrem Enkel einen strengen Blick zuzuwerfen und sich jeder Äußerung zu enthalten. Dafür wandte sie sich dem Lakaien zu und gab genaue Anweisungen, wie ein ordentliches Feuer zu entfachen sei, da sie sich bei der Kälte, die in dem Raum herrschte, in kürze den Tod holen würde. Noch dazu, wenn man bedachte, daß im ganzen Haus die Zugluft nur so durch die Ritzen pfiff.

Ihr Enkel beobachtete sie mit stillem Vergnügen und rückte unmerklich seinen Stuhl weiter vom Feuer weg.

Als der Diener seine Aufgabe einigermaßen zur Zufriedenheit des gestrengen Gastes ausgeführt hatte, verbeugte er sich und verließ erleichtert den Raum. Mylady wandte sich wieder dem Herzog zu.

»Wo waren wir stehengeblieben?« wollte sie wissen.

»Du sprachst davon, daß ich jemand brauche, der mir ständig widerspricht, der mir meine Ruhe nimmt und mir, kurz gesagt, das Leben zur Hölle machen soll«, erinnerte er sie freundlich.

»Unsinn!« rief die alte Dame energisch. »Keine Rede davon, daß dir dein Leben zur Hölle gemacht werden soll. Ganz im Gegenteil, eine Bereicherung deines Daseins soll sie sein. Sie soll dich aus deinem Alltagstrott der leeren Vergnügungen herausreißen und dein Leben in sinnvollere Bahnen lenken!«

Der Herzog war höchst amüsiert: »Das klingt ja verlockend«, meinte er mit leichtem Spott. »Nur eines beunruhigt mich, liebe Großmama. Wer ist dieser jemand, von dem du sprichst. Sollte es sich gar um eine Dame handeln? Und vor allem: Welche Funktion hast du ihr in meinem Leben zugedacht?« Sein Ton war leicht vorwurfsvoll geworden, so als hätte ihm seine Großmutter einen unmoralischen Vorschlag gemacht. Diese hatte genau verstanden, was er meinte, und kicherte wie ein junges Mädchen: »Also wirklich, Wellbrooks! Du meinst doch nicht etwa, ich hätte eine neue Mätresse für dich!« rief sie mit nicht ganz ernst gemeinter Entrüstung. »Was denkst du denn von deiner Großmutter, du junger Narr? Nein, nein, deine Mätresse mußt du dir schon selbst suchen. Das heißt...«

Der Herzog war in schallendes Gelächter ausgebrochen: »Du bist wirklich ein Schatz!« brachte er mühsam hervor. »Aber keine Angst, meine Liebschaften suche ich mir in der Tat schon selbst aus.«

»Das wirst du nicht tun!« rief Mylady streng.

»Ach?« fragte der Herzog überrascht. »Du sagtest doch eben...«

»Ich sagte nichts dergleichen!« unterbrach sie ihn und räumte gleich darauf ein: »Und wenn ich es sagte, dann habe ich es nicht so gemeint.«

»Aha«, antwortete ihr Enkel, noch immer belustigt. »Das hätte ich mir denken können. Schade.«

»Schluß jetzt mit dem Unsinn«, fuhr Lady Addlethorpe auf. »Ich sprach von deiner Heirat.«

Der Herzog wurde schlagartig ernst.

»Von meiner Heirat?« wiederholte er ungläubig. »Du schlägst mir doch nicht ernsthaft vor, daß ich heiraten soll?«

»Aber natürlich tue ich das«, erklärte Mylady ruhig. »Genau das ist der Grund, warum ich dich heute kommen ließ. Ich muß zugeben, der Gedanke, daß du dich vermählen solltest, ist mir bereits vor längerer Zeit in den Sinn gekommen. Schließlich wirst auch du nicht jünger, und es wird Zeit, daß du dir Gedanken um deine Nachkommen machst. Und doch wußte ich bisher nicht, wie ich dir diese Idee schmackhaft machen könnte. Gestern abend hast du mir von deinen Problemen erzählt. Und da wußte ich schlagartig, daß eine Eheschließung die Lösung all deiner Sorgen bedeutet. Überlege doch, welche Vorteile du hast, wenn du erst einmal in festen Händen bist: Mit einem Schlag hat die Jagd der heiratswilligen Mädchen auf dich ein Ende. Und du hast eine Frau an deiner Seite, um die du dich kümmern kannst. Überdies wirst du über kurz oder lang einen Sohn haben. Damit ist dein Cousin aus dem Rennen, den du ohnehin nie leiden konntest. Und ich auch nicht«, setzte sie als letzten Trumpf hinzu.

Der Herzog blickte sie lange Zeit schweigend an, tief in Gedanken versunken. Die Idee schien ihm unglaublich, ja geradezu verrückt. Und dennoch, sie war einfach genial.

Er lächelte versonnen: Man nehme eine einzige Frau und durchkreuze damit die Pläne der übrigen. Der Weg würde frei sein für allerlei Unternehmungen, ohne daß ihn aufdringliche Eltern störten. Und dazu konnte man George einen entscheidenden Dämpfer versetzen. Der Bursche war viel zu sicher, daß einst die Herzogwürde auf ihn übergehen würde, und er lebte bereits jetzt auf zu großem Fuß.

Ja, der Plan seiner Großmutter gefiel ihm immer besser, je länger er ihn überdachte. An seine zukünftige Frau verschwendete er keinen Gedanken. Es gab schließlich genügend Vernunftehen, die recht zufriedenstellend verliefen. Da würde sich schon ein passendes Arrangement finden lassen.

»Ja, du hast recht«, sagte er daher. »Ich sollte mich verheiraten.«

Lady Addlethorpe, die ihn mit wachsender Ungeduld beobachtet hatte, hielt überrascht die Luft an. Sie hatte mit Widerspruch gerechnet. Und nun hatte sie mit ihrem Vorschlag ohne lange Diskussion Anklang gefunden. Sie hätte viel darum gegeben, Wellbrooks Gedanken lesen zu können. Zweifel kamen in ihr auf, ob sie ihm tatsächlich das Richtige vorgeschlagen hatte.

»Aber sage doch, liebe Großmama«, fuhr ihr Enkel fort, »du hast dir doch sicher auch Gedanken darüber gemacht, wer als passende Braut für mich in Frage käme. Bestimmt hast du schon ein Mädchen im Auge.«

»Das habe ich in der Tat«, gab Lady Addlethorpe zu.

»Dann sag' mir, wer es ist. Denkst du an Miss Stamperford? Nein, das kann ich mir nicht vorstellen, denn du magst ihre Mutter nicht. Wie wäre es mit Christina O'Brian? Oder vielleicht Cousine Linham?«

»Du kennst sie nicht«, unterbrach ihn die Großmutter unwillig.

»Ich kenne sie nicht?« wiederholte Seine Gnaden überrascht.

»Nein, du kennst sie nicht«, bekräftigte Mylady. »Sie lebt zurückgezogen in der Nähe von Bath. Soviel ich weiß, gab sie vor fünf oder sechs Jahren ihr Debüt in London. Aber zu dieser Zeit bist du ja auf dem Kontinent gewesen.«

Der Herzog nickte. »Ist sie standesgemäß?« vergewisserte er sich.

»Aber natürlich«, empörte sich Mylady, »du kannst versichert sein, daß ich sehr gut weiß, was einem Wellbrooks angemessen ist. Besser als so mancher andere.«

»Ist schon gut«, beruhigte sie ihr Enkel. »Ich weiß, daß du mir nie eine unpassende Partie vorschlagen würdest. Aber nun heraus mit der Sprache: Wer ist sie?«

»Ich denke an Miss Olivia Redbridge«, antwortete die alte Dame würdevoll. »Sie ist die älteste Tochter von Lord Redbridge, einem Viscount. Er besitzt ein Landgut in der Nähe von Bath. Keine riesigen Ländereien, aber durchaus passabel. Da ihre Mutter schon vor Jahren gestorben ist, hat Miss Redbridge die Führung des Haushaltes übernommen. Es sind vier oder fünf Geschwister zu versorgen...«

»Also mittellos«, stellte der Herzog nüchtern fest.

Seine Großmutter war nicht sehr erfreut über diese Unterbrechung: »Na ja, nicht gerade mittellos«, protestierte sie. Doch es klang mehr wie ein Eingeständnis.

»Ist sie hübsch?« wollte er wissen.

»Sie ist groß und hat eine tadellose Figur. Ihre Züge sind durchaus einnehmend, die rotblonden Haare...«

»Eine Schönheit ist sie also auch nicht«, unterbrach er sie abermals.

»Sie hat ein erfreuliches Äußeres«, protestierte Mylady nun schon heftiger. »Vielleicht ist sie nicht gerade modisch...«

»Um Himmels willen, das wird ja immer schlimmer!« stöhnte Wellbrooks auf. »Sie ist weder begütert, noch schön und überdies altmodisch! Was ist es wohl, was sie dir als passende Gattin für mich erscheinen läßt?«

»Es gibt für eine Ehefrau wichtigere Eigenschaften als Schönheit und Reichtum«, entgegnete Lady Addlethorpe schroff.

»Ach, wirklich?« fragte der Herzog skeptisch.

»Ja, natürlich! Intelligenz, Anmut und Stil. Eine gesunde Portion Hausverstand, die Fähigkeit, ein großes Haus zu führen und an deiner Tafel zu repräsentieren. Ein Herz für Kinder und eine gute Hand für die Dienerschaft...«

»Und das alles hat deine Miss...«, fragte er, amüsiert über den Eifer, mit dem seine Großmutter all diese Tugenden aufgezählt hatte.

»Redbridge«, ergänzte sie. »Jawohl. Sie wäre eine perfekte Herzogin.«

Ihr Enkel sah sie eindringlich an: »Gut«, sagte er schließlich ernst und bestimmt. »Es soll sein, wie du es wünschst. Ich werde dieser Miss Redbridge meinen Antrag machen.«

Der Herzog sah keinen Grund, die Dinge weiter hinauszuschieben. Noch am Nachmittag desselben Tages setzte er seinen überraschten Sekretär davon in Kenntnis, daß er sich zu verheiraten gedenke.

Mr. Jonathan Bactexter war ein ernster, junger Mann, der, wenn es nach seinen Wünschen gegangen wäre, die politische

Laufbahn eingeschlagen hätte. Er war der jüngste Sohn eines Landpfarrers aus Kent. Die Pfarrei seines Vaters lag in der Nähe der weitausgedehnten Besitzungen von Brooks Hall. Leider hatte er keinen Gönner, der seine politischen Ambitionen hätte unterstützen können. So bewarb er sich um die Stelle eines Sekretärs beim gegenwärtigen Herzog, als dieser von Spanien zurückgekehrt, befunden hatte, daß er für zahlreiche Arbeiten einer helfenden Hand bedürfe.

Hatte Mr. Bactexter auch anfangs Befürchtungen gehegt, seine hochstrebenden Ideale wären mit dem Lebenswandel eines Mannes der ersten Gesellschaft nicht vereinbar – nur zu bekannt waren die Vergnügungen der Herren aus dem Kreise des Prinzregenten, zu zahlreich ihre Skandale –, so konnte er am Herzog von Wellbrooks keinen Makel erkennen. Seine Gnaden hegte keinerlei Ambitionen, sein Erbe am Spieltisch durchzubringen, er sorgte für eine tadellose Verwaltung seiner Güter, nahm bisweilen sogar seinen Sitz im Oberhaus ein, und sein Privatleben ging so diskret vonstatten, daß er nie in einen ernsthaften Skandal verwickelt war. Der Herzog, der die stille Art seines Sekretärs bald zu schätzen gelernt hatte, betraute ihn mit immer weitreichenderen Aufgaben. Es dauerte nicht lange und Bactexter war ihm unentbehrlich geworden.

»Gestatten Sie, Euer Gnaden, daß ich Ihnen meine Glückwünsche entbiete«, sagte dieser nun mit einer leichten Verbeugung. Die Überraschung über die unerwartete Neuigkeit war ihm deutlich ins Gesicht geschrieben. »Darf ich fragen, welcher Dame Sie einen Heiratsantrag gemacht haben, Sir?«

Der Herzog, belustigt über die Neugierde seines Sekretärs, antwortete: »Natürlich darfst du fragen, Bactexter. Allerdings habe ich noch keinen Antrag gemacht. Das sollst du für mich erledigen, schriftlich.«

»Sehr wohl, Euer Gnaden«, sagte der Sekretär so ruhig, als sei dieses Ansinnen eine Selbstverständlichkeit. »Die Dame befindet sich nicht in London?«

»Nein, sie lebt auf dem Lande«, bestätigte Wellbrooks, »es handelt sich um Miss Olivia Redbridge.«

Erfreut stellte er fest, daß er den sonst so unerschütterlichen Sekretär immer weiter aus der Fassung brachte. »Schreibe ihr, was du für richtig hältst. Daß der ehrenwerte Julian Antony und so weiter... Kündige mein Kommen für... na, sagen wir Freitag der nächsten Woche an.«

»Aber, Sir. An diesem Abend findet doch der Ball im Carleton House statt. Seine Hoheit, der Prinzregent, wird sicher mit Ihrem Erscheinen rechnen«, wandte Bactexter ein, der alle Termine Seiner Gnaden im Kopf hatte.

»Du hast recht. Dann reise ich am darauffolgenden Montag. Und vergiß nicht das Schreiben an Lord Redbridge zu adressieren«, sagte sein Herr, sich zum Gehen wendend.

»Ja, Sir, natürlich, Sir«, meinte Bactexter, »und die Adresse?«

Der Herzog, der bereits die Türklinke in der Hand hielt, drehte sich kurz um: »Richtig, die Adresse brauchst du ja auch. Ich habe vergessen, mich danach zu erkundigen. Am besten, du fragst meine Großmutter selbst. Sie befindet sich zur Zeit im Hause meiner Tante Linham in der Brook Street.«

Mit diesen Worten verließ er das Zimmer und ließ den armen Sekretär nun endgültig fassungslos zurück.

Der Herzog fühlte sich, zu seiner eigenen Überraschung, so beschwingt wie schon lange nicht mehr. Je intensiver er über die Idee seiner Großmutter nachdachte, desto anziehender erschien sie ihm. Seine Beweggründe unterschieden sich jedoch deutlich von denen Ihrer Ladyschaft.

Er bräuchte jemanden, der ihm widerspräche, hatte sie gemeint. Das war natürlich Unsinn. Auch wollte er niemanden, dem es gelang, seine kühle Arroganz zu durchbrechen, wie sie es genannt hatte. Wenn sie wüßte, wie lange er gebraucht hatte, um sich dieses Flair zuzulegen, das ihm Schutz bot und gleichzeitig seinen Wünschen Tür und Tor öffnete. Nein, daß ihm seine zukünftige Frau lästig fallen könnte, das würde er, weiß Gott, zu verhindern wissen. Überhaupt, er war gar nicht geneigt, sich zu viele Gedanken um seine unbekannte Braut zu machen. Wichtig waren allein die Folgen, die diese Vermählung, ja bereits die offizielle Verlobungsanzeige in der *Gazette*, zeitigen würden. Was wird das für einen Aufruhr geben! dachte er amüsiert. Der reiche Wellbrooks, einer der wenigen Herzöge, die zur Zeit im heiratsfähigen Alter waren, vermählt sich mit einem unbekannten Landmädchen. Ja, diese Aufregung würde wirklich eine willkommene Abwechslung im gewohnten Alltag bilden. Das wichtigste aber war: Er war frei! Er war verlobt und dadurch frei. Ein absurder Gedanke. Aber er stimmte. Er würde sich mit einem Male wieder ungezwungen auf Bällen bewegen können, im Club würde kein Vater mehr von seiner Tochter zu schwärmen beginnen, wenn er in Ruhe die Zeitung lesen oder am Spieltisch sitzen wollte. Es war überwältigend.

III.

Der Anblick von Miss Olivia Redbridge, die in flottem Tempo ihr Gig selbst in Richtung Bath kutschierte, sorgte schon lange nicht mehr für Aufsehen. Früher hatten zwar viele gemeint, es schicke sich nicht für ein junges Mädchen ohne Anstandsdame, ja sogar ohne Groom, durch die Gegend zu fahren. Doch da war Olivia noch keine zwanzig gewesen. Inzwischen war sie jedoch dreiundzwanzig Jahre alt und die anerkannte Herrin von Redbridge Manor, so hatte man sich an diesen Anblick gewöhnt. Ungewöhnlich war vielleicht, daß sie seit kurzem ein Paar hübscher Brauner lenkte, die ein anderes Tempo anzuschlagen vermochten, als der alte Gaul, mit dem sie bisher ihre Ausfahrten unternommen hatte.

Aber es war überhaupt vieles anders geworden auf Redbridge Manor, seit sich Seine Lordschaft vor vierzehn Tagen ganz überraschend wieder verheiratet hatte. Die neue Lady war eine höchst elegante Dame aus der Stadt und hatte allgemein großes Aufsehen erregt. Man stand ihr anfangs reserviert gegenüber. Schließlich hatten alle Miss Olivia ins Herz geschlossen. Und daß diese nun das Zepter abgeben mußte, das sie sechs Jahre lang mit Bravour geschwungen hatte, konnte sich kaum jemand vorstellen. Darum wollte man zuerst Olivias Reaktion abwarten, bevor man entschied, ob die neue Herrin in der Gegend willkommen war.

Olivia wirkte gutgelaunt wie stets, wie sie da saß, aufrecht und selbstbewußt. Ihre langen, rotblonden Haare waren straff aus dem Gesicht gekämmt und von einem breiten Strohhut beinahe verdeckt. Das Kleid war adrett, wenn auch keineswegs modisch. Es war bis zum Hals hochgeschlossen und am Handgelenk enganliegend. Die Schuhe waren derb, praktisch für Spaziergänge über Wiesen und auf morastigen Feldwegen.

Sie winkte den Bauern auf den Feldern zu, die ihre Arbeit unterbrachen und grüßend ihre Hüte zogen. Neben ihr in einem Korb klapperten einige Gläser mit selbsteingekochter Marmelade, die sie Mrs. Cookridge zu bringen versprochen hatte.

Mrs. Cookridge war eine Freundin ihrer Mutter gewesen. Sie war Olivia in der Zeit nach deren Tod zur Seite gestanden und war auch jetzt noch gerne mit Rat und Tat zur Stelle, wenn Olivia mit ihren Sorgen zu ihr kam. Sie drängte sich jedoch niemals auf und besuchte Redbridge Manor nur auf ausdrückliche Einladung, die Olivia jedoch öfter aussprach.

Sie selbst hatte es sich zur Gewohnheit gemacht, Lady Cookridge jeden Donnerstag zum Tee zu besuchen. Trotz des Altersunterschiedes waren die beiden guten Freundinnen geworden, und es hatte sich auch die Ältere längst angewöhnt, Olivias Meinung vor wichtigen Entscheidungen einzuholen.

Olivia hielt ihr Gig vor dem Haus ihrer Freundin im Zentrum von Bath an und übergab die Zügel dem Diener, der wie jeden Donnerstag um dieselbe Zeit auf sie gewartet hatte. Es war dies das erste Mal nach der Hochzeit ihres Vaters, daß sie das Haus von Mrs. Cookridge betrat. Diese hatte die vergangenen acht Wochen bei ihrer ältesten Tochter in Yorkshire verbracht, um ihr bei der Geburt ihres ersten Kindes beizustehen.

»Meine Liebe, ich freue mich so, dich zu sehen. Wie geht es dir?« fragte Mrs. Cookridge zur Begrüßung. Sie blickte ihren Gast prüfend an, so als wollte sie feststellen, ob die überraschende Vermählung ihres Vaters äußerlich Spuren an Olivia hinterlassen hatte.

»Oh, mir geht es gut, danke«, antwortete Olivia leichthin, küßte ihre Freundin auf beide Wangen und überreichte ihr den Korb mit den Marmeladegläsern.

»Wie nett, daß du daran gedacht hast«, freute sich Mrs. Cookridge. »Deine Marmelade ist wirklich einzigartig. Ich habe noch keine gekostet, die ihr gleichkäme.«

Olivia reichte dem Butler ihren Hut und die Handschuhe.

»Nun erzähle«, forderte sie ihre Freundin auf, »wie geht es deiner Tochter und dem Kleinen?«

»Danke. Emily geht es gut. Zum Glück war es keine schwere Geburt.« Sie schritt in den Salon voran, wo der Tee in einer schweren Silberkanne bereitstand. »Das Baby ist ein hübscher, kleiner Kerl. Den Kopf voll dunkler Haare. Sie wollen ihn Alexander nennen, nach seinem Großvater«, erklärte sie stolz und reichte Olivia eine Tasse. »Doch nun zu dir. Ich gestehe, ich konnte es kaum glauben, als ich es erfuhr. Dein Vater hat wieder geheiratet? Lady Sudbury? Du hast mein aufrichtiges Mitgefühl, meine Liebe. Wie ist denn das alles gekommen?«

»Oh, dein Mitgefühl ist verschwendet!« rief Olivia fröhlich. Das setzte ihre Gastgeberin in Erstaunen: »Aber es muß doch schrecklich für dich sein, daß du nun eine fremde Frau Mutter nennen mußt.«

»Ich nenne sie nicht Mutter«, antwortete Olivia mit vor Schalk blitzenden Augen, »ich sage Marilla zu ihr.«

»So sei doch nicht so aufreizend«, forderte die Ältere streng, »du weißt genau, was ich meine. Also bitte, mache jetzt keine Späße und erzähle mir alles der Reihe nach!«

Olivia trank einen kleinen Schluck Tee und schickte sich in das Unvermeidliche: »Also, etwa vor einem halben Jahr lernte Papa Lady Sudbury kennen. Du kannst dich doch noch daran erinnern, daß er, wie jedes Jahr im Oktober, bei Lord Hamsham zur Fasanenjagd eingeladen war. Dieses Jahr weilte auch dessen verwitwete Cousine unter den Gästen. Marilla Sudbury. Du kennst sie doch, nicht wahr?«

»Ja, ich bin ihr in London einige Male begegnet«, erwiderte Mrs. Cookridge. »Aber ich gehöre nicht zu ihrem Bekanntenkreis. Eine hübsche Frau, soweit ich das in Erinnerung habe. Immer nach der neuesten Mode gekleidet.«

Die letzte Bemerkung war etwas abfällig geäußert, was nach einem Blick auf Mrs. Cookridges hagere Gestalt, die in ihrem dezenten, dunklen Kleid gar nicht modisch wirkte, nicht verwunderte. Sie legte keinen Wert auf eine elegante Erscheinung, betonte oftmals, daß es Wichtigeres gab als ein aufgeputztes Äußeres, und hatte deshalb auch an Olivias uneleganter Aufmachung nie Anstoß genommen.

»Ja, das ist richtig«, nahm Olivia den Faden wieder auf. »Sie ist eine ausnehmend gutaussehende Dame. Obwohl sie schon Ende vierzig sein muß, denn sie hat einen erwachsenen Sohn, ist kaum eine weiße Strähne in ihrem Haar zu entdecken. Sie kleidet sich außerordentlich geschmackvoll und hat ein so feines, liebenswertes Wesen, daß es kein Wunder ist, daß sich Papa Hals über Kopf in sie verliebte.«

»Aber, das klingt ja höchst erfreulich!« rief Mrs. Cookridge aus. Sie war darauf vorbereitet gewesen, ihre Freundin über die einschneidende Veränderung in ihrem Leben hinwegtrösten zu müssen. »Doch ich unterbreche dich. Fahr bitte fort. Er verliebte sich in sie, sagtest du?«

Olivia nickte: »Ja, so muß es wohl gewesen sein. Weißt du noch, wie verwundert ich war, daß Papa so verändert von diesem Jagdaufenthalt zurückkam? Er war nicht mehr so verschlossen wie früher. Vergrub sich nicht mehr den ganzen Tag in der Bibliothek, sondern ging seinen Pflichten auf dem Gut im verstärkten Maße nach. Na, und dann fuhr er öfter nach London. Das hatte er doch seit Mamas Tod kaum noch getan. Ich war natürlich weit davon entfernt zu ahnen, daß hinter all den Veränderungen eine Frau stecken würde. So fiel ich aus allen Wolken, als er vor zwei Monaten, du warst gerade nach Yorkshire abgefahren, erklärte, daß er sich zu verehelichen gedenke. Die Kinder waren natürlich ganz aufgeregt. Keiner von uns konnte sich vorstellen, daß wir nun eine Stiefmutter bekommen sollten. Und der Gedanke, daß Redbridge Manor künftig eine neue Herrin haben würde, daß ich mich wieder unterzuordnen hätte, wie es sich für eine unverheiratete Tochter geziemt, das hat mir anfangs schlaflose Nächte bereitet.«

Sie hielt kurz inne und ihre Freundin nickte verstehend.

»Am nächsten Nachmittag war es dann so weit: Lady Sudbury sollte zu Besuch kommen. Wir warteten aufgeregt im Salon. Die Kinder hatten ihre besten Kleider angezogen. Mit verstörten, widerwilligen Gesichtern saßen sie in der Runde. Sophia schmollte, und nur ein Machtwort unseres Vaters konnte sie dazu bewegen, diesen Nachmittag nicht auf ihrem Zimmer zu verbringen. Wirklich kein gutes Vorzeichen für die erste Visite der neuen Hausherrin.«

Olivia lachte, als sie sich an diesen Nachmittag erinnerte: »Warum es dann ganz anders kam, kann ich dir beim besten Willen nicht erklären. Marilla hat alle Herzen im Sturm erobert. Vielleicht gelang es ihr, weil wir eine ältere Dame erwartet hatten. Strenger, vielleicht. Die sofort versuchen würde, die Erziehung der Kinder an sich zu reißen... Ich weiß es nicht. Marilla hingegen wirkte so jugendlich und zerbrechlich. Gleichzeitig war sie so temperamentvoll und fröhlich. Vater hat wirklich die richtige Wahl getroffen. Sogar unsere Dienerschaft akzeptiert und liebt die neue Herrin. Auch jene, die bereits bei uns waren, als Mama noch lebte. Das mußt du dir vorstellen!«

Sie nahm einen weiteren Schluck aus der Tasse und fuhr fort: »Von diesem Tag an kam sie oft zu uns. Sie freundete sich mit allen Hausbewohnern an. Sie ließ sich von Mrs. Skipton das ganze Haus zeigen, lobte ihre Kochkunst und fragte sie nach einzelnen Rezepten. Sie spielte mit den Kleinen und schmökerte mit Sophia in einigen Ausgaben von *La belle Assemblé*, die sie aus London mitgebracht hatte. Nach kurzer Zeit konnten wir uns gar nicht mehr vorstellen, wie es ohne sie gewesen war. Die Hochzeit vor vierzehn Tagen wurde im kleinen Kreise in der alten Kapelle gefeiert. Mein Bruder Gregory war aus Oxford gekommen. Lord Hamsham war der einzige Verwandte, den Marilla eingeladen hatte. Sie ist noch in Trauer um ihre Mutter, mußt du wissen. Das ist auch der Grund, warum die Trauung in aller Stille gefeiert wurde. Im Juni, wenn das Trauerjahr vorüber ist, soll die Eheschließung offiziell bekanntgegeben werden. Solange wollten die beiden mit der Heirat nicht warten. Das kann ich gut verstehen, denn Marilla konnte nicht im Hause eines verwitweten Mannes übernachten, ohne daß es Gerede gegeben hätte. Und die weite Anreise für ihre Besuche und die Aufenthalte in den Gasthöfen waren auf die Dauer doch zu beschwerlich. Die Hochzeit war ein schönes Fest. Wir haben viel gelacht, und es gab keinen, der Marilla nicht in sein Herz geschlossen hätte.«

»Und ihre Söhne?« wollte Mrs. Cookridge wissen, »waren die nicht eingeladen?«

»Söhne?« wiederholte Olivia erstaunt, »soviel ich weiß, hat sie nur einen Sohn, Harry. Er ist zur Zeit als Offizier in Belgien stationiert und konnte keinen Urlaub bekommen.«

Mrs. Cookridge dachte angestrengt nach: »Ich kann mich natürlich irren«, sagte sie schließlich. »Soweit ich mich erinnere, gab es da noch einen zweiten Sohn. Möglich aber auch, daß ich da zwei Familien verwechsle.«

Sie blickte Olivia offen ins Gesicht: »Was du mir erzählt hast, klingt alles sehr schön. Aber so erfreulich diese Heirat auch sein mag, für dich ist sie doch eine Katastrophe. Oder denkst du etwa, daß dich die neue Lady Redbridge auf dem Gut weiter frei schalten und walten läßt?«

Olivia lachte etwas wehmütig: »Nein, das ganz gewiß nicht. Sie ist es gewöhnt, ein viel größeres Haus zu führen, als es das unsere ist. Und sie hat bereits begonnen, die Zügel in die Hand zu nehmen. Es hat sich schon so manches verändert, allerdings nicht zum Nachteil. Jetzt, da die finanziellen Mittel vorhanden sind...«

»Ja, Sudbury war immens reich«, unterbrach sie Mrs. Cookridge. »Er hat also seine Witwe wohlversorgt zurückgelassen?«

»Ja, ganz sicher. Ich weiß zwar nicht, wie groß Marillas Vermögen ist, nehme jedoch an, es ist beträchtlich. Für unser Gut ist das natürlich ein Segen. Zumal sich Papa, nach anfänglichem Sträuben, bereit erklärt hat, Marilla für die längst fälligen Reparaturen und Modernisierungen aufkommen zu lassen. Auch die beiden Pferde vor meinem Gig sind aus ihrem Stall. Und für die Kinder ist es auch wunderbar: John kann nun doch nach Oxford gehen, und für die Mädchen wird eine ordentliche Gouvernante bestellt. Du weißt, dafür waren nie genügend Mittel vorhanden.«

»Ja, aber du! Was wirst du tun?« wollte Mrs. Cookridge wissen.

»Ich gehe nach London«, erklärte ihre Freundin zu ihrer Überraschung. »Ich habe an meine Tante Mable geschrieben, du weißt, Mamas Schwester. Ich habe sie gebeten, mich für die Dauer der Saison bei sich aufzunehmen. Heute ist ihr Antwortbrief eingetroffen. Sie schreibt, daß sie sich freue, mich wieder bei sich zu haben. Nun...« erwog sie leidenschaftslos. »Freuen wird sie sich wohl nicht gerade. Aber es ist nett von ihr, daß sie das schreibt.«

»Das ist wirklich eine gute Nachricht.« Mrs. Cookridge war begeistert. »Auch wenn du mir fehlen wirst, denn ich habe unsere Teestunden immer sehr genossen. Aber für dich ist eine Abwechslung sicher genau das Richtige. Nun, da du deine Pflichten deiner Familie gegenüber losgeworden bist, ist es höchste Zeit, daß du auch einmal an dich denkst.«

Olivia stimmte ihr ohne falsche Bescheidenheit zu: »Ja, das habe ich mir auch gedacht. Nun, da ich die Kinder in guten Händen weiß, brauche ich mir um sie keine Sorgen mehr zu machen. Ich werde also nach London gehen und mir einen Ehemann suchen.«

Als sie bemerkte, daß ihre Freundin über ihre Offenheit überrascht war, meinte sie mit einem Anflug von Bitterkeit: »Du brauchst nicht zu befürchten, daß ich meine Erwartungen zu hoch ansetze. Ich weiß noch genau, wie es vor sechs Jahren war. Und damals war ich immerhin erst siebzehn und noch nicht sitzengeblieben. Und doch war ich ein Mauerblümchen. Jetzt bin ich dreiundzwanzig Jahre alt, altmodisch und ohne Aussicht auf eine stattliche Mitgift. Da kann ich nicht allzuviel erwarten. Doch für einen netten Mann, der mich nicht über Gebühr langweilt, wird es reichen. Glaubst du nicht, meine Liebe?«

Olivia lachte unwillkürlich auf, als sie in das Gesicht ihrer Freundin sah, in dem sich unverhohlener Abscheu spiegelte. »Vielleicht hält ein Witwer um meine Hand an«, fuhr sie fort. »Mit zwei, drei Kindern und einem Landhaus. Dann hätte ich wieder eine Aufgabe, die mir liegt, und das Leben könnte ganz erfreulich werden.«

Sie lächelte tapfer. Doch ein tiefer Seufzer entrang sich ihrer Brust. So ganz ihren Idealvorstellungen schien eine derart biedere Zukunft doch nicht zu entsprechen.

IV.

»Die Post ist soeben gekommen, Mylady«, verkündete der Butler, der geräuschlos das Zimmer betreten hatte. Es war später Vormittag, und die Familie, bestehend aus Lord und Lady Redbridge, Miss Olivia und ihrer um sechs Jahre jüngeren Schwester Sophia, war um den Tisch versammelt. Das Frühstücksgeschirr war bereits abgeräumt, und die jüngeren Kinder hatten das Haus verlassen und waren zu den Ställen enteilt.

Man war eben dabei, Mylady über all jene Nachbars- und Pächterfamilien zu informieren, die an diesem Tag auf dem Besuchsprogramm standen. Lady Redbridge hielt es für eine Selbstverständlichkeit, allen Familien im Umkreis einen Höflichkeitsbesuch abzustatten. Olivia hatte ihr spontan angeboten, sie zu begleiten. Sie wußten beide, daß dies ein kluger Schachzug war. Wenn erst einmal das gute Einvernehmen, das zwischen Stiefmutter und Stieftochter herrschte, allgemein bekannt war, dann stand der freundlichen Aufnahme von Mylady im Landkreis nichts mehr im Wege.

Alle bisherigen Besuche waren recht erfreulich und in herzlicher Atmosphäre verlaufen. Die gemeinsamen Ausfahrten hatten auch dazu beigetragen, daß sich die beiden Frauen besser kennenlernen konnten. Sie waren überrascht, wie leicht es ihnen fiel, eine gemeinsame Gesprächsbasis zu finden, und wie sehr sie einander, trotz ihrer kurzen Bekanntschaft, schätzten und mochten. Olivia war gerade dabei, von Mrs. Goodhow zu sprechen, die in der Gegend für ihre Salben und Tinkturen bekannt war, die sie aus selbstgezogenen Kräutern mischte, als sie vom Butler unterbrochen wurde. Dieser reichte Marilla das Silbertablett, auf dem die Zeitung und ein kleiner Stapel Briefe lagen. Da für jeden der Anwesenden ein Schreiben dabei war, herrschte bald einvernehmliche Stille. Diese wurde von einem erstaunten Ausruf Seiner Lordschaft jäh unterbrochen. Die anderen fuhren von ihrer Lektüre auf. Lord Redbridge saß da, in der Hand ein Blatt Büttenpapier, das mit einem schmalen Goldrand versehen war, und blickte Olivia entgeistert an.

»Was ist los, Papa?« meldete sich Sophia zu Wort, »hast du unerfreuliche Nachrichten erhalten?«

Seine Lordschaft beachtete seine jüngere Tochter nicht, sondern fuhr fort, seine ältere mit einem eindringlichen Blick zu betrachten.

»Olivia«, sagte er schließlich, »seit wann bist du mit Seiner Gnaden, dem Herzog von Wellbrooks, bekannt?«

»Dem Herzog von Wellbrooks?« wiederholte diese und schüttelte den Kopf, »ich kenne den Herrn nicht. Warum fragst du, Papa? Was ist mit Seiner Gnaden?«

»Er hält um deine Hand an, meine Liebe«, antwortete ihr Vater und reichte das Schreiben an sie weiter.

Diese Erklärung sorgte naturgemäß für Aufregung unter den anwesenden Damen. Während Lady Marilla sie eingehend beobachtete, überflog Olivia die Zeilen.

»Ein Herzog!« rief Sophia aus, die als erste die Sprache wiedergefunden hatte. »Olivia soll einen Herzog heiraten?«

Sie warf ihrer Schwester einen prüfenden Blick zu. Es war ihr, als sähe sie sie nun aufgrund des Antrages mit anderen Augen.

»Aber, aber... der Herzog muß doch schon ziemlich alt sein. Sicher hat er die sechzig bereits überschritten«, stammelte diese, die es einfach nicht fassen konnte.

»Ach, so ist das.« Sophia lehnte sich in ihrem Stuhl zurück. Wenn der Herzog wirklich bereits ein derart biblisches Alter hatte, dann war es keine Sensation, wenn er ihre Schwester zur Frau nehmen wollte.

»Unsinn!« rief Lady Marilla. »Der alte Herzog ist vor zwei Jahren gestorben. Der gegenwärtige Inhaber des Titels ist kaum über dreißig.«

»Wie sieht er denn aus?« wollte Sophia neugierig wissen. »Ist er vielleicht ein Wüstling? Hat er Vermögen? Ach, spanne uns doch nicht auf die Folter, bitte Marilla!«

»Der Herzog sieht sehr gut aus. Er ist großgewachsen und von sportlicher Statur. Zudem ist er ein Gentleman reinsten Wassers und keinesfalls ein Wüstling, wie du es zu nennen pflegst. Soviel ich weiß, machen ihm alle heiratsfähigen Mädchen der Hauptstadt schöne Augen. Er hat von seinem Vater erheblichen Grundbesitz geerbt. Und auch sein übriges Vermögen kann sich sehen lassen.«

»Und so ein Prachtstück will ausgerechnet Olivia heiraten?« rief die unverbesserliche Schwester ungläubig aus.

»Warum nicht?« fragte der Vater streng. »Deine Schwester mag zwar nicht mit den eleganten Erscheinungen der Londoner Gesellschaft konkurrieren können. Dafür ist sie jedoch bei weitem klüger als die meisten ihrer Geschlechtsgenossinnen. Sie ist hübsch, humorvoll und sehr tüchtig. Und das ist viel wichtiger als geziertes Gehabe, das du anscheinend für ausschlaggebend hältst.« Olivia war über die lobenden Worte ihres Vaters ebenso überrascht wie erfreut. »Danke, Papa«, sagte sie gerührt.

Sophia war für kurze Zeit zum Schweigen gebracht.

»Du kennst Seine Gnaden persönlich?« erkundigte sich nun seine Lordschaft an seine Gemahlin gewandt. »Hast du vielleicht eine Ahnung, was den Gentleman zu einem derart überraschenden Antrag bewogen haben konnte?«

»Nein, leider, mein Lieber. Ich habe Seine Gnaden seit fast zwei Jahren nicht mehr gesprochen. Darum sind mir seine Beweggründe nicht bekannt. Bist du ganz sicher, daß du Wellbrooks noch nie gesehen hast, Olivia?«

»Ja, vollkommen sicher. Ich würde mich doch an einen Herzog erinnern können. Noch dazu, wenn er so attraktiv ist, wie du uns eben erzählt hast.«

Sophia hatte ihrer Schwester den Brief aus der Hand genommen.

»Hier steht, daß der Herzog am Montag der kommenden Woche zu uns kommen wird«, stellte sie begeistert fest. »Ein echter Herzog kommt uns besuchen!«

»Das ist ja wohl das mindeste, das man erwarten kann, wenn er deine Schwester zu ehelichen gedenkt«, meinte Seine Lordschaft gelassen.

»Das ist einen Tag bevor ich nach London aufbreche«, stellte Olivia fest. »Es ist gut, daß ich bis dahin noch einige Tage zum Nachdenken habe.« Sie überflog das Schreiben noch einmal. »Hier steht eindeutig: Miss Olivia Redbridge. Da ist doch jeder Irrtum ausgeschlossen, daß der Herzog jemanden anderen gemeint haben könnte, nicht wahr?«

Sie blickte sich etwas verloren um: »Bitte verlangt jetzt noch keine Entscheidung von mir. Ich bin ganz durcheinander, kaum imstande, einen klaren Gedanken zu fassen.«

»Aber natürlich, meine Liebe«, meinte der Vater und tätschelte beruhigend ihre Hand. »Bitte glaube mir, daß dich niemand zu einer Heirat drängen will, so vorteilhaft sie auch sein mag. Ich weiß, daß du in der Lage bist, deine eigenen Entscheidungen zu treffen. Wie auch immer sie ausfallen mag, wir werden sie respektieren. Wenn du deine Gedanken mit mir besprechen möchtest, ich stehe dir jederzeit zur Verfügung.«

In diesem Augenblick trat der Butler ein, um seinen Herrn davon in Kenntnis zu setzen, daß der Verwalter in der Bibliothek auf ihn wartete.

»Ich komme sofort«, sagte Lord Redbridge und erhob sich, »die Pflicht ruft.« Er küßte seine Frau liebevoll auf die Wange und folgte dem Butler in die Halle.

Sophia, die der Köchin versprochen hatte, ihr beim Kuchenbacken zu helfen, ging nun widerstrebend in Richtung Küche davon. Mit der strikten Ermahnung, keiner Menschenseele etwas von dem Antrag des Herzogs anzuvertrauen.

»Nun, meine Liebe«, unterbrach Lady Marilla das Schweigen, das nach dem Abgang von Vater und Sophia entstanden war. »Wenn du nun keine Lust mehr verspürst, mich auf meiner Besuchstour zu begleiten, kann ich das gut verstehen. Ich werde mich jedoch auf den Weg machen müssen.«

Olivia fuhr aus den Gedanken auf: »Nein, nein, Marilla«, sagte sie mit einer wegwerfenden Handbewegung. »Es hat keinen Sinn, zu Hause zu sitzen und zu grübeln. Natürlich begleite ich dich. Die frische Luft wird mir guttun. Außerdem finde ich die besten Lösungen, wenn ich nicht angestrengt über ein Problem nachdenke.« Sie hatte sich ebenfalls von der Tafel erhoben und öffnete ihrer Stiefmutter die Türe: »Wenn es dir recht ist, treffen wir uns in einer halben Stunde bei den Ställen. Ich werde John Bescheid geben, er soll anspannen lassen.«

Es war am späten Nachmittag, als die beiden Damen ihren Heimweg nach Redbridge Manor antraten. Die alte Mrs. Goodhow winkte ihnen noch lange nach, als sie in Olivias Gig die Straße entlangfuhren. Lady Redbridge hatte sich in ihrem Sitz zurückgelehnt, auf ihrem Schoß ein Bündel Kräuter und das Rezept für einen Tee, der gegen die Kopfschmerzen helfen sollte, die sie von Zeit zu Zeit plagten. Olivia, die durch die Besuche abgelenkt worden war und zu ihrer gewohnten Fröhlichkeit zurückgefunden hatte, war wieder in ihr tiefes Grübeln versunken.

»Du bist so nachdenklich«, unterbrach ihre Stiefmutter die Stille.

»Es ist alles so schwierig«, stöhnte Olivia. »Wenn ich nur wüßte, was hinter diesem mysteriösen Antrag steckt. Ich kann den Gedanken nicht loswerden, daß sich da jemand einen dummen Scherz erlaubt hat. Aber da war doch das Wappen auf dem Briefkopf eingeprägt. Und warum sollte der Herzog scherzen? Wie sollte es mir möglich sein, einen Antrag anzunehmen, wenn ich weder den Bewerber noch dessen Beweggründe kenne?«

»Warte doch einfach den Besuch Seiner Gnaden ab, bevor du eine Entscheidung fällst«, schlug Lady Redbridge vor. »Außerdem ist es ein glücklicher Zufall, daß dich deine Tante gerade jetzt zu sich eingeladen hat. Du wirst in London häufig mit Wellbrooks zusammentreffen und kannst dir ein Bild von ihm machen. Wie kommt es eigentlich, daß dich deine Tante für diese Saison eingeladen hat?«

»Weißt du, ich habe ihr geschrieben und sie gebeten, sie möge es tun. Ich habe mit diesem Gedanken gespielt, seitdem du das erste Mal bei uns zu Besuch warst.«

»Um Himmels willen!« rief Mylady entsetzt und richtete sich steif in ihrem Sitz auf. »Ich will dich doch nicht aus deinem Vaterhaus vertreiben! Hältst du mich denn für ein Ungeheuer, mit dem du dir ein Zusammenleben unter einem Dach nicht vorstellen kannst?«

Sie war sichtlich erschüttert.

»Aber nein«, widersprach Olivia lachend. »Im Gegenteil.«

»Das mußt du mir näher erklären«, insistierte ihre Stiefmutter.

Olivia zügelte die Pferde und begann: »Wie du weißt, war ich bereits einmal bei meiner Tante in London zu Gast. Ich war damals siebzehn und sollte meine erste Saison bei ihr verbringen. Leider starb Mama unerwartet bei diesem schrecklichen Bootsunfall, und ich kehrte nach wenigen Wochen wieder nach Hause zurück. Es mußte sich schließlich jemand um den Haushalt und um die Kinder kümmern.«

»Du Arme!« warf Lady Redbridge ein, »wie schrecklich schwer muß dir das gefallen sein.«

»Mamas Tod traf mich hart«, gab Olivia zu, »aber das Ende meiner Saison habe ich nicht bedauert. Weißt du, ich war damals ein richtiges Landkind. Die großen Bälle und Abendveranstaltungen erschreckten mich. Ich war es nicht gewöhnt, mit fremden Menschen über alles und nichts zu plaudern. Überdies habe ich auch nicht gut ausgesehen. Hausbacken, pausbäckig und an allem Modischen völlig desinteressiert. Ich hatte nur ein Auge für Pferde. Nicht für Männer. Den Kopf voll von naiven Vorstellungen. Ich vermute, Tante Mable hatte es nicht leicht mit mir und war ganz froh, daß sie mich so bald loswurde. Um so netter finde ich es, daß sie mich nun, sechs Jahre später, erneut zu sich einlädt.«

Sie hatte das Fahrzeug angehalten und sprang behende von ihrem Sitz. »Wenn es dir recht ist, binde ich die Pferde hier fest, und wir gehen ein Stück spazieren. Im Gehen spricht es sich leichter.«

Lady Marilla warf einen skeptischen Blick auf ihre leichten Halbstiefelchen, sagte jedoch kein Wort und erhob sich ebenfalls. Nachdem Olivia die Pferde festgebunden hatte, hakte sie sich bei ihrer Stiefmutter unter und fuhr in ihrer Erzählung fort: »Ich habe mich also fortan um das Haus, Vater und die Kinder gekümmert. Und war mit meinem Dasein zufrieden.«

»Bis ich kam«, warf Marilla ein.

»Sehr richtig«, bestätigte Olivia mit einem amüsierten Blitzen in ihren blauen Augen. Setzte aber gleich hinzu: »Ich habe es für meine Pflicht angesehen, hier für Ordnung zu sorgen. Wenn du mir versprichst, es Papa und den Kindern nicht zu erzählen, dann gestehe ich dir, daß ich das Leben manchmal sehr eintönig fand. Ich habe mich danach gesehnt zu tanzen, mich zu unterhalten, mit anderen Menschen zu sprechen als mit unseren Pächtern. Ich will mich ganz gewiß nicht beklagen, aber ab und zu hatte ich das Gefühl, das Leben würde ohne mich stattfinden. Als ginge es einfach an mir vorbei. Alle Freundinnen, die ich von Kind auf hatte, sind in der Zwischenzeit weggezogen. Sie haben ihre eigenen Kinder, ihren eigenen Haushalt...«

»... ihren eigenen Mann«, setzte Marilla den Satz fort. »Ich kann dich sehr gut verstehen. Und in der Umgebung hat sich kein Gentleman gefunden, der für eine Heirat geeignet gewesen wäre? Was ist zum Beispiel mit dem Ehrenwerten Mr. Lilliford?«

»Mit Edward?« rief Olivia aus, »diesem aufgeblasenen, einfältigen, langweiligen Schwätzer?« Sie bemerkte das Blinzeln in Marillas Augen: »Ach, du willst mich bloß necken!« stellte sie erleichtert fest. »Nein, in der Umgebung kenne ich keinen, mit dem ich mir eine Vermählung auch nur im entferntesten vorstellen könnte. Bei einem Musikabend in den Assembly-rooms lernte ich letztes Jahr einen jungen Offizier kennen. Er war der zweite Sohn eines Barons. Wir haben uns einige Male getroffen, sind zusammen ausgeritten, aber...«

Olivia zuckte die Schultern.

»Warum ist nichts daraus geworden?« fragte Marilla.

»Er wurde versetzt«, erklärte Olivia, »und ich war ja an Redbridge Manor gebunden. Es war niemand da, an den ich meine Pflichten hätte übergeben können. Verstehst du nun, warum ich sagte, dein Kommen gäbe mir die Möglichkeit, nach London zu gehen? Es ist nicht, weil ich dich nicht leiden kann. Ganz im Gegenteil. Gerade weil ich dich schätze und weil ich weiß, daß alles bei dir in den besten Händen ist. Im übrigen habe ich den Verdacht, daß dir mein Weggehen gar nicht so unrecht ist. Ich bin es gewöhnt, auf dem Gut frei zu schalten und zu walten und der Dienerschaft Anweisungen zu geben. Das alles fällt jetzt in deine Kompetenz. Wer weiß, vielleicht würden wir in nicht allzulanger Zeit die Klingen miteinander kreuzen.«

Marilla lachte. »Da hast du vermutlich recht«, gab sie zu. »Natürlich freue ich mich, wenn du zu Hause bist. Ich habe noch nie eine Frau wie dich kennengelernt. Ich kann mit dir frei und ungezwungen sprechen und das, obwohl wir uns erst so kurze Zeit kennen. Und dann stehen wir auch noch in einem Verhältnis zueinander, das allgemein als sehr schwierig gilt. Schließlich bin ich deine Stiefmutter und unter der hat die schöne Stieftochter bekanntlich immer zu leiden. Das kennen wir doch aus allen Märchen. Ich werde dich also kaltblütig in die weite Welt hinausschicken... Nein, im Ernst. Ich begrüße deinen Entschluß, nach London zu gehen und dein eigenes Leben zu leben. Ich bin sicher, du wirst es viel mehr genießen, als du das als junges Mädchen getan hast. Du bist nun wahrlich nicht mehr schüchtern und pausbäckig. Wenn du dich modisch kleidest, dein Haar anders trägst und deine Füße in hübscheres Schuhwerk schnürst, wirst du als sehr interessante Erscheinung gelten. Rotblonde Locken sind zwar im Moment nicht der letzte Schrei in der Hauptstadt, aber du hast das gewisse Etwas, das dich aus all den blassen jungen Damen heraushebt.« Olivia, die derartige

Schmeicheleien nicht gewöhnt war, sah sie skeptisch von der Seite an. »Wirklich meine Liebe, das ist mein voller Ernst«, setzte Marilla hinzu, als sie den Blick bemerkte.

»Nun laß uns aber umkehren«, meinte sie dann. »Ich sinke mit meinen Schuhen förmlich im Morast ein und bekomme bereits nasse Füße. Du darfst keinesfalls vergessen, mir vor deiner Abreise die Adresse des Schuhmachers zu nennen, der diese abscheulichen Stiefel herstellt, die du trägst, und um die ich dich im Moment glühend beneide.«

V.

Am darauffolgenden Sonntag, der mit einem strahlenden Morgen begann, saß der Herzog von Wellbrooks bei einem ausgiebigen Frühstück, als der Butler meldete, Lord MacAlister wünsche Seine Gnaden zu sprechen.

»Ja, das wünsche ich in der Tat. Aber kannst du dir nicht endlich abgewöhnen, mich so formell anzukündigen, mein Guter?« sagte eine fröhliche Stimme hinter ihm.

Andrew Mattley, der vierte Earl of MacAlister, erschien im Türrahmen. Er war einer der besten Freunde des Herzogs, kleiner als dieser, jedoch ebenso sportlich. Seine dunkelblonden Locken waren à la Brutus frisiert. In dem jungenhaften Gesicht fielen vor allem die blauen Augen auf, die von unzähligen Lachfältchen umrahmt waren. Er war ein gutaussehender junger Mann, Ende zwanzig und außerordentlich charmant. Vor mehreren Jahren hatte er von seinem Vater die Würde eines Earls geerbt und damit ein umfangreiches Vermögen, das sogar das des Herzogs um etliches übertraf. Er war mit Julian Romsey, dem nunmehrigen Herzog von Wellbrooks in Eton gewesen, anschließend in Oxford und hatte an seiner Seite in Spanien gekämpft. Die beiden waren trotz ihrer unterschiedlichen Temperamente, fröhlich und liebenswürdig der eine, arrogant und bestimmend der andere, immer unzertrennlich gewesen. Das hatte sich auch nicht geändert, als MacAlister vor einigen Monaten seine große Liebe, Miss Maria Woodford, zum Traualtar geführt hatte. Wellbrooks war dieser Beziehung anfangs mit großer Skepsis gegenübergestanden. Doch diese war allein durch einen Anflug von Eifersucht zu begründen, wie er sich selbst gegenüber zugeben mußte. Denn bald hatte er auch die kleine, stets gutgelaunte Dame ins Herz geschlossen. War sie auch von lebhafterer Natur, als er sich das für seine eigene Ehefrau gewünscht hätte, so würde sie seinem Freund Andrew eine perfekte Gattin sein.

Nun stand dieser also, zu ungewohnt früher Stunde, im Frühstückszimmer des Herzogs. Mit kurzem Blick prüfte er die aufgetragenen Speisen, bevor er sich auf einem Stuhl seinem Freund gegenüber niederließ, der schweigend sein Frühstück fortsetzte.

»Wenn ich das alles hier so betrachte«, meinte sein Gast schließlich, »so ist das doch viel zuviel für eine einzige Person. Ich hoffe, du hast nichts dagegen, wenn ich dir Gesellschaft leiste.«

Der Herzog schnippte mit den Fingern: »Ein Gedeck für Seine Lordschaft«, ordnete er an.

»Oh, vielen Dank«, meinte MacAlister fröhlich. »Maria ist noch immer bei ihrer Mutter in Sussex, mußt du wissen. Und alleine schmecken mir die Mahlzeiten zu Hause nicht mehr. Du mußt doch zugeben, so ein Frühstück zu zweit ist viel gemütlicher, nicht wahr?«

»Stimmt«, gab sein Freund sarkastisch zu.

MacAlister grinste.

Einer der Diener hatte das gewünschte Gedeck vorgelegt. Seine Lordschaft bediente sich reichlich und widmete sich dann seinem Mahl. Seine Gnaden beobachtete ihn eine Zeitlang schweigend und fragte schließlich mit gewissem Amüsement:

»Bist du nur gekommen, um dir bei mir den Bauch vollzuschlagen, oder hat dein Besuch zu so ungewöhnlicher Stunde noch einen anderen Grund?«

»Sicher habe ich noch einen anderen Grund«, antwortete MacAlister und deutete auf eine der schweren Silberplatten,

»die Gänseleberpastete ist ganz ausgezeichnet.« Er lud sich eine weitere Portion davon auf den Teller. Der Herzog verbeugte sich leicht für das Kompliment und wartete auf die Erklärung seines Freundes.

»Wir haben dich gestern am Spieltisch vermißt, Julian«, begann dieser. »Wo hast du denn gesteckt?«

»Ich war anderweitig verabredet«, sagte Seine Gnaden leichthin.

Andrew blickte sichtlich überrascht von seinem Teller auf. »Wer ist sie?« wollte er wissen. »Eine Neue?«

Der Herzog schüttelte den Kopf. »Ich nehme an, du kennst Mrs. Ordelga.«

»Oh, die schöne Elizabeth«, stellte sein Freund erstaunt fest. »Du hältst es aber schon verdächtig lange mit ihr aus. Das hat doch nicht etwas zu bedeuten?«

»Nicht das geringste«, antwortete Wellbrooks emotionslos. MacAlister kannte seinen Freund gut genug, um diese Antwort als Abfuhr zu verstehen.

»Ist schon gut«, sagte er deshalb. »Ich denke nicht daran, mich in deine Liebesaffären einzumischen. Außerdem komme ich ja wegen einer viel wichtigeren Angelegenheit.«

»Ach nein, tatsächlich?« warf Wellbrooks ein.

»Also, laß mich erzählen. Gestern im Club prahlte der junge Greenhood damit, daß er sich im Tattersall neue Pferde gekauft habe. Sie seien erstklassige Renner, unbesiegbar in jeder Wettfahrt. Er sprach gerade so, als hättest du ihn nicht erst letzten Herbst bei einem Rennen vernichtend geschlagen. Er verkündete stolz, daß er mit diesen Tieren jede Herausforderung annehmen würde. Zuerst haben wir ihn alle ausgelacht. Aber dann erschien Linham. Und was immer man von deinem Vetter halten mag, Wellbrooks, von Pferden versteht er etwas. Er sagte, er habe die Tiere kurz gesehen und sie seien wirklich ein erstklassiges Paar. Nun, um es kurz zu machen, ich weiß nicht mehr, von wem die Idee stammte, aber wir haben ein weiteres Wettrennen zwischen dir und Greenhood vereinbart.«

Der Herzog, der bequem in seinem Sessel zurückgelehnt den

Ausführungen seines Freundes mit mäßigem Interesse gelauscht hatte, hob nun erstaunt eine Augenbraue: »Ach, tatsächlich?« fragte er.

»Du hast doch nichts dagegen, Julian, nicht wahr?« wollte sein Freund wissen. »Ein Rückzieher wäre eine verdammt peinliche Angelegenheit, weißt du. Denn Greenhood hat das Wettbuch bringen lassen und die Wette wurde eingetragen. Die meisten haben auf einen Sieg von dir gesetzt. Ich natürlich auch. Nur ein paar Narren wie der alte Kirkgate wetteten ihr Geld auf Greenhood.«

»Aber kennst du denn die Pferde?« gab der Herzog zu bedenken. »Vielleicht war es unvorsichtig, auf mich zu setzen, Andrew.«

»Ich kenne sie nicht«, gestand MacAlister nicht im geringsten beunruhigt. »Aber es ist doch Greenhood, der sie kutschiert, nicht wahr?« setzte er hinzu, als würde dies schon alles über den Ausgang des Rennens sagen.

Wellbrooks war amüsiert: »Da kannst du recht haben«, meinte er.

»Du machst also mit«, stellte MacAlister zufrieden fest. »Ich wußte doch, daß man sich auf dich verlassen kann.«

»Und du bist wieder mein Postillon?« erkundigte sich sein Gastgeber.

»Ehrensache.« MacAlister lachte.

»Wo soll denn das Rennen stattfinden? Wieder auf derselben Strecke, die wir im Herbst gefahren sind?«

MacAlister nickte.

»Und wann soll das Ereignis über die Bühne gehen?«

»Morgen«, antwortete Seine Lordschaft.

»Morgen?« wiederholte seine Gnaden überrascht. »Ich fürchte, das wird nicht gehen, Andrew.«

Als er sah, daß ihn sein Freund entgeistert anblickte, setzte er hinzu: »Ich habe vor, morgen für einige Tage aufs Land zu fahren. Ich habe dort eine wichtige Verabredung, die...«

»Aber, Julian!« rief seine Lordschaft entrüstet. »Nichts kann so wichtig sein, als daß es sich nicht verschieben ließe. Oder schicke deinen Sekretär zu dieser Verabredung. Der gute Bactexter hat dich schon oftmals würdig vertreten. Er kann es doch auch morgen tun. Du kannst das Rennen nicht platzen lassen. Wir haben ein Vermögen auf dich gesetzt. Man würde annehmen, du hättest nicht den Mut, deine Pferde gegen Greenhoods neues Gespann antreten zu lassen. Nein, mein Freund, glaube mir, das geht beim besten Willen nicht.«

Der Herzog überlegte sich diesen Einwand. Er war nur zu geneigt, seinem Freund Recht zu geben. Diese Idee, Bactexter nach Redbridge Manor zu schicken, war zu verlockend. Die bevorstehende Unterredung mit dem Brautvater war ohnehin nicht nach seinem Geschmack. Zudem hatte er es nicht eilig, seine künftige Braut kennenzulernen. Es war zu spät, um den Termin zu verschieben. Sollte doch wirklich Bactexter an seiner Stelle nach Bath reisen. Sollte doch er im Namen seines Herrn um die Hand von dieser Miss Redbrigde anhalten, und der ersehnten Anzeige in der *Gazette* würde nichts mehr im Wege stehen. Froh seiner lästigen Pflicht entronnen zu sein, antwortete er:

»Also meinetwegen. Bactexter wird an meiner Stelle fahren. Wenn ihr jedoch das nächste Mal ein Wettrennen haben wollt, dann holt meine Einwilligung ein, bevor ihr alles arrangiert.«

»Aber natürlich«, versprach sein Freund bereitwillig und säbelte sich noch eine dicke Scheibe vom Beinschinken ab.

VI.

Mr. Jonathan Bactexter, mit seinem Pferd auf dem Weg nach Bath, fluchte leise vor sich hin, wie das sonst nicht seine Art war. Trotz seiner korrekten, etwas bedächtigen Erscheinung, war er ein überraschend schneidiger Reiter. Aber mit dem alten Gaul, den man ihm beim letzten Pferdewechsel gesattelt hatte, gab es kein rasches Vorwärtskommen. Er würde sich zu allem Übel auch noch verspäten und erst knapp vor der Dinnerzeit in Redbridge Manor eintreffen. Die unterschiedlichsten Gefühle kämpften in seiner Brust. Doch alle waren unfreundlich: Empörung darüber, daß er auf eine derart delikate Mission geschickt worden war, während sein Herr nichts Wichtigeres zu tun hatte, als ein Wettrennen zu bestreiten; ohnmächtiger Zorn darüber, daß er nicht den Mut aufgebracht hatte, diese Aufgabe schlichtweg abzulehnen und so etwas wie Furcht vor dem peinlichen Auftritt, der ihm bevorstand.

»Nie wieder!« zischte er durch seine zusammengebissenen Zähne, »nie wieder lasse ich mich derart mißbrauchen. Ich werde dem feinen Herzog meine Kündigung überreichen. Jawohl. Sobald ich diese schreckliche Reise hinter mich gebracht habe, werde ich kündigen.« Sollte doch Seine Gnaden sehen, wie er ohne ihn zurechtkam. Es war wirklich eine zu hohe Zumutung, was er da von ihm erwartete. Fast wünschte sich Bactexter, der Herzog würde das Wettrennen verlieren. Und die unbekannte Dame würde ihm einen Korb geben. Das wären die gerechten Strafen für ein derartiges Verhalten. Bactexter seufzte. Er wußte, daß weder das eine noch das andere eintreten würde.

Olivia wanderte unterdessen unruhig im Salon auf und ab. Den Blick auf die kleine Uhr auf dem Kaminaufsatz gerichtet, wurde sie von Minute zu Minute nervöser. Das war ja ein guter Beginn für die kommende Unterredung, wenn der Herzog schon verspätet eintraf! Zweifel überkamen sie, ob es wirklich klug war, darauf zu bestehen, daß sie den Besucher allein empfing. Sie hatte gedacht, sich auf diese Weise ein besseres Bild von ihm machen zu können. Sie wollte ihn nach seinen Motiven für den Heiratsantrag befragen. Und sie wollte seine Vorstellung von ihrer zukünftigen Ehe kennenlernen. Gegen eine Vernunftehe hatte sie nichts einzuwenden: Doch mußten die Einzelheiten dieses Arrangements im vorhinein festgelegt werden, damit es nicht zu unliebsamen Überraschungen kam. Und vor allen Dingen: falls sich herausstellen sollte, daß sie für ihren Bewerber keinerlei Sympathien aufbringen könnte, wollte sie sich die Freiheit nehmen, den Antrag abzulehnen. Auch auf die sichere Gefahr hin, daß sie niemals einen zweiten, derart schmeichelhaften Antrag erhalten würde.

Sie hatte sich vorgenommen, der Unterredung mit Wellbrooks einen geschäftlichen Anstrich zu geben und dabei hätte sie die Anwesenheit von Papa und Marilla als störend empfunden. Die beiden würden beim Abendessen ausreichend Gelegenheit haben, sich mit ihm zu unterhalten. Marilla kannte den Herzog bereits, das würde das Gespräch bei Tisch auflockern.

Ein weiterer Blick auf die Kaminuhr zeigte, daß sich die Zeiger bereits gegen siebzehn Uhr bewegten. Um achtzehn Uhr würde das Abendessen serviert werden. Er mußte doch wissen, daß man auf dem Lande nicht zu so mondäner Stunde dinierte wie in der Stadt. Oder dachte er etwa, man würde ihm zuliebe von dieser Gewohnheit abgehen? Schließlich war er ein Herzog! Ein Herzog! Noch immer war es unfaßbar, daß gerade ein Herzog um ihre Hand angehalten hatte. Irgendeinen Haken mußte diese Sache haben.

Aus finanziellen Gründen konnte er nicht um sie geworben haben, das stand fest. Es war schließlich bekannt, daß Lord Redbridge, wenn auch nicht gerade verarmt, so doch nicht übermäßig bemittelt war. Über die vorteilhafte Vermählung mit Lady Marilla Sudbury konnte Seine Gnaden nicht informiert sein. Darüber, daß der Herzog seinerseits begütert war, schien es keinen Zweifel zu geben. Wäre Seine Gnaden bejahrt gewesen und hätte dringend einen Erben gebraucht – Olivia hätte seinen Antrag verstanden. Aber nein, er war knapp über dreißig. Ihre Befürchtungen, der Herzog könnte verkrüppelt oder entstellt sein, hatte Marilla lachend beseitigt. Er sei ein schöner Mann, sportlich und hochgewachsen.

Ein gutaussehender Mann, reich und von hohem Adel – warum sollte der gerade um sie anhalten, die sie doch weder schön, noch reich – naja, zumindest von Adel war sie.

Olivia ging zu dem Spiegel hinüber, der neben der Türe hing, und musterte sich mit kritischem Blick. Vielleicht hätte sie sich von ihrer Schneiderin in Bath doch ein neues, etwas vorteilhafteres Kleid nähen lassen sollen. Aber es war ihr als eine Verschwendung erschienen. Unter Tante Mables Ägide würde sie in London viel hübschere Kleider erstehen, als sie sie in Bath je bekommen hätte. Und auch mit ihren Haaren mußte dringend etwas geschehen. Sie wollte keinen Tag länger mit dieser strengen Frisur herumlaufen.

Die Hufe eines einzelnen Pferdes, die über den Vorhof klapperten, unterbrachen ihre Überlegungen. Sie eilte zum Fenster und sah durch einen Spalt zwischen den Vorhängen ihren Gast aus dem Sattel steigen. Er war ein kleiner, schmächtiger Mann mit Brille, den Reithut tief in die Stirn gezogen.

Das also nennt Marilla schön, großgewachsen und sportlich, dachte sie mit einem kleinen, spöttischen Lächeln. Na, sie hätte ihn nicht so bezeichnet. Ein befreites Lachen entfuhr ihr. Ihr Bräutigam machte einen durchaus menschlichen Eindruck. Das Gespräch würde doch nicht so schwierig verlaufen wie befürchtet. Auch der Umstand, daß er zu Pferd kam, verwunderte und beruhigte sie zugleich. Wahrscheinlich würde ihm sein Diener bald nachfolgen. Sie hatte erwartet, daß der Herzog mit allem gebührenden Pomp auf Redbridge Manor vorfahren würde.

In der Halle näherten sich Schritte, die Türe wurde geöffnet und der Butler erschien, gefolgt von dem unbekannten jungen Mann.

»Mister Jonathan Bactexter, Miss Olivia«, verkündete er.

Olivia war kurze Zeit sprachlos, dann riß sie sich zusammen und ging ihrem Gast entgegen, um ihn willkommen zu heißen.

»Sie werden sich sicher fragen, wer ich bin, Miss Redbridge«, begann Mr. Bactexter, als der Butler die Türe hinter sich geschlossen hatte. Dann stellte er sich als der Sekretär Seiner Gnaden vor und entschuldigte sich für sein verspätetes Erscheinen.

Olivia bat ihn, Platz zu nehmen und bot ihm eine Erfrischung an.

»Hat Sie Ihr Herr vorausgeschickt, Mr. Bactexter?« wollte sie wissen. »Wann dürfen wir mit dem Erscheinen Seiner Gnaden rechnen?«

Der Sekretär schien deutlich beunruhigt zu sein. »Mein Herr bedauert es außerordentlich, daß er außerstande ist, den vereinbarten Termin einzuhalten, Miss Redbridge«, sagte er. »Wichtige gesellschaftliche Verpflichtungen haben seine Anwesenheit in der Hauptstadt unumgänglich gemacht...«

»Aha«, dachte Olivia bitter, »er bereut seinen voreiligen Antrag bereits und hat nun seinen Bedienten geschickt, damit dieser die Angelegenheit für ihn ausbadet.«

»...und darum hat mich Seine Gnaden mit der eh... ehrenvollen Aufgabe beauftragt, seinen schriftlichen Antrag mündlich, an seiner Stelle sozusagen, zu wiederholen«, hörte Olivia den Sekretär sagen. Bactexter stockte und sah Olivia etwas hilflos an.

»Er schickt Sie, seinen Antrag zu wiederholen?« murmelte sie fassungslos. Nein, das war wirklich zu arg! Was für ein Mensch mußte dieser Herzog wohl sein? Wie gering achtete er sie denn! Nahm er ernsthaft an, es genüge, einen Boten zu schicken, um um ihre Hand anzuhalten? Dachte er, es bestehe keine Notwendigkeit, sich persönlich zu ihr zu bemühen? Oder wollte er doch etwas vor ihr verbergen?

So sehr sie diese sonderbare Angelegenheit auch hätte empören müssen, weckte sie doch vor allem ihre Neugierde. Sie brannte darauf, diesen Wellbrooks kennenzulernen und die Gründe für sein seltsames Verhalten herauszufinden. Was für eine glückliche Fügung, daß sie bereits am nächsten Morgen nach London aufbrach.

Der Sekretär, der auf die entrüsteten Ausrufe seiner Gastgeberin wartete, war darauf gefaßt, daß sie nach ihrem Riechfläschchen griff, daß sie tobte, daß sie nach ihrem Vater verlangte. Wie kam es überhaupt, daß sie ihn alleine empfing? Als nichts Derartiges geschah, wagte er, seinen erstaunten Blick auf ihr Gesicht zu richten.

Sie saß da, schweigend und gedankenverloren und sagte schließlich mit ruhigem Tonfall: »Gut, Mr. Bactexter, Sie haben also den Antrag Seiner Gnaden wiederholt. Wie soll es nun weitergehen?«

Diese emotionslos vorgebrachte Frage brachte den schwergeprüften Sekretär vollends aus dem Konzept: »Weitergehen?«

stammelte er. »Ich fürchte, ich verstehe Sie nicht ganz, Miss Redbridge.«

»Nun«, erklärte Olivia gelassen, »der Herzog hat doch sicherlich bereits Vorstellungen über die weitere Zukunft.«

»Ja natürlich, Miss Redbridge«, Bactexter erinnerte sich an die Anweisungen seines Herrn. »Falls Sie Seiner Gnaden die Ehre erweisen, seinen Antrag anzunehmen...«

»...und darüber hegt dieser Mann sicher keinen Zweifel...« murmelte Olivia.

»Wie bitte?« fragte der Sekretär beunruhigt.

»Oh, nichts, Mr. Bactexter. Bitte fahren Sie fort.«

»Ja, also, sobald Sie den Antrag angenommen haben, Miss, habe ich die Anweisung, die Verlobung in der *Gazette* zu veröffentlichen.« Er errötete leicht, als er fortfuhr: »Seine Gnaden ist der Meinung, daß es nicht nötig ist, daß Sie sich den Strapazen aussetzen, die eine Saison in der Hauptstadt mit sich bringt. Er hat daher nichts dagegen einzuwenden, wenn Sie bis zur Eheschließung weiter in Ihrer gewohnten Umgebung bleiben. Selbstverständlich wird er Sie in Kürze selbst aufsuchen...«

»Das ist doch wahrhaftig großartig!« unterbrach ihn Olivia. »Ich weiß zwar noch immer nicht, was Ihren Herrn dazu veranlaßt hat, mir einen derart ehrenhaften Antrag zu machen, und ich bin sogar durchaus geneigt, ihn anzunehmen. Aber die weiteren Pläne gefallen mir ganz und gar nicht. Seien Sie bitte so freundlich und teilen Sie Seiner Gnaden mit, daß ich meine endgültige Entscheidung erst nach unserem persönlichen Kennenlernen treffen kann. Keinesfalls kann eine Verlobung zum gegenwärtigen Zeitpunkt in der *Gazette* bekanntgegeben werden. Damit wäre doch jede Möglichkeit genommen, die Verlobung wieder zu lösen, wenn sich bei näherer Bekanntschaft... äh... unüberwindliche Divergenzen zeigen sollten.«

Der Sekretär nickte zu dieser energischen Rede. Was für eine seltsame Frau diese Miss Redbridge doch war. Sein erster Eindruck war gewesen, es mit einer uneleganten alten Jungfer zu tun zu haben, die nie und nimmer zu seinem vornehmen Herrn passen konnte. Doch dann war er fasziniert von ihren blitzenden blauen Augen und von ihrer freien Redensweise. Sie unterhielt sich mit ihm in dieser delikaten Angelegenheit ohne jede Scheu oder Nervosität. Wirklich eine ungewöhnliche Frau.

»Übrigens«, fuhr Olivia nun fort, »da fällt mir etwas ein. Wann gedenken Sie denn nach London zurückzureiten, Mr. Bactexter?«

Der Sekretär erklärte, daß er in einem Gasthof in der Nähe des Gutes übernachten wolle, um am nächsten Tag zeitig am Morgen die Heimreise anzutreten.

Da überraschte ihn Olivia mit der Bitte, ihre Kutsche zu begleiten. »Denn wissen Sie, ich werde nur zusammen mit meiner Zofe unterwegs sein. Papa wäre sicherlich beruhigter, wenn wir männlichen Begleitschutz hätten.«

»Sie fahren nach London?« vergewisserte sich der Sekretär voller Entsetzen. Er wußte, daß das nicht im geringsten den Wünschen seines Herrn entsprach.

»Ja, ich gedenke mich den Strapazen der Saison auszusetzen«, antwortete sie ihm mit seinen eigenen Worten. Das schockierte Gesicht ihres Gegenübers war ihr nicht entgangen. »Meine Tante Lady Darlington war so freundlich, mich zu sich einzuladen«, fügte sie deshalb erklärend hinzu.

In diesem Augenblick ging die Türe auf, und Lord Redbridge betrat den Raum. Er schien bereits darüber informiert zu sein, daß statt des erwarteten Herzogs nur dessen Sekretär gekommen war, denn er begrüßte diesen ohne sichtliche Überraschung.

»Nun?« fragte er und ließ einen prüfenden Blick zwischen seiner Tochter und dem Sekretär hin und her gleiten.

»Seine Gnaden ist in London gesellschaftlich unabkömmlich«, erzählte ihm Olivia, bevor Bactexter zu einer langwierigen Erklärung ansetzen konnte. »Und er war so freundlich, an seiner Stelle Mr. Bactexter zu schicken, Papa. Da ich morgen ohnehin in die Hauptstadt reise, werde ich Seine Gnaden bald persönlich kennenlernen. Dann werde ich die Möglichkeit haben, meine endgültige Entscheidung zu treffen.«

Seine Lordschaft, daran gewöhnt, die Anschauungen seiner

ältesten Tochter zu respektieren, nickte zustimmend und meinte, diese Vorgehensweise erschiene ihm als durchaus vernünftig.

Bactexter betrachtete den Herrn des Hauses ebenso ungläubig, wie er zuvor dessen Tochter betrachtet hatte. Es schien ihm so unglaublich, daß er davonkommen sollte, ohne gescholten zu werden.

»Und übrigens«, fügte Miss Redbridge hinzu. »Mr. Bactexter hat sich bereiterklärt, meine Kutsche bis zu Tante Mables Haus zu begleiten. Es besteht daher keine Notwendigkeit mehr, daß du John Pilgrim mit uns fahren läßt...«

»Du wirst Johns Dienste in London gut gebrauchen können«, widersprach der Vater. »Er hat viele Jahre bei einem Herrn in der Hauptstadt gedient und verfügt über ausgezeichnete Ortskenntnisse. Es besteht kein Grund, warum du auf ihn verzichten sollst. Und bei deiner Tante ist Platz genug für einen Stallburschen. Dennoch danke ich Ihnen, Mr. Bactexter, daß Sie meine Tochter begleiten wollen. Es ist mir eine große Beruhigung.«

Mit diesen Worten hatte er sich dem Sekretär zugewandt, um ihm dankbar die Hand zu schütteln. »Und nun«, setzte er fort, »ist es Zeit für das Abendessen. Sie sind selbstverständlich unser Gast.«

»Zu freundlich«, stammelte Bactexter verlegen, »aber ich bin in Reitkleidung und habe nichts Geeignetes mitgebracht...«

»Das macht doch nichts, mein Junge«, antwortete Seine Lordschaft gutmütig, »wir alle werden beim Dinner auf Abendkleidung verzichten, so müssen Sie sich nicht unwohl fühlen.«

Er läutete nach dem Butler. »Skipton wird Sie in eines der Gästezimmer führen, damit Sie sich frisch machen können. Wir erwarten Sie in einer halben Stunde, wenn es Ihnen recht ist.«

Bactexter blieb nichts anderes übrig, als sich für die Freundlichkeit zu bedanken und dem Butler in die Halle zu folgen.

Nach dem Abendessen, als sich der unerwartete Gast verabschiedet hatte, um sein Quartier in einem der nahegelegenen Gasthöfe zu beziehen, bat Lady Marilla ihre Stieftochter zu einer Unterredung in ihr Schlafzimmer. Es war dieser aufgefallen, daß ihre Stiefmutter den ganzen Abend ungewöhnlich schweigsam gewesen war. Sie hatte mit zerstreuter Miene am Dinner teilgenommen und nur ab und zu mit einer Bemerkung zum allgemeinen Gespräch beigetragen.

In ihrem Schlafzimmer angekommen, entließ sie als erstes ihre Kammerfrau, die gewartet hatte, um ihr beim Entkleiden zu helfen. Dann bat sie Olivia, auf einem der zierlichen Fauteuils Platz zu nehmen.

»Erscheint dir auch alles sehr seltsam?« fragte diese, als sie der Aufforderung nachkam. »Wichtige gesellschaftliche Verpflichtungen haben ihn in London aufgehalten!« Sie betonte das Wort »wichtig«, um deutlich zu machen, wie sehr sie diese banale Entschuldigung anzweifelte. »Was werden das wohl für Verpflichtungen sein, die ihn davon abhalten konnten, eine derartige Verabredung wahrzunehmen?«

Sie verstummte, als sie bemerkte, daß ihre Stiefmutter händeringend und mit nervösen, kleinen Schritten begonnen hatte, im Zimmer auf und ab zu gehen.

»Da ist doch noch etwas anderes, das dich beunruhigt, Marilla, nicht wahr?« fragte sie geradeheraus.

»Ich überlegte nur zum wiederholten Male, was Julian veranlaßt haben könnte, dir diesen Antrag zu machen. Kannst du ihn nicht doch in Bath getroffen haben? Oder anläßlich deines Aufenthalts in London? Vielleicht hat er dich nur ganz kurz gesehen, war verzaubert, konnte dich nicht vergessen und ...«

»Unsinn!« rief ihre Stieftochter energisch, wenn auch belustigt dazwischen. »Schluß mit den romantischen Träumereien. Wenn du mich bei meinem Debüt gesehen hättest, dann wüßtest du, was für eine schüchterne, linkische Person ich gewesen bin. Damals habe ich keinen Mann verzaubert. Schon gar nicht einen Herzog von Wellbrooks. Und überdies wären wir uns sicher vorgestellt worden.«

»Vielleicht seid ihr es ja. Damals war er noch nicht Herzog, da sein Vater noch lebte. Er war Sir Julian Romsey«, gab ihre Stiefmutter zu bedenken.

»Trotzdem. Ich kenne ihn nicht. Vermutlich war er damals nicht in der Hauptstadt.« Dann setzte sie interessiert hinzu: »Wie kommt es, daß du den Herzog ›Julian‹ nennst?«

»Oh, sagte ich Julian?« erkundigte sich Marilla verlegen.

»Du kennst ihn besser, als du zugeben willst, nicht wahr?« stellte Olivia fest. »Was ist eigentlich los? Ich kann mir nicht vorstellen, daß es alleine am Antrag des Herzogs liegt, daß du dich heute beim Dinner so schweigsam verhalten hast. Und daß du nun ohne Unterbrechung vor mir auf und ab marschierst.« Sie brach ab und hatte plötzlich einen schrecklichen Verdacht: »Ist er etwa geisteskrank?«

Marilla blieb abrupt stehen, die Augen vor Überraschung weit aufgerissen: »Geisteskrank?« rief sie aus. »Wie um alles in der Welt kommst du denn auf diese abwegige Idee?«

»Ist sie denn wirklich abwegig? Zuerst bekomme ich einen Antrag von einem Gentleman, den ich noch nie gesehen habe, dann erscheint sein Sekretär und läßt seinen Herrn unter fadenscheinigen Vorwänden entschuldigen, und dann versetzt dich, die du als einzige von uns den Herzog persönlich kennst, diese Angelegenheit in besondere Aufregung...« Sie machte eine mutlose Handbewegung. »Weißt du, am liebsten würde ich den Antrag rundweg ablehnen. Du glaubst gar nicht, wie heilsam das für meinen Seelenfrieden wäre. Ich könnte mein gewohnt ruhiges Leben...«

»Ablehnen!« rief Marilla entsetzt. »Die Chance deines Lebens in den Wind schlagen? Nur um hier im Versteckten ein ruhiges, ereignisloses Leben zu führen? Nein, meine Liebe, da habe ich ganz andere Pläne für dich!«

Sie ging auf ihre Stieftochter zu, die mit Verwunderung feststellte, wie lebhaft ihre Stiefmutter mit einem Schlag geworden war.

»Ja, denkst du denn, ein Leben hier auf dem Lande oder Rande der Londoner Gesellschaft wäre auf die Dauer etwas für dich? Wenn du deinen Aufenthalt in der Hauptstadt wirklich genießen willst, dann mußt du Aufsehen erregen! Kein Wort mehr über die Idee, ein ruhiges Leben führen zu wollen. Ich bin sicher, deine Tante wird dich gern zu allen Abendveranstaltungen mitnehmen, die sie besucht. Du wirst zu Bällen eingeladen werden, zu Routs und Dinners, Theatervorstellungen und Opernaufführungen besuchen. Dazu benötigst du natürlich eine neue Garderobe und eine modische Frisur. Du hast faszinierende Augen und ein bezaubernd freimütiges Wesen. Wenn dazu noch durchdringt, daß die begehrteste Partie am Heiratsmarkt, und das ist Wellbrooks nun einmal, auch wenn es dir schwerfällt, das zu glauben, zu deinen Bewunderern zählt, dann...« Sie hielt inne, um nach den richtigen Worten zu suchen, und rief schließlich, die Hände über den Kopf erhoben: »...dann wirst du in der feinen Gesellschaft einschlagen wie ein Blitz!«

Olivia, die dem unerwarteten Eifer ihrer Stiefmutter mit wachsender Belustigung zugehört hatte, kniff nun leicht die Augen zusammen und blickte sie durchdringend an:

»Die Wahrheit, bitte, Marilla«, forderte sie schließlich. »Warum ist es für dich so wichtig, daß ich in der Gesellschaft einschlage wie ein Blitz?«

Lady Redbridge schwieg geraume Zeit und blickte gedankenverloren über den Park, der sich in nächtlicher Stille zu beiden Seiten des weitläufigen Hauses erstreckte.

»Also gut«, sagte sie endlich. »Ich hatte ursprünglich vor, mit dem Herzog persönlich darüber zu sprechen. Doch nun ist er nicht gekommen. So werde ich jetzt dir die ganze Geschichte erzählen und dich um deine Hilfe bitten. Vielleicht ist es sogar besser so.«

Sie begann wieder im Zimmer auf und ab zu gehen und mit fahrigen Gesten nach den richtigen Worten zu suchen.

»Es geht um meinen Sohn«, erklärte sie schließlich.

»Um Harry?« fragte Olivia erstaunt.

Marilla schüttelte den Kopf. »Nein, um meinen älteren Sohn. Um Matthew Laurent. Ja, er heißt wirklich so. Du wirst es nicht glauben.« Leise lachte sie auf. »Mein Mann wollte es so. Er heißt Matthew nach seinem Vater. Dieser Name wird englisch ausgesprochen. Und Laurent wurde er nach seinem französischen Urgroßvater genannt. Die Mutter meines Mannes war Französin«, fügte sie erklärend hinzu. »Sie stammte aus der Nähe von Paris. Darum hat mein Erstgeborener einen englischen und einen französischen Vornamen. Es fiel allerdings nicht sehr ins Gewicht. Jeder nannte ihn seit seinen Kindertagen Mat.«

»Darum also hat Amanda Cookrigde davon gesprochen, daß du zwei Söhne haben müßtest«, sagte Olivia. »Wie alt ist Mat jetzt?«

»Er ist dreißig«, erklärte Marilla. Als sie Olivias überraschten Gesichtsausdruck wahrnahm, setzte sie mit geschmeicheltem Lächeln hinzu: »Ich hoffe wirklich, daß man mir einen derart erwachsenen Sohn nicht ansieht. Du mußt bedenken, daß ich erst siebzehn Jahre alt war, als Mat zur Welt kam. Mein Mann war mehr als zwanzig Jahre älter als ich. Ich habe ihn mit sechzehn geheiratet, als meine erste Saison kaum vorüber war. Für mich war Sudbury der Ersatz für den Vater, den ich nie hatte. Ich habe dir doch erzählt, daß mein Papa kurz vor meiner Geburt starb, nicht wahr? Und mein Gemahl benahm sich auch wie ein Vater zu mir. Er war zwar freundlich und wohlwollend, zugleich jedoch sehr bestimmend. Er ließ keine andere Meinung gelten als seine eigene. Ich habe mich daher eng an meine Söhne angeschlossen. Und ich hatte auch ein gutes Verhältnis zu ihren Freunden, besonders zu Matthews Freunden. Der Altersunterschied zu diesen war ja geringer als zu den meisten Freunden meines Mannes. Mat hatte vor allem zwei Freunde, mit denen er viel unternahm. Sie verbrachten nahezu die gesamte Freizeit zusammen, waren gemeinsam in Eton und Oxford.« Marilla lachte, als sie sich jetzt wieder erinnerte: »Man pflegte sie ›Die großen Drei‹ zu nennen«, fuhr sie fort und wurde gleich wieder ernst:

»Alles ging gut, bis Mat zweiundzwanzig Jahre alt wurde. Mein Gatte hielt große Stücke auf ihn. Er war ein intelligenter junger Mann, sportlich und ehrgeizig. Er sprach französisch so gut wie seine Muttersprache. Und außer den Dummheiten, die jeder junge Mann macht, gab es nie ernsthafte Probleme. Mit zweiundzwanzig lernte er dann dieses Frauenzimmer kennen.« Sie kniff fest die Lippen aufeinander.

»Eine gewisse Betty Laroche. Weiß Gott, ob die Dame wirklich so hieß. Mat brachte sie eines Tages nach Hause und verkündete stolz, daß er sie zu heiraten gedenke. Du kannst dir vielleicht die Aufregung vorstellen, die diese Ankündigung verursachte. Mein Mann war ein Earl aus einem alten Adelsgeschlecht. Stolz auf seine Herkunft und überaus standesbewußt. Die Vermählung seines Erben mit einer Bürgerlichen hätte er nie in Erwägung gezogen. Und dann war diese Miss Laroche auch noch von äußerst zweifelhaftem Ruf. Wir waren beide entsetzt. Auch ich, die sonst immer zu meinen Söhnen gehalten hatte. Ich hatte die beiden stets vor ihrem gestrengen Vater in Schutz genommen. Doch in diesem Fall konnte ich Mat nicht unterstützen. Ich wußte, daß eine derartige Ehe nur schlimm enden konnte. Diese Frau hätte seine Zukunft zerstört. Mat hatte politische Ambitionen, mußt du wissen. Nein, es war einfach ausgeschlossen, so einer Verbindung zuzustimmen.«

Sie seufzte tief. »Das hat mir mein Sohn nie verziehen. Mein Mann tobte. Er drohte Mat zu enterben, ihm das Haus zu verbieten, wenn er sich nicht von dieser Person lossagte. Ja, und er verlangte von Mat, daß er umgehend um die Hand von Lady Diana Fox anhält, die er als wünschenswerte Braut für seinen Sohn ansah. Es war dieser Wunsch seines Vaters, man kann sagen, dieser Befehl, der das Faß endgültig zum Überlaufen brachte. Vielleicht wäre Mat zur Vernunft gekommen, wenn er Miss Laroche erst einmal näher kennengelernt hätte. Zum damaligen Zeitpunkt kannte er sie erst einige Wochen. Er war verblendet durch ihr gutes Aussehen und wohl auch durch ihr entgegenkommendes Wesen. Er, der den Stolz und die Sturheit seines Vaters geerbt hatte, konnte es nicht über sich bringen, sich dem Willen des Älteren zu beugen. Zudem mochte er Diana Fox nicht. Er sagte, sie sei prüde und kalt und habe ein Gesicht wie ein Karpfen. Sie hat dann später einen Landedelmann geheiratet und lebt in der Nähe von Worthing.«

Marilla seufzte abermals und nahm den ursprünglichen Faden wieder auf: »Mat packte eines Tages seine Sachen und zog aus unserem Hause aus. Beim Weggehen schrie er seinem Vater ins

Gesicht, daß er ihm sein hartherziges Verhalten nie verzeihen werde. Und, daß er sich nicht mehr als der Sohn und Erbe des Earl of Sudbury fühlte. Er erklärte seine feste Absicht, Betty Laroche umgehend zu ehelichen, und ging fort.« Marilla griff nach ihrem Taschentuch, um die Tränen zu trocknen, die ihr in die Augen getreten waren.

»Aber, das ist ja schrecklich!« rief Olivia aus. »So erzähle doch, wie ging die Sache weiter?«

»Die Geschichte ist zu Ende«, entgegnete Marilla unter Tränen. »Mehr kann ich dir nicht berichten. Es ist nun acht Jahre her, seit uns Mat verließ, und ich habe nie wieder etwas von ihm gehört.«

»Nie wieder etwas von ihm gehört?« entfuhr es ihrer Stieftochter. »Aber wo ist Mat jetzt? Wovon lebt er?«

»Ich weiß es nicht, Olivia«, antwortete Marilla traurig. »Er ist wie vom Erdboden verschluckt. Niemand scheint zu wissen, wo er sich aufhält. Niemand kann mir sagen, wovon er lebt. In den ersten Jahren haben wir nicht nach ihm gesucht. Mein Mann war unnachgiebig geblieben. Und ich wiegte mich in der Hoffnung, daß mein Sohn eines Tages von sich aus ein Lebenszeichen geben würde. Für meinen Mann war Mat gestorben. Keiner durfte seinen Namen in seiner Gegenwart erwähnen. Ich weiß, daß dir dieses Verhalten für einen Vater unnatürlich streng erscheinen muß. Aber so war nun einmal seine Wesensart. Als er starb, versuchte ich mit allen mir zur Verfügung stehenden Mitteln, Mat zu finden. Aber es war aussichtslos. Einmal schnappte ich ein Gerücht auf, er sei mit seiner Frau ins Ausland gegangen. Aber Näheres wußte niemand. Ich vermute, daß er sich wirklich nicht in England aufhält. Sonst hätte er doch vom Tod seines Vaters erfahren und sein Erbe angetreten. Er hat sich jedoch nie gemeldet. Ach, Olivia«, sagte Marilla unter Aufschluchzen, »manchmal bin ich verzweifelt.«

Sie griff wieder nach ihrem Taschentuch. »Zur Zeit kümmern sich zwei Verwalter um das Erbe. Darum ist es auch nötig, daß ich von Zeit zu Zeit die Häuser besuche, um nach dem Rechten zu sehen.«

»Und ich habe gedacht, Harry sei der Erbe. Und die Güter würden so lange für ihn verwaltet, bis er den Abschied aus der Armee nähme«, warf Olivia ein.

Marilla schüttelte den Kopf: »Nein, glücklicherweise konnte ich Sudbury dazu bringen, Mat nicht zu enterben, wie er es angedroht hatte. Harry hat von seinem Paten einen kleinen Landsitz in Sussex geerbt. Dort kann er einmal wohnen, wenn er der Armee den Rücken kehrt. Aber das wird leider noch einige Zeit auf sich warten lassen, wenn man die Zustände bedenkt, die zur Zeit auf dem Kontinent herrschen.«

»Was ist mit Mats Freunden, von denen du gesprochen hast?« Olivia lenkte das Gespräch wieder zum eigentlichen Thema zurück. »Vielleicht können die beiden dir weiterhelfen.«

»Zu ihnen führte mich mein erster Weg. Ich konnte mir einfach nicht vorstellen, daß Mat auch aus ihrem Leben verschwunden sein sollte. Sie waren beide überaus höflich zu mir. Doch sie erklärten, sie wissen nicht, wo sich mein Sohn aufhalte. Ich vermute allerdings, daß sie es sehr wohl wissen. Sicher haben sie von Mat die dringende Aufforderung erhalten, mir nichts zu verraten. Ich klammere mich einfach an die Hoffnung, daß die beiden über Mat Bescheid wissen. Daraus schöpfe ich Zuversicht, daß er noch am Leben ist und daß es ihm gutgeht. Denn seine Freunde würden es doch nicht zulassen, daß er in einer ausweglosen Lage leben muß. Und sie hätten mir doch mitgeteilt, wenn ihm etwas zugestoßen wäre, nicht wahr?« Marilla schluchzte und vergrub ihr Gesicht im Taschentuch.

»Aber natürlich hätten sie das«, sagte Olivia sanft und legte ihrer Stiefmutter beruhigend die Hand auf die Schulter. »Ich bin sicher, daß deinem Sohn nichts passiert ist. Schließlich war er doch bereits ein erwachsener Mann, als er fortging. Sicher ist er in der Lage, die Schwierigkeiten zu meistern, in die er sich selbst gebracht hat. Aber nun sag', wer sind die beiden Freunde? Kenne ich sie?«

»Der eine ist Andrew Mattley, der nunmehrige Earl of MacAlister«, erklärte Marilla, »und der zweite ist Julian Romsey, der Herzog von Wellbrooks.«

»Nein!« rief Olivia aus. »Tatsächlich?« Und dann kam ihr ein Verdacht: »Du steckst doch nicht etwa hinter dem Antrag des Herzogs, nicht wahr Marilla?«

»Um Gottes willen!« wies Marilla dieses Ansinnen von sich. »Ich habe Julian seit gut zwei Jahren nicht mehr gesprochen. Nein, glaube mir, ich habe wirklich keine Ahnung, warum er um dich angehalten hat. Aber es wäre gelogen, wenn ich diesen Antrag nicht für einen Wink des Schicksals ansehen würde.«

»Für einen Wink des Schicksals?« wiederholte Olivia verständnislos, »aber warum denn?«

»Olivia, du mußt mir helfen.« Marilla umfaßte leidenschaftlich ihre Handgelenke. »Gehe nach London und bringe in Erfahrung, wo sich mein Sohn aufhält. Ob es ihm gutgeht oder ob er Hilfe braucht.«

Olivia blickte sie entgeistert an: »Wie stellst du dir das vor?« fragte sie ziemlich hilflos. »Natürlich würde ich dir gerne helfen. Doch wie könnte ich das anstellen? Ich kann kaum die ganze Stadt nach einem Mann absuchen, den ich noch nie gesehen habe, nicht wahr?«

»Natürlich nicht«, entgegnete ihre Stiefmutter ungeduldig. »Der einzig mögliche Weg, etwas herauszufinden, führt über Mats Freunde. Mir wollten sie keine Auskunft geben. Vermutlich können sie mir aus Solidarität zu Matthew mein Verhalten ebensowenig verzeihen, wie dies mein Sohn kann. Doch, wenn Wellbrooks auch mir gegenüber verschlossen blieb, seine Frau, oder auch seine Verlobte, müßte Mittel und Wege finden, das Nötige in Erfahrung zu bringen.«

Olivia erwog diesen Gedanken: »Ja, das scheint mir möglich«, gab sie zu. »Doch der Herzog hat ohnehin bereits um meine Hand angehalten. Warum ist es dann noch nötig, daß ich ›wie ein Blitz in der Gesellschaft einschlage‹, wie du es ausgedrückt hast?«

»Aber natürlich ist es nötig!« rief Marilla und vermittelte den Eindruck, als hätte sie am liebsten mit dem Fuß aufgestampft über soviel Unverstand. Ihre Niedergeschlagenheit war wie weggeblasen. Ihr Temperament hatte aufgrund der erfreulichen

Pläne, die sie für ihre Stieftochter hegte, wieder die Oberhand gewonnen.

»Denkst du denn, ein Mann gibt einer Frau auch nur irgendein Geheimnis preis, wenn er sie allein aus Vernunftgründen geheiratet hat? Nein. Er muß von dir fasziniert sein, nur dann wird er uns weiterhelfen. Es ist doch nichts Neues, daß Männer einer schönen Frau jeden Wunsch erfüllen, nicht wahr? Also wirst du eine schöne Frau sein, Olivia.«

Sie trat an ihre Stieftochter heran, um ihr beide Hände auf die Schultern zu legen und ihr ermunternd zuzulächeln: »Ich möchte dir deshalb einen Handel vorschlagen. Du wirst für deine Saison eine neue Ausstattung brauchen: etliche Tageskleider aus feinem Musselin, Abendkleider aus Atlas, Seide und Krepp, Hüte, Handschuhe, Spitzenunterwäsche, passende Schuhe und all die anderen Kleinigkeiten, ohne die eine Dame der ersten Gesellschaft einfach nicht auskommt: Retiküls, Schirmchen, Bänder, Fächer... Meine Liebe, laß das alles mein Anteil an unserer Abmachung sein.«

»Dein Anteil?« wiederholte Olivia und wollte ihren Ohren nicht trauen. »Aber ich hatte vor, mir ein paar Kleider von dem Geld zu kaufen, das mir Mama hinterlassen hat«, wandte sie ein.

Marilla tätschelte freundlich ihre Hand: »Dieses Geld wirst du notwendig für die laufenden Ausgaben benötigen«, erklärte sie weise. »Du wirst Trinkgelder geben müssen, die Droschken bezahlen. Du wirst, wie ich dich kenne, bei Hatchard unzählige Bücher bestellen. Obwohl du kaum Zeit zum Lesen haben wirst, wenn man die Hektik bedenkt, die während der Saison in London herrscht. Na, und dann gibt es noch viel Verlockendes in den Schaufenstern. Ganz zu schweigen von dem Geld, das du am Spieltisch brauchen wirst. Ich möchte dich keineswegs zum Besuch von Spielhöllen verleiten. Doch ab und zu kann ein Abend am Spieltisch in gepflegter Runde sehr amüsant sein. Glaube mir, du wirst überrascht sein, wieviel Geld du brauchen wirst und wie schnell es ausgegeben ist. Darum, laß mich bitte für deine Garderobe aufkommen.«

»Du willst tatsächlich meine gesamte Garderobe bezahlen?«

vergewisserte sich Olivia. »Warum solltest du das tun? Um dich meiner Hilfe zu versichern, ist es doch nicht nötig, daß du ein Vermögen ausgibst.«

»Aber, das weiß ich doch, meine Liebe«, sagte Marilla erfreut. »Doch es soll nicht nur mein Dank für deine Bemühungen sein, etwas über meinen Sohn in Erfahrung zu bringen. Es macht mir Freude, dich auszustatten. Ich hatte nie eine eigene Tochter. Und, um ehrlich zu sein, ich war bisher immer damit zufrieden, zwei prachtvolle Söhne zu haben. Aber glaube mir, wenn ich eine Tochter gehabt hätte, hätte ich mir gewünscht, sie wäre wie du.«

Sie schenkte Olivia ein warmes Lächeln. »Und darum möchte ich dir gern eine Freude machen. Auch dafür, daß du in all den Jahren nicht an dich gedacht hast, sondern ganz selbstverständlich dieses Haus geführt hast. Ich weiß, daß es nicht immer leicht für dich gewesen sein kann, deinen Geschwistern eine zweite Mutter zu sein. Und doch ist es dir perfekt gelungen. Du hast das Haus und die Gärten in bestem Zustand gehalten, was, und da möchte ich ganz ehrlich sein, bei den finanziellen Mitteln, die dir zur Verfügung standen, an ein wahres Wunder grenzt. Du hast deinen Vater unterstützt, du...«

»Nun reicht es aber!« rief Olivia lachend, aber doch gerührt. »Lobe mich bloß nicht zu viel, sonst werde ich noch eingebildet auf alle meine guten Taten.«

»Du nimmst mein Angebot also an«, stellte Marilla zufrieden fest.

Olivia wurde sofort wieder ernst: »Ja, gerne Marilla. Aber nur, wenn ich wirklich etwas für dich tun kann. Ich bin mir noch nicht im klaren, wie ich es angehen soll, etwas über Mats Aufenthaltsort zu erfahren.«

»Das weiß ich auch nicht genau«, gab ihre Stiefmutter zu. »Aber ich bin sicher, wenn du erst einmal mit Wellbrooks bekannt bist, wird dir schon etwas einfallen«, meinte sie zuversichtlich. »Wichtig ist lediglich, daß der Herzog nicht ahnt, daß ich hinter deinem Interesse an Mat stecke. Wenn er davon erfährt, ist es aussichtslos, daß du etwas herausfindest. Wie ich dir schon sagte, dürfte ihm Mat strengstes Stillschweigen auferlegt haben. Wir müssen uns etwas anderes einfallen lassen, das dein Interesse an meinem Sohn rechtfertigt.«

Sie nahm die Wanderschaft im Zimmer wieder auf. »Ich hab's!« rief sie nach einer Weile und ihre Augen leuchteten: »Du warst doch in dieser Schule. In dem Institut für höhere Töchter in Bath?«

»Du meinst das Institut von Mrs. Clifford?« fragte Olivia gespannt.

»Richtig. Wie wäre es, wenn wir sagten, Betty Laroche habe auch diese Schule besucht? Kein Mensch wird wissen, daß das nicht stimmt. Ich bin sicher, auch Wellbrooks ist nicht näher mit dieser Miss Laroche bekannt.« Mit dramatischer Geste hob sie ihre Hände gegen den Himmel: »Wenn ich bedenke, daß diese Miss Laroche in Wahrheit nun Lady Sudbury ist, dann... nein, ich darf einfach nicht daran denken! Für mich wird sie immer Miss Laroche bleiben.«

»Du meinst, ich soll Wellbrooks erzählen, daß ich mit dieser Dame im Internat war?« wollte Olivia wissen.

»Das ist doch eine gute Idee, nicht wahr? Erzähle ihm, sie sei deine Freundin gewesen. Doch leider hast du sie aus den Augen verloren. Und nun würdest du gerne ihre Adresse wissen. Und da jedermann weiß, daß er ein Freund von Lord Sudbury ist, wird er es nicht bemerkenswert finden, wenn du nach dem Verbleib der beiden fragst.«

»Ich werde meinen guten Ruf verlieren, wenn ich bekenne, daß ich eine Freundin einer verruchten Frau bin«, stöhnte Olivia theatralisch. »Aber im Ernst, meinst du das würde klappen? Schon alleine der Gedanke, daß ein Mädchen wie Betty Laroche im Institut von Mrs. Clifford gewesen sein soll, ist absurd. Der Herzog wird Verdacht schöpfen.«

»Denkst du Wellbrooks kennt das Institut von Mrs. Clifford?« tat Marilla diesen Einwand ab. »Außerdem kann er diese Laroche kaum kennen. Mat kannte sie selbst kaum, als er beschloß, sie zu heiraten. Und dann scheinen die beiden England unmittelbar nach dem Streit mit meinem Mann verlassen zu haben.«

Olivia war noch nicht vollständig überzeugt. »Wenn du meinst«, sagte sie dennoch. »Ich werde mich als die Freundin von Miss Laroche ausgeben. Du darfst nicht vergessen mir alles über sie zu erzählen, was du weißt.«

Marilla strahlte: »Ich bin dir ja so dankbar, daß du mir helfen willst«, sagte sie. »Und du versprichst mir, keiner Menschenseele davon zu erzählen, daß du dich in meinem Auftrag nach Mat erkundigst?«

Olivia versprach es.

»Auch deiner Tante gegenüber nicht, meine Liebe. So liebenswert sie auch sein mag, so kann ich mir doch nicht vorstellen, daß sie unser Geheimnis für sich behalten mag und...«

»Auch meiner Tante gegenüber nicht«, bestätigte Olivia.

»Gut.« Marilla war zufrieden.

»Dann laß uns jetzt Pläne für deinen Aufenthalt in der Hauptstadt schmieden.« Sie nahm auf einem kleinen Hocker ihrer Stieftochter gegenüber Platz: »Ich werde dir die Adresse von Madame Christine mitgeben. Ihr Modesalon ist zur Zeit noch ein Geheimtip. Sie ist eine jener unzähligen Emigranten, die in England Zuflucht gesucht haben. In Paris hat sie einen der bekanntesten Salons geführt, und die ganze vornehme Gesellschaft ließ bei ihr arbeiten. Ihre Modelle sind hinreißend, unnachahmlich in ihrer raffinierten Eleganz. Madame wird dich in allen Modefragen bestens beraten.«

In der nächsten halben Stunde hörte Olivia ihrer Stiefmutter mit immer größer werdendem Vergnügen zu, wie diese Pläne für ihre Saison machte. »Natürlich mußt du selbst kutschieren«, hörte sie sie sagen. »Jede Dame, die etwas auf sich hält, tut das«, setzte Marilla energisch hinzu, als Olivia widersprechen wollte. Dann überlegte sie kurz: »Ich habe mir vor nicht allzulanger Zeit ein Phaeton zugelegt, der genau das richtige für dich sein dürfte. Nicht zu hochrädrig, aber doch ziemlich extravagant. Denkst du, daß du damit zu Rande kommen könntest?«

»Ja sicher, aber...«, wollte ihre Stieftochter einwenden.

»Fein. Dann werde ich veranlassen, daß dir der Wagen zur Verfügung gestellt wird. Natürlich muß das Wappen am Schlag übermalt werden, aber sonst ist der Wagen ideal. Nein, bitte widerspreche mir nicht. Ich habe für das Fahrzeug derzeit ohnehin keine Verwendung. Für die Pferde ist es gut, wenn sie bewegt werden. Und dir wird das Fahrzeug gute Dienste leisten. Zu dumm, daß ich bereits alle Reitpferde hierher kommen ließ, denn natürlich muß du ausreiten können.«

In diesem Punkt konnte Olivia sie beruhigen. »Tante Mable hat immer einige Reitpferde im Stall. Sie wird mir sicher eines für meinen Aufenthalt zur Verfügung stellen.«

»Sehr gut«, sagte Marilla aufatmend. »Was den Schmuck betrifft, den du brauchen wirst...«

»...werde ich die Perlen meiner Mutter tragen,« ergänzte Olivia. »Und Papa hat mir bereits erlaubt, das Diamantenkollier mitzunehmen. Es ist ein besonders schönes Stück aus der Familie von Vaters Mutter. Die dazu passenden Ohrgehänge trage ich am liebsten. Außerdem habe ich noch die Türkise, die mir meine Großmama zu meinem ersten Debüt schenkte.«

»Fein«, sagte Marilla, die aus dem entschiedenen Tonfall ihrer Stieftochter erkannt hatte, daß es nicht angebracht war, ihr auch noch einige Stücke aus ihrer eigenen reichhaltigen Schmuckschatulle anzubieten. »Dann steht deinem Erfolg nichts mehr im Wege. Schade, daß ich dich nicht begleiten kann. Ich bin wirklich neugierig, wie du in schicken, modischen Kleidern wirkst. Und wie dein Gesicht mit einer weicheren Frisur zur Geltung kommt. Sicher wirst du dich vor Bewunderern kaum retten können.«

»Wir werden sehen«, meinte Olivia skeptisch.

VII.

Es war am selben Tag, ungefähr zu dem Zeitpunkt, als sein Sekretär in Redbridge Manor eintraf, als der Herzog in Begleitung seines Freundes MacAlister sein Fahrzeug vor seinem Haus zum Stehen brachte. Er warf dem Stallburschen, der herbeigeeilt war, die Zügel zu und sprang behende aus dem Wagen.

»Das wäre geschafft, Andrew«, sagte er zufrieden und klopfte seinem Freund auf die Schulter.

»Komm, laß uns auf unseren Sieg anstoßen.«

Sein Freund stimmte bereitwillig zu, und zusammen eilten sie die breite Treppe zum Haustor empor, wo sie bereits vom Butler erwartet wurden.

»Meine allerherzlichsten Glückwünsche, Sir!« sagte dieser während er Hüte und Handschuhe entgegennahm. »Ich bin sicher, daß Sie einen grandiosen Sieg davongetragen haben.«

»Natürlich hat er das, Hindley«, erwiderte MacAlister gutgelaunt, »wie hast du denn vom Ausgang des Rennens erfahren?«

Der Butler verbeugte sich ein wenig: »Man sieht es beiden Herren am Gesicht an, wenn Sie mir diese Bemerkung erlauben, Mylord«, sagte er und ging voran, um die Türe zur Bibliothek des Herzogs aufzuhalten.

»So weit ist es also mit uns schon gekommen, daß man uns unsere Gefühle vom Gesicht ablesen kann«, stöhnte Seine Gnaden mit gespieltem Entsetzen, als sich der Butler zurückgezogen hatte. Dann begab er sich zu dem kleinen Beistelltisch, auf dem in geschliffenen Glaskaraffen verschiedene alkoholische Getränke bereitstanden.

»Sherry, Andrew?« fragte er. »Oder lieber einen Brandy?«

»Mir ist alles recht, solange du mir nicht Limonade anbietest.« Sein Freund grinste und warf sich in einen der ausladenden Ledersessel: »Hast du das Gesicht gesehen, das Greenhood machte, als man dir den Lorbeerkranz überreichte? Ich glaube, er hätte dich am liebsten erwürgt. Man muß allerdings zugeben, daß die Entscheidung knapper ausgefallen ist, als die meisten gedacht haben. Er hat da ein erstklassiges Paar erstanden. Wirklich gute Renner. Du hast sie in der ersten Etappe der Strecke ja auch ordentlich wegziehen lassen, Julian. Jetzt weiß ich, daß du das aus taktischen Gründen tatest. Du hast vorhergesehen, daß seine Pferde, wenn sie erst einmal ermüdet waren, die lange Steigung gegen Ende des Rennens nicht mehr schnell genug schaffen würden. Und da bist du ja dann auch an ihm vorbeigegangen. Es war wirklich eine Meisterleistung.« Als er merkte, daß er von seinem Freund keinerlei Reaktion erhielt, unterbrach er seine Schwelgerei über das gewonnene Wettrennen und fragte: »Stimmt etwas nicht, Julian?«

Der Herzog stand mit dem Rücken zum leeren Kamin, die Ellbogen auf den Sims gestützt und betrachtete nachdenklich seine Stiefelspitzen, in der rechten Hand das Glas Sherry. Er trank einen großen Schluck und starrte vor sich hin. Dann seufzte er auf: »Es ist so schwer, es dir zu erklären«, sagte er. Schließlich gab er sich einen Ruck. »Ich heirate in Kürze.«

Andrew, der sich bequem in den großen Sessel gelehnt hatte, setzte sich kerzengerade hin: »Wann?« fragte er, um sich dann auf das Wesentlichere zu besinnen: »Und vor allem: wen?«

Dann kam ihm ein Verdacht: »Du hast dich doch nicht entschlossen, Elisabeth Ordelga zu deiner Frau zu machen, Wellbrooks, oder?«

Der Herzog blickte von seinen Stiefelspitzen auf: »Für wen hältst du mich?« fragte er eisig: »Traust du mir wirklich zu, daß ich meine Mätresse heirate. Nein, da kann ich dich beruhigen. Ich habe noch meine fünf Sinne beieinander.«

»Ja, aber wer ist es denn? Hat die kleine Morgan deinen Antrag angenommen? Da wirst du dir viele Feinde machen, kann ich mir vorstellen. Kein Mädchen wird zur Zeit so umschwärmt wie sie.«

Der Herzog schüttelte den Kopf: »Ich wäre nie auf die Idee gekommen, mich in die Schar ihrer zahlreichen Bewunderer einzureihen. Ich muß zugeben, Miss Morgan ist wirklich ein sehr hübsches Mädchen. Aber hattest du nicht auch schon den Verdacht, daß sie ziemlich oberflächlich ist? Im übrigen ist sie fast noch ein Kind. Ich bin jetzt dreißig, und da heiratet man keine Siebzehnjährige.«

»Ach, nein?« fragte MacAlister erstaunt über diese überraschende Erkenntnis. »Nun sag schon, Ju, welche Witwe ist es?«

Der Herzog lachte kurz auf und versicherte seinem Freund, daß es sich bei seiner Auserwählten keineswegs um eine Witwe handelte, obwohl ihre erste Saison bereits einige Jahre zurückliege. »Ich habe Miss Olivia Redbridge einen Antrag gemacht.«

»Miss Olivia Redbridge«, wiederholte sein Freund und versuchte vergeblich sich zu erinnern: »Ist es ein großer Makel, wenn ich sage, daß ich diese Dame nicht kenne? Ich muß gestehen, der Name sagt mir gar nichts. Redbridge. Nein, habe ich wirklich noch nie gehört.«

»Du bist entschuldigt«, antwortete der Herzog amüsiert. »Du kannst sie nicht kennen. Sie wohnt in der Nähe von Bath, ziemlich zurückgezogen mit ihrem Vater, einem Lord Redbridge, und ihren Geschwistern. Sie hat eine Anzahl von Geschwistern, vier oder fünf, wenn ich mich recht erinnere. Zwei Brüder und drei Schwestern, es kann aber auch umgekehrt...«

»Sei doch nicht so aufreizend«, fuhr ihn Andrew an, »es ist doch egal, wie viele Geschwister die Dame hat. Sag endlich, wo du sie kennengelernt hast. Du warst doch noch nie in Bath. Oder willst du mir weismachen, du seist dort kürzlich zu einer Trinkkur gewesen?«

»Unsinn!« wies Wellbrooks diese Vermutung zurück. »Um die Wahrheit zu gestehen, und nun brülle mich bitte nicht wieder an..., ich kenne diese Miss auch nicht persönlich.«

»Du kennst sie nicht?« rief Andrew völlig entgeistert. »Nun, aber Schluß, Julian. Welchen Bären versuchst du mir denn da aufzubinden? Ist denn überhaupt etwas wahr an der Geschichte?«

Der Herzog lächelte etwas gequält, als er erklärte: »Alles, was ich dir gesagt habe, stimmt. Ich habe um die Hand von Miss Olivia Redbridge angehalten. Die Dame kenne ich persönlich nicht. Meine Großmutter hat mich auf sie verwiesen.« Er grinste, als er das fassungslose Gesicht seines Freundes sah.

»Julian«, sagte dieser streng. »Wenn du dich nicht endlich hinsetzt und mir die ganze verworrene Geschichte haargenau schilderst, dann stehe ich auf, gehe auf der Stelle nach Hause und spreche nie mehr wieder ein Wort mit dir. Warum hast du dich denn überhaupt so Hals über Kopf entschieden zu heiraten?«

»Da fragt der Richtige!« höhnte Wellbrooks. »Wer liegt mir denn dauernd in den Ohren, daß ich endlich heiraten soll? Wer sagt denn...«

»Also ich liege dir sicher nicht dauernd in den Ohren!« verteidigte sich MacAlister empört.

»Ach nein?« widersprach Wellbrooks höflich: »Und was sagtest du gerade vor ein paar Tagen, auf dem Ball meiner Nichte Linham: ›Heirate Julian, dann bist du das Getue um deine Person los!‹«

»Ach, daher weht der Wind!« rief Andrew in plötzlichem Verstehen. »Das ist also dein Heiratsgrund. Ist es denn wirklich so schlimm, Wellbrooks?«

Der Herzog hatte sich zu einem der hohen Fenster begeben, einen der schweren Vorhänge beiseite geschoben und blickte hinaus auf die Gärten, die sich hinter seinem Haus erstreckten. Auf die Frage seines Freundes wandte er sich um und sagte bitter: »Mein Gott, hast du denn vergessen, wie es bei dir war, ehe deine Verlobung mit Maria bekanntgegeben wurde. Dir ist es doch nicht viel anders ergangen. Wo immer ich auch hinkomme, werde ich von den heiratsfähigen Mädchen von ganz England umlagert. Und was noch schlimmer ist: Vor allem von ihren Müttern! Ja stell' dir vor, sogar der alte Lord Salbourough fing neulich im Club damit an, mir die Vorzüge seiner ältesten Tochter anzupreisen! Mitten zwischen zwei Rubbern, als ich eben dabei war, die Karten auszuteilen.«

»Der meint doch wohl nicht seine Tochter Heather!« warf MacAlister lachend ein: »Hast du die je gesehen, Wellbrooks? Ich möchte bloß wissen, was es bei diesem Blaustrumpf anzupreisen gibt?«

»Ist doch egal«, unterbrach ihn der Herzog.

»Tatsache ist, daß ich dieses Leben als umzingeltes Subjekt gründlich satt habe und daß ich beschlossen habe, diesen Nachstellungen ein für alle Mal ein Ende zu bereiten. Ich will wieder in meinem Club sitzen können, in aller Ruhe – ohne einen Vater im Nacken, der mich als seinen Schwiegersohn sehen will. Ich möchte mich auf Bällen vergnügen... vergnügen, Andrew! Ich will mich zu den Spieltischen zurückziehen können, ohne auf Schritt und Tritt über heiratswütige Jungfrauen zu stolpern, die mir von noch besesseneren Müttern vor die Füße geworfen werden. Ich möchte – verdammt noch mal – bei meinen, nun, intimeren Bekanntschaften meine Freuden genießen, ohne in deren Blicken deutlich die Absicht zu entdecken, daß sie sich wünschten, nicht nur mein Bett mit mir zu teilen...«

Andrew, der der leidenschaftlichen Rede seines Freundes amüsiert zugehört hatte, sah sich nun doch veranlaßt zu unterbrechen: »Julian, du hast doch nicht etwa vor, neben deiner Ehefrau noch deine zahlreichen Liebschaften zu behalten?«

Der Herzog blickte ihn erstaunt an: »Was stellst du dir denn sonst vor?« fragte er verständnislos. »Ich glaube, ich habe dir klargemacht, daß ich eine reine Vernunftehe einzugehen gedenke. Diese Heirat dient doch alleine dazu, mir den ganzen unliebsamen Ballast vom Hals zu schaffen. Sogar du mußt zugeben, daß niemand mehr versuchen wird mich einzufangen, wenn ich erst einmal offiziell verlobt bin. Aber du kannst doch nicht im Ernst annehmen, daß ich wegen eines Landmädchens, das nicht mehr in der ersten Blüte steht und das ich noch nie im Leben zu Gesicht bekommen habe, mein Leben ändern und meine Vergnügungen aufgeben werde, um den Hausvater zu spielen. Was für einen Sinn hätte denn da die ganze Sache?«

Seinem Freund war bei diesen Worten ziemlich bang geworden: »Julian, das gefällt mir alles nicht«, sagte er entschieden. »Erstens tut mir diese Miss leid, die da nach London kommen soll, um als deine Frau mit ansehen zu müssen, wie du dein Junggesellenleben weiterführst. Und zweitens braucht man wahrlich kein Prophet zu sein, um zu erkennen, wie unglücklich du in dieser Ehe sein wirst. Julian, laß doch dieses Spiel bleiben. Ich bin sicher, du findest unter all den Damen, denen du in London tagtäglich begegnest, eine, die du schätzen und lieben lernen wirst. Begehe doch nicht so überstürzt einen nicht wiedergutzumachenden Fehler.«

»Hier läßt sich nichts mehr rückgängig machen«, erklärte der Herzog mit unbewegter Miene.

»Du hast also bereits um ihre Hand angehalten? Aber wann denn? Du bist doch die letzten Wochen nicht aus London hinausgekommen?«

»Ich habe Bactexter geschickt. Er hat ihr heute meinen Antrag überbracht.«

»Bactexter!« rief Andrew, nun noch entgeisterter. »Du hast deinen Sekretär geschickt? Mein Gott, Julian, so arrogant kannst doch nicht einmal du sein!«

»Was soll das heißen, nicht einmal ich?« fragte der Herzog verärgert über diese berechtigte Kritik und eine Augenbraue schnellte in die Höhe.

»Du kannst dir diesen furchteinflößenden Blick sparen«, rief sein Freund aufgebracht: »Mich schüchterst du damit nicht ein! Du mußt dir doch im klaren sein, was für eine Unverschämtheit es ist, seinen Sekretär als Botschafter mit einer derartigen Angelegenheit zu betrauen. Geradeso, als wärest du eines der gekrönten Häupter Europas. Diese pflegen doch ihren Außenminister zu entsenden oder ihren Botschafter, um einen Ehepakt auszuhandeln. Aber, trotz deiner unzweifelhaft hohen Stellung, ist ein derartiges Verhalten bei dir wohl fehl am Platze. Warum bist du denn nicht selbst nach Bath gefahren?«

»Aber es war doch das Rennen heute. Du selbst hast es arrangiert«, verteidigte sich Wellbrooks milde.

»Das Rennen! Als ob sich das nicht hätte verschieben lassen! Hättest du doch nur ein Wort darüber gesagt, daß du dich gerade heute bei deiner zukünftigen Braut angekündigt hattest. Ich hätte sofort alle notwendigen Vorkehrungen getroffen.«

»Aber ich hatte dir doch gesagt, daß ich aufs Land zu fahren gedachte, da ich eine wichtige Verabredung hätte, kannst du dich nicht erinnern?« wandte Wellbrooks ein. »Du warst es doch, der mir geraten hat, die Besprechung zu verschieben oder meinen Sekretär zu schicken. Nun, da eine Verschiebung nicht mehr rechtzeitig möglich war, habe ich Bactexter beauftragt. Das war ein großes Opfer für mich, wie du dir vorstellen kannst, denn ich entbehre seine Dienste äußerst ungern.«

Andrew warf seinem Freund einen vernichtenden Blick zu: »Sie wird es dir nie verzeihen, daß du sie so beleidigt hast.«

»Du meinst, sie lehnt meinen Antrag ab?« fragte der Herzog spöttisch.

»Du weißt genau, daß sie das nicht tun wird!« fuhr MacAlister auf: »Welche Frau läßt es sich schon entgehen, die Herzogin von Wellbrooks zu werden! Bei deinem Reichtum und deiner Stellung in der Gesellschaft! Daß sie dich arroganten Kerl damit zum Gemahl bekommt, wird sie als unumgängliches Übel in Kauf nehmen«, fügte er in beißendem Ton hinzu.

Wellbrooks verbeugte sich, als habe man ihm ein Kompliment gemacht: »Ich glaube, du siehst die Angelegenheit zu schwarz«, meinte er leichthin. »Wer weiß, vielleicht löst sich alles zur allgemeinen Zufriedenheit. Großmutter sagte, daß Miss Redbridge das Landleben liebe und gewohnt sei, einen großen Haushalt zu führen. Nun auf Brooks Hall findet sie ein weites Betätigungsfeld vor. Es wird ohnehin Zeit, daß dort jemand meinem Verwalter auf die Finger sieht. Nach und nach wird sie dann mit den Kindern immer mehr zu tun bekommen. Denn weißt du, ich stelle mir vor, Vater einer stattlichen Anzahl von Kindern zu werden. Für diese ist das Landleben einer Kindheit in der Großstadt vorzuziehen, da wirst du mir sicher recht geben. Nun, und ich werde in London bleiben müssen, um meinen Pflichten als Mitglied des Oberhauses nachzukommen und auch weil der Prinzregent meinen Rat nicht zu lange wird entbehren wollen. Meine Frau werde ich daher nicht viel sehen, ebenso meine Kinder, solange sie klein sind. Wenn meine Söhne erwachsen werden, kann ich sie dann nach London kommen lassen, um sie in die Feinheiten des gesellschaftlichen Lebens einzuweihen.« Er blickte seinen Freund mit triumphierendem Lächeln an: »Nun, Andrew, siehst du meine Zukunft noch immer so schwarz, wenn du sie von dieser Seite her betrachtest?«

»Ich hoffe, deine Frau ist ungebildet, fett und abgrundtief häßlich«, wünschte dieser ironisch und aufrichtig zugleich.

Der Herzog lachte: »Das ist sie sicher nicht«, entgegnete er, »meine Großmutter hat sie doch für mich ausgesucht.«

In den frühen Abendstunden des darauffolgenden Tages erklang die Glocke aus der Bibliothek in der Halle und ließ den Diener auffahren, der dort gedankenverloren dabei war, die zahlreichen Blumenbouquets neu zu ordnen. Mit übertriebenem Aufstöhnen hob er die Augen zur Zimmerdecke: »Ich möchte bloß wissen, was heute los ist. Jetzt hat Seine Gnaden schon zum drittenmal geläutet. Zum drittenmal in einer Stunde. Und das alles nur, weil er wissen will, ob Mr. Bactexter schon zurückgekommen ist. Als ob ihn das viele Läuten schneller zurückbrächte! Soll ich in die Bibliothek gehen, Mr. Hindley?«

Der Butler, der sich bereits seine eigenen Gedanken über das ungewohnt nervöse Verhalten seines Herrn gemacht hatte, konnte eine derart lockere Redensweise eines Untergebenen keineswegs dulden: »Es steht dir keinerlei Kritik am Verhalten deiner Herrschaft zu«, sagte er scharf. »Geh hinunter und sieh zu, wie du Edmund beim Reinigen des Tafelsilbers behilflich sein kannst. Ich werde selbst in die Bibliothek gehen.«

Henry, der seine freimütigen Äußerungen bereits tief bedauerte, machte sich auf den Weg zur allseits unbeliebten Tätigkeit des Silberputzens. Der Butler betrat das Bücherzimmer, in dem der Herzog zusammen mit Lord MacAlister bereits den ganzen Nachmittag zugebracht hatte. »Euer Gnaden haben geläutet?«

»Das dauert aber verdammt lange, bis du erscheinst«, fuhr ihn sein Herr ungehalten an: »Noch immer keine Spur von Bactexter?«

Der Butler bedauerte.

»Wenn er zurückkommt, sage ihm, daß ich ihn sofort sehen will. Also noch in Reisekleidung, ohne weiteren Aufschub. Habe ich mich klar genug ausgedrückt?«

Als sich der Butler zurückgezogen hatte, wandte sich Wellbrooks seinem Freund zu, der schweigend, in einen Sessel zurückgelehnt, das Gespräch verfolgt hatte, und sagte zum wiederholten Male: »Ich möchte bloß wissen, wo der Kerl so lange steckt.«

Da keine Antwort erwartet wurde, verharrte MacAlister schweigend in seiner Ecke und genoß mit einem gewissen Gefühl von Schadenfreude den neuartigen Umstand, seinen sonst so unerschütterlichen Freund derart aus der Ruhe gebracht zu sehen.

Es schien, als sei der Herzog zu der Einsicht gekommen, daß er möglicherweise einen groben Fehler begangen hatte, so überstürzt um die Hand einer unbekannten Miss anzuhalten. Und diese Erkenntnis, gepaart mit der Ungeduld, mit der er untätig auf seinen Sekretär warten mußte, hatte ihn in eine äußerst gereizte Stimmung versetzt.

»Ich kann mir einfach nicht vorstellen, was ihn aufgehalten haben könnte«, sagte er nun, seine Taschenuhr in der rechten Hand haltend. »Man kann sich wirklich auf niemanden mehr verlassen. Alles muß man selbst erledigen!«

»Das wäre in diesem Fall sicher empfehlenswert gewesen«, meinte sein Freund trocken.

Der Herzog schnaubte und begann wieder im Zimmer auf und ab zu gehen.

»Ich verstehe ja, daß du nervös bist«, sagte MacAlister, »aber mußt du deshalb vor mir hin- und hergehen, bis mir schwindlig wird? Wie wär's, wenn wir uns umzögen und Lady Morgan die Ehre erwiesen, ihre Soiree zu besuchen? Das würde dich auf andere Gedanken bringen, und wenn du zurückkommst...«

»Also, ich rühre mich auf keinen Fall aus dem Haus, bevor ich mit Bactexter gesprochen habe. Aber bitte, wenn du an meinem Schicksal so wenig interessiert bist, kannst du gerne gehen. Niemand wird dich aufhalten, wenn du die Soiree bei...«

Glücklicherweise wurden in diesem Augenblick, gerade noch rechtzeitig, um einen Streit zwischen den beiden Freunden zu verhindern, eilige Schritte in der Halle hörbar, und es dauerte nicht lange, und der Butler öffnete die Türe, um den Sekretär Seiner Gnaden einzulassen.

»Du kommst ja reichlich spät«, sagte der Herzog ohne weitere Begrüßung. »Wo zum Teufel hast du gesteckt!«

»Wir sind sehr zügig gereist, Euer Gnaden, und haben nur die notwendigsten Unterbrechungen zum Pferdewechseln gemacht. Ich bin so schnell zurückgekommen, wie ich konnte«, verteidigte sich Bactexter.

»Wir? Warum sprichst du in der Mehrzahl?« erkundigte sich der Herzog verwundert.

»Ich hatte die Ehre, Miss Redbridge begleiten zu dürfen«, erklärte der Sekretär steif.

»Miss Redbridge?« wiederholte Wellbrooks verwirrt.

»Deine Braut«, ergänzte MacAlister sichtlich belustigt.

»Meine Braut. Du hast meine Braut nach London gebracht?« fuhr der Herzog auf: »Ja, um Himmels willen, hast du denn den Verstand verloren? Du hattest klare Anweisungen, meinen Antrag geziemend vorzutragen. Aber du hattest doch keinerlei Anweisung, die Braut mit nach London zu bringen, du Narr!«

Der Sekretär, der sich aufgrund der ungerechten Vorwürfe noch steifer aufrichtete, antwortete: »Miss Redbridge hat nicht auf meine Anweisung hin gehandelt, Sir. Soviel ich vernahm, stand ihre Absicht, diese Saison in London zu verbringen, schon seit längerer Zeit fest. Sie hat mich nun gebeten, ihre Kutsche zu begleiten. Ich muß gestehen, daß ich selbst überrascht war, als sie mir ihre Bitte vortrug, aber ich habe doch dieses Ersuchen nicht gut zurückweisen können, Euer Gnaden, nicht wahr?«

»Es ist nicht zu fassen!« rief der Herzog aus und hob in einer dramatischen Geste seine Hände. »Meine Braut ist in London.«

»Da ist noch etwas, das ich Ihnen sagen muß«, fuhr der Sekretär ungerührt fort. »Die Dame ist nicht Ihre Braut.«

Der Herzog ließ die Arme sinken: »Nicht meine Braut?« murmelte er entgeistert: »Wie soll ich das verstehen?«

Nun kam auch Leben in Lord MacAlister. Er richtete sich in seinem Stuhl auf und fragte interessiert: »Hat sie den Antrag abgewiesen?«

»Nein, das nicht direkt«, meinte Bactexter. »Miss Redbridge meinte, sie stehe einer Verlobung durchaus positiv gegenüber, Sir. Sie sprach sich allerdings vehement gegen eine Veröffentlichung in der *Gazette* aus, bevor sie Gelegenheit gehabt habe, Euer Gnaden näher kennenzulernen.«

»Keine offizielle Verlobung?« vergewisserte sich sein Herr. »Aber warum denn nicht?«

»Miss Redbridge erklärte, sie wolle sich die Möglichkeit offen halten, die Verlobung bei näherer Bekanntschaft lösen zu können, ohne einen Skandal zu erregen, Sir«, erklärte der Sekretär.

»Bravo!« lachte MacAlister und applaudierte: »Was für eine ungewöhnliche junge Dame!«

Der Herzog glitt langsam in einen der Lederfauteuils. »Und Lord Redbridge?« fragte er schließlich: »Was meinte der zu der ganzen Geschichte? Du hast doch sicher zuerst mit dem Vater gesprochen, bevor du der Tochter vorgestellt wurdest.«

Der Sekretär schüttelte den Kopf: »Nein, Sir, es war Miss Redbridge, die mich zunächst alleine empfing. Mit Lord und Lady Redbridge habe ich erst während des Dinners gesprochen, zu dem man mich freundlicherweise eingeladen hatte.«

»Lady Redbridge?« wiederholte der Herzog: »Von wem sprichst du, um Himmels willen? Lady Redbridge ist doch schon seit Jahren tot!«

»Lord Redbridge hat vor einigen Wochen wieder geheiratet, Sir«, erklärte Bactexter. »Ich weiß, das wird Sie überraschen, denn die Eheschließung wurde aufgrund eines Trauerfalles noch nicht offiziell bekanntgegeben. Man hat mich gebeten, darüber Stillschweigen zu bewahren, Sir. Obwohl mir natürlich gestattet wurde, Sie von dem Umstand zu informieren.«

Diese Mitteilung war nun endgültig zuviel für den Herzog: »Eine Stiefmutter hat sie auch noch!« rief er gepeinigt und wandte sich an seinen Freund: »Andrew, Stiefmütter sind noch schlimmer als leibliche. Denk doch nur an Mrs. Murray: Zuerst hat sie mit allen Mitteln versucht, die Töchter ihres Mannes unter die Haube zu bringen, und nun macht sie mit Dauerbesuchen und guten Ratschlägen ihren Schwiegersöhnen das Leben zur Hölle. Verdammt, worauf habe ich mich da eingelassen!«

»Wie sieht denn die Dame aus?« fragte MacAlister, sich an den Sekretär wendend.

»Oh, Miss Redbridge ist eine wirkliche Lady«, antwortete dieser zurückhaltend: »Sie hat... ähem... rote Haare, straff aus dem Gesicht gekämmt... Sie ist eine Spur, aber wirklich nur eine Spur, größer als ich. Dem Landleben entsprechend praktisch und zeitlos gekleidet. Sie macht einen sehr tüchtigen Eindruck, Sir, wenn Sie mir diese Bemerkung gestatten.«

Der Herzog konnte auf diese Beschreibung seiner Auserwählten nichts erwidern und starrte nur stumm mit großen Augen seinen Freund an.

»Wo befindet sich Miss Redbridge jetzt?« frage dieser. »Du hast sie doch nicht draußen in der Halle warten lassen.«

»Nein, nein!« wies der korrekte Sekretär diesen Gedanken zurück: »Ich habe sie zum Haus ihrer Tante, Lady Darlington, auf den Grosvenor Square gebracht, wo sie während ihres Aufenthalts in London wohnen wird.«

»Lady Darlington«, wiederholte MacAlister, »na, immerhin hat sie durchaus respektable Verwandte.«

Der Herzog war aufgesprungen: »Ich muß jetzt dringend raus hier!« rief er. »Weißt du was, Andrew, wir verzichten auf die Soiree bei Lady Morgan und suchen den Spielsalon auf, den mein Erbe neuerdings favorisiert.«

Seinem Freund war dieser Plan durchaus angenehm, und er folgte Wellbrooks in die Halle. Der Sekretär, der sich plötzlich allein in der Bibliothek vorfand, sah nun den richtigen Zeitpunkt gekommen, seine Kündigung auszusprechen. Als auch er die Halle betrat, sah er, wie sein Herr im Eilschritt auf dem Weg in das obere Geschoß war.

»Was ich noch sagen wollte, Sir…« rief er ihm nach.

Der Herzog drehte sich überraschend um, verlor den Halt und sank mit einem Schmerzensschrei zu Boden. Dort blieb er sitzen, sein rechtes Fußgelenk mit beiden Händen umfassend, das Gesicht schmerzverzerrt.

»Was wolltest du sagen?« erkundigte er sich ruhig.

»Es war nichts Wichtiges, Sir. Ich hoffe, Sie haben sich nicht ernsthaft verletzt«, entgegnete Mr. Bactexter pflichtbewußt: »Ich werde sofort Dr. Rolley rufen lassen.« Damit eilte er davon, um das Nötige zu veranlassen.

VIII.

»Willkommen bei deiner Tante, meine Liebe!« begrüßte Lady Darlington ihre Nichte herzlich und zog sie an ihren üppigen Busen. »Ich freue mich so, dich wieder bei mir zu haben. Weißt du, seitdem Laura geheiratet hat und nach Tunbridge Wells gezogen ist, ist es sehr still in meinem Haus geworden. Manchmal denke ich, ich wohne in einer Gruft.«

»Ich freue mich auch dich wiederzusehen und danke dir sehr herzlich, daß du mich eingeladen hast«, erwiderte Olivia voller Freude über den warmherzigen Empfang. »Ich bin etwas später von zu Hause weggekommen, als vorgesehen war. Ich hoffe, ich habe dich nicht warten lassen.«

»Aber nein, meine Liebe«, entgegnete Mylady. »Ich habe mir den heutigen Abend für dich freigehalten und keine Einladung angenommen. Wir haben uns doch so viel zu erzählen. Mein Kind, du mußt doch entsetzlich müde sein von der langen Fahrt. Bist du hungrig? Wenn du möchtest, lasse ich dir gerne einen kleinen Imbiß servieren. Du weißt ja, ich nehme mein Abendessen ziemlich spät. Oder möchtest du dich auf dein Zimmer zurückziehen und dich etwas ausruhen? Du kannst dich ganz frei entscheiden. Fühle dich bitte wie zu Hause.«

»Nein, nein, ich bin gar nicht müde«, erwiderte Olivia. »Und mit dem Essen kann ich leicht bis zur Dinnerzeit warten. Weißt du, ich habe unterwegs eine Rast gemacht und einen Schinkensandwich zu mir genommen. Es ist wirklich nicht nötig, sich so viele Gedanken um mich zu machen.«

Sie lächelte Mylady freundlich zu: »Und wie geht es dir, liebste Tante?« erkundigte sie sich. »Du siehst blendend aus. Keinen Tag älter, als ich dich in Erinnerung hatte.«

Lady Darlington lächelte geschmeichelt: »Du bist wirklich lieb«, sagte sie und ging voran zu der Sofagarnitur, die wie die übrigen Polstermöbel in hellem Gelb gehalten war und vorzüglich mit dem dunklen Holz der Einrichtung harmonierte. »Komm, setz dich zu mir.« Sie klopfte einladend mit der Hand auf den Platz neben sich: »Laß dich einmal ansehen.«

Sie hatte ihre Nichte bereits bei der Begrüßung diskret gemustert und war über diesen ersten Eindruck alles andere als glücklich. Vor ihr stand ein Mädchen, nein eigentlich eher eine junge Frau, nicht mehr in der ersten Jugendblüte. Die Haare streng nach hinten gekämmt, mit einem dunklen Band gehalten. Ihr Kleid in verblichenem Grün, hochgeschlossen mit zahlreichen Knöpfen am Leibchen und einer kleinen Spitze am Kragen, konnte nicht den Anspruch erheben, modisch oder elegant zu sein. Die Schuhe waren zu derb für eine Dame der Gesellschaft, auf Schmuck hatte Olivia überhaupt verzichtet. Kurz, ihre Nichte war zwar nicht mehr das scheue, unbeholfene Landkind, das sie vor sechs Jahren gewesen war, sie hatte sich zu einem reizlosen Fräulein entwickelt.

Während Lady Darlington sie also herzlich begrüßte, zweifelte sie insgeheim daran, daß dieser London-Aufenthalt ihrer Nichte erfolgreicher verlaufen würde als der vorige. Beim Wechsel der ersten Worte stellte sie erfreut fest, daß sie ihr anfängliches strenges Urteil revidieren konnte: Das Kind hatte eigentlich ein ebenmäßiges Gesicht, eine feine, wenn auch leicht nach oben gebogene Nase und hübsch geschwungene Lippen. Was jedoch am meisten auffiel, waren ihre Augen. Wenn Olivia lachte, blitzten sie geradezu in strahlendem Blau. Mit einer modischen Frisur, das Haar etwas gekürzt und locker aufgesteckt, müßte sich schon etwas aus ihr machen lassen. Und natürlich andere Kleider! Hier seufzte Lady Darlington im stillen. Sie kannte allerdings die finanzielle Situation ihres Schwagers nur zu gut. Man würde mit wenigen neuen Sachen auskommen müssen.

Ich werde ein paar von meinen Kleidern für sie ändern lassen, beschloß sie insgeheim und sah bereits die ersten Schwierigkeiten auf sich zukommen: Nur zu gut konnte sie sich erinnern, wie die junge Olivia vor sechs Jahren jedes Geschenk ihrer Tante abgelehnt hatte. Sie war zu stolz gewesen, um Kleider anzunehmen, und hatte ebenso großspurig wie naiv erklärt, ein Mann solle sie wegen ihres Herzens und ihres Verstandes lieben und nicht wegen ihres Aussehens und modischen Aufputzes.

Lady Darlington wurde noch in der Erinnerung ganz bang ob dieser Einstellung, und sie hoffte, daß ihre Nichte in der Zwischenzeit erfahrener und klüger geworden war. Sie beschloß, so taktvoll wie möglich vorzugehen, um bei ihrer Nichte nicht sogleich Widerstand gegen eine Veränderung des Aussehens zu erwecken, und fragte daher betont freundlich: »Nun, meine Liebe, wie hast du dir deinen Aufenthalt in London vorgestellt?«

Olivia war nicht entgangen, daß ihre Tante sie eingehend gemustert hatte, und sie antwortete nun, der Worte ihrer Stiefmutter eingedenk, mit von Schalk blitzenden Augen: »Weißt du, ich möchte einschlagen wie ein Blitz!«

Ihre Tante sah sie mit großen Augen an.

»Wenn du dich in deiner derzeitigen Aufmachung in der Gesellschaft blicken läßt, wird dir das sicher gelingen«, stellte sie mit trockener Ironie fest.

Gleich, als ihr diese Worte entschlüpft waren, legte sie sich erschrocken die Hand vor den Mund: »Oh, entschuldige bitte!« rief sie aus. »Was bin ich bloß für ein impulsives Wesen. Du darfst mir nicht böse sein, meine Liebe. Ich hatte mir so fest vorgenommen, ganz taktvoll zu dir zu sein. Aber ich denke wirklich, du solltest keinen Paisley-Schal tragen, als wärst du eine würdige Matrone, und zu diesem sicher bequemen, aber doch sehr… hhm… schlichten Kleid, fehlt nur noch ein Häubchen, um den Eindruck einer alten Jungfer abzurunden. Was aber…« fügte sie mit einem strengen Blick auf ihre Nichte hinzu, »nicht heißen soll, daß du dir ein Häubchen zulegen sollst, sondern daß ich das Kleid einfach abscheulich finde.«

Zu ihrer Beruhigung schien Olivia diese offenen Worte nicht übelzunehmen, denn sie antwortete mit belustigtem Lächeln: »Es ist wirklich ein schrecklich altmodisches Kleid, nicht wahr? Marilla war ganz entsetzt, als ich es heute morgen für die Fahrt hierher anzog. Aber weißt du, meine gesamte Garderobe ist nicht viel besser. Alles praktisch, dem Landleben angepaßt, aber nichts für die feine Gesellschaft.«

»Nein, wirklich nicht«, stimmte die Tante erleichtert zu und erkundigte sich dann, mehr der Höflichkeit halber als aus echtem Interesse, wie es ihrem Papa gehe und den vielen Kindern. Und wie es denn zu der überstürzten Hochzeit ihres Vaters gekommen sei, und ob es für sie schwer gewesen sei, sich daran zu gewöhnen, daß nunmehr ihre Stiefmutter die Rolle der Hausherrin auf Redbridge Manor ausfüllte. Olivia erzählte ihr in kurzen Worten die Situation in ihrem Vaterhaus und welchen Segen die Hochzeit ihres Vaters für die ganze Familie bedeute.

»Du kennst doch Marilla, nicht wahr?«

»Natürlich kenne ich sie«, gab die Tante zu. »Wir verkehren in denselben Kreisen, da kann einem eine Frau wie deine neue Stiefmutter nicht verborgen bleiben. Sie war eine Saison lang eines der umschwärmtesten Mädchen, bevor Sudbury sie eingefangen hat. Ich glaube, es war keine sehr glückliche Ehe. Diese temperamentvolle, kleine Person und der herrschsüchtige, stolze Mann, der um so vieles älter war als sie. Näher bekannt waren wir jedoch nie. Sie ist auch ein paar Jahre jünger als ich. Die letzten Jahre, nach dem Tod ihres Gatten, lebte sie meist auf den Gütern in Sussex. Soviel ich gehört habe, sollen diese für ihren Sohn verwaltet werden, der zur Zeit bei der Armee dient. Der soll Sudburys Erbe sein, heißt es. Obwohl da noch ein älterer Sohn war. Ich erinnere mich, daß es vor Jahren zum Bruch mit ihm gekommen war. Ich glaube, wegen einer unpassenden Heirat. Weißt du da Näheres darüber?«

Der Worte ihrer Stiefmutter eingedenk, verneinte Olivia, und Lady Darlington wandte sich wieder dem eigentlichen Thema zu: »Wie dem auch sei, laß uns über deinen London-Aufenthalt sprechen. All meine Freundinnen sind schon neugierig, dich wiederzusehen. Sie kennen dich noch von früher, als du ein junges, unerfahrenes Ding warst. Sie werden staunen, wie selbstsicher du geworden bist. Mit einigen neuen Kleidern und einer modischen Frisur wird man dich bestimmt für recht attraktiv halten«, setzte sie hoffnungsvoll hinzu, obwohl sie selbst noch nicht ganz davon überzeugt war.

Olivia fand es an der Zeit, ihre Tante in die Pläne einzuweihen, die sie mit Marilla geschmiedet hatte: »Liebe Tante«, begann sie und suchte nach den richtigen Worten, »weißt du, ich möchte nicht vermessen klingen oder eingebildet und eitel. Aber ich habe so lange auf dem Land gelebt und die Pflichten einer Hausherrin erfüllt, daß mir jetzt der Sinn danach steht, das gesellschaftliche Leben, das die Hauptstadt bietet, in vollen Zügen zu genießen. Ich kann mich noch gut an die kurze Zeit zurückerinnern, die ich vor sechs Jahren hier bei dir verbrachte, als schüchternes Mauerblümchen, für das nur die geschicktesten Gastgeberinnen Tanzpartner finden konnten.«

Olivia war aufgestanden, blieb einen Augenblick gedankenverloren stehen, wandte sich dann zu ihrer Tante um und sagte energisch: »Ich habe nicht vor, meinen jetzigen Aufenthalt wieder so... unerfreulich werden zu lassen. Nein, im Gegenteil. Liebste Tante, ich ersuche dich hiermit, alles zu tun, um diese Saison für mich zu einem Erfolg werden zu lassen. Ich weiß, daß ich keine reiche Erbin bin, der die Männer ohne jedes Zutun reihenweise zu Füßen liegen. Ich weiß, daß ich für meinen Erfolg einiges werde tun müssen. Aber ich werde mich durchsetzen. Ich bin kein junges Mädchen mehr, das tief errötet, wenn man es ansieht. Ich habe gelernt, mich frei und ungezwungen zu bewegen, bin hoffentlich keine langweilige Gesprächspartnerin und habe sogar recht ordentlich tanzen gelernt – du wirst es kaum glauben, wenn du meine Tanzkünste als junges Mädchen in Erinnerung hast. Doch nun brauche ich den richtigen Rahmen. Du weißt, was ich meine: Kleider, Schuhe, Hüte... ja, vor allem Hüte, alles nach der neuesten Mode. Nun, liebste Tante, willst du mir dabei helfen?«

Am Ende dieser leidenschaftlichen Rede war sie zu ihrer Tante getreten, hatte sie an beiden Händen gefaßt und ihr strahlend in das erstaunte Gesicht geblickt.

»Meine Liebe, du hast dich aber verändert«, meinte diese, als könne sie ihren Ohren nicht trauen. »Ob ich dir helfen werde? Es gibt nichts, was ich lieber täte! Wenn ich bedenke, daß ich mich auf ein stilles Mädchen gefaßt gemacht hatte, das sich nur widerwillig zu einigen Einladungen mitschleppen läßt, so gefallen mir natürlich deine Pläne viel besser. Oh, wir werden dich nach der neuesten Mode ausstatten. Nein, besser noch, wir werden eine Mode für dich kreieren! Du wirst tonangebend werden. Ja, das ist eine Aufgabe, die mich reizt. Jetzt freue ich mich um so mehr, daß du gekommen bist.« Sie umarmte ihre Nichte voll Elan: »Du wirst alle ausstechen, und du wirst eine glänzende Partie machen!«

Dieser Satz veranlaßte Olivia, ihre Tante zu unterbrechen und zu erklären, daß sie nicht vorhabe, sich allzu schnell zu vermählen. Sie fragte sich im stillen, was ihre Tante wohl zu dem Heiratsantrag sagen würde, den sie von Wellbrooks erhalten hatte. Sicher könnte diese ihr Näheres über den Herzog berichten. Da Olivia aber wußte, daß, ihre Tante in diese Verlobung einzuweihen, ähnliche Wirkung hätte, wie die Veröffentlichung in der *Gazette*, schwieg sie darüber und sagte nur, sie wolle noch für einige Zeit ihre Freiheit und Ungebundenheit genießen. Dieser Einwand wurde von ihrer Tante kurzerhand vom Tisch gewischt: »Unsinn«, sagte sie barsch, »das Leben einer unverheirateten Frau kann nie so frei sein, wie das einer verheirateten. Wenn sie den richtigen Ehemann hat, natürlich. Du wirst es genießen, einmal Herrin in deinem eigenen Haus zu sein, verlaß dich darauf, meine Liebe. Es ist ein großer Unterschied, ob man einem Haus als Ehefrau vorsteht oder als unverheiratete Tochter. Wenn es uns gelingt, dich groß herauszubringen, dann wirst du dich vor Anträgen gar nicht wehren können. Du wirst eine gute Partie machen«, sagte sie nun wirklich zuversichtlich geworden und setzte, dann zu Olivias Erstaunen hinzu: »Nicht gerade den Herzog von Wellbrooks, aber doch sicher einen Mann aus erster Familie…«

»Warum nicht den Herzog?« erkundigte sich ihre Nichte gespannt.

»Aber, mein liebes Kind!« rief Mylady aus. »Wir wollen doch nicht nach den Sternen greifen. Seine Gnaden ist das begehrteste Objekt auf dem Heiratsmarkt. Die schönsten und reichsten Mädchen werfen seit Jahren ihre Netze nach ihm aus, und noch keinem ist es gelungen, ihn einzufangen. Es wäre doch zu vermessen, anzunehmen, daß es gerade uns gelingen sollte. Im übrigen habe ich den Eindruck, daß der Herzog angewidert ist von all dem Getue um seine Person. Ich kann mir vorstellen, daß er beschlossen hat, ledig zu bleiben und keiner Dame ins Netz zu gehen.«

Olivia hatte ihrer Tante interessiert zugehört. Der Herzog wurde also sehr umschwärmt und war darüber so angewidert, daß er den Verdacht erregte, ledig bleiben zu wollen. Und doch hatte er um sie angehalten. Oder hatte er gerade deshalb um sie, eine Unbekannte, angehalten, weil er so bedrängt wurde? War sie hier einem Grund für den überraschenden Antrag auf die Spur gekommen? Es schien ihr fast unglaublich.

»Ich kenne den Herzog nicht«, sagte sie, ihre Gedanken für sich behaltend: »Warum wird er so umschwärmt?«

»Na, unter anderem weil er eben ein Herzog ist, meine Liebe«, antwortete Lady Darlington. »Und dazu reich und gutaussehend und im besten Mannesalter.«

»Also ein Mann ohne Fehl und Tadel«, stellte Olivia mit leicht spöttischem Tonfall fest.

»Nein, das ist er nicht«, entgegnete Mylady. »Er ist eigentlich, meistens zumindest, kein sehr angenehmer Mensch. Weißt du, er ist arrogant und hochfahrend, trägt stets eine Miene unerschütterlicher Gelangweiltheit zur Schau, und man hat fast den Eindruck, daß er seine Mitmenschen verachtet. Und doch kann er auch sehr charmant sein, wenn er will. Aber wie immer er sich auch gibt, er ist seit Jahren tonangebend. Und obwohl er sich nie in den Vordergrund spielt, erregt sein Erscheinen allerorts Aufmerksamkeit. Na, du kannst dir ja bald selbst ein Bild von ihm machen, denn sicherlich wirst du ihn in den nächsten Tagen kennenlernen. Er meidet zwar die Bälle, die zu Ehren von Debütantinnen gegeben werden, aber sonst ist er ein begehrter Gast. Natürlich reißt sich jede Gastgeberin darum, ihn unter ihren Gästen zu haben, und sei es nur für wenige Minuten«.

Bei diesen Worten blieb ihr Blick zufällig an der kleinen Alabasteruhr hängen, die eine schmale Glasvitrine schmückte. Sie hielt inne und erklärte, daß es schon überraschend spät geworden sei und höchste Zeit, sich für das Dinner umzukleiden. Da sie glücklicherweise für diesen Abend keine Gäste eingeladen habe, könne man das erfreuliche Pläneschmieden beim Abendessen fortsetzen.

Olivia hätte noch gerne mehr über diesen erstaunlichen Gentleman gehört, dem sie so gut wie anverlobt war. Doch da sie ihre Tante nicht hellhörig machen wollte, stellte sie keine weiteren Fragen, sondern ließ sich bereitwillig auf ihr Zimmer führen.

IX.

Den nächsten Tag verbrachten die beiden Damen mit einer ersten Einkaufstour in der Bond Street. Als sie am Nachmittag nach Hause zurückkehrten, waren beide zwar erschöpft, aber dennoch bester Laune. Der Einkaufstag war äußerst erfreulich verlaufen.

Lady Darlington war sofort damit einverstanden gewesen, ihr ursprüngliches Vorhaben, Olivia zu ihrer eigenen Schneiderin mitzunehmen, aufzugeben. Sie hatte ihrer Nichte erklärt, daß Mrs. Dudleys Modelle für ältere Damen, wie sie es nun einmal war, genau das richtige wären. Sie sei eine wahre Meisterin der Kunst, auch füllige Damen modisch und dabei keineswegs wuchtig erscheinen zu lassen. Aber für eine junge Dame mit tadelloser Figur, die überdies aufzufallen gedachte, waren deren Modelle einfach zu wenig mondän. Sie hatte daher Olivias Vorschlag, Madame Christine aufzusuchen, die ihr von Marilla empfohlen worden war, sofort gebilligt. »Ja, ich habe schon davon gehört, daß die Kreationen dieser Französin überaus elegant sein sollen«, hatte sie zugegeben. »Deine Stiefmutter hat einen außerordentlich guten Geschmack, keiner wird das bezweifeln. Allerdings«, hatte sie eingewandt, in ihrem Enthusiasmus schlagartig gebremst, »fühle ich mich verpflichtet, dich darauf hinzuweisen, daß ihre Preise geradezu enorm sein sollen. Ich weiß nicht, ob du eine Vorstellung davon hast. Eine komplette neue Garderobe kostet ein Vermögen!«

»Ich habe zu meiner Großjährigkeit die Verfügungsgewalt über das Geld bekommen, das mir Mama hinterließ«, hatte Olivia erwidert. »Dieses wird zwar in Quartalsbezügen ausbezahlt, aber ich habe schon einiges zusammengespart.«

»Ich kann mir nicht vorstellen, daß dir meine Schwester mehr als das hinterlassen konnte, was man ein Auskommen nennt«, hatte Mylady skeptisch geantwortet. »Auch wenn sie von Onkel Alfred einiges geerbt hatte. Es ist ja erfreulich, wenn dir das Geld eine gewisse Unabhängigkeit beschert, aber für deine hochgesteckten Pläne…« Sie hatte den Kopf gewiegt und nicht gerade ermutigend geseufzt.

»Auch meine Stiefmutter war so freundlich, mir Geld für meine Garderobe zur Verfügung zu stellen«, hatte sich Olivia nun doch verpflichtet gefühlt zu sagen.

Darüber war ihre Tante ehrlich erstaunt: »Ach wirklich, hat sie das? Das ist aber äußerst großmütig von ihr, das muß ich dir sagen. Natürlich ist deine Stiefmutter sehr wohlhabend, kein Zweifel, und ich denke, daß das deinem Vater sehr zustatten kommt. Nein, nein, friß mich nicht gleich auf. Ich weiß, er hat sie nicht des Geldes wegen geheiratet«, beeilte sie sich zu erklären, als sie Olivias abweisenden Gesichtsausdruck wahrgenommen hatte. Um dann nicht eben taktvoll zu versichern: »Dazu hat er viel zu wenig praktischen Verstand!«

In diesem Moment war der Butler ins Frühstückszimmer getreten, um den Damen zu verkünden, daß die Kutsche vorgefahren war. Mylady hatte sich umgehend erhoben; zu Olivias Erleichterung, ohne weitere Fragen über die Großzügigkeit der neuen Lady Redbridge zu stellen. Sie hatte nach ihrem Hut, den sie neben sich auf das Sofa gelegt hatte, gegriffen und zufrieden erklärt:

»Nachdem also das Finanzielle so erfreulich geregelt ist, steht einem vergnüglichen Einkaufsbummel nichts mehr im Wege. Komm, meine Liebe. Setze also, in Gottes Namen, noch einmal dieses altmodische Gebilde auf, das wahrlich nicht die geringste Ähnlichkeit mit einem ordentlichen Hut hat. Wir wollen die Pferde nicht warten lassen.«

Madame Christine, die französische Schneiderin, die die beiden Damen persönlich bediente, war entzückt über ihre neugewonnene Kundin. Sie erfaßte mit kundigem Blick die Figur der jungen Dame, hochgewachsen und schlank, doch keineswegs mager. Überdies war sie klug genug zu erkennen, daß ein Schützling von Mylady Darlington, der die Gesellschaft mit den elegantesten Kreationen aus ihrem Salon berauschte, sicherlich viele neue Kundinnen nach sich ziehen würde. Dieser Umstand wurde von Mylady umgehend durchschaut, die über den praktischen Verstand verfügte, den sie ihrem Schwager abgesprochen hatte. So wurde bezüglich der Kleiderpreise ein für alle Seiten angenehmes Arrangement getroffen.

Als sie den Modesalon verließen, wurde eine ganze Anzahl von Schachteln in die Kutsche verladen, obwohl die meisten Kleider, die für Olivia ausgesucht wurden, erst angefertigt werden mußten. Als nächstes wurde die Modistin aufgesucht, ebenfalls eine Französin, die von Madame Christine empfohlen worden war. Dieser Rat erwies sich als sehr nützlich, und so wurde nicht nur für Olivia eine ganze Reihe hinreißender Hüte erstanden.

Auch ihre Tante konnte nicht widerstehen, sich eine Kreation mit breiter Krempe und Straußenfedern zuzulegen, die genau zu der Toilette paßte, die Mrs. Dudley erst kürzlich geliefert hatte.

Beglückt durch die bisherigen Einkäufe wurden dann noch eine Anzahl von Schuhen für jeden Anlaß erstanden, feinste Wäsche und Nachthemden, Handschuhe, armlang, für den Abend aus Seide und Glacé; aus feinstem Kalbsleder für den Tag, eng um das Handgelenk zu knöpfen, Fächer, Sonnenschirme, Retiküls und Seidenbänder – kurz: all das, was eine junge Lady einfach nicht entbehren konnte.

Die Kutsche war randvoll mit Hutschachteln und Kartons, die beiden Damen hochzufrieden.

Wenn Olivia auch den Gedanken nicht loswurde, daß sie vielleicht zu verschwenderisch mit dem Geld ihrer Stiefmutter umging, so tröstete sie sich doch mit der Hoffnung, daß all die Einkäufe letztlich auch dazu dienten, den Aufenthaltsort von Lord Sudbury ausfindig machen zu können. Vielleicht würde sie noch andere Leute kennenlernen, die seinen Aufenthaltsort kannten. Oder sie mußte eben, wie von Marilla geplant, dem Herzog das Geheimnis entlocken. Die Aussicht, wie sie das anstellen sollte, erschien ihr ferner denn je, und doch fehlte es ihr nicht an Zuversicht, daß sie es irgendwie zustande bringen würde.

»Du siehst ja hinreißend aus!« rief Lady Darlington, die soeben Olivias Schlafzimmer betreten hatte, ehrlich überrascht aus. »Ich weiß nicht, wie diese Italiener das machen, aber in der Kunst des Frisierens kommt ihnen keiner gleich. Ich hoffe nur, deine Zofe wird es in Zukunft auch zustande bringen, dich derart bezaubernd zu frisieren! Wirklich, meine Liebe, du bist kaum wiederzuerkennen.«

Olivia stand vor dem großen Spiegel und blickte mit leicht geröteten Wangen zufrieden auf den Anblick, der sich ihr bot. Der italienische Friseur, den ihre Tante herbeigerufen hatte, hatte ein wahres Wunder vollbracht. Die rotblonden Locken waren frisch gewaschen und mit Essigwasser gespült worden, bis sie glänzten. Dann hatte sie Signor Fabricio ein wenig gekürzt. Der Meister hatte mit südländischer Begeisterung die Hände über dem Kopf zusammengeschlagen und erklärt, daß die Signorina wundervolles Haar habe, *bellissimo!* Eine von Natur aus füllige Lockenpracht, die nicht der Hilfe eines heißen Eisens bedurfte, um die nötigen Wellen zu bekommen. Er hatte die Haare locker aufgesteckt, nur einige vorwitzige Löckchen ringelten sich an den Ohren und im Nacken. Da sich Olivia entschlossen hatte, für ihr erstes öffentliches Auftreten eine zartgelbe Toilette zu wählen, hatte der Meister ein Seidenband im selben Farbton ins Haar geflochten.

Mit Augen, die vor Freude strahlten, wandte sich Olivia ihrer Tante zu: »Du meinst, ich werde Erfolg haben?« fragte sie unerwartet schüchtern.

»Davon bin ich überzeugt«, rief die Tante voll Zuversicht. »Und dieses Kleid ist genau das richtige für den heutigen Abend. Bestechend durch seine schlichte Eleganz. Wie hübsch die Silberfäden im Kerzenlicht funkeln, die im Oberteil eingewebt sind! Diese Christine ist wirklich eine Meisterin ihres Faches. Doch nun komm, meine Liebe. Wir wollen uns nicht über Gebühr verspäten.«

Olivia griff nach ihrem Retikül, während ihr die Zofe den farblich mit dem Kleid abgestimmten, mit Daunenfedern besetzten Umhang über die Schultern legte.

Nach einem letzten kritischen Blick in den Spiegel, schenkte sie ihrer treuen Zofe ein warmes Lächeln und bat: »Halte mir bitte die Daumen, Molly, daß heute alles gutgeht. Der erste Auftritt in der Gesellschaft ist der entscheidende.« Dann schritt sie hinter ihrer Tante die breite Treppe hinunter. Die Kutsche wartete schon vor dem Haustor.

»Wir haben Glück, daß gerade heute eine Abendunterhaltung bei Lady Seltic auf dem Programm steht«, erklärte die Tante, als sie in das Fahrzeug gestiegen waren. »Ein großer Ball wäre nicht das richtige für deinen ersten Auftritt gewesen. So eine Einladung wie diese hilft dir, dich langsam wieder in der Gesellschaft zurechtzufinden. Es werden Spieltische aufgestellt sein, und sicher ist auch eine Kapelle angestellt worden, damit ihr jungen Leute tanzen könnt. Zu später Stunde wird ein Souper serviert. Und natürlich wird Miss Seltic einige Klavierstücke zum besten geben. Sie durchläuft jetzt schon ihre zweite Saison, und es hat noch keinen Abend bei Seltics gegeben, an dem sie nicht gespielt hätte. Nicht überragend, aber ganz nett. Es werden nicht allzu viele Leute zugegen sein. Nur ein kleiner, exquisiter Kreis. Es hätte nicht besser kommen können.«

Nur ein kleiner, exquisiter Kreis, dachte Olivia mit ungutem Gefühl in der Magengegend. Da konnte sie sicher sein, daß Seine Gnaden, der Herzog nicht fehlen würde.

»Lady Sefton wird auch da sein«, unterbrach Lady Darlington ihre Gedanken. »Du weißt, sie ist eine der Patroninnen von Almack's und eine besonders liebe Freundin von mir. Ich habe sie bereits um Karten für dich gebeten. Du erinnerst dich doch sicher noch daran, daß ein gesellschaftlicher Erfolg in erster Linie auch davon abhängt, daß du in den geheiligten Hallen des Clubs Eingang findest. Wem diese Türen verschlossen bleiben, der kann sich nur zum Rande der Gesellschaft zählen. Nun, du bist meine Nichte. Bei deiner Herkunft und deinem erstklassigen Benehmen besteht natürlich keinerlei Gefahr.« Sie lächelte ihrer Nichte aufmunternd zu.

Olivia saß mit gemischten Gefühlen neben ihrer Tante und schaute schweigend durch das Kutschenfenster auf die nächtlichen Straßen.

Mylady ergriff ihre Hand: »Nervös, meine Liebe? Das brauchst du nicht zu sein. Am besten du vergißt, wie dein Aufenthalt vor sechs Jahren verlaufen ist. Dies hier ist dein eigentliches Debüt. Wir haben uns beide vorgenommen, es zu genießen. Und ich sage dir, wir werden es genießen. Denn du bist ungewöhnlich, meine Liebe. Und die Gesellschaft liebt das Ungewöhnliche.« Ob der Herzog auch das Ungewöhnliche liebt? dachte Olivia skeptisch.

Die Kutsche hielt vor einem schlichten, dreistöckigen Haus, das im Georgianischen Stil erbaut worden war, den die Architekten in den letzten Jahrzehnten bevorzugt hatten. Lakaien in weinroten Uniformen öffneten den Schlag und geleiteten die Damen in eine prächtige Vorhalle, die das gesamte Erdgeschoß auszufüllen schien. Auf einem schweren Tisch in der Mitte des schwarz-weißen Marmorbodens stand ein üppiges Blumengesteck von geradezu überwältigenden Ausmaßen. Ein mächtiger Kristallüster tauchte die Halle in helles Licht. Einige Gäste stiegen soeben, vom Butler geleitet, die Treppe empor. Lady Darlington und Olivia übergaben ihre Umhänge und Hüte in die Obhut eines weiteren Dieners und überprüften mit geübten Blicken in den mannshohen Spiegeln die Makellosigkeit ihrer Toiletten.

Nun denn, dies war also der Anfang ihrer neuen Saison, dachte Olivia beklommen. Ob sie sie wieder als Mauerblümchen verbringen würde? Von allen unbeachtet, in den hinteren Nischen eines jeden Ballsaales? Die Eingangstüre wurde geöffnet und schallendes Gelächter durchbrach die vornehme Stille. Zwei junge Männer hatten die Halle betreten, beide nach dem letzten Stand der Mode gekleidet. Die Umhänge mit zahllosen

Schulterkragen, die gestärkten, makellos weißen Kragen ihrer Hemden waren so hoch, daß sie ihre Wangen berührten, die Haare in gekonnter Unordnung zerzaust.

Gewiß hätte Olivias Vater die beiden als Dandys bezeichnet. Doch Olivia war wider Willen beeindruckt. Weniger von dem blassen jungen Mann mit den auffallend flachsblonden Haaren und den mädchenhaften, hellrosa Lippen, als von dessen dunkelhaarigem Begleiter, der eben lachend ihm sagte: »Hast du wirklich gedacht, ich würde auf Greenhood setzen, wenn er seine Pferde...« Er hielt plötzlich inne, da er im Spiegel Olivia entdeckt hatte und sie nun voller Bewunderung betrachtete.

Olivia war es nicht gewöhnt, derartiges Aufsehen zu erregen, und sie mußte sich eingestehen, daß sie es als sehr wohltuend empfand. Der junge Mann schien sich eben zu fragen, wer sie wohl war, als er das mißbilligende Hüsteln ihrer Begleiterin vernahm. Er kümmerte sich nicht um ihren abweisenden Blick, sondern packte gutgelaunt die Gelegenheit beim Schopf: »Lady Darlington, Ihr ergebener Diener.«

Dabei verbeugte er sich mit seinem gewinnendsten Lächeln: »Welch Freude, Sie zu sehen. Und noch dazu in so reizender Begleitung. Wäre es unverschämt, Sie zu bitten, meinen Freund und mich vorzustellen?«

Mylady sah alles andere als erfreut aus. Doch sie konnte sich der Bitte nicht entziehen. »Liebe Olivia«, sagte sie daher, »darf ich dir Mr. George Romsey vorstellen? Und seinen Freund den Honourable Bernard Finch-Bottom. Meine Nichte, Miss Olivia Redbridge.«

Die Herren verbeugten sich und taten ihre Freude über diese neue Bekanntschaft kund. So kam es, daß die beiden Damen von zwei charmanten Kavalieren eskortiert das obere Geschoß erklommen.

»Liebe Mable!« rief ihre Gastgeberin, die von ihrer Tochter unterstützt, die ankommenden Gäste begrüßte. »Ich freue mich, daß du gekommen bist. Und da ist ja auch noch deine reizende Nichte. Clarissa, mein Täubchen, erinnerst du dich noch an Miss Redbridge?« fragte sie ihre Tochter, während sie Olivia huldvoll die Hand reichte. Da streifte ihr Blick den jungen Mann, der aus Mr. Romseys Schatten getreten war. Mr. Finch-Bottom! Wie kam es, daß diese Redbridge in Begleitung des reichen Finch-Bottom bei ihr eintraf? Mable Darlington ist schon immer eine falsche Schlange gewesen, dachte sie erbittert. Der junge Mann hatte mit ihrer Tochter auf dem Ball von Lady Linham zweimal hintereinander getanzt. Er schien sehr angetan von Clarissa zu sein, und jetzt wollte dieses Landmädchen ihr den Verehrer streitig machen! Wie kam es, daß sie sich nicht mehr erinnern konnte, wie gut diese Miss Redbridge aussah? Mit gequältem Lächeln blickte sie auf den rotblonden Lockenkopf, der eben vor ihr in einen Knicks versank. »Natürlich kannst du dich nicht an Miss Redbridge erinnern«, sagte sie säuerlich, »denn damals, als sie vor Jahren ihr Debüt gab, warst du ja noch fast ein Baby.«

Mit diesen Worten wandte sie sich den Herren zu, um sie besonders herzlich willkommen zu heißen.

»Clarissa wird später einige Sonaten auf dem Flügel zum besten geben«, hörte man sie mit flötender Stimme zu dem blassen, blonden Mann sagen, »wären Sie so freundlich, die Noten für sie umzublättern?«

Während Mr. Finch-Bottom versicherte, daß er nichts lieber täte, reichte Mr. Romsey beiden Damen den Arm und führte sie in den weitläufigen Salon hinein.

»Ich habe Margret Seltic nie gemocht«, empörte sich Lady Darlington, »aber so zu tun, als sei Olivia bereits im Greisenalter, das ist der Gipfel der Unverschämtheit!«

»Und der Dummheit«, setzte Mr. Romsey hinzu, während er Olivia zublinzelte. »Armer Berry. Er hat vor, um die Hand von Clarissa Seltic anzuhalten, müssen Sie wissen – ganz im Vertrauen, natürlich. Läßt sich einfach nicht davon abbringen. Gegen Clarissa ist nicht viel einzuwenden, obwohl mir ihr Klaviergeklimper ganz schön den Abend verleidet. Spielen Sie Klavier, Miss Redbridge?«

Olivia schüttelte bedauernd den Kopf.

»Na, da passen wir ja großartig zusammen«, meinte er. »Ich

spiele auch kein Instrument.« Er schien diesen Scherz sehr komisch zu finden.

»Wie geht es Ihrem Vetter?« unterbrach ihn Lady Darlington steif.

»Welchen meiner vielen Vettern meinen Sie, Mylady? Mein Gott, da kommt Linham direkt auf uns zu. Ob es für eine Flucht bereits zu spät ist?«

Lord Linham trat in Begleitung seiner Mutter und seiner Schwester auf die drei zu.

»Deine Nichte ist also wohlbehalten in London eingetroffen«, rief Lady Linham erfreut. »Ich freue mich, Sie wiederzusehen, meine Liebe. Wie geht es Ihnen?«

Olivia, die die Freundin ihrer Tante noch in guter Erinnerung hatte, beeilte sich zu versichern, daß es ihr noch nie besser gegangen sei.

»Und das ist Julie, mein Patenkind.« Lady Darlington übernahm es nun, Olivia und Julie Linham miteinander bekannt zu machen. »Julie gibt in diesem Jahr ihr Debüt. Vor zwei Wochen wurde ihr glanzvoller Ball in der Brook Street gefeiert. Wir haben sehr bedauert, daß du damals noch nicht in der Stadt warst.«

»Das war wirklich schade«, bestätigte Lady Linham. »Aber es gibt ja noch so viele Bälle, an denen Sie teilnehmen werden. Ach, ich kann mich ja noch so gut an Ihr Debüt erinnern. Sie haben mir so leid getan, als Sie überstürzt abreisen mußten. Und dann noch aus einem so traurigen Anlaß. Kennen Sie noch meinen Sohn Charles?«

Der junge Mann verbeugte sich korrekt. O ja, Olivia konnte sich noch gut an diesen steifen Herrn erinnern. Vor sechs Jahren hatte er sie kaum beachtet. Das hatte ihr jedoch nichts ausgemacht, denn er war ein wenig unterhaltsamer Gesprächspartner. Worüber sprach er stets? War das Geschichte gewesen oder Religion?

»Ich freue mich außerordentlich, Sie wiederzusehen. Natürlich erinnere ich mich sehr gut an Sie. Als wäre es gestern gewesen.« Erstaunt blickte Olivia zu ihm auf. Hatte da tatsächlich Bewunderung in seinem Tonfall mitgeschwungen?

»Oh, Miss Redbridge«, meldete sich nun auch die Debütantin mit schüchterner Stimme zu Wort, »erlauben Sie, daß ich Ihnen meine beste Freundin, Miss Sylvia Herthsmith vorstelle?«

Diese stellte sie ihrem Bruder Sir Gilliam Herthsmith vor, der wiederum seinen Freunden, die wiederum ihren Cousins und Cousinen. In kurzer Zeit war Olivia Mittelpunkt einer fröhlichen Runde junger Leute geworden.

Lady Darlington lächelte zufrieden.

»Ich denke, dieses Mal mußt du dir keine Sorgen um ihren Erfolg machen«, meinte Lady Linham, die ihrem Blick gefolgt war. »Es ist ein Glück, daß sie sich zu einer so reizenden jungen Frau entwickelt hat.« Daraufhin zogen sich die beiden Freundinnen zu den Spieltischen zurück, die im angrenzenden Salon aufgestellt worden waren.

Wie ihre Tante es vorausgesehen hatte, nahm eine Kapelle Aufstellung, und die ersten Takte der Musik erklangen.

Olivia hatte den Eröffnungstanz Mr. Romsey versprochen.

»Wie gefällt Ihnen Ihre erste Abendeinladung in London?« fragte er, als er sie auf das Parkett geleitete.

»Woher wissen Sie, daß das meine erste Einladung ist?« fragte sie erstaunt.

»Ich hatte bis zum heutigen Abend nicht das Vernügen, Sie kennenzulernen. Und da ich alle Veranstaltungen, die von einigem Interesse sind, besuche, kann das nur Ihre erste sein.«

»Sie könnten mich ja auch übersehen haben?« entgegnete Olivia neckend.

Ihr Tanzpartner griff sich mit theatralischer Geste ans Herz: »Nie und nimmer«, versicherte er.

Olivia lachte und mußte sich bemühen, nicht aus dem Takt zu geraten. »Sie haben recht. Es ist wirklich meine erste Veranstaltung. Das heißt in dieser Saison. Ich war bereits einmal in London...«

»Ich weiß. Das war, als Clarissa Seltic noch ein Baby war«, unterbrach er sie fröhlich.

»Ja, genau.« Olivia genoß den Abend zusehends. Es war schön, mit jemandem ungezwungen lachen zu können.

»Ich kann mich an kaum einen der vielen Leute hier erinnern.«

»Verfügen Sie über mich«, bot sich Mr. Romsey an. »Ich kenne sie alle. Und kann Ihnen auch die dazugehörigen Lebensgeschichten erzählen. Obwohl keine wirklich interessant ist. Es sei denn, Sie möchten die meine hören.«

»Später vielleicht, Mr. Romsey«, entgegnete Olivia lächelnd. »Doch zuerst sagen Sie mir bitte, wer ist die außergewöhnlich hübsche junge Dame, mit der Mr. Finch-Bottom gerade tanzt.«

»Sie meinen die, deretwegen unsere liebe Gastgeberin soeben ganz grün wird vor Ärger? Sehen Sie nur, sie steht dort drüben mit der alten Mrs. Kirkgate und läßt die beiden nicht aus den Augen. Armer Berry. Das ist Miss Morgan. Eines der begehrtesten Mädchen der Saison. Bis Sie kamen, versteht sich. Sie ist mit Paul Greenhood so gut wie verlobt. Er steht dort am Fenster, neben Linham. Sehen Sie ihn? Der Hagere mit der Hakennase. Kein übler Kerl. Ein Pferdenarr, aber ein verdammt schlechter Kutschierer.«

Als dieser Tanz zu Ende war, eilte Lord Linham herbei, um Olivia zur Quadrille zu führen. Mit Mr. Finch-Bottom tanzte sie einen Ländler, mit Lord Herthsmith eine Gavotte. Darauf folgte ein junger Baron, dessen Namen sie nicht behalten hatte und der die Angewohnheit hatte, ihr bei jeder Drehung auf die Zehen zu treten. Seine zahlreichen Entschuldigungen waren das einzige Gesprächsthema des Tanzes. Als Olivia sich zum wiederholten Male wünschte, dieses Martyrium würde endlich zu Ende gehen, fiel ihr Blick zufällig zur Wand neben dem Eingang. Der Atem schien ihr zu stocken, ihr Herz begann rasend zu klopfen.

Dort neben der breiten, weißen Flügeltüre stand ein Gentleman, der sie mit unverhohlenem Interesse beobachtete. Sie hatte, berauscht von ihrem erfreulichen Erfolg, den Herzog von Wellbrooks völlig vergessen gehabt. Dieser Mann mußte Wellbrooks sein. Ihr erstes Zusammentreffen stand unmittelbar bevor. Daran gab es keinen Zweifel. Wer sonst hätte einen Grund, dort an der Wand zu stehen und sie nicht aus den Augen zu lassen? Nun denn, Euer Gnaden, ich bin bereit! Sie warf ihm einen prüfenden Blick zu.

Er sah sehr gut aus, anders als sie sich ihn vorgestellt hatte. Blonde Locken, die Lippen zu einem kaum merklichen Lächeln verzogen. Es schien, als würde ihn etwas königlich amüsieren. Sein Anzug war in einem dunklen Blau, schlichter als die der meisten anwesenden Herren. Und doch verrieten sein Schnitt und die Haltung seines Trägers den Gentleman von hohem Stand. Die Musik war zu Ende, und Olivia wußte, ohne sich umzudrehen, daß der Fremde auf sie zukam. Sie hatte den nächsten Tanz einem jungen Leutnant versprochen, der sich aufgrund einer Armverletzung auf Heimaturlaub in England befand. Sie würde nicht daran denken, diesem Mann einen Korb zu geben, nur weil Seine Gnaden geruhte, sie zum Tanz aufzufordern.

Doch es stellte sich heraus, daß sie gar keine Möglichkeit hatte, sich zu entscheiden.

»Unser Tanz, nicht wahr Miss Redbridge«, hörte sie eine angenehme Stimme neben sich. Der Gentleman verbeugte sich mit einem charmanten Lächeln, winkte dem jungen Offizier gutgelaunt zu und reichte ihr den Arm. Die Kapelle spielte die ersten Töne einer Quadrille, ein sehr »höfischer« Tanz, bei dem sich vier Paare in einem Quadrat gegenüberstehen und durch eine genau festgelegte, komplizierte Abfolge von Schritten in wechselnden Konstellationen dauernd zusammengeführt und getrennt werden.

»Ich hoffe, Sie verzeihen mir, daß ich Sie so formlos entführte. Es war niemand da, den ich hätte bitten können, mich Ihnen vorzustellen. Ich meine, bevor dieser Tanz begonnen hatte. Und ich wollte ihn unbedingt mit Ihnen tanzen.«

Bei der nächsten Tanzfigur wurden sie getrennt.

»Ihre Entschuldigung ist angenommen«, sagte Olivia, als sie wieder zusammentrafen.

»Fein. Danke.« Ihr Tanzpartner lächelte und tausend kleine Lachfältchen erschienen um seine Augen. »Wissen Sie, dies ist der letzte Tanz vor dem Souper, und ich wollte Sie unbedingt zu Tisch geleiten. Nun will ich die Vorstellung unverzüglich nachholen. Ich bin der Earl of MacAlister.«

Da wurden sie wieder getrennt, und das war gut so. Es fiel Olivia schwer, sich auf ihre Schrittfolge zu konzentrieren. Die widersprüchlichsten Gefühle kämpften in ihrer Brust. Sie war sich so sicher gewesen, daß dieser Gentleman der Herzog war. Sie hatte einer Unterredung mit ihm gelassen entgegengesehen. Das war kein Mann, vor dem sie sich fürchten mußte. Im Gegenteil, er war charmant und schien überdies sympathisch zu sein. Und doch war er anders, als sie sich den Ehemann ihrer Wahl vorgestellt hätte. Als sie nach geraumer Zeit wieder zusammentrafen, schenkte sie ihm ein freundliches Lächeln und fragte ihn, woher er ihren Namen kannte. Ihr selbst war der Name MacAlister vage bekannt. Und doch konnte sie sich nicht erinnern, in welchem Zusammenhang sie von ihm gehört hatte.

»Das war nicht schwierig herauszufinden«, erklärte er. »Ich brauchte nur zu fragen, wer die bezaubernde junge Dame war, die mit Willy Standsfield tanzte, und jeder konnte mir Auskunft geben. Sie scheinen diese Gesellschaft im Sturm erobert zu haben, Miss Redbridge.«

Es war Olivia, als würde er diese Tatsache nicht nur bewundernd, sondern vor allem überrascht feststellen. »Und da Miss Redbridge die Dame war, deretwegen ich heute anwesend bin, habe ich keine Zeit verloren, Ihre Bekanntschaft zu machen.«

Olivia zog die Stirne kraus und blickte ihrem Tanzpartner offen ins Gesicht. »Sie sind meinetwegen hier, Mylord?« erkundigte sie sich ungläubig.

Dieser freimütig geäußerte Zweifel belustigte MacAlister. »Ja, wirklich«, versicherte er grinsend, »Sie sind der einzige Grund, warum ich Lady Seltic heute mit meiner Anwesenheit beehre. Üblicherweise besuche ich derartige Veranstaltungen nur auf ausdrücklichen Wunsch meiner Frau. Und da Maria zur Zeit nicht in London ist, hätte ich diesen Abend sicher in einer anderen Umgebung verbracht. Hätte ich nicht, wie gesagt, den dringenden Wunsch gehabt, Sie kennenzulernen.«

In diesem Augenblick war der Tanz zu Ende und erwartungsgemäß bat die Gastgeberin zum Souper. Wie selbstverständlich reichte Lord MacAlister Olivia den Arm. Lady Darlington, die vom Kartentisch aufgestanden war, um sich zusammen mit ihrer Freundin zum Souper zu begeben, war begierig darauf festzustellen, welchen jungen Mann ihre Nichte als Tischpartner erhalten hatte. Was sie sah, übertraf ihre kühnsten Erwartungen.

»Ja, es ist tatsächlich MacAlister, der Miss Redbridge zu Tisch führt«, beseitigte Lady Linham jeden Zweifel. »Einen besseren Tischherrn hätte sie nicht finden können. Wellbrooks scheint nicht anwesend zu sein. Da ist MacAlister der erste Mann im Saal. Hast du seine Gattin heute schon gesehen?«

Lady Darlington schüttelte den Kopf. »Ich habe gehört, daß sich Lady MacAlister schon seit Tagen auf dem Landsitz ihrer Eltern aufhält. Ihre Mama soll erkrankt sein und ihre Tochter ist ans Krankenbett geeilt, um ihr beizustehen. Ich möchte bloß wissen, was MacAlister veranlaßt hat, heute abend hierherzukommen. Ich kann mich nicht erinnern, ihn schon einmal alleine auf einer derartigen Veranstaltung gesehen zu haben, seitdem er verheiratet ist.«

»Da hast du recht«, stimmte ihre Freundin zu. »Aber was auch immer ihn heute hierher gebracht hat. Es ist ein Glück für deine Nichte, daß er da ist. Der Umstand, daß MacAlister sie zu Tisch führt, wird ihren Erfolg endgültig besiegeln.«

Olivia hatte inzwischen an der Seite des Earl an der Tafel Platz genommen. Natürlich war es ihr nicht entgangen, wie viele interessierte, aber auch neidische Augenpaare sie beobachteten.

»Wie kommt es, Mylord, daß Sie meinetwegen heute abend hier sind?« setzte sie das unterbrochene Gespräch fort. »Haben wir uns schon irgendwo kennengelernt?«

MacAlister schüttelte den Kopf.

»Dann haben wir vielleicht gemeinsame Bekannte?« mutmaßte sie. »Kann es sein, daß Sie gekommen sind, um mir von jemandem eine Nachricht zu überbringen?«

Auf MacAlisters Gesicht verstärkte sich das amüsierte Lächeln, und die zahlreichen Lachfältchen erschienen um seine Augen. »Etwas in der Art, Miss Redbridge. Tatsächlich etwas in der Art.«

Er wurde unterbrochen, als die ersten Speisen aufgetragen wurden. Charles Linham war es gelungen, an Olivias anderer Seite Platz zu nehmen. Er nützte die Gelegenheit, um ihre Aufmerksamkeit auf sich zu ziehen. Olivia hörte ihm mit wachsendem Erstaunen zu, wie er über die neuesten Erkenntnisse hinsichtlich des Genusses von Meerestieren auf den menschlichen Organismus dozierte.

Natürlich, jetzt wußte sie wieder, welchem Hobby Seine Lordschaft frönte. Anfangs war sie über die Wahl des Gesprächsthemas belustigt, doch bald schon langweilte sie der salbungsvolle Monolog, den Seine Lordschaft in ihre Ohren ergoß. Sie hörte ihm, Interesse heuchelnd, zu; zu gut erzogen, um ihn zu unterbrechen.

Als sich jedoch die erste Möglichkeit bot, um das Gespräch zu beenden, ergriff sie diese und wandte sich wieder an Lord MacAlister. Dies gelang erst während des zweiten Ganges und veranlaßte ihren Tischpartner zu der spöttischen Feststellung, daß der gute Charles ein bekannt amüsanter Gesprächspartner war.

Olivia blinzelte ihm vergnügt zu. MacAlister blickte in zwei blitzende blaue Augen und fragte sich, nicht zum erstenmal, womit Wellbrooks einen derartigen Glückstreffer verdient haben mochte. Von wegen, Landkind, dachte er und verzog seine Lippen zu einem kleinen Lächeln, als er an die Worte seines Freundes dachte. Als er bemerkte, daß ihn Olivia erwartungsvoll anblickte, meinte er schuldbewußt: »Ich bitte um Vergebung, Miss Redbridge. Ich war ganz in Gedanken. Um Ihre verständliche Neugierde zu stillen: Ich bin ein Freund von Wellbrooks.«

»Ja, natürlich!« rief Olivia aus. »Jetzt weiß ich, warum mir Ihr Name bekannt vorkam, Mylord. Man hat ihn mir gegenüber einmal im Zusammenhang mit dem Herzog erwähnt. Seine Gnaden ist heute nicht gekommen. Hat er Sie geschickt, um mich zu begutachten?«

MacAlister lachte, schüttelte aber den Kopf: »Nein, es war meine eigene Neugierde, die mich hergetrieben hat«, gestand er. »Wellbrooks ist... heute verhindert. Und ich wollte nicht so lange warten, bis er mich Ihnen vorstellt.«

Er blickte sie nachdenklich an, als er weitersprach: »Ich wollte einfach sehen, was sich mein Freund mit seinem überstürzten Heiratsantrag eingehandelt hat«, gestand er schließlich offen.

»Und«, fragte Olivia mit einem schelmischen Blick, »zu welcher Ansicht sind Sie gekommen?«

»Ich finde, Wellbrooks hat wieder einmal unverdientes Glück«, antwortete MacAlister ehrlich.

X.

Als der Earl of MacAlister am selben Abend seiner Kutsche entstieg, fand er zu seinem Erstaunen die Türe zu seinem Haus weit geöffnet und den Blick frei auf eine hellerleuchtete Eingangshalle. Berge von Koffern, Taschen und Hutschachteln waren in der Mitte der Halle aufgetürmt und ein hektisches Treiben war im Gange, an dem die gesamte Dienerschaft beteiligt zu sein schien. Dies konnte nur eines bedeuten: Lady MacAlister war zurückgekommen. Alle vornehme Blasiertheit, die der Earl als Mitglied der vornehmen Gesellschaft gerne kultivierte, fiel von ihm ab, und er eilte mit großen Schritten zu seinem Haus, um seine Gattin willkommen zu heißen.

Er fand sie noch im Eingangsbereich, sie hatte soeben Handschuhe und Hut in die Obhut des Butlers übergeben.

Als sie ihren Gemahl in der Türe stehen sah, lief sie mit einem entzückten Aufschrei zu ihm hin, um sich in seine weitgeöffneten Arme zu werfen: »Ach, Andy, mein Liebling, ich freue mich ja so, wieder zu Hause zu sein!«

Der so Angesprochene, dem die gerührten Blicke der langjährigen Dienerschaft ebenso wenig entgangen waren wie die neugierigen der jungen Lakaien, zog seine Frau mit sich in den angrenzenden kleinen Salon, um sich ohne Zeugen über ein Wiedersehen nach drei Wochen langer Getrenntheit, der ersten seit ihrer Hochzeit, freuen zu können.

Schließlich nahmen sie Hand in Hand auf einem kleinen Sofa Platz. Er blickte so voller Entzücken auf seine kleine Frau, daß er ausrief, wie es denn nur möglich sein konnte, daß sie in den drei Wochen noch hübscher geworden war, als er sie in Erinnerung hatte.

Mylady war eine zierliche Brünette, ihr kleines, liebliches Gesicht war von unzähligen Löckchen umrahmt. Die dunklen Augen blickten meist weich und sanft, konnten jedoch auch verschmitzt lächeln und bisweilen sogar zornige Funken sprühen. Niemand, der Maria nur vom Sehen her kannte, hätte ihr den wachen Verstand und die Weltklugheit zugetraut, die sich hinter ihrem hübschen Antlitz verbargen.

Sie war als einzige Tochter des Earl of Woodford in Sussex mit ihren vier älteren Brüdern aufgewachsen, gut behütet und verwöhnt und doch hatte der Earl auf ihren Unterricht ebenso viel Wert gelegt wie auf den seiner Söhne.

»Geht es deiner Mama wieder besser?« erkundigte sich MacAlister. »Wie kommt es, daß du so überraschend und noch dazu mitten in der Nacht nach London zurückkehrst?«

»Ja, Gott sei Dank hat Mama die schlimmste Phase ihrer Krankheit überstanden. Es war wirklich eine ganz arge Grippe, und Dr. Cromley befürchtete lange Zeit, es könnte sich eine Lungenentzündung daraus entwickeln. Das ist dann glücklicherweise nicht eingetreten. Du kennst ja Mama, Andrew, sie ist alles andere als eine angenehme Patientin. Ständig mußte ich um sie herum sein. Keiner aus der Dienerschaft konnte es ihr recht machen, nicht einmal ihre Kammerfrau, obwohl sie sich redlich Mühe gab. Je besser es Mama ging, desto mehr nahm sie meine Dienste in Anspruch. Ich fürchtete schon, mein Hals würde wund werden, denn ich mußte ihr jeden Vor- und Nachmittag vorlesen und oftmals auch am Abend. Wenn sie bloß nicht so rührselige Romane bevorzugte.«

Sie seufzte tief auf bei der Erinnerung an die vergangenen Wochen, lächelte aber gleich wieder, als sie fortfuhr: »Und heute ist überraschend mein Bruder James eingetroffen und hat zu meinem großen Glück seine Frau Cynthia mitgebracht. Du brauchst gar nicht zu lachen. Ich weiß, ich bin sonst immer froh, wenn ich nicht mit Cynthia zusammentreffe, denn sie ist eine außergewöhnlich affektierte, dumme Person, und ich habe nie verstanden, warum James um sie angehalten hat. Aber diesmal war es ein Glücksfall, wirklich. Denn auch, wenn ich sie nicht mag, Mama hat sie ins Herz geschlossen, und Cynthia hat ihr versichert, daß sie nun bei ihr bleiben und sich um sie kümmern werde, bis sie wieder ganz genesen sei. Nun, und so konnte ich guten Gewissens abreisen. Das habe ich auch gleich getan, bevor es sich Mama anders überlegen konnte. Was für ein glücklicher Umstand, daß gerade jetzt Vollmond ist, und wir so spät noch fahren konnten. Aber sag einmal, Andrew«, fragte sie, als ihr einfiel, »was machst du denn zu so ungewöhnlich früher Stunde schon zu Hause? Es kann doch noch nicht lange nach Mitternacht sein. Wo warst du denn heute abend? Hat es dort keine hübsche Dame gegeben, die dich länger an ihrer Seite halten konnte?« wollte sie mit schelmischem Lächeln wissen.

Zu ihrem Erstaunen sagte ihr Ehemann: »Du irrst, meine Liebe. Ich habe heute abend eine ganz außergewöhnliche Dame kennengelernt. Ein bißchen hochgewachsen vielleicht, aber eine äußerst anmutige und elegante Erscheinung. Sie hat faszinierende, blaue Augen mit einem freimütigen Lächeln und... Einfach ihre ganze Art hat mich beeindruckt.«

»MacAlister«, rief seine Ehefrau entrüstet, »was soll denn das! Wer ist diese Person? Ich werde mich sofort in wilder Eifersucht auf sie stürzen!«

Seine Lordschaft fuhr aus seinen Gedanken auf, errötete leicht und lachte, als er das entsetzte Gesicht seiner Gattin sah. »Aber, meine Liebe. Du glaubst doch nicht, ich hätte eine Eroberung gemacht, nicht wahr? Wenn es so wäre, denkst du denn, ich würde es dir erzählen?« fügte er frech hinzu, um von seiner temperamentvollen Frau einen Stoß in die Rippen zu bekommen.

»He, Maria! Du wirst mich doch nicht niederboxen wollen!« rief er belustigt aus. »Nein, im Ernst, es geht doch nicht um mich. Es geht um Wellbrooks.«

»Ach, um Julian«, seufzte seine Frau beruhigt. »Hat er wieder eine neue Liebschaft? Sag' schon, wer ist es diesmal?«

»Meine Liebe, meine Liebe!« rief MacAlister. »Ich bin schokkiert.« Doch der strenge Ton, den er anzuschlagen versuchte, konnte nicht darüber hinwegtäuschen, daß er sich königlich amüsierte. »Was weißt du denn über die Liebschaften des Herzogs?«

Sie schlug bescheiden und sittsam die Augen nieder und antwortete mit schelmischem Lächeln: »Nur das, was Sie mir erzählt haben, Mylord.«

»Was bin ich bloß für ein leichtfertiger Ehemann! Nein, meine Liebe, es ist wirklich nicht das richtige, wenn du über Liebschaften von Wellbrooks... nein, überhaupt irgendwelcher Herrn plauderst. Eine Lady, noch dazu eine so reizende und junge, wie du es bist, sollte gar nichts über derartige Dinge wissen.«

»Mama wäre vermutlich peinlich berührt«, gab sie zu, um aber gleich hinzuzufügen: »Und ich plaudere auch nur mit dir darüber. Nun, sei aber nicht aufreizend, Andy, und erzähle mir die ganze Geschichte.«

Nun wurde also Lady MacAlister noch am Abend ihrer Rückkehr nach einer dreiwöchigen Abwesenheit in die Geheimnisse rund um die überstürzte Verlobung Seiner Gnaden von Wellbrooks eingeweiht. Sie hörte mit wachsendem Erstaunen und großen Augen zu, und als ihr Gatte geendet hatte, atmete sie tief durch und sagte noch völlig im Bann des Gehörten:

»Also, das ist eine unglaubliche Geschichte! Und du hast diese Miss Redbridge heute kennengelernt? – Ich wollte, ich wäre dabeigewesen. Sie ist also nicht das, was sich Wellbrooks vorgestellt hat? Du weißt, ich mag deinen Freund sehr, und zu mir ist er auch immer freundlich und gar nicht von oben herab. Und dennoch kenne ich seine Art anderen gegenüber. Diese Art von Arroganz übertrifft aber doch wirklich alles. Um ein Mädchen anzuhalten, das seine Großmutter vorgeschlagen hat! Das ist doch unglaublich, und dann auch noch seinen Sekretär zu schikken, diesen langweiligen Mr. Bactexter. Nicht daß es einen Unterschied gemacht hätte, wenn sein Sekretär nicht so ein fader Kerl wäre, wohlgemerkt.«

Sie dachte noch einmal über das Gehörte nach und schüttelte den Kopf: »Aufs Land verbannen, wollte er sie, um einen Erben zu haben und eine Hausherrin auf Brooks Hall. Also, das ist wirklich zu arg! Wenn sie allerdings die Persönlichkeit ist, für die du sie hältst, dann wird sie sich nicht widerspruchslos seinen Wünschen fügen. Und wenn sie wirklich so hinreißend ist, dann hat er unverdientes Glück.«

»Ich bin schon gespannt, was für ein Gesicht er macht, wenn ich ihm erzähle, wie falsch das Bild ist, das er sich von seiner Braut macht. Weißt du, er ist so überzeugt davon, daß sie einfach reizlos sein muß, gerade so, als wäre sie eben aus dem Kuhstall gekommen«, meinte ihr Gatte.

Mylady kicherte über den Vergleich: »Warum um Himmels willen hat er dann um sie angehalten? Kannst du dir eine Frau aus dem Kuhstall an der Seite des Herzogs von Wellbrooks vorstellen?«

»Es war wohl aus einer Laune heraus, habe ich den Eindruck«, überlegte ihr Gatte. »Es kommt mir fast so vor, obwohl er es nicht direkt ausspricht, als ob er seinen Entschluß bereits bereute. Weißt du, es war nach diesem Ball bei Linham. Die Mütter und Töchter haben ihn wieder einmal regelrecht belagert. Außerdem hat George Romsey eine Unmenge Geld am Spieltisch gelassen. Du weißt, ich mag George nicht ungern, aber Julian kann seine immer lustige Art nicht leiden, und er hat mir einmal erklärt, allein der Anblick ›dieses Gecken‹ bereite ihm Übelkeit. Und so einen Mann, der noch dazu ein Spieler ist, ein Spieler wohlgemerkt, den ich bisher nur verlieren sah, zum Erben zu haben, ist wirklich nicht erfreulich. Er war in richtig angewiderter Stimmung an diesem Abend, und da kam ihm der Vorschlag seiner Großmutter gerade recht.«

»Trotzdem, Andy. Ich finde, jetzt, da der Herzog außer Gefecht ist und Zeit darüber hat nachzudenken, solltest du ihm nicht erzählen, wie Miss Redbridge wirklich aussieht. Glaubst du nicht, es täte seiner selbstsicheren Art ganz gut, wenn man ihn noch ein paar Tage im Ungewissen ließe?«

Ihr Gatte überlegte dies und sagte dann grinsend: »Du meinst, das wäre eine gerechte Strafe für sein arrogantes Verhalten? Vielleicht hast du recht. Ich werde ihm also nicht die Vorzüge seiner Braut schildern, obwohl mir das verdammt schwerfällt.«

»Und wann wird die Verlobung bekanntgegeben?« wollte Mylady noch erfahren.

»Stell' dir vor, Miss Redbridge will von einer Bekanntgabe in der *Gazette* noch nichts wissen«, erklärte ihr Gatte. »Sie hat Bactexter aufgetragen auszurichten, daß die Verbindung noch geheimgehalten werden solle. Sie wolle sich die Möglichkeit offenhalten, dem Herzog nach einem Zusammentreffen einen Korb zu geben.«

»Also diese Frau muß ich unbedingt kennenlernen«, rief Mylady. »Bei Lady Darlington wohnt sie, sagtest du? Gut, ich werde die beiden Damen einladen. Zu einem Abendessen in kleiner Runde. Natürlich zu einem Termin, den auch Wellbrooks wieder wahrnehmen kann. Ja, gleich morgen werde ich sie darauf ansprechen.«

XI.

Als am Nachmittag des darauffolgenden Tages Olivia an der Seite ihrer Tante im offenen Landauer durch den Hydepark fuhr, steuerte ein elegantes Gefährt auf sie zu, das von einer reizenden, jungen Dame selbst kutschiert wurde.

Es war kurz nach fünf Uhr, jene Stunde, zu der es als mondän galt, sich im Park zu zeigen. Mehrere Damen hatten bereits ihre Kutscher angewiesen zu halten, um mit Mylady und ihrer Nichte zu plaudern oder sie zu Veranstaltungen einzuladen. Herren hatten ihre Pferde zum Stehen gebracht, um sich nach dem Befinden der Damen zu erkundigen und sich von der besten Seite zu zeigen.

Lady Darlington genoß sichtlich das Aufsehen, das ihre Nichte verursachte, als ihr Blick auf den Phaeton von Lady MacAlister fiel: »Meine Liebe, wenn das nicht die kleine Woodford ist, Lady MacAlister, sollte ich sagen, die da geradewegs auf uns zukommt«, flüsterte sie ihrer Nichte mit sichtlichem Erstaunen zu.

Da hatte Lady Maria bereits ihr Fahrzeug an der Seite des Landauers angehalten, um die beiden Damen mit strahlendem Lächeln zu begrüßen. Sie wartete, bis ihr Olivia vorgestellt worden war, um dann freundlich zu sagen: »Mein Gatte hat mir schon von Ihnen erzählt, Miss Redbridge. Er war so begeistert von Ihnen, daß ich sogleich den Wunsch verspürte, Sie kennenzulernen. Ist das Ihr erster Auftritt in London?«

Während Olivia wahrheitsgemäß antwortete, entging es ihr nicht, daß sie von Lady MacAlister einer eingehenden Musterung unterzogen wurde. Mit plötzlichem Erröten kam es ihr in den Sinn, daß diese junge Dame von der geheimen Verlobung des Herzogs wissen mußte. Sie fragte sich im stillen, wer wohl noch alles Bescheid wußte und erkannte, daß ihre Situation viel unangenehmer war als gedacht. Es war ein großer Unterschied, eine geheime Verlobung notfalls zu lösen, als eine Verlobung, die zwar noch nicht offiziell, aber bereits Stadtgespräch geworden war.

Die Worte von Lady MacAlister holten sie aus ihren Gedanken, als diese zu ihrer Tante gewandt meinte: »Wir planen für den fünfundzwanzigsten Mai eine kleine Gesellschaft. Nur ein einfaches Abendessen, in engstem Kreise, und wir würden uns sehr freuen, Sie und Ihre Nichte begrüßen zu dürfen.«

Lady Darlington dankte und versprach, auch im Namen ihrer Nichte, gerne zu kommen. Daraufhin lächelte Lady MacAlister zufrieden, sagte, sie werde sofort veranlassen, daß die Damen eine schriftliche Einladung erhalten, verabschiedete sich freundlich und kutschierte von dannen.

»Also, meine Liebe«, meinte Lady Darlington nach einem Augenblick Stille, »ich muß dir gestehen, ich bin vollkommen überwältigt. Weißt du, ich bin mit Lord MacAlister nicht näher bekannt – und auch nicht mit seiner Frau, muß ich hinzufügen. Soweit ich mich erinnern kann, war ich noch niemals bei MacAlisters zu Gast, das heißt, seit Andrew Mattley Earl wurde. Seine Mama habe ich gut gekannt, die liebe Fanny. Doch sie starb vor

Jahren, und ich kann mir einfach nicht vorstellen, daß man uns nur wegen meiner Freundschaft mit der verstorbenen Mama eingeladen hat. Das ist doch wirklich seltsam. Weißt du, als ich Lady MacAlister auf uns zukommen sah, dachte ich kurz, sie sei gekommen, um dir eine Eifersuchtsszene zu machen. Ja, ich gebe zu, daß das eine dumme Vermutung war, aber immerhin hast du gestern nicht nur mit ihrem Mann getanzt, sondern dich auch von ihm zum Souper führen lassen und auf das Erfreulichste mit ihm geplaudert. Nicht wahr, meine Liebe? Ich muß sagen, daß ich sehr stolz war, daß gerade Seine Lordschaft dich zu Tisch führte, denn seitdem er verheiratet ist, hat er keine andere Frau auch nur angesehen! Aber natürlich konnte ich mir vorstellen, daß Ihre Ladyschaft nicht so begeistert über den Gedanken war, ihr Gatte könnte sich für eine andere Frau interessieren. Ich konnte mir zwar nicht vorstellen, wie sie so schnell davon Wind bekommen konnte, daß sie bereits heute zurück in London sein konnte; denn sie war jetzt einige Wochen bei ihrer Mutter in Sussex. Und nun treffen wir sie hier so überraschend im Park.«

Sie schüttelte noch immer fassungslos den Kopf und sagte schließlich: »Mir ist bereits gestern aufgefallen, und ich habe es auch Heather, du weißt Lady Linham, gegenüber erwähnt, daß die Unterhaltung bei Lady Seltic nicht die Art von Veranstaltung war, die verheiratete Männer ohne ihre Frauen gewöhnlich besuchen. Und ein Mann wie MacAlister schon gar nicht. Das ist doch seltsam, nicht wahr? Es sei denn…« Sie richtete sich ruckartig auf und warf ihrer Nichte einen prüfenden Blick zu: »Du kennst doch Lord MacAlister nicht schon von früher, Olivia, nicht wahr?«

Olivia hatte den Ausführungen ihrer Tante nur mit halbem Ohr zugehört und sich ihre eigenen Gedanken zu MacAlisters Verhalten gemacht. Über den nun erhobenen Verdacht war sie kurz überrascht, gleich darauf amüsiert. Ein belustigtes Blinzeln stahl sich in ihre Augen, als sie sagte: »Aber natürlich, liebe Tante, ich bin MacAlisters langjährige, doch streng geheimgehaltene Geliebte.«

Diese Worte schockierten Mylady derart, daß sie nach Luft

schnappen mußte, bevor sie in strengem Ton antwortete: »Um Himmels willen, sei nicht so frivol! Stell' dir vor, wenn dich jemand gehört hätte! Du weißt sehr gut, daß ich nichts derart Schockierendes gemeint habe. Aber es hätte gut sein können, daß du MacAlister in Bath kennengelernt hast...«

»Als er sein Gallenleiden kurierte?« sagte Olivia neckend.

Die Tante ignorierte diese freche Bemerkung und fuhr fort: »Nun, ich bin froh zu hören, daß dem nicht so ist. Es hat wirklich keinen Sinn, sich den Kopf zu zerbrechen. Die Einladung zu einer Gesellschaft im Hause MacAlister ist jedenfalls äußerst schmeichelhaft, und viele werden uns darum beneiden. Diese Abende sind bekannt dafür, besonders gelungen und exquisit zu sein.«

Es war ein Glück für Olivia, daß ihre Tante noch ganz in den Gedanken schwelgte, von Lady MacAlister eine Einladung erhalten zu haben, als sie zum Grosvenor Square zurückkamen. So entging ihr, daß ein Lakai offensichtlich in der Eingangshalle auf ihre Rückkehr gewartet hatte und nun versuchte, Olivias Aufmerksamkeit auf sich zu ziehen. Eben als diese sich fragte, was sie von den beredten Blicken halten sollte, die ihr der Bedienstete zuwarf, erklärte Mylady, daß sie sich vor dem Dinner noch ein wenig auszuruhen gedenke. Sie schritt zu diesem Zwecke zur Treppe, um sich zu ihren Gemächern zu begeben.

Mit Olivia in der Halle alleine geblieben, hüstelte der Lakai verlegen und zog einen Brief aus seiner Rocktasche:

»Verzeihen Sie, Miss. Dieser Brief wurde vor ungefähr einer Stunde für Sie abgegeben. Der Bote gab mir die ausdrückliche Anweisung, das Schreiben nur Ihnen persönlich zu übergeben. Und da dachte ich, daß es Ihnen vielleicht nicht recht sein würde, wenn Ihre Ladyschaft davon Kenntnis erhielte, und da dachte ich...« Er brach verlegen ab und übergab Olivia, die seinen Worten erstaunt gelauscht hatte, das Kuvert.

Sie konnte sich beim besten Willen nicht vorstellen, wer ihr heimlich Briefe schicken sollte. Ein Blick auf das Siegel brachte ihr jedoch umgehend Klarheit. Dort prangte das Wappen der

Wellbrooks. Sie konnte nicht verhindern, daß sie errötete, sagte jedoch mit fester Stimme: »Ach, ein Brief von meiner lieben Stiefmutter, danke Fred.« Sie machte kehrt, um sich ebenfalls in ihr Schlafzimmer zurückzuziehen, und hoffte, daß sie den Lakaien, der sicherlich dachte, den Postillon d'amour gespielt zu haben, hatte täuschen können.

In ihrem Zimmer angekommen, nahm sie sich nur kurz Zeit, um Umhang und Hütchen abzunehmen und beides achtlos auf einen Stuhl zu werfen. Auf der Bettkante sitzend, erbrach sie das Siegel. Ihr Herz klopfte bis zum Hals, mit zittrigen Fingern entnahm sie das einzelne Blatt aus dem Briefumschlag. Es war, als stünde die gefürchtete Begegnung unmittelbar bevor. Daß sie darüber derart in Aufregung geriet, war ihr selbst unverständlich, denn sie hatte sich immer für eine ruhige, überlegt handelnde Frau gehalten. Also schalt sie sich, keine Närrin zu sein und den Brief zu lesen. Das Schreiben war kurz, von Seiner Gnaden eigenhändig verfaßt. Er teilte ihr mit, daß er sich aufgrund einer Verletzung außerstande sehe, ihr zur Zeit seine Aufwartung zu machen. Er bedaure dies zutiefst, werde jedoch, sobald es seine Gesundheit zuließe, am Grosvenor Square vorsprechen. Er wünsche ihr einen angenehmen Aufenthalt in der Hauptstadt und verbleibe mit besten Wünschen etc. Wellbrooks.

Sie empfand eine derart große Erleichterung über diesen weiteren Aufschub der ersten Begegnung, daß sie gute Lust verspürte, durch das Zimmer zu tanzen. Natürlich war ihr bewußt, daß es sich hier nur um einen Aufschub von einigen Tagen handelte und daß dann ein Zusammentreffen mit ihrem unbekannten Verlobten unvermeidbar war. Und doch kamen ihr die nächsten Tage wie ein Geschenk des Himmels vor.

Sie hatte sich oft ausgemalt, wie das erste Zusammentreffen wohl vor sich gehen würde und welche Art Mensch der Herzog wohl war. Daß er ein herrischer Mann war, das ging aus den Gesprächen über ihn deutlich hervor, arrogant und eingebildet. Obwohl sie wußte, daß er erst dreißig Jahre alt war, stellte sie ihn sich älter aussehend vor. Sicherlich wird er in jungen Jahren gut ausgesehen haben – und an das werden sich die älteren Ladys wie ihre Tante und Marilla erinnern, wenn sie wahre Lobeshymnen über sein Äußeres sangen. Doch Olivia war sicher, daß die Junggesellenjahre mit ihren zahlreichen Ausschweifungen ihre Spuren hinterlassen haben mußten. Sie wollte jedoch nicht das Aussehen als wichtigstes Kriterium für ihre endgültige Entscheidung heranziehen. Wichtiger waren sicherlich sein Charakter, sein Auftreten, seine ganze Art, sich zu geben.

Der Herzog war eine der angesehensten Persönlichkeiten der Stadt, daran hatte sie nach wenigen Tagen hier in London keinen Zweifel mehr. Was würde es für einen Aufruhr geben, wenn erst die Verlobung bekannt würde. Wie würden die anderen Mädchen sie beneiden! Es gab so viele Schönheiten in dieser Gesellschaft, so viele Mädchen, die schön und auch reich waren. Daß der Herzog keine von ihnen gewählt, sondern um eine Unbekannte angehalten hat, erschien ihr immer unglaublicher.

An das Problem den Sohn ihrer Stiefmutter betreffend, wollte sie erst gar nicht denken. Wie sollte sie je erfahren, wo er sich aufhielt? Sie hatte noch nie jemanden über Lord Sudbury reden hören. Und sie konnte wohl schwer von sich aus irgend jemanden auf dieses Thema ansprechen! Und was Wellbrooks betraf, so konnte sie ihn auch nicht beim ersten Zusammentreffen mit diesem Thema konfrontieren. Das zu tun, hieße alle Chancen je von ihm etwas über diesen Matthew Laurent zu erfahren, für immer zu verderben. Nun, hier hieß es, sich in Geduld zu üben und dann taktisch klug vorzugehen. Olivia seufzte. Wo wird wohl das erste Zusammentreffen stattfinden? Sie hatte sich ursprünglich gedacht, daß sie ihn auf einer Abendveranstaltung kennenlernen würde.

Doch nun war sie sicher, daß ihr ein so unvermutetes Gegenüberstehen erspart bleiben würde. Er würde ihr, sobald seine Verletzung (welcher Art mochte diese wohl sein?) es zuließ, am Grosvenor Square einen Besuch abstatten. Zweifellos würde dieser im Beisein ihrer Tante stattfinden. Das warf ein weiteres Problem auf. Denn sie hatte ja Tante Mable, um die Verlobung wirklich geheimzuhalten, nicht eingeweiht. Sie konnte nur darauf vertrauen, daß der Herzog dieses Problem erkennen und Mittel und Wege finden würde, mit ihr allein zu sprechen. Diese Vorstellung wiederum war ihr derart unangenehm, daß ihr ein kalter Schauer über den Rücken lief. Wie man die Sache auch betrachtete, sie war einfach peinlich, und sie wünschte fast, sie wäre nicht nach London gekommen oder hätte Wellbrooks gleich eine Absage erteilt.

In diesem Augenblick wurde Olivia aus der Grübelei gerissen, denn die Zofe trat ein, um ihr beim Ankleiden für das Dinner behilflich zu sein. Mit dem Vorrecht, das sie sich als langjährige Dienerin herausnahm, schalt sie ihre Herrin für die Unachtsamkeit, mit der sie Umhang und Hut behandelt hatte, und dafür, daß das feine Musselinkleid vom langen Sitzen auf der Bettkante völlig zerknittert war. Diese Worte holten Olivia zurück in die Gegenwart.

Sie entschuldigte sich etwas geistesabwesend bei ihrer gestrengen Zofe und beeilte sich, den Brief des Herzogs in der obersten Schublade ihres Sekretärs verschwinden zu lassen.

Dann waren ihre Gedanken auf das Kleid gerichtet, das sie bei der bevorstehenden musikalischen Soiree bei Lady Kirkgate tragen würde, und sie beschloß, diesen Abend, über dem nun nicht mehr das Damoklesschwert einer Begegnung mit Wellbrooks hing, besonders zu genießen.

XII.

Die nächsten Tage vergingen wie im Fluge. Die Vormittage wurden dazu genutzt, daß Lady Darlington Olivia durch Besuche bei allen ihren Freundinnen und »sonstigen wichtigen Personen« (wie sie es ausdrückte) in Erinnerung brachte. Und auch der Türklopfer am Grosvenor Square schien niemals stillzustehen. Zahlreiche Morgenbesucher sprachen vor, um den beiden Damen ihre Aufwartung zu machen.

Lady Linham kam in Begleitung ihrer Tochter Julie, um zu ihrer eigenen Überraschung ihren Sohn Charles vorzufinden.

Mr. Romsey erschien beinahe täglich. Olivia konnte sich köstlich über die Geschichtchen amüsieren, die er über seine Mitmenschen zu erzählen wußte. Ein Umstand, der Lady Darlingtons Unmut erregte. »Ich kann es wirklich nicht befürworten, daß er dir so ungeniert den Hof macht«, sagte sie in einem der seltenen Momente, da sie mit ihrer Nichte alleine war. »Ich weiß, er ist ein amüsanter Schwätzer. Aber er würde einen völlig untauglichen Ehemann abgeben, meine Liebe. Abgesehen davon, daß er ständig in Geldverlegenheiten steckt, kann man sicher sein, ihn bei jedem Unfug zu finden, der irgendwo in der Stadt verübt wird. Daß er ein passionierter Spieler ist, wird dir schon selbst aufgefallen sein. Er hat den Leichtsinn von seinem Vater geerbt. Sylvester Romsey, Gott habe ihn selig. Sein Sohn hat Wellbrooks bereits eine schöne Stange Geld gekostet.«

»Wellbrooks?« rief Olivia erstaunt. »Warum soll der Herzog für Mr. Romseys Schulden aufkommen? Sind die beiden verwandt?«

»George Romsey ist sein Cousin. Und sein Erbe«, erklärte Lady Darlington, »aber glaube nicht, daß ihn das respektabler macht. Zehn zu eins gewettet, wird Wellbrooks bald heiraten und einen Sohn haben. Ja, es ist geradezu seine Pflicht zu heiraten. Er kann doch nicht zulassen, daß sein Erbe an diesen Bruder Leichtfuß fällt, der es binnen kürzester Zeit durchgebracht haben würde.«

»Nein, das kann er wohl nicht«, murmelte Olivia. George Romsey war also der Erbe des Herzogs. Ob sie hier ein weiteres Motiv für den überraschenden Heiratsantrag gefunden hatte?

Sie lächelte ihre Tante freundlich an: »Mache dir keine Sorgen. Ich kann mir nicht vorstellen, daß mir Mr. Romsey einen Antrag macht. Und wenn, würde ich ihn nicht annehmen. Daß ich Mr. Romsey amüsant finde, ist noch lange kein Grund, daß ich ihn heiraten würde. Obwohl er mir hilft, mir die einzelnen Personen besser zu merken. Denn nichts ist einprägsamer als freche Anekdoten. Aber heiraten… nein, heiraten würde ich ihn nie.«

Lady Darlington warf ihrem Schützling einen durchdringenden Blick zu: »Gibt es bereits einen anderen Mann, der dein Interesse geweckt hat?« wollte sie wissen. »Mit welchem Gentleman könntest du dir eine Heirat vorstellen?«

Olivia errötete ein wenig, als sie an ihren unbekannten inoffiziellen Verlobten dachte: »Aber liebe Tante. Ich bin doch erst so wenige Tage hier. Wie sollte ich dir auf deine Frage schon eine Antwort geben können?« Sie lachte etwas unsicher und hoffte, mit ihren Worten ihre Tante überzeugen zu können.

Tatsache war, daß sie das Gegenteil erreicht hatte.

›Sieh an, die liebe Olivia hat also bereits einen Herrn im Auge‹, dachte Lady Darlington beglückt. Nun, sie wollte ihre Nichte nicht weiter drängen. Sicher würde sie in Kürze herausfinden, wer der Glückliche war.

Die Nachmittage wurden von Olivia dazu genutzt, die Stadt näher kennenzulernen. In Begleitung ihrer Zofe durchstreifte sie die Straßen, besuchte Museen und andere Sehenswürdigkeiten, die der Reiseführer pries. War es am Abend Mr. Romsey, der sie in die kleinen Geheimnisse der Gesellschaft einweihte, so war an manchen Nachmittagen Lord Linham ihr Begleiter. Olivia hatte rasch festgestellt, daß es ihr nicht gelingen würde, Seine Lordschaft in seiner Verehrung für sie zu entmutigen. So nutzte sie seine häufigen Einladungen zu Ausfahrten dazu, ihn zu ersuchen, ihr die wichtigsten Bauwerke und Denkmäler zu zeigen.

Für die Abende erhielten die beiden Damen gewöhnlich so viele Einladungskarten, daß sie zwischen mehreren Veranstaltungen wählen konnten.

Auch ein Abend in den geheiligten Hallen des Almack's hatte bereits auf dem Programm gestanden. Lady Sefton hatte die versprochenen Einladungskarten geschickt. Nach diesem Tanzabend war es Olivia unverständlich, warum dieser Club eine so wichtige Rolle in der Gesellschaft spielte. Ihr war die Veranstaltung ziemlich bescheiden vorgekommen. Nichts Besonderes im Vergleich zu den Abenden, die in anderen Häusern gegeben wurden. Man reichte ausschließlich leichte Getränke, an den

Spieltischen wurde um geringe Einsätze gespielt, und alle Tänze fanden unter den gestrengen Augen der Patronessen statt.

Um vieles unterhaltsamer war der Ball bei Lord und Lady Greenhood gewesen, den Lady Darlington und ihre Nichte mit ihrer Anwesenheit beehrten. Olivia war wie stets von einer Schar von Bewunderern umgeben, die sich drängten, ihren Namen in ihre Tanzkarte einzutragen. George Romsey war auch anwesend und verblüffte alle mit seiner neuen Westenkreation. Außerdem hatte er die Haare mit Pomade zu glänzenden Locken gelegt. Er führte Olivia zu einem Reigentanz, den er äußerst anmutig zu tanzen wußte. Dann wurde er von Lord Linham abgelöst, der bei weitem weniger auffallend gekleidet war.

Lord und Lady MacAlister waren zugegen und wechselten mit Olivia freundliche Worte. Als dann die Kapelle nach einigen anderen Tänzen einige Polkas intonierte, stand wieder Mr. Romsey neben ihr, um sie aufs Parkett zu führen.

Lady Darlington, die soeben das Spielzimmer verlassen hatte, um sich zu vergewissern, daß sich ihr Schützling gut amüsierte, stellte sich an den Rand der Tanzfläche, um diese nach ihrer Nichte abzusuchen. Sie konnte es nicht verhindern, daß die gefürchtete Lady Kirkgate auf sie zusteuerte und sie in strengem Tonfall ansprach: »Wenn Sie Ihre Nichte suchen, Madam, sie tanzt mit Romsey. Schon zum zweitenmal an diesem Abend. Romsey ist wirklich nicht das Wahre. Wenn Sie keine Gans sein wollen, dann rate ich Ihnen, Ihre Nichte nicht zu ermutigen.«

Mylady war zwar sprachlos über diese Zurechtweisung, erkannte aber die Wahrheit, die in diesen brüsken Worten steckte, und verkniff sich eine beißende Erwiderung.

Wie sie feststellen mußte, war Olivias scheinbare Vorliebe für Mr. Romsey schon mehreren Anwesenden aufgefallen.

Kaum war dieser Tanz beendet, da trat die Gastgeberin an Olivia heran, gefolgt von einem gutaussehenden jungen Mann: »Meine liebe Miss Redbridge«, flötete sie. »Hier ist ein junger Gentleman, der darauf brennt, Ihre Bekanntschaft zu machen. Der Vicomte de Valliseau … Miss Redbridge.«

Olivia blickte interessiert auf den hübschen Kavalier, der sich galant über ihre Hand beugte. Er war nach der Mode, aber nicht so übertrieben gekleidet wie George Romsey, der sich nun widerwillig entfernte.

»Weißt du, wer das ist?« fragte Lady Darlington ihre Freundin Heather, die zu ihr getreten war. »Ich glaube nicht, daß ich ihn schon irgendwo gesehen habe.«

Ihre Freundin enttäuschte sie nicht: »Er ist ein Franzose«, sagte sie geringschätzig. »Lady Seltic hat ihn mir vor wenigen Tagen vorgestellt. Ein Emigrant. Vicomte de Vaniteau oder so ähnlich. Soll aus altem französischem Adelsgeschlecht entstammen, beste Familie also. Mußte vor diesem korsischen Scheusal fliehen, wie so viele.«

Lady Darlington, die aus den Augenwinkeln beobachtet hatte, daß sich George Romsey ins Spielzimmer zurückgezogen hatte, atmete erleichtert auf, nahm sich jedoch vor, als nächstes die Vermögensverhältnisse dieses Franzosen ausfindig zu machen.

In der Zwischenzeit hatte der Vicomte Olivia zum Tanz geführt, und es sollte nicht der letzte Tanz bleiben, den die beiden absolvierten. Wie Olivia unschwer erkennen konnte, war der Franzose von ihr geradezu hingerissen. Aber auch sie mußte sich eingestehen, daß sie gerne in seiner Gesellschaft war. Er sah nicht nur blendend aus mit seinen aristokratischen Gesichtszügen, die blonden Haare à la Brutus frisiert. Seine breiten Schultern verrieten seine Vorliebe für sportliche Betätigung. Außerdem war er ein hervorragender Tänzer. Er sprach ein erstklassiges Englisch. Doch durch seinen drolligen Akzent konnte er seine Herkunft nicht verleugnen. Wie sich herausstellte, war er nicht gezwungen gewesen, seine Heimat überstürzt zu verlassen und so Hab und Gut zurückzulassen, wie es weniger Glückliche seiner Landsleute tun mußten.

Es war ihm gelungen, sein Vermögen zu versilbern und als reicher Mann zuerst Europa zu bereisen, bevor er nun beschlossen hatte, zumindest die nächste Zeit in London zu verbringen – falls ihn nicht einmal ein wichtiges Band für immer mit dieser Stadt verbinde, wie er Olivia augenzwinkernd erklärte.

Natürlich wußte er über seine Reisen viel Interessantes zu berichten, er hatte Italien gesehen, Griechenland und Österreich.

In den folgenden Tagen genoß es Olivia, mit Valliseau im Park auszureiten, oder ihn in ihrem Phaeton aufzunehmen, und mit Interesse seinen Ausführungen zuzuhören. Doch es war nicht so, daß nur der Vicomte erzählte. Als einziger ihrer neuen Verehrer interessierte er sich auch für ihr bisheriges Leben, wollte ihre Meinung zu verschiedenen Fragen der Gutsverwaltung wissen, lachte über die Anekdoten, die sie über ihre Geschwister erzählte, und zeigte sich an allem interessiert, was Olivia am Herzen lag.

So kam es, ehe Olivia sich recht im klaren darüber war, dazu, daß sie ihren neuen Freund in die Verheiratung ihres Vaters mit Lady Sudbury einweihte und über das Verschwinden ihres Stiefbruders informierte. Sie gebot ihm natürlich strengstes Stillschweigen, doch tat es gut, dieses Geheimnis mit jemandem zu teilen und ihre Gedanken zu besprechen. Der Vicomte zeigte sich äußerst mitfühlend und konnte es einfach nicht glauben, daß man jede Spur zu Lord Sudbury verloren haben konnte. Er versprach ihr, sofort zu berichten, falls er wider Erwarten irgend etwas über den verschollenen Stiefbruder in Erfahrung bringen würde. Das einzige, das Olivia in diesem Zusammenhang verschwieg, war die geheime Verlobung mit dem Herzog von Wellbrooks.

XIII.

An einem dieser Tage saß der Herzog im kleinen Salon und nahm ganz allein ein Abendessen zu sich. Er pflegte immer in diesem Zimmer zu speisen, wenn er alleine war. Das war allerdings in der Vergangenheit nicht oft vorgekommen. In den letzten beiden Wochen, da ihn die Knöchelverletzung ans Haus gebunden hatte, war er viel öfter alleine gewesen, als er es gewohnt war. Natürlich hatte Andrew jeden Tag vorbeigeschaut, hatte ihm die Neuigkeiten berichtet, deren es zur Zeit nicht viele zu geben schien, und ihm so manche Stunde mit Kartenspiel vertrieben. Da der Herzog den Wunsch kundgetan hatte, die Verletzung nicht in der Öffentlichkeit kundzutun (denn welcher Gentleman, der in sportlichen Belangen als Nonparail galt, konnte zugeben, sich seinen Knöchel bei einer so banalen Tätigkeit wie Stiegensteigen verstaucht zu haben?), nahm man allgemein an, er sei aufs Land gefahren. So blieben ihm die Kranken- und Höflichkeitsbesuche seiner Verwandten und Bekannten erspart, ein Umstand, den er nicht bedauerte.

Überhaupt hatte ihm das stille Leben, das so unerwartet über ihn hereingebrochen war, mehr zugesagt, als er es erwartet hatte. Er stellte fest, daß ein Abend bei einem Glas Wein und der Lektüre eines guten Buches viel für sich hatte, und hätte er jemanden gehabt, mit dem er das Gelesene besprechen und seine Gedanken hätte austauschen können, er hätte diese Abende sogar genossen.

So jedoch wurde die Stille nur durch das Ticken der Standuhr unterbrochen, und die Gedanken Seiner Gnaden schweiften oftmals von seinem Buch ab, zu dem Kapitel seines Lebens, über das er lieber nicht so intensiv nachgedacht hätte.

Diese Überlegungen endeten stets in der Überzeugung, eine unverzeihliche Dummheit begangen zu haben, als er um diese Miss aus Bath angehalten hatte.

Er hatte seiner Großmutter seine volle Überzeugung offenbart, seinen Widerwillen gegen die steten Versuche, ihn in den Hafen der Ehe zu locken. Er hatte ihren Vorschlag als ideales Mittel dafür gesehen, der gesamten Gesellschaft ein Schnippchen zu schlagen.

Nun jedoch, da er in Ruhe Abstand gewonnen hatte, kamen ihm Zweifel darüber, ob er seine Seelenpein nicht doch übertrieben gesehen hatte. Und wenn nicht: War diese unbekannte Miss wirklich der richtige Ausweg? Es erschien ihm plötzlich viel vernünftiger, wenn er um eine Dame angehalten hätte, die er kannte. Die er sowohl aufgrund ihrer Geburt als auch ihres

Aussehens und Benehmens hätte schätzen können – eine Frau, bei der er wußte, was ihn erwartete.

Von diesem Gedanken war es nicht weit, einen Groll gegen seine Großmutter zu hegen. Hatte sie ihm nicht diese Miss vorgeschlagen und ihn geradezu zu einer Heirat gedrängt? An dieser Stelle hätte er am liebsten mit der Faust auf den Tisch geschlagen, fassungslos darüber, daß er so ein Narr gewesen war.

In der Zwischenzeit hatte sich auch seine Überzeugung gestärkt, daß Miss Redbridge ein unbedeutendes, reizloses Wesen sein mußte. Hätte ihm sonst Andrew nicht anderes von ihr erzählt? Nein, der Freund war, gegen seine übliche Gewohnheit, schweigsam, wenn es darum ging, Miss Redbridge zu beschreiben. Der Herzog nahm an, daß er ihn nicht unnötig quälen wollte. Und die Beschreibung, die Bactexter geliefert hatte, reichte aus, um seine schlimmsten Mutmaßungen zu bestätigen.

War es ein Wunder, daß Wellbrooks wieder diese Gedanken durch den Kopf gingen, als er lustlos an dem Fleisch kaute, das die Köchin liebevoll für ihn zubereitet hatte? Er stocherte gedankenverloren in seinem Gemüse, als er plötzlich den Entschluß faßte, sich der Öffentlichkeit nicht mehr länger vorzuenthalten. Entschlossen sprang er auf, zwang sich, den stechenden Schmerz zu ignorieren, den sein Knöchel bei plötzlicher Belastung immer noch verursachte, und zog an der Klingelschnur.

Vom Butler nach seinem Belieben befragt, befahl er umgehend, Mr. Bactexter zu schicken.

Es dauerte nicht lange, und der Sekretär erschien.

»Bactexter, welche ist die wichtigste Veranstaltung, zu der ich heute abend eingeladen bin?« fragte er.

Sein Sekretär, bekannt für sein bewundernswertes Gedächtnis, antwortete ohne zu zögern, daß heute der Ball von Lady Jersey stattfinde. Dies war ein Ereignis, das die gesamte Londoner Gesellschaft auf die Beine brachte, und Wellbrooks konnte sich an keine Saison erinnern, in der er bei dieser Veranstaltung gefehlt hatte, sofern er in London war.

Er wünschte seinem Sekretär einen schönen Abend und begab sich in sein Schlafzimmer, um den erstaunten Kammerdiener anzuweisen, seine Abendkleidung herauszulegen. Der würdige Herr versuchte den Herzog von seinem Vorhaben abzubringen, stieß jedoch auf taube Ohren.

So kam es, daß eine gute Stunde später der Herzog von Wellbrooks elegant gekleidet in seine Kutsche stieg. Nur ein leichtes Hinken ließ noch seine Verletzung erahnen. Mit dem Gedanken, daß dies eine willkommene Ausrede dafür bot, nicht tanzen zu müssen, lehnte er sich bequem in die dunkelblauen Sitzpolster zurück und beglückwünschte sich zu dem Entschluß, seinen einsamen Abenden ein Ende gesetzt zu haben. Sicherlich war das die beste Möglichkeit, seinen trüben Gedanken zu entfliehen, und wenn er schon einmal dieser Miss aus Bath gegenübertreten mußte, dann sollte dies ohne weiteren Aufschub geschehen.

Sein Erscheinen im Ballsaal zu später Stunde erregte nicht geringes Aufsehen. Von allen Seiten wurde er begrüßt und gefragt, wo zum Teufel er denn gewesen sei. Die Gastgeberin selbst eilte herbei, um ihn willkommen zu heißen, eine junge Dame im Schlepptau, die sie ihm als ihr Patenkind, Miss Letitia Hawyland, vorstellte. Der Herzog, nach langer Einsamkeit in ungewöhnlich freundlicher Stimmung, machte Lady Jersey die Freude und blieb einige Minuten stehen, um mit dem Mädchen zu plaudern. Schließlich war er dann doch froh, als ein junger Mann erschien, dem Miss Hawyland den nächsten Tanz versprochen hatte.

Er begab sich auf die Suche nach MacAlister, schlenderte durch alle Räume, blieb da und dort kurz stehen, um mit Freunden und Bekannten zu plaudern, und genoß es, mehr als er es je für möglich gehalten hätte, wieder in seiner gewohnten Umgebung zu sein.

Er stand gerade bei einer Gruppe von Männern, um sich die Beteuerungen Lord Greenhoods anzuhören, daß er nunmehr ein Paar Graue erworben habe, die die Pferde Seiner Gnaden nun endgültig ausstechen würden, als sein Blick, den er achtlos durch den Saal streifen ließ, an der fülligen Gestalt von Lady

Darlington hängenblieb. Von ihr glitt sein Blick zur Dame in ihrer Begleitung und die Miene des Herzogs wurde mit einem Schlag verschlossen. Das Mädchen, nein, Mädchen konnte man sie beim besten Willen nicht mehr nennen, war das uneleganteste Wesen, das er je gesehen zu haben glaubte. Sie trug eine Robe, die über und über mit Rüschen und Schleifchen beladen war. Das tiefdekolletierte Mieder spannte über dem prallen Busen. Ihre Wangen waren sichtlich gerötet, als sie sich jetzt zu dem Herrn beugte, der sich ebenfalls in ihrer Begleitung befand, um zu hören, was er ihr zuflüsterte. Es mußte etwas Amüsantes gewesen sein, denn die Dame lachte laut auf und schlug ihrem Begleiter mit koketter Gebärde den Fächer auf die Fingerknöchel.

Die Vision vom einfachen, adretten Landkind löste sich in Luft auf, und der Herzog überlegte mit leicht zusammengekniffenen Augen, welchen bösen Streich ihm seine Großmutter da wohl gespielt haben mochte.

Der erschrockene Ausruf eines Bekannten ließ ihn aus den Gedanken auffahren. »Um Gottes willen, Wellbrooks!« hatte dieser gerufen. »Was habe ich denn gesagt, das Sie dermaßen in Wut versetzte? Ich habe Ihre Pferde doch nicht beleidigen wollen, auf mein Wort! Es besteht doch kein Grund, ein derart wildes Gesicht zu machen...«

Der Herzog riet dem Verdutzten ungeduldig, sich keine unnötigen Gedanken zu machen, und ließ ihn stehen.

Während sich die Umstehenden überlegten, welche Laune den Herzog nun wieder anfocht, war dessen einziger Wunsch, der Hitze des Ballsaales zu entkommen und frische Luft zu schöpfen, um mit kühlem Kopf die weiteren Schritte zu überlegen.

Daß er eine derart ordinäre Frau zur Herzogin machen sollte, war für ihn ausgeschlossen. Sie mußte dazu gebracht werden, ihn von seinem Versprechen zu entbinden.

Da er die örtlichen Gegebenheiten gut kannte, strebte er entschlossen der Terrasse zu, die über einen schwach erleuchteten Gang, an mehreren Zimmertüren vorbei, unschwer zu erreichen war.

Einige Minuten in der kalten, sternklaren Nacht halfen ihm,

seinen gewohnt klaren Kopf zurückzugewinnen, und er kam zu der Erkenntnis, daß es nicht sinnvoll wäre, sich der Dame noch am selben Abend vorzustellen. Es würde das beste sein, sie am kommenden Vormittag im Hause ihrer Tante aufzusuchen.

Mit dem Entschluß, die Veranstaltung umgehend zu verlassen, verließ er die Terrasse und wollte eben den Gang zurückgehen, als er aus einem der angrenzenden Zimmer eine weibliche Stimme vernahm, die eindringlich sagte: »Lassen Sie mich auf der Stelle los, Sir. Bitte, stehen Sie doch auf, ... Sir, ... so lassen Sie mich doch los!«

Wellbrooks hätte nicht weiter auf das Gehörte geachtet, hätte nicht in diesem Augenblick eine männliche Stimme der Dame geantwortet, die ihn auf der Stelle verharren ließ. Es war ohne Zweifel die Stimme von George Romsey, seinem hoffnungsvollen Erben.

»Meine Liebste!« hörte er ihn sagen, »Sie müssen doch meine Gefühle erraten haben, Sie müssen doch wissen, wie sehr ich Sie liebe. Noch nie in meinem Leben habe ich je eine Frau so verehrt, so begehrt wie Sie ...«

Der Herzog lachte düster auf. Ihm war das bewegte Liebesleben seines Erben nur zu gut bekannt. Es war dies nicht das erste Mal, daß dieser sich einbildete, unsterblich verliebt zu sein.

»Seit ich Sie sah, bin ich wie verwandelt«, hörte Wellbrooks ihn sagen. »Ich liebe Sie!«

Mit diesen Worten dürfte Romsey aufgestanden sein, und ein unterdrückter Schrei der jungen Dame war zu vernehmen.

Da hielt es der Herzog doch für angebracht einzugreifen. Leise drückte er die Klinke herunter und betrat den kleinen Salon. Der Anblick, der sich ihm bot, war, wie er es erwartet hatte: George war im Begriff, eine junge Dame zu küssen, die sich jedoch vehement gegen diese Gunstbezeugung zur Wehr setzte.

Die Lady war mit dem Rücken zur Tür gestanden. Als George Romsey sie mit einem leisen Fluch unvermittelt losließ, fuhr sie herum, und Wellbrooks konnte feststellen, daß sein Erbe zumindest einen ausgezeichneten Geschmack bewiesen hatte: die junge Dame war wirklich eine attraktive Erscheinung, großgewachsen und schlank, ein elegantes Kleid in einem strahlenden Blau, die locker aufgesteckten Haare waren mit einem Band derselben Farbe gehalten. In diesem Augenblick hob sie den Kopf, und der Herzog blickte überrascht in zwei blitzende blaue Augen.

Für Olivia hatte der Abend nicht gerade verheißungsvoll begonnen. Eigentlich war es schon am späten Nachmittag, als sich das Unheil ankündigte. Sie hatte es sich im kleinen Salon gemütlich gemacht, in einen Roman vertieft, den sie erst kürzlich erstanden hatte, als ihre Tante mit blassem Gesicht ins Zimmer stürzte. Olivia fuhr erschrocken auf und eilte ihrer Tante entgegen, als diese sich matt in den großen Lehnstuhl vor dem Kamin fallen ließ.

»Ich bin weiß Gott keine von diesen erbärmlichen Kreaturen, die bei jeder Unannehmlichkeit in Ohnmacht fallen, aber heute nachmittag auf der Bond Street wäre es mir beinahe passiert!«

Olivia, die aus diesen Worten nicht klug wurde, öffnete die Kommode und entnahm ihr das Riechfläschchen, um es ihrer Tante unter die Nase zu halten. Das schien jedoch nicht die gewünschte Wirkung zu haben, denn Tante Mable blickte sie weiterhin verzweifelt an, bevor sie sagte: »Etwas Schreckliches ist geschehen, meine Liebe. Richmond ist in London!«

Ihre Nichte, die sich im Geiste schon viel entsetzlichere Dinge ausgemalt hatte, atmete erleichtert auf. »Richmond? Ist das nicht der Neffe deines Mannes?«

Mylady nickte. »Ja, und sein Erbe«, sagte sie düster.

Olivia hatte Lord Richmond Darlington nie persönlich kennengelernt, er lebte zurückgezogen auf seinem Landsitz in Kent und weilte nur selten in dem großen Haus in der Brook Street, das er von seinem Onkel vor fünf Jahren übernommen hatte. Aus Erzählungen ihrer Tante, aber auch ihres Vaters, war nichts zu entnehmen, was in Olivia den Wunsch hervorgerufen hätte, Richmond persönlich kennenzulernen. Man sagte ihm eine schlichte Gemütsart, um nicht zu sagen eine gewisse Dummheit nach und außerdem, daß er keinerlei Interesse am gesellschaftlichen Leben habe. Ein Mann, der am liebsten mit ebenso langweiligen Freunden, teilweise auch mit seinen eigenen Pächtern auf die Jagd ging und an seinen Pferden mehr hing als an seinen nächsten Verwandten. Dies machte ihn zwar nicht zu einem Mann, den der verstorbene Lord Darlington gerne zum Erben hatte. Doch hatte er sich damit abfinden müssen, daß seine Gemahlin nur zwei Töchter zur Welt gebracht hatte, bevor die Ärzte Seiner Lordschaft mitteilten, daß Mylady keine weiteren Kinder mehr bekommen dürfe.

»Ich habe mir zeitlebens Vorwürfe gemacht, daß ich Edward keinen Erben schenkte«, hatte Lady Darlington ihrer Nichte einmal anvertraut. »Obwohl er nie ein Wort darüber verlor. Allerdings wäre es halb so schlimm gewesen, wenn Richmond nicht dieses entsetzliche Wesen geheiratet hätte. Die Tochter eines Kaufmanns, muß man sich vorstellen! Sicher, sie hatte eine ansehnliche Mitgift eingebracht, aber dafür ist sie entsetzlich vulgär. Eine Stunde in ihrer Gesellschaft, meine Liebe, und ich bin dermaßen erledigt, daß ich mich unter Krämpfen auf mein Zimmer zurückziehen muß«, hatte Mylady erklärt. »Glücklicherweise kommen sie nur ganz selten in die Stadt, denn, was man Richmond auch nachsagen kann, niemand kann ihm vorwerfen, er würde die Güter in Kent vernachlässigen.«

An diese Worte mußte Olivia denken, als sie sich jetzt zu ihrer Tante setzte, um ihr beruhigend über die Hand zu streicheln: »Ich nehme an, er hat auch seine Gattin mit nach London gebracht. Hast du beide in der Bond Street getroffen?«

Ihre Ladyschaft nickte mit so leidendem Gesichtsausdruck, daß Olivia fragte, ob sie sich denn vielleicht verpflichtet gefühlt habe, die beiden zum Dinner einzuladen.

»Viel schlimmer!« stöhnte die geplagte Tante. »Viel, viel schlimmer. Stell dir vor, sie kommen heute abend zu Lady Jerseys Ball. Haben Einladungskarten bekommen. Ich kann mir nicht vorstellen, wie sie zu dieser Ehre gekommen sind. Sally Jersey kann vulgäre Menschen nicht ausstehen!«

Das wußte Olivia nur zu gut, und die Vorstellung, einen Abend im Haus einer der gestrengsten Patronessen des Almack's in Begleitung einer aufgeregten Tante, ihres tölpelhaften Neffen sowie einer vulgären Kaufmannstochter verbringen zu müssen, konnte wirklich nicht dazu beitragen, sie in Vorfreude zu versetzen.

Es war nach dem Dinner, als der Butler meldete, Lord und Lady Darlington seien soeben vorgefahren, um die beiden Damen abzuholen.

Die Tante war blaß und zitterte ein wenig, als sie Olivia zuflüsterte, daß sie sich nicht vorstellen könne, wie sie diesen Abend überleben sollte, trat dann jedoch ihren Besuchern mit freundlichem Lächeln entgegen.

Olivia war auf das schlimmste gefaßt gewesen; was sie doch nun mit ihren eigenen Augen zu sehen bekam, übertraf ihre kühnsten Erwartungen: Lord Richmond war ein kleiner, untersetzter Mann, mit einem roten, runden Gesicht. Sein leicht geöffneter Mund ließ eine Reihe von Hasenzähnen erkennen, seine kleinen Augen lagen voller Bewunderung auf ihr. Er war nicht modisch, doch korrekt gekleidet. Die Hand eines Provinzschneiders war allerdings nicht zu übersehen. Als er sich über Olivias Hand beugte, um mit warmen, feuchten Lippen einen Kuß daraufzudrücken und auszurufen, wie erfreut er sei, den Schützling seiner Tante kennenzulernen, war das Knarren seines Fischgrätmieders nicht zu überhören.

Hatte es Olivia noch zuwege gebracht, Seine Lordschaft mit einem freundlichen Lächeln zu begrüßen, so wollte dieses schier erstarren, als ihr Blick auf dessen Gattin fiel. Diese war eine große Blondine mit draller Figur, Olivia schätzte sie auf Anfang Dreißig, in eine rosarote Robe gekleidet, die so eng über dem Oberkörper spannte, daß der Eindruck entstand, das Kleid würde im nächsten Augenblick platzen. Zu allem Überfluß waren Ausschnitt, Taille und Saum reich mit Rüschen und Schleifchen geschmückt. Ihre blonden Haare hingen, zu dicken Locken gedreht, auf beiden Seiten des Gesichts herunter, der Teint war vom vielen Aufenthalt in freier Natur gerötet, die Lippenpomade überreich aufgetragen. Um den Hals trug sie ein schweres Rubinkollier, das die ältere Lady Darlington unschwer als jenes Erbstück wiedererkannte, das ihr schon in der Hand immer überladen vorgekommen war – zu der rosafarbenen Toilette wirkte es geradezu grotesk.

Die Besucherin fühlte sich sichtlich unbehaglich, einer derart strengen Musterung von den beiden anderen Damen ausgesetzt zu sein. Um dieses Gefühl zu überspielen, rief sie laut aus, wie sehr sie sich freue, die Miss kennenzulernen, von der sie schon so viel gehört habe: »Wirklich, Miss, Ihr Ruf ist sogar bis zu uns in die ländliche Einöde gedrungen. Es heißt, daß Sie schon vielen Männern den Kopf verdreht haben. Sie sind aber auch eine elegante Lady, glauben Sie es mir, äußerst schick. Sollte dir wirklich nicht schwerfallen, Tante, deine Nichte gut unter die Haube zu bringen.«

Olivia, die mit verschlossener Miene zugehört hatte, wollte soeben zu einer eisigen Erwiderung ansetzen, als ihr Blick auf das Gesicht ihrer Tante fiel, das sie anflehte, mit diesen entsetzlichen Verwandten keinen Streit zu beginnen. Sie begnügte sich damit, der Besucherin einen verächtlichen Blick zuzuwerfen. Es war eine Wohltat für alle Beteiligten, daß in diesem Moment der Butler den Salon betrat, um mitzuteilen, daß Myladys Kutsche vor dem Haustor bereitstehe.

Zu allem Übel nutzte ihre Tante die kurze Fahrt zum Haus von Lady Jersey damit, ihren Unmut gegen Richmond und seine Gattin an Olivia auszulassen, so daß diese den heftigen Wunsch verspürte, zum Grosvenor Square zurückzukehren und einen ruhigen Abend in ihrem Zimmer zu verbringen. Aber daran war natürlich nicht zu denken: es war unmöglich, einer Einladung von Lady Jersey nicht Folge zu leisten. Sie seufzte daher tief auf und fügte sich ins Unvermeidliche.

Mit einem gezwungenen Lächeln versank sie in den Knicks vor ihrer Gastgeberin, erfüllt von der Hoffnung, ihre unpassenden Begleiter möglichst rasch abzuschütteln. Das gelang zum Glück bald, denn Mr. Romsey eilte herbei, um sie zum ersten Tanz zu führen.

Es erwies sich jedoch bald, daß dieser junge Herr weit davon entfernt war, Olivia mit heiteren Geschichten aufheitern zu wollen. Gerade diesen Abend hatte er dazu ausersehen, sie mit einem Heiratsantrag zu beehren. Nicht, daß er sich vor allen Leuten erklärte, aber die Art, wie er ihre Hand drückte und ihr mit sehnsüchtigem Blick in die Augen sah, als er ihr zuflüsterte, daß er sie unbedingt alleine sprechen müsse, konnte keinen Zweifel an seinen Absichten zulassen.

»Wenn Sie mich sprechen möchten, dann kommen Sie doch morgen zum Grosvenor Square«, meinte Olivia, bemüht, einen leichten Tonfall anzuschlagen.

»Was ich Ihnen sagen möchte, duldet keinen Aufschub«, entgegnete daraufhin ihr Verehrer ungestüm. Er hatte bei diesen Worten die Stimme erhoben, so daß sich Olivia erschrocken umsah, ob jemand Zeuge ihrer Unterhaltung geworden war. Das fehlte gerade noch, daß er sie hier im Haus der gestrengen Patroness zum Mittelpunkt eines lächerlichen Aufsehens machte! Noch dazu, da sie keineswegs die Absicht hatte, einen Antrag von George Romsey anzunehmen.

»Wir werden uns morgen unterhalten, Mr. Romsey«, sagte sie daher noch einmal und nachdrücklicher als vorher.

Da war der Tanz zu Ende, und sie sah Lord Linham auf sich zukommen. Sie schenkte ihm ein derart strahlendes Lächeln, als er sie von George Romsey wegführte, bevor dieser eine Erwiderung äußern konnte, daß er sich überrascht fragte, ob die angebetete Miss Redbridge vielleicht doch stärkere Gefühle für ihn hegte, als er es zu hoffen gewagt hatte.

In den nächsten Stunden war Olivia eifrig bemüht, sowohl den Verwandten als auch Mr. Romsey nicht mehr zu begegnen. Das erstere erwies sich als leicht, da Lord und Lady Darlington sich in einen angrenzenden Salon zu den Spieltischen zurückgezogen hatten, das andere war schlichtweg unmöglich. George stand, alle neugierigen Blicke mißachtend, an der Längswand des Ballsaales und beobachtete sie unentwegt mit düsterem Blick.

Nachdem sie die Quadrille zusammen getanzt hatten, machte sich der Vicomte de Valliseau erbötig, Olivia ein Glas

Champagner zu besorgen. Das war ein Angebot, das sie gerne annahm, denn sie war vom Tanzen erhitzt, der Saal war schrecklich überfüllt, die Luft heiß und stickig. Sie ließ sich von dem Franzosen zu einer freien Bank in einer Fensternische führen und versprach dort, auf seine Rückkehr zu warten. Daß sie in ihrer Nische nicht lange allein bleiben würde, hatte sie erwartet, doch zu ihrem Leidwesen war es Lord Richmond, der sich zu ihr gesellte.

»So allein, meine schöne Dame«, begann er das Gespräch. »Sie gestatten doch, daß ich Ihnen Gesellschaft leiste?«

Olivia rückte auf den äußersten Rand des Sofas und äußerte, es sei ihr eine Ehre, worauf sich Lord Richmond mit sichtlicher Anstrengung neben ihr niederließ.

»Für mich ist das nichts, dieser gesellschaftliche Rummel«, erklärte er, »bin nur hier, um Lizzy eine Freude zu machen. Kommt selten raus aus Kent. Braucht mal eine Abwechslung.« Er blickte Olivia direkt ins Gesicht, als er fortfuhr: »Für eine schöne Dame, wie Sie es sind, ist das Treiben hier in der Hauptstadt natürlich ein Vergnügen, nicht wahr? All der Trubel, die vielen Bälle, jede Menge Verehrer, kann ich mir vorstellen. Es gefällt Ihnen doch in London, Madam?« Olivia erwiderte höflich, daß es ihr im allgemeinen sehr gut gefalle.

»Ja, ja, das glaube ich gerne«, kicherte Mylord leutselig. »Wer ist denn wohl der junge Geck, der mich mit Blicken durchbohrt, daß ich Sie so lange in Beschlag nehme, Miss? Würde mich glatt umbringen, wenn er könnte.«

Olivia wußte, ohne ihren Kopf zu drehen, von wem die Rede war: »Das ist Mr. George Romsey, Sir«, erklärte sie kühl.

»Mr. Romsey, also, ja«, wiederholte er, »Erbe von Wellbrooks, gar keine schlechte Partie, Miss. Soll ich das Revier räumen und dem Heißsporn Platz machen?«

»Das ist nicht nötig, Sir«, meinte Olivia, die sich nichts sehnlicher wünschte, als von dieser Unterhaltung errettet zu werden. Doch wollte sie Romsey keine Möglichkeit zu einem Gespräch unter vier Augen bieten.

»Der Vicomte de Valliseau ist so freundlich, mir etwas zu trinken zu bringen«, erklärte sie etwas unvermittelt. »Ich bin sicher, daß er bald zurückkommen wird.«

Das Gesicht ihres Gesprächspartners wurde ernst, als er nachdenklich die Unterlippe vorschob: »Ein Franzose ist also Ihr Favorit«, stellte er fest und wiegte sein rundes Haupt. »Ich mag sie nicht, diese Franzmänner. Sind einfach nicht das Wahre, finde ich. Sie sollten sich lieber nach einem Engländer umsehen, Miss. Fördert etwa meine Tante diese Beziehung?«

Die Unverschämtheit seiner Worte raubten Olivia für kurze Zeit die Sprache. Als sie gerade überlegte, welche schneidende Erwiderung auf eine derartige Unverfrorenheit paßte, sah sie den Vicomte mit zwei Gläsern durch das Gedränge auf sich zusteuern.

Sie beschloß daher, ihren Begleiter keiner weiteren Worte zu würdigen, bat ihn, sie zu entschuldigen, und erhob sich.

Leider war ihrer Aufmerksamkeit entgangen, daß Lord Darlington in seiner unbeholfenen Art einen Fuß auf den Rand ihres Kleides gestellt hatte. Durch ihr unvermitteltes Aufstehen riß mit einem lauten Ratsch ein Stück ihres Saumes herunter.

Seine Lordschaft erhob sich sofort mit hochrotem Gesicht und stammelte unbeholfene Entschuldigungen.

In diesem Augenblick war auch der Franzose zu ihnen getreten und wollte soeben Olivia ein Glas überreichen, als ihm die zusammengebissenen Lippen und ihre vor Wut blitzenden Augen auffielen.

Olivia überließ es Lord Darlington, dem Vicomte das Mißgeschick zu erklären, und machte sich eilig davon, auf der Suche nach einer Möglichkeit, den Schaden zu beheben.

Zu ihrem Glück begegnete sie beim Eingang des Saales Lady Jerseys Butler, den sie um Nadel und Faden bat sowie ihr ein Zimmer zu zeigen, in dem sie ungestört die nötige Näharbeit verrichten konnte. Der Butler verbeugte sich und führte sie zu einem kleinen Salon, wo er sich erbötig machte, ein Hausmädchen zu holen, das ihr die Arbeit abnehmen könnte. Als ihm Olivia versichert hatte, daß das nicht nötig sei, legte er ihr ein Nähzeug zurecht und entzündete weitere Kerzen, um ihr ein besseres Licht zu verschaffen. Sie dankte dem würdigen Herrn, meinte, daß sie nunmehr alleine zurechtkäme. Der Butler verbeugte sich wieder und zog sich zurück.

Olivia begann, mit kleinen Stichen den Saum wieder anzunähen. Es war nur ein provisorisches Anheften, sollte jedoch den Abend überstehen, falls nicht ein weiteres Mißgeschick passierte.

Sie hatte die Arbeit bald beendet und war eben dabei, den Faden abzureißen, als ein schwaches Geräusch sie auffahren ließ. Mit sichtlichem Mißvergnügen sah sie George Romsey ins Zimmer schleichen.

»Ich war eben dabei, in den Ballsaal zurückzukehren«, erklärte Olivia betont emotionslos und streifte ihren Rock zurecht. »Wollen Sie so freundlich sein, Sir, mich dorthin zurückzuführen?«

Es war offensichtlich, daß Mr. Romsey etwas ganz anderes im Sinn hatte. »Miss Redbridge«, rief er heiser. »Olivia! Welch günstiges Schicksal gewährt uns diese kurze Zeit der Ungestörtheit.«

»Unsinn!« entgegnete Olivia streng.

Sie raffte ihre Röcke und schritt entschlossen zur Türe.

Das wollte der leidenschaftliche Verehrer jedoch keineswegs gestatten. Er stellte sich ihr in den Weg und ergriff ihre Hände: »Ich liebe Sie, Miss. Es kann Ihnen doch nicht entgangen sein, wie sehr ich Sie verehre, wie sehr ich Sie anbete. Ich habe Sie den ganzen Abend beobachtet, meine Teuerste. Ich wußte, daß es eine Möglichkeit geben würde, Ihnen noch an diesem Abend meine Liebe zu gestehen. Und als ich dann sah, wie der Butler Sie in dieses Zimmer führte, da wußte ich, daß meine Stunde gekommen war. Ach, Sie müssen mich anhören...«

»Das einzige, das ich jetzt muß, ist, in den Ballsaal zurückzukehren«, fuhr ihn Olivia ungehalten an.

Doch jeder weitere Schritt wurde ihr durch Mr. Romsey unmöglich gemacht, der sich in theatralischer Gebärde auf die Knie geworfen hatte und nun mit festem Griff ihren Körper umklammerte.

So sehr Olivia sich auch dagegen wehrte, nichts konnte ihn davon abbringen, ihr wiederholt seine innige Liebe zu gestehen und ihr seinen Antrag zu machen. Als sie diesen ablehnte, faßte er den Mut des Verzweifelten und sprang auf die Beine, um sie ungestüm in seine Arme zu reißen.

Sie wehrte sich nach Kräften, war aber selbst überrascht, als er sie unvermittelt losließ und mit den Worten: »Was zum Teufel...« zur Türe starrte.

Olivia fuhr herum und sah, daß jemand den Raum betreten hatte und nun die Szene betrachtete, die sich ihm darbot. Sie zog überrascht den Atem ein: Der Gentleman war ein Traum von einem Mann, groß und breitschultrig, mit feingeschnittenen Gesichtszügen und einem auffallend energischen Kinn. Sie hatte ihn noch nie gesehen und fragte sich, wer er wohl sein könnte.

Für einen Augenblick trafen sich ihre Blicke. In seinen dunkelbraunen Augen lag ein Ausdruck, den sie nicht zu deuten wußte.

»Ich denke, George, die junge Dame kann deine Gegenwart entbehren«, sagte der Fremde nun in gelangweiltem Tonfall, den Blick nicht von Olivia wendend.

Der so Angesprochene ballte kurz die Fäuste, als wolle er auf den Eindringling losgehen. Dann schien er es sich anders zu überlegen, er verbeugte sich steif vor Olivia, murmelte eine Entschuldigung, machte kehrt und verließ, ohne den Fremden eines weiteren Blickes zu würdigen, den Raum.

Diese unerwartete Gefügigkeit verstärkte Olivias Interesse an dem Unbekannten. Wer mochte er wohl sein? In den nächsten Tagen sollte sie sich noch oft darüber wundern, warum sie nicht gleich auf die richtige Antwort gekommen war. Denn wer sonst sollte das Recht haben, ungestraft so frei über George zu verfügen, als das Oberhaupt der Familie, das noch dazu, wenn auch nur für kurze Zeit, einmal sein Vormund gewesen war?

Sie hatte sich jedoch schon ein derart anderes Bild von Wellbrooks geschaffen, daß sie in diesem Augenblick weit davon entfernt war, die Wahrheit auch nur zu erahnen.

Das einzige, das sie mit Sicherheit wußte, war, daß sie viel darum gegeben hätte, diese Begegnung ungeschehen zu machen. Wie gerne hätte sie den Fremden unter normalen Umständen kennengelernt. Der Blick aus den tiefdunklen Augen machte sie unsicher, und so sagte sie mit bedeutend weniger Herzlichkeit, als sie empfand: »Ich bin Ihnen sehr verbunden, Sir. Wenn Sie erlauben, werde ich jetzt in den Ballsaal zurückkehren. Meine Tante wird mich sicher schon vermissen.«

Sie wartete kurz, ob der Gentleman ihr noch etwas sagen wollte. Dieser verbeugte sich jedoch nur und hielt ihr die Türe auf.

Als Olivia den Ballsaal betrat, merkte sie, daß ihr der Unbekannte nicht gefolgt war. Sie fand das äußerst bedauerlich, hätte sie doch zu gerne erfahren, wer er war.

XIV.

Am nächsten Vormittag saß Olivia alleine im kleinen Salon, bereit, etwaige Morgenbesucher zu empfangen.

Tante Mable hatte überstürzt das Haus verlassen, als ihr der Gedanke gekommen war, ihr Neffe könnte sich verpflichtet fühlen, ihr, gemeinsam mit seiner Gattin, einen Abschiedsbesuch abzustatten, bevor sie die Rückreise nach Kent antraten. »Dies, meine Liebe, wäre mehr, als ich ertragen könnte!« hatte sie erklärt und Olivia, die es trotz dieser drohenden Gefahr vorgezogen hatte, zu Hause zu bleiben, eindringlich aufgefordert, sich von den beiden nicht aufregen zu lassen. Sie solle keine Skrupel haben, sie kurz abzufertigen, da sie wirklich nicht zu besonderer Höflichkeit verpflichtet wäre. Dann hatte sie sich beeilt, im Hause ihrer Freundin Linham Zuflucht zu suchen.

Olivia hoffte, daß aufgrund des Balles, der bis in die Morgenstunden gedauert hatte, nicht allzu viele Besucher vorsprechen würden. Sie hatte ihrer Tante erklärt, daß sie den Roman weiterlesen wolle, der so spannend geschrieben sei, daß es schwierig sei, sich loszureißen. Nun lag das Buch achtlos in ihrem Schoß.

Ihre Gedanken schweiften zurück zum letzten Abend. Immer wieder erschien ein feingeschnittenes Gesicht mit tiefdunklen Augen vor ihr. Unzählige Fragen blieben unbeantwortet. Wer war er? Wie kam es, daß er so unvermittelt in den Salon getreten war? Warum hatte sie ihn noch nie vorher gesehen? Was dachte er über sie? Verachtete er sie, da er sie in den Armen von George Romsey angetroffen hatte? Überrascht stellte sie fest, wie wichtig es ihr war, daß der Fremde eine gute Meinung von ihr hatte. Sie mußte sich eingestehen, daß dieser Mann sie mehr beeindruckte als jeder andere, den sie jemals kennengelernt hatte.

Sie hatte sich doch wohl nicht in sein gutaussehendes Gesicht verliebt! Verliebt? Welch ein absurder Gedanke! Oder doch nicht?

Der Butler, der soeben eingetreten war, schreckte sie aus ihren Gedanken: »Seine Gnaden der Herzog von Wellbrooks wünscht Ihnen seine Aufwartung zu machen«, kündigte er an. Seine sonst so unbewegte Miene spiegelte Überraschung wider: »Ich habe Seine Gnaden natürlich darüber informiert, daß Mylady ausgegangen ist. Er bestand darauf, mit Ihnen zu sprechen, Miss.«

Olivia war aufgesprungen, das Herz schlug ihr bis zum Hals, und doch sagte sie mit kühlem Tonfall:

»Führen Sie Seine Gnaden herein, Murphey.«

Als der Butler ging, um ihre Anweisung auszuführen, warf Olivia einen kurzen Blick in den Spiegel. Sie wünschte, sie hätte ein weniger einfaches Kleid gewählt als dieses zartblaue aus feinem Musselin. Sie mußte jedoch zugeben, daß es ihr gerade aufgrund seiner Schlichtheit besonders gut stand. Ihre Haare waren mit einem Seidenband locker im Nacken zusammengefaßt. Sie konnte mit ihrem Aussehen durchaus zufrieden sein. Erwartungsvoll, die Schultern gestrafft, blickte sie zur Türe.

»Seine Gnaden, Miss«, meldete der Butler und hielt die Türe auf.

Der Herr, der nun ins Zimmer trat, war kein anderer als der, der sie am Abend vorher aus der Umarmung von George Romsey gerettet hatte.

War er in Ballkleidung eindrucksvoll gewesen, so konnte er sich auch in seiner Tageskleidung sehen lassen. Die cremefarbenen Hosen ließen durchtrainierte Beine erkennen, der dunkelblaue Rock saß wie angegossen über den breiten Schultern, die Weste war modisch, das Halstuch sportlich geknüpft.

Olivia blickte überrascht in sein hübsches Gesicht und stellte fest, daß seine dunklen Augen mit sichtlichem Erstaunen auf ihr ruhten.

Es war wie ein Traum. Nie hätte sie gedacht, daß sie, mit dreiundzwanzig Jahren nun wirklich aus dem Alter jungmädchenhafter Schwärmerei, sich Hals über Kopf in einen Mann verlieben konnte. Tante Mable und Marilla hatten recht gehabt: Er war wirklich faszinierend. Kein Wunder, daß ihm die Damenwelt der Hauptstadt zu Füßen lag. Ein Gedanke, der ihr ganz und gar nicht gefiel!

Sie errötete leicht, als ihr klar wurde, daß sie schon einige Augenblicke dagestanden war, ihren Blick schweigend auf den Besucher gerichtet. Sie riß sich zusammen und ging auf ihn zu, um ihm lächelnd die Hand zu reichen. »Ich freue mich, Sie kennenzulernen, Sir«, begrüßte sie ihn. »Meine Tante ist leider ausgegangen. Sie wird es sehr bedauern, daß Sie sie nicht angetroffen haben.«

Er hatte sich über ihre Hand gebeugt und sagte, als er sich wieder aufrichtete: »Ich bin nicht zu Lady Darlington gekommen. Ich kam, um Sie kennenzulernen, Miss Redbridge.« Dann fragte er zögernd: »Sie sind doch Miss Redbridge?«

Sie bestätigte es lächelnd. Während sie ihren Besucher höflich bat, Platz zu nehmen, fragte sie sich, warum ihr Anblick ihn in derart großes Erstaunen versetzen konnte. Wie mochte er sich sie wohl vorgestellt haben? Sie nahm auf dem kleinen Sofa ihm gegenüber Platz und blickte ihn erwartungsvoll an.

»Wer war wohl die junge Dame, die sich gestern abend in Begleitung Ihrer Tante bei Lady Jersey aufgehalten hat, Miss Redbridge?«

»Eine junge Dame?« wiederholte Olivia erstaunt und zog die Stirne kraus: »Sie meinen vermutlich Lady Darlington. Lady

Richmond Darlington«, fügte sie erklärend hinzu. »Warum fragen Sie, Sir? Haben Sie etwa angenommen, es handle sich bei Lady Darlington um mich?« rief sie dann plötzlich aus.

»Ja, das habe ich«, bestätigte Wellbrooks gelassen.

»Wie konnten Sie nur?« entfuhr es Olivia. »Sie müssen ja eine erfreuliche Vorstellung von der Frau gehabt haben, um die Sie...« Erschrocken unterbrach sie ihren impulsiven Ausbruch. Sie konnte doch von sich aus nicht auf den Heiratsantrag zu sprechen kommen! Mit einem unsicheren Blick in das Gesicht des Herzogs stellte sie fest, daß sich in seine Augen ein belustigtes Blinzeln eingeschlichen hatte.

»...um die ich angehalten habe, meinen Sie, nicht wahr? Ich muß gestehen, daß ich sie mir nicht so vorgestellt habe, wie Sie aussehen«, gab er zu.

»Sondern wie Lady Darlington?« fragte sie entgeistert.

»Nun, das hielt ich zumindest für möglich.«

»Aber was konnte Sie dann, um Himmels willen, zu einem Antrag veranlassen?« erkundigte sie sich geradeheraus.

Das belustigte Lächeln verschwand aus seinen Augen: »Ich hatte meine Gründe«, sagte er knapp.

Das war eine eindeutige Zurechtweisung, die Olivia nicht unwidersprochen hinnehmen wollte.

»Das habe ich angenommen, Sir«, entgegnete sie steif.

Das feine Lächeln kehrte in die Züge Seiner Gnaden zurück. Er betrachtete sie eingehend und zog langsam seine Schnupftabakdose hervor. Er öffnete diese elegant mit dem Daumennagel der linken Hand und nahm bedächtig eine Prise.

»Ich sehe, so kommen wir nicht weiter«, sagte er schließlich rundheraus, doch nicht unfreundlich. »Lassen Sie uns mit offenen Karten spielen, Miss Redbridge. Ich sehe, Sie sind eine vernunftbegabte Frau, und daher werden Sie nicht angenommen haben, daß es romantische Zuneigung war, die mich zu diesem Heiratsantrag veranlaßte.«

Er hielt inne und erwartete eine Erwiderung, die auch prompt erfolgte: »Der Gedanke war mir wirklich fremd«, bestätigte Olivia.

»Nun, warum haben Sie wohl den Antrag eines Ihnen Unbekannten nicht rundweg abgelehnt?«

Sie konnte nicht verhindern, daß ihr die Hitze in die Wangen stieg, doch antwortete sie leichthin: »Seien Sie versichert, daß auch ich meine Gründe hatte, Sir.«

Nun zeitigten die langen einsamen Abende, die Stunden der Grübelei ihre Wirkung. »Oh, ich kann mir genau vorstellen, was Ihre Gründe gewesen sind, Miss«, fuhr sie der Herzog kalt an. »Eine verflixt gute Partie, dieser Wellbrooks, nicht wahr? Ein hoher Titel, ein altes Adelsgeschlecht und dann noch das stattliche Vermögen! Das war es doch, Miss Redbridge. Die Aussicht auf das Krönchen der Herzogin von Wellbrooks. Da fiel es nicht schwer, darüber hinwegzusehen, daß man den Mann gar nicht kannte. Und wenn er ein noch so großes Ungetüm wäre, wie leicht würde sein Vermögen über diesen Umstand hinwegtrösten. Ein Fang, den man sich einfach nicht entgehen lassen konnte, habe ich recht?«

Olivia, die mit diesem leidenschaftlichen Ausbruch nicht gerechnet hatte, verbot sich jede Entgegnung.

»Sie müssen es ja wissen, Sir«, sagte sie statt dessen schlicht. Ihre Ruhe brachte sein Blut erst recht in Wallung. All der Zorn, der sich die Jahre hindurch gegen das weibliche Geschlecht aufgestaut hatte, brach aus ihm heraus. Dazu kam, daß diese Miss Redbridge so anders aussah, als er es sich vorgestellt hatte. Nie hätte er mit einer derart attraktiven Frau gerechnet. Und dann war sie so anders als seine Bekannten. Weder errötete sie jungmädchenhaft, wenn er sie anblickte, noch versuchte sie, ihm in irgendeiner Weise zu gefallen. Noch nie war es ihm passiert, daß er von einer jungen Dame so kritisch gemustert wurde, noch nie hatte ihm eine junge Dame so freimütig geantwortet. Er hatte sich ein sittsames, hausbackenes Landkind vorgestellt, und er hatte sich verflucht, einer Frau einen Antrag gemacht zu haben, mit der er nie zusammenpassen würde. Und nun sah er, wie Olivia wirklich war, eine selbstbewußte, junge Dame, schlicht und doch elegant gekleidet, kein junges Mädchen mehr, sondern eine faszinierende Frau mit ungezwungenem Benehmen – und es überraschte ihn selbst, wie verbittert er darüber war.

»Sie sehen anders aus, als ich Sie mir vorgestellt hatte«, meinte er unvermittelt.

»Das ist mir inzwischen klargeworden«, entgegnete Olivia kühl. »Und doch kann ich es nicht bereuen, keine Ähnlichkeit mit Lady Darlington zu haben.«

Sie bemerkte zu ihrer Genugtuung, daß sie ihn aus der Fassung gebracht hatte, und fügte genußvoll hinzu: »Darf ich Ihnen jedoch versichern, Sir, daß Sie genau meinen Erwartungen entsprechen.«

»Ach, tatsächlich?« funkelte er sie an. »Wie erfreulich für Sie, daß Sie sich nicht geirrt haben.«

»Oh, wenn man seine Erwartungen nicht zu hoch ansetzt, wird man selten enttäuscht«, erwiderte sie betont freundlich.

»Keine hohen Erwartungen?« fragte er spöttisch. »Inwiefern entspreche ich diesen Ihren Erwartungen?«

»Nun«, antwortete sie langsam, jedes Wort betonend: »Ich erwartete einen zynischen, unangenehmen Mann in mittleren Jahren, der es gewohnt ist, seine Mitmenschen geringzuschätzen und seine Umgebung zu tyrannisieren. Ich erwartete einen Mann, der sich selbst für den Mittelpunkt des Daseins hält, berechtigt, sich über die Gefühle anderer hinwegzusetzen. Der sich zu erhaben dünkt, die Konventionen einzuhalten, und der glaubt, auf gute Manieren verzichten zu können. Selbstgefällig, verwöhnt, mit liderlichem Lebenswandel. Und Sie müssen zugeben, Sir, ich konnte meine Erwartungen voll und ganz bestätigt finden.«

Wellbrooks biß die Zähne zusammen. »Schlange!« zischte er.

Olivia registrierte die Verbitterung, die ihre Worte bei ihm hervorgerufen hatten, mit Schadenfreude. »Darf ich Ihnen eine Erfrischung anbieten, Sir?« fragte sie betont höflich.

»Bemühen Sie sich nicht, Madam«, antwortete der Herzog. »Ich werde Sie nicht mehr lange aufhalten. Mich würde nur interessieren, wie zum Teufel es dazu kommen konnte, daß ich Sie mit George Romsey in einem abgeschiedenen Zimmer antraf. Warum ein Flirt mit dem Erben, wo doch der Erblasser selbst zum Greifen nah ist? Oder wußten Sie etwa nicht, daß der junge Geck mein Erbe ist? Nun, Miss Redbridge, was ist Ihre Entschuldigung für das heimliche Stelldichein?«

»Wie können Sie es wagen?« rief Olivia mit blitzenden Augen. »Ich sehe nicht die geringste Veranlassung, mich bei Ihnen für irgend etwas zu entschuldigen!«

»So, auf dem hohen Roß, Miss?« fragte er schneidend: »Darf ich Sie darauf hinweisen, Madam, daß ich es nicht dulden werde, daß sich meine Verlobte in derart verfängliche Situationen begibt. Darf ich Ihnen versichern, daß ich es äußerst widerwärtig finde...«

Olivia war aufgesprungen und unterbrach ihn, mühsam um ihre Fassung ringend: »Da ich sehe, daß Ihnen diese unselige Verlobung ebenso zuwider ist wie mir, wollen wir sie nicht länger aufrechterhalten.«

»Das ist das erste vernünftige Wort, das ich von Ihnen höre!« schleuderte ihr der Herzog ins Gesicht. »Es erübrigt sich daher meine weitere Anwesenheit. Gestatten Sie mir, mich zu verabschieden!« Er stand auf, verbeugte sich knapp und verließ das Zimmer.

Olivia blieb regungslos stehen und starrte fassungslos auf die Türe, die sich soeben hinter dem Herzog geschlossen hatte. Was war das bloß für ein gräßlicher, eingebildeter, widerlicher, ganz und gar abscheulicher Mensch! Wie konnte sie ihn auch nur einen Augenblick lang für die Verkörperung all ihrer Träume gehalten haben?

Was hatte er zu ihr gesagt? Sie habe sich aufgrund seines Reichtums und seiner hohen Stellung mit ihm verlobt? Das klang ja gerade so, als habe sie *ihn* in ihre Netzen fangen wollen! Gerade so, als hätte nicht er *ihr* diesen, diesen... unmöglichen Heiratsantrag gemacht!

Olivia ließ sich auf das Sofa fallen, die Lippen fest zusammengepreßt. Seine Worte gingen ihr noch einmal durch den Kopf. ›Aber ich habe ihm alles in barer Münze zurückgezahlt‹, sagte sie sich. Erstaunlicherweise fand sie diese Erkenntnis nicht sehr tröstlich. Im Gegenteil: Wie konnte sie sich nur so weit vergessen! Hatte sie ihn wirklich einen arroganten, eingebildeten Tyrannen genannt? Wie konnte sie ihm nur seinen Lebenswandel vorwerfen? Sie mußte den Verstand verloren haben. Die ruhige, überlegte Miss Redbridge hatte sich mit einem fremden Gentleman in einen wüsten Streit eingelassen.

Hatte sie denn allen Anstand, jedes gute Benehmen vergessen? Was mußte er jetzt bloß von ihr denken?

Diese Einsicht war so deprimierend, daß sie am liebsten laut aufgeschrien hätte.

In dieser Stimmung fand Lady Darlington sie vor, als sie vom Besuch ihrer Freundin zurückkehrte, in der sicheren Hoffnung, daß, sollte ihr Neffe nicht zwischenzeitlich vorgesprochen haben, eine derartige Gefahr zur mittäglichen Stunde nicht mehr drohte.

»Meine Liebe«, rief sie gleich beim Betreten des kleinen Empfangssalons, »was erzählt mir Murphey da für eine unglaubliche Geschichte? Er sagt, Wellbrooks habe vorgesprochen?«

Sie hatte sich aufgrund dieser aufregenden Neuigkeit noch nicht einmal Zeit genommen, Hut und Handschuhe abzulegen.

Olivia bestätigte einsilbig, daß der Herzog zwar hier gewesen sei, sie aber schon wieder verlassen habe.

»Nun, ich sehe, daß er nicht mehr hier ist!« stellte die Tante ungeduldig fest. Sie nahm ihren Hut ab und legte diesen mit den Handschuhen auf den Beistelltisch. »Nun sei doch nicht so aufreizend. Erzähle mir sofort, was hat Wellbrooks hergeführt? Worüber habt ihr geplaudert? Ach, es ist wirklich zu dumm, daß er gerade heute gekommen ist und ich nicht zu Hause war!«

Da ihre Nichte nicht sogleich antwortete, warf sie ihr einen prüfenden Blick zu. Sie sah zu ihrem Erstaunen, daß Olivia steif aufgerichtet am Rand des Sofas saß, mit hochrotem Kopf, die Hände ineinander verknotet.

»Der Herzog war etwa eine halbe Stunde lang hier«, antwortete sie, bemüht, die Beherrschung nicht zu verlieren. Doch vergebens. »Um die Wahrheit zu sagen, Tante Mable, wir haben entsetzlich gestritten!«

Dieser leidenschaftliche Ausbruch ließ Mylady zusammenzucken. »Gestritten?« wiederholte sie fassungslos. »Was kannst du bloß damit meinen?«

»Ich kann dir gerne sagen, was ich damit meine«, entgegnete Olivia bitter. »Er nannte mich ein geldgieriges Frauenzimmer, das es nur auf seinen Titel abgesehen habe, und ich nannte ihn einen eingebildeten Lebemann, der sich für den Mittelpunkt des Daseins hält.«

Mylady war zu keiner Erwiderung fähig. Sie schüttelte nur langsam und stetig den Kopf. »Meine Liebe«, sagte sie schließlich, »wie konntest du nur?«

Olivia war sich nur zu bewußt, wie berechtigt dieser Vorwurf war, und Tränen stiegen ihr in die Augen.

Als ihre Tante das sah, verschwand die Strenge aus ihrem Gesicht, sie setzte sich neben ihre Nichte und tätschelte ihr gutmütig die Hand. »Nein, bitte, bitte nicht weinen. Ich kann niemanden weinen sehen. Ich muß sofort mitheulen. Weißt du was, ich werde uns beiden jetzt ein schönes Gläschen Sherry eingießen, und dann erzählst du mir alles der Reihe nach.«

Während sie sich erhob und zu der schmalen Kredenz hinüberging, in der sie die Glaskaraffen mit den alkoholischen Getränken aufbewahrte, hatte Olivia Zeit, sich zu fangen. »Es tut mir schrecklich leid, Tante«, sagte sie. »Aber er hat mich herausgefordert. Weißt du, ich konnte ungerechtfertigte Beschuldigungen noch nie wortlos hinnehmen. Und da ist dann wieder einmal meine Zunge mit mir durchgegangen. Außerdem hasse ich es, wenn man mich anbrüllt«, setzte sie hinzu.

»Anbrüllt?« wiederholte Mylady, der die Zusammenhänge noch immer nicht klar waren. »Wer hat gebrüllt? Doch nicht Wellbrooks?« Sie kannte den Herzog als kühlen, reservierten Gentleman. Es war natürlich vorstellbar, daß er schneidende Bemerkungen machte, aber »brüllen«? Sie reichte Olivia ein Glas, die dankbar einen Schluck nahm. Dann forderte sie Olivia freundlich auf, sie nicht länger im dunkeln tappen zu lassen.

So kam es, daß Olivia von Anfang an, unterbrochen von zahllosen, ungläubigen Ausrufen und Zwischenfragen ihrer Tante, berichtete: Über den überraschenden Antrag Seiner Gnaden, den Besuch des Sekretärs, die Beweggründe, die sie veranlaßt hatten, den Antrag anzunehmen, wobei sie allerdings die Rolle von Marillas Sohn verschwieg. Sie erzählte von der unseligen Begegnung beim Ball von Lady Jersey und alle Einzelheiten des heutigen Gesprächs.

Als sie geendet hatte, blieb es einige Zeit lang still, dann sagte Mylady: »Also, das ist die abenteuerlichste Geschichte, die ich je in meinem Leben gehört habe. Hättest du sie mir nicht selbst erzählt, ich würde sie nicht glauben.« In der Folge äußerte sie ihre Meinung zu den einzelnen Punkten der Erzählung, wurde nicht müde, sich über das schändliche Betragen von George Romsey zu empören, und sprach in diesem Zusammenhang auch Olivia nicht von jeder Schuld frei: Denn war es nicht der Gipfel der Leichtsinnigkeit, sich in einem fremden Haus alleine, ohne Anstandsdame in einem entlegenen Zimmer aufzuhalten? Noch mehr jedoch tadelte sie ihre Nichte für deren Verhalten am Vormittag. Auch wenn sie noch so gereizt und ungerecht behandelt wird, so hat eine wahre Lady nie die Contenance zu verlieren. Schon gar nicht vor einem Herrn wie Wellbrooks. Und die Hand dieses Herrn auszuschlagen, war überhaupt ein unverzeihlicher Fehler, eine nicht wiedergutzumachende Dummheit! Ihre Ausführungen gipfelten darin, daß Seine Gnaden Olivia inskünftig schneiden werde.

Olivia, die schuldbewußt auf ihrem Sitz zusammengesunken war, hob nun den Kopf und erklärte trotzig: »Als ob mir das etwas ausmachen würde!«

»Aber natürlich macht es dir etwas aus!« belehrte sie ihre Tante ungehalten. »Du weißt nicht, wovon du sprichst. Wenn dich Wellbrooks schneidet, dann werden dich auch die anderen schneiden. Alle tun doch, was er ihnen vormacht. Er braucht nur ein Wort über dein undamenhaftes Verhalten von heute vormittag fallenzulassen, und du bist auf alle Ewigkeit in der Gesellschaft unmöglich gemacht. Wir können nur hoffen, daß er aus

Rücksicht auf mich, denn immerhin bin ich die beste Freundin seiner Tante und habe auch seine Mutter einigermaßen gut gekannt, von drastischen Schritten absieht.«

Daraufhin zog sich Mylady erschöpft in ihre Gemächer zurück und ließ ihre Nichte allein mit ihren düsteren und aufgewühlten Gedanken. Olivias erster Impuls war, unverzüglich ihre Koffer zu packen, um in ihrem Elternhaus Zuflucht zu suchen. Mit Entsetzen fiel ihr ein, daß das unmöglich war. Wie könnte sie ihrer Stiefmutter in die Augen sehen, ohne auch nur das geringste über den Aufenthaltsort ihres Sohnes in Erfahrung gebracht zu haben? Noch dazu, da sie so verschwenderisch mit deren Geld umgegangen war? Nein, ihre Großzügigkeit konnte und durfte nicht ohne Gegenleistung bleiben.

Und überdies: War sie etwa der Typ, vor Schwierigkeiten wegzulaufen? Nein, sie würde hierbleiben. Würde der Welt die Stirn bieten! Mochte sie auch der Herzog mit einem Schlag zum Außenseiter in der Gesellschaft machen.

Es hatte noch nie lange gedauert, daß Olivia nach Aufregungen wieder ihre Ruhe und den gesunden Menschenverstand zurückgewonnen hatte, und so war es auch jetzt.

Sie begann, das Geschehen mit klaren Überlegungen und ohne Selbstvorwürfe zu überdenken, und kam zu der Erkenntnis, daß ihre Lage vielleicht doch nicht so hoffnungslos war. Sie konnte es nicht glauben, daß der Herzog vorhatte, die Gesellschaft über eine Verlobung zu informieren, die auf so ungewöhnliche Weise zustande gekommen war und bei deren Auflösung er selbst keine allzu gute Figur gemacht hatte. Es konnte natürlich immer noch passieren, daß er sie in der Gesellschaft einfach nicht zur Kenntnis nahm. Da sie jedoch bereits zahlreiche Bewunderer gefunden hatte, bestand die Hoffnung, daß das nicht weiter auffiel oder daß sich die anderen Herrn dadurch nicht abschrecken lassen würden.

Die größte Schwierigkeit, die blieb, war Matthew Laurent. Nun hatte sie die Chance vertan, dem Herzog je das Geheimnis entlocken zu können. Die Lösung dieses Problems war weiter entfernt denn je.

XV.

Nachdem der Herzog Olivia verlassen hatte, war er zuerst so wütend, daß er keinen klaren Gedanken fassen konnte. Es war seit seiner Schulzeit nicht mehr vorgekommen, daß er einer derart scharfen Kritik über seine Person ausgesetzt gewesen war. Niemand hatte ihm gegenüber je einen derartigen Ton angeschlagen – nicht einmal MacAlister, obwohl die beiden doch weiß Gott offen zueinander waren.

Er blieb kurz am Fuße der Treppe vor dem Haus von Lady Darlington stehen und überlegte, wie er den mißglückten Vormittag am zweckmäßigsten beenden könnte. Und womit er den aufgestauten Zorn am besten abreagierte. Der Gedanke, daß ihn seine Knöchelverletzung daran hinderte, »Apollo« satteln zu lassen und einen Ausritt zu unternehmen, trug nicht dazu bei, seine Laune zu heben. Ein wilder Galopp außerhalb der Stadt wäre genau das richtige gewesen, um ihn auf andere Gedanken zu bringen.

Da der Arzt Ausritte für die nächsten Tage jedoch strikt untersagt hatte, winkte der Herzog eine Mietdroschke herbei und befahl, ihn in die Bond Street zu fahren, wo er unverzüglich Jackson's Boxclub aufsuchte. Dieser Einfall erwies sich als glücklich.

Jackson begrüßte seinen hohen Schüler zuvorkommend und sagte, daß er ihn bereits vermißt habe. Dann fiel sein Blick auf das Gesicht Seiner Gnaden, und er sagte mit dem Ausdruck des Erschreckens: »Man sollte meinen, Euer Gnaden, es gibt jemanden, den Sie am liebsten erwürgen würden. Ich hoffe, dieser Gentleman befindet sich augenblicklich nicht in meinen Räumen. Denn, auch wenn ich Ihnen gerne jederzeit zur Verfügung stehe, käme mir ein Mord doch sehr ungelegen.«

Der Herzog war nicht in der Stimmung, auf diesen Scherz einzugehen, und ließ nur ein unwilliges Schnaufen hören.

Kurze Zeit später sah man ihn wie wild auf einen Sandsack einschlagen.

So fand ihn George Romsey. Da der Herzog mit dem Rücken

zur Türe stand und George daher sein verbissenes Gesicht nicht sehen konnte, war er nicht vorgewarnt und unklug genug, ihn anzusprechen: »He, Wellbrooks!« rief er im Näherkommen. »Du bist genau derjenige, mit dem ich reden will. Ich habe schon am Berkeley Square vorgesprochen, nur um zu hören, daß du ausgegangen bist, und man wisse nicht wohin. Nun, hier treffe ich dich also.«

Als er bemerkte, daß sein herzoglicher Cousin nicht daran dachte, seine Trainingsarbeit zu unterbrechen, sondern weiterhin wortlos auf den Sandsack eindrosch, setzte er neuerlich an: »Wellbrooks, ich muß mit dir reden. Was zum Teufel hast du dir dabei gedacht, als du gestern ohne Umschweife ins Zimmer geplatzt bist...?«

Bei diesen Worten drehte sich der Angesprochene mit einem Ruck um. Sein Gesicht war von der Anstrengung gerötet, Schweißperlen standen auf seiner Stirne. Die Lippen waren zu einem Strich zusammengepreßt, der Ausdruck in den Augen verhieß nichts Gutes.

Erschrocken wich George einen Schritt zurück und fragte sich, ob es wohl seine Worte waren, die Wellbrooks derart in Rage versetzt hatten.

»Eine Erklärung willst du, he?« zischte Seine Gnaden zwischen den Zähnen hervor: »Die kannst du haben, du Witzfigur. Kein Romsey hat je einer Dame seine Liebesbezeugungen aufgedrängt, ist das klar genug?«

Er war einen Schritt näher gekommen, was seinen Erben veranlaßte, zurückzuweichen. Er kannte seinen Cousin lange genug, um zu wissen, daß er ihm bei Wortduellen immer unterlegen sein würde. Was die körperliche Kraft anging, so konnte man bei Wellbrooks schon in bekleidetem Zustand seine muskulösen Schultern ahnen. Als er nun aber vor ihm stand, nackt bis zur Taille, konnte Romsey erkennen, wie völlig durchtrainiert er tatsächlich war. Überdies deutete die Haltung Seiner Gnaden nur zu deutlich an, daß er nicht mehr lange gereizt zu werden brauchte, um seinen Erben mit einer seiner berühmten rechten Geraden zu Boden zu schicken. Mr. Romsey war selbst ein sportlicher Mann, was die wenigsten hinter seinem dandyhaften Gehaben vermuteten. Er war jedoch kein Narr und wußte, daß es aussichtslos war, seine Kräfte mit Wellbrooks messen zu wollen, und trat den Rückzug an.

»Feigling!« zischte ihm dieser nach.

George drehte sich um und sagte: »Ich weiß, daß du mich am liebsten niederschlagen würdest, wenn ich auch verdammt gerne wüßte, warum eigentlich. Denn schließlich bin ich es ja, der beleidigt sein könnte... ja, ist schon gut.«

Mit diesen Worten ging er von dannen, klopfte dabei noch Lord MacAlister auf die Schulter, der eben um die Ecke gebogen war, und verließ den Boxclub.

»Hallo, Wellbrooks«, grüßte Andrew und sah George fragend nach. »Was ist denn in den gefahren? Wolltest du ihn wirklich verprügeln?«

Er wandte sich seinem Freund zu. Dieser stand noch immer mit grimmigem Gesicht vor dem Sandsack, drehte sich aber nun um und begann seine Boxtätigkeit wieder aufzunehmen.

Andrew, dem der Gesichtsausdruck seines Freundes nicht entgangen war, fragte sich, was ihn wohl in derart schlechte Laune versetzt haben mochte. Er zog sich einen Stuhl heran, setzte sich rittlings darauf und beobachtete den Herzog eine Zeitlang schweigend.

»Ärger gehabt, Ju?« erkundigte er sich schließlich, den Blick nicht vom Gesicht des Herzogs wendend.

»Nein!« preßte dieser hervor und schlug weiter auf den Sandsack ein. »Gute Nachricht. Ich bin diese Miss losgeworden.«

»Ach, tatsächlich?« fragte Andrew überrascht und wartete auf weitere Erklärungen.

»Sie hat die Verlobung gelöst«, keuchte sein Freund und schlug mit verbissenem Gesicht weiter auf den fiktiven Gegner ein.

»Wen schlägst du denn da im Geiste nieder? Hat sie ein Tendre für George?«

Der Herzog ließ die Fäuste sinken und starrte MacAlister an. »Blödsinn«, sagte er knapp. »Denkst du etwa, sie habe mir wegen dieses Laffen einen Korb gegeben? Dann bist du ein größerer Esel, als ich dachte!«

»Wenn du mit mir einen Streit anfangen willst, dann verschwinde ich lieber«, entgegnete MacAlister hierauf und machte Anstalten, sich zu erheben. »Oder willst du nicht doch lieber loswerden, was dich derart aus der Fassung gebracht hat. Weißt du, ich habe gerade fünf Minuten für dich Zeit.«

Daraufhin zog der Herzog dann doch seine Boxhandschuhe aus, schob sich einen Sessel heran und griff nach dem Handtuch, um es sich über die Schultern zu legen.

Um diese Mittagsstunde waren nur wenige Herren im Club anwesend. In ihrer abgeschiedenen Ecke waren sie ungestört, und der Herzog erzählte, wie er Miss Redbridge kennengelernt und was sich am Vormittag ereignet hatte.

»Zum Teufel, wenn ich weiß, wie dieser Streit überhaupt begonnen hat. Stell' dir vor, ich weiß den unmittelbaren Anlaß gar nicht mehr. Ich weiß nur, daß wir uns auf einmal in die Haare geraten waren. Ich habe ihr ins Gesicht gesagt, daß sie nur auf eine reiche, vorteilhafte Partie aus sei, ich habe ihr den Gram, der sich all die Jahre gegen die vornehme Damenwelt in mir aufgestaut hatte, ins Gesicht gebrüllt. Gerade so, als wäre sie an allem schuld.« Er bemerkte, daß ihn Andrew mit großen Augen ansah, und fügte hinzu: »Ja, du hast wahrlich allen Grund, so erschrocken zu blicken.«

Er verweilte eine Zeitlang bei seinen Gedanken und schüttelte dann unter stillem Lächeln den Kopf: »Und verflixt, wenn ich je so eine Frau wie sie kennengelernt habe. Glaubst du, sie habe nach dem Diener gerufen, damit er mich hinauswirft? Das wäre ihr gutes Recht gewesen, weißt du. Glaubst du, sie ist ohnmächtig aufs Sofa gesunken und hätte nach ihrem Riechfläschchen verlangt? Nichts dergleichen! Sie hat es mir Schlag für Schlag zurückgegeben. Ich weiß jetzt genau, wofür sie mich hält: Ich bin ein eingebildeter, verwöhnter, gefühlskalter Tyrann, der glaubt, alle Welt drehe sich nur um ihn!«

»Und das«, sagte MacAlister, als er am selben Abend seine Frau über das Gespräch informierte, »ist mehr Kritik in einem einzigen Gespräch, als er in den letzten zehn Jahren insgesamt zu hören bekommen haben dürfte. Ich kann mir nicht vorstellen, daß seit dem Tod seines Vaters irgend jemand so mit ihm gesprochen hat.«

Seine kleine Frau zog nachdenklich die Stirne in Falten: »Weißt du, Andy, Wellbrooks ist dein Freund, und ich mag ihn gerne, aber so unrecht hat Miss Redbridge nicht mit ihren Vorwürfen.« Dem konnte ihr Gatte nur zustimmen.

»Allerdings«, überlegte Maria weiter, »wenn sie Wellbrooks wirklich durchschaute, wenn sie erkannte, wie verwöhnt und arrogant er ist, dann hätte sie doch auch erkennen müssen, wie ungeschickt es ist, ihm all diese Fehler auf den Kopf zuzusagen! Denkst du, Andy, daß er sie nun in aller Öffentlichkeit bloßstellen und sie in seiner furchtbar anmaßenden Art schneiden wird, um sich an der Armen zu rächen?«

Andrew schüttelte den Kopf und meinte, daß er das nicht befürchte, denn: »So unglaublich es klingt, aber auch der gute Julian ist geneigt, Miss Redbridge recht zu geben. Mir scheint sogar, daß ihn so manche Selbstvorwürfe plagen.«

Diesen Gedanken fand er so erheiternd, daß sich auf seinem Gesicht ein breites Grinsen zeigte.

»Doch nicht Wellbrooks!« rief Maria ungläubig.

Ihr Ehemann fand die ganze Geschichte inzwischen so komisch, daß er sich auf die Schenkel klopfte und vor Lachen kaum fähig war zu sprechen: »O Gott, es ist wirklich zu komisch. Aber es ist, wie ich dir sagte. Ich bin überzeugt, Ju sitzt jetzt zu Hause und fragt sich, ob er nicht wirklich der arroganteste Kerl ist, der ihm je untergekommen ist. Und ich wette um vieles, daß ihm in den letzten Jahren nichts mehr so imponiert hat, wie diese Lady, die ihm frank und frei ihre Meinung ins Gesicht geschleudert hat. Obwohl...« er unterbrach, von einem neuen Lachanfall geschüttelt, »er es auch verstanden hätte, wenn sie ihn von einem Diener auf die Straße hätte setzen lassen.«

Diesen Gedanken fand nun auch Ihre Ladyschaft sehr amüsant, und sie verbrachten die nächsten Minuten sehr angenehm damit, sich gegenseitig mit den verschiedenen Selbstvorwürfen zu erheitern, die ihren Freund plagen mochten, und wie dieser nun Besserung geloben und wie er sich daraufhin in Gesellschaft verhalten würde.

»Oh, diese Miss Redbridge ist genau die Frau, die Wellbrooks braucht«, äußerte Maria schließlich einsichtig. »Sie wird ihm eine großartige Ehefrau sein.«

Andrew stimmte ihr freimütig zu. Der Gedanke, daß die Verlobung gelöst worden war, schien keinen der beiden in ihrer Ansicht zu stören.

XVI.

Am Abend desselben Tages besuchte Olivia in Begleitung ihrer Tante eine musikalische Soiree und konnte mit Aufatmen feststellen, daß Wellbrooks nicht unter den Gästen weilte.

Auch auf den Veranstaltungen der nächsten Tage war weit und breit nichts von ihm zu sehen. Olivia war froh darüber. Langsam legte sich ihre Nervosität, und sie hörte auf, den ganzen Abend verstohlen die Eingangstüre im Auge zu behalten, in der ständigen Furcht, der Herzog könnte erscheinen.

Wie Lady Darlington erleichtert feststellen konnte, schien nichts von dem verhängnisvollen Streit zwischen dem Herzog und ihrer Nichte an die Öffentlichkeit gedrungen zu sein. Olivia war weiterhin von ihren Bewunderern umgeben, und auch die strengsten Damen der Gesellschaft fuhren fort, ihr wegen ihres Schützlings Komplimente zu machen.

Doch nicht nur der Herzog blieb in den nächsten Tagen unsichtbar. Auch nach George Romsey mußte man vergeblich Ausschau halten. Den Grund seiner Abwesenheit kannte Olivia allerdings. Zwei Tage nach seinem mißglückten Heiratsantrag hatte ein Bote einen wunderschön arrangierten Blumenstrauß am Grosvenor Square abgegeben. Die beiliegende Karte war eng beschrieben. Sie enthielt George Romseys Entschuldigung für sein überstürztes Verhalten. Er teilte in wohlgewählten Worten mit, daß er eine Einladung von Bekannten aus Brüssel erhalten und sich entschieden habe, dieser Folge zu leisten. Er wolle sich hiermit von Olivia verabschieden, wünschte ihr noch das Allerbeste für ihren weiteren Aufenthalt in der Hauptstadt und schloß mit der Beteuerung, daß er sie für immer unauslöschlich in seinem Gedächtnis behalten werde.

Sie hatte schon mit Unbehagen an eine Wiederbegegnung mit Romsey gedacht und war erleichtert, als sie nun von seiner überstürzten Abreise erfuhr. Was mochte ihn zu diesem raschen Entschluß veranlaßt haben? Nicht zu Unrecht vermutete sie, daß der Herzog seine Hand im Spiel gehabt haben könnte.

Da also George Romsey als Begleiter ausfiel und sie Ausfahrten mit Lord Linham nur dann unternahm, wenn es sich gar nicht vermeiden ließ, sah man sie nun öfter an der Seite des Vicomte de Valliseau. Sie ritten zusammen aus, bei jeder Tanzveranstaltung sah man den schönen Franzosen sie aufs Parkett führen, und da auch Lady Darlington nichts gegen seine Gegenwart einzuwenden hatte, führte er die beiden Damen eines Abends in die Oper.

Mylady hatte dort für das ganze Jahr eine Loge gemietet. Man gab Mozarts *Die Hochzeit des Figaro*. Der Vicomte erwies sich als charmanter Begleiter, und sie waren alle in vorzüglicher Stimmung. Dann, es war zu Beginn der Pause, noch bevor Myladys Freunde die Loge betreten hatten, um mit ihr zu plaudern, als der Vicomte Olivia unvermittelt fragte, ob sie schon etwas vom Aufenthaltsort von Lord Sudbury gehört habe.

Damit brachte er sie in peinliche Verlegenheit. Sie hatte ihn nicht davon unterrichtet, daß Lady Darlington nichts über ihre Suche nach Mat wissen durfte, denn es war ihr plötzlich ungehörig erschienen, vor ihrer Tante ein derartiges Geheimnis zu haben. Und doch hatte sie weiterhin nicht vor, diese einzuweihen. Als sie nun die Augen von Mylady erstaunt auf sich gerichtet sah, antwortete sie ein wenig überstürzt, die Wangen leicht gerötet: »Nein, nein. Überhaupt nicht.«

In diesem Moment wurde die Logentüre geöffnet und Lady Linham trat ein, gefolgt von ihrer Tochter Julie und ihrem Sohn Charles. Olivia war noch nie so froh gewesen, die drei begrüßen zu können. Das Thema Mat wurde nicht weiter erörtert. Obwohl sie sich sofort den Neuankömmlingen widmete, fragte sich Olivia doch, was wohl der skeptische Blick des Vicomte bedeuten konnte, den sie aus den Augenwinkeln heraus aufgefangen hatte.

Zwei Tage nach diesem Opernabend, an einem kühlen Nachmittag, hatte sich Olivia in ihr Zimmer zurückgezogen, um einen ausführlichen Brief nach Hause zu schreiben, als ihre Tante den Kopf zur Türe hereinsteckte. »Ich wollte dir nur sagen, meine Liebe, daß ich mich auf den Weg zu meiner Schneiderin mache. Ich werde nicht lange ausbleiben. Es handelt sich lediglich um eine Anprobe. Du weißt ja, das grüne Kleid, für das wir den Stoff so unerhört günstig in dem kleinen Geschäft in der Jermyn Street gekauft haben. Ich werde bei dieser Gelegenheit auch gleich Ausschau nach passenden Handschuhen halten. Aber laß dich von mir nicht aufhalten, ich sehe, du erledigst deine Post.«

Olivia lächelte ihr zu und wünschte viel Erfolg bei ihren Unternehmungen. Tante Mable war gerade dabei, die Türe hinter sich zuzuziehen, als Olivia es sich anders überlegte:

»Tante Mable«, rief sie, »ist das Geschäft deiner Schneiderin nicht in einer Seitenstraße der Bond Street, gleich um die Ecke von Hookham's Bücherei?«

Mylady kehrte ins Zimmer zurück und nickte. »Dann möchte ich dich gerne begleiten, wenn du nichts dagegen hast. Ich habe nämlich bei Hookham's ein Buch mit Gedichten bestellt, das ich gerne abholen würde. Und dann sind da noch meine Diamantenohrgehänge. Mir ist beim Ball von Lady Jersey aufgefallen, daß ein Verschluß nicht mehr richtig schließt, und darum sollte ich sie umgehend zu einem Juwelier bringen.«

Lady Darlington hatte natürlich nichts gegen die Begleitung ihrer Nichte einzuwenden, und eine Viertelstunde später sah man die beiden Damen im Landauer sitzen, das Verdeck wegen des kühlen Wetters hochgeklappt.

»Wenn du so gut bist, mich bei der Bücherei aussteigen zu lassen«, schlug Olivia vor. »Du brauchst nicht auf mich zu warten. Ich werde dich dann bei deiner Schneiderin wieder treffen. Du brauchst keine Angst zu haben, ich kenne den Weg.«

»Aber du kannst doch unmöglich alleine auf der Bond Street promenieren!« wandte Mylady ein. »Was würde denn das für einen Eindruck machen? Gut, ich werde dich vor diesem Buchladen absetzen, aber ich werde dich auch wieder mit dem Wagen abholen. Ich denke, in einer halben Stunde bin ich mit der Anprobe fertig.«

Der Landauer wurde vor Hookham's zum Stehen gebracht.

»Also, bis in einer halben Stunde«, wiederholte Lady Darlington.

»Du brauchst dich wegen mir nicht zu hetzen, Tante Mable. Ich schmökere gerne in den Büchern, du kannst also deine Anprobe in Ruhe erledigen«, meinte Olivia und ließ sich aus dem Fahrzeug helfen.

Sie winkte ihrer Tante zu, und die Kutsche setzte sich wieder in Bewegung.

Aufgrund der kühlen Witterung herrschte auf der Straße ein weniger reges Treiben als sonst. Dafür war die Bücherei besonders gut besucht. Alle Lesetische waren voll belegt, die Verkäufer eilten dienstbeflissen von Kunde zu Kunde. An ein gemütliches Durchblättern mehrerer Bücher war nicht zu denken. Auch der bestellte Gedichtband war noch nicht eingetroffen, wie Olivia von einem sichtlich überforderten, jungen Bediensteten mit bedauerndem Lächeln mitgeteilt wurde.

Olivia fand, daß sie jetzt nichts mehr in dem Laden halten konnte, und trat ins Freie. Es konnten höchstens erst fünfzehn Minuten vergangen sein, seit sie sich von ihrer Tante getrennt hatte. Da sie nicht gut die verbleibende Viertelstunde, oder wahrscheinlich noch länger, denn sie kannte inzwischen die ausgiebigen Plaudereien zwischen ihrer Tante und der Schneiderin, vor dem Geschäft wartend verbringen konnte, entschloß sie sich, sich doch zu Fuß zum Geschäft von Mrs. Dudley zu begeben. Es war ja schließlich nicht weit: einige Meter die Bond Street hinunter, eine schmale Straße war zu queren, die nächste war die Straße, in der sich Mrs. Dudley's Salon befand.

Sie wollte sich soeben auf den Weg machen, in der Hoffnung, daß ihr kein allzu konservatives Mitglied der Gesellschaft begegnen würde, das an einer Dame ohne Begleitung Anstoß nehmen könnte, als sie plötzlich merkte, wie jemand eiligen Schrittes knapp hinter ihr näherkam. Sie wollte sich gerade umdrehen, um zu sehen, ob es ein Bekannter war, der versuchte sie einzuholen, als sie einen heftigen Ruck am Handgelenk verspürte. Es ging alles so schnell, daß sie kaum wußte, was geschah – doch ein Blick auf ihr Handgelenk brachte rasch die furchtbare Gewißheit: Jemand hatte ihr das Retikül gestohlen! Am hellichten Nachmittag, mitten auf der Bond Street!

Die Diamantenohrgehänge waren in dieser Handtasche! Panik wollte sie ergreifen. Was sollte sie nur tun? Nachlaufen? Sie hatte keine Chance. Schreien? Mitten auf der halbwegs belebten Einkaufsstraße ein Aufsehen verursachen? Es musterten sie auch so schon zu viele Leute. Ach, wenn sie bloß die Ohrgehänge nicht mitgehabt hätte! Wo war der Dieb überhaupt? Sie mußte rasch etwas unternehmen, sonst hatte dieser Kerl einen unaufholbaren Vorsprung.

Ja, dort vorne sah sie ihn. Einen schmächtigen Burschen mit dunkler Wollweste, eine karierte Mütze auf seinen kurzen Haaren. Sie mußte ihm nach! Er verschwand gerade um die Ecke in die Seitenstraße. Es war aussichtslos.

Hätte sie doch im Buchladen gewartet! Warum mußte sie auch immer glauben, sie käme allein zurecht? Zu spät.

Sie warf noch einen Blick auf die Straßenecke, um die der Gauner verschwunden war – da sah sie zu ihrem Erstaunen ihr Retikül wieder. Es befand sich in der Hand eines Mannes mittleren Alters. Er kam mit großen Schritten auf sie zu: »Darf ich Ihnen Ihr Eigentum zurückerstatten, Miss«, sagte er mit einer höflichen Verbeugung.

»Oh, vielen Dank!« rief Olivia erfreut und nahm ihren Beutel entgegen: »Aber wie kommt es, ... wie wußten Sie...?« stammelte sie ratlos.

»Ich habe etwas weiter unten in der Straße den Vorfall beobachtet, Miss. Ich meine, wie der Bursche Ihnen Ihr Täschchen da entriß. Hab's gesehen und bin ihm gleich nach. War ein leichtes, ihm die Beute abzunehmen, Miss. Nur leider, der Kerl ist mir entwischt«, fügte er bedauernd hinzu.

»Oh, das macht nichts, Hauptsache ich habe meinen Beutel wieder. Ich danke Ihnen so sehr für ihr beherztes Eingreifen, Mr....«

»Stevens, Miss. Jonathan Stevens, Stiefel- und Schuhmacher. Zu Ihren Diensten.« Er verbeugte sich nochmals.

»Wie kann ich Ihnen nur danken, Mr. Stevens?« fragte Olivia überschwenglich und öffnete ihr wiedererlangtes Retikül: »Ein Finderlohn steht Ihnen natürlich zu.«

Zu ihrem Erstaunen winkte der Schuster ab: »Nein, nein, Miss! Wer bin ich denn, daß ich Geld von so einer schönen Lady nehme? Es war mir eine große Ehre, Ihnen dienen zu können.«

Olivia steckte ihr Geldtäschchen wieder zurück und blickte ihr Gegenüber überrascht an: Er war zwar sauber und ordentlich gekleidet, doch nichts an seinem Äußeren wies darauf hin, daß er es sich leisten konnte, auf einen Finderlohn zu verzichten. Aber so einfach ohne Gegenleistung wollte sie ihn nicht gehen lassen: »Mein Name ist Redbridge«, stellte sie sich vor. »Ich wohne bei Lady Darlington am Grosvenor Square. Sollte ich Ihnen einmal behilflich sein können, dann lassen Sie es mich bitte wissen, Mr. Stevens. Es wäre mir eine Freude, mich revanchieren zu können.«

Die Augen des Schusters leuchteten auf: »Das ist aber sehr großzügig, Miss«, sagte er erfreut. »Ich danke für das Angebot.«

Er verbeugte sich abermals und verabschiedete sich.

Olivia blickte ihm kurz nach und machte sich dann eilig auf den Weg zur Schneiderin. Sie konnte es gar nicht fassen, was sich soeben ereignet hatte. Was für ein Glück, daß ihr Mr. Stevens zu Hilfe gekommen war.

Nun galt es nurmehr eine Hürde zu nehmen: Tante Mable möglichst schonend über das Erlebnis zu informieren.

Als sie am nächsten Abend einen Ball bei Almack's besuchte, hatte Olivia den Vorfall auf der Bond Street schon fast wieder vergessen. Tante Mable hatte natürlich die Hände über dem Kopf zusammengeschlagen, als sie von dem aufregenden Erlebnis ihrer Nichte erfuhr. Sie sparte nicht mit Tadel, daß diese entgegen ihren Wünschen nicht in der Bücherei auf sie gewartet hatte. Bedauerte, daß sie dem tatkräftigen Helfer nicht persönlich hatte danken können, und wollte sich erst beruhigen, als Olivia den Inhalt ihres Retiküls vor ihr ausgebreitet hatte und versicherte, daß wirklich nicht die geringste Kleinigkeit fehlte.

Zum Glück schien keiner ihrer Bekannten den Vorfall beobachtet zu haben, und so machte das Geschehen nicht die Runde.

Der Ball bei Almack's war in vollem Gange. Es war halb elf Uhr abends, um elf würden die Tore unwiderruflich geschlossen werden. Es war ein ungeschriebenes Gesetz des Clubs, daß nach elf Uhr kein Gast mehr Einlaß in die geheiligten Hallen finden würde, wie hochgestellt er auch sein mochte.

Lady Darlington schien mit ihrer Vermutung recht gehabt zu haben, daß sie auch an diesem Abend nicht mit der Gegenwart von Wellbrooks rechnen mußten.

»Denn weißt du«, hatte sie ihrer Nichte gegenüber gemeint, »Almack's läuft geradezu über von heiratswilligen Damen, und darum macht der Herzog schon seit Jahren einen großen Bogen um diesen Club.«

Als es jedoch nur noch wenige Minuten vor elf Uhr war, schlenderte Wellbrooks in den Ballsaal. Sein überraschendes Erscheinen erregte nicht geringe Aufmerksamkeit.

Er war wieder exquisit gekleidet, in einem perfekt geschnittenen dunklen Frack, sein Blick schweifte leicht gelangweilt über die anwesenden Gäste, ab und zu ein Nicken zum Zeichen des Grußes, dann blieben seine Blicke kurz auf Olivia hängen. Die Musik, die eine kurze Pause eingelegt hatte, begann soeben wieder zu spielen, und an den ersten Klängen der Geigen wurde deutlich, daß das Orchester einen Walzer anstimmte. Olivia, die mit Lord Linham auf der Tanzfläche gestanden hatte, ließ sich zu einer Sitzgelegenheit am Rande des Ballsaales führen. Obwohl Walzer seit einiger Zeit auch bei Almack's Einzug gefunden hatte, durfte sich eine junge Dame nur zu diesem Tanz führen lassen, wenn dies mit ausdrücklicher Billigung einer der Patronessen geschah.

Wie Wellbrooks unschwer aus Olivias Verhalten ersehen konnte, hatte sie noch nicht diese notwendige Zustimmung erhalten. So war sie gezwungen, auf einem Sofa zu sitzen und, wie er mit leicht belustigtem Lächeln feststellte, langweilige Monologe seines Cousins Charles über sich ergehen zu lassen. Der Herzog sah Lady Sefton im Kreise einer Gruppe Gäste in seiner Nähe und ging direkt auf sie zu: »Meine teuerste Mary«, sagte er lächelnd, als er sich über ihre Hand beugte. Er nickte den Umstehenden zu und zog Myladys Arm durch den seinen, um sie von ihren Bekannten wegzuführen.

»Was führt dich in den Club, Wellbrooks?« fragte Lady Sefton frei heraus. »Es ist schon eine Ewigkeit her, seit wir dich zum letztenmal hier gesehen haben. Du meidest doch normalerweise diesen Heiratsmarkt.«

Seine Gnaden lächelte auf sie herab, ging jedoch nicht weiter auf ihre Frage ein: »Ich möchte dich um einen Gefallen bitten«, meinte er statt dessen. »Würdest du mich einer jungen Dame als den geeigneten Tanzpartner für diesen Walzer vorstellen?«

Mylady kniff leicht die Augen zusammen, als sie zu ihrem Begleiter hochsah: »Welche Dame soll es denn sein?«

»Miss Redbridge«, erklärte der Herzog knapp.

»Miss Redbridge?« wiederholte Mylady, den Blick nicht von seinem Gesicht wendend, »endlich Feuer gefangen, Julian?«

Des Herzogs Augen blitzten kurz auf: »Aber nein«, sagte er leichthin. »Möchte bloß verhindern, daß eine junge Dame von einem meiner Verwandten zu Tode gelangweilt wird.«

Lady Sefton, die bemerkt hatte, daß sich Miss Redbridge mit Lord Linham unterhielt, lachte kurz auf und ging dann auf die beiden zu, um dem Wunsch des Herzogs Folge zu leisten.

Olivia, der das Erscheinen des Herzogs entgangen war, lauschte mit halbem Ohr Lord Linhams Ausführung über die Auswirkung von sportlicher Betätigung, insbesondere des Tanzes, den er als solche verstanden wissen wollte, auf die Gesundheit des Menschen. Er war durch intensive Studien zu der Ansicht gelangt, daß sich dieser Modetanz Walzer nicht nur aufgrund der frivolen Nähe zwischen den Tanzpartnern negativ auf die Psyche, vor allem der jungen Menschen, auswirkte, sondern aufgrund der zahlreichen Drehungen geeignet war, eine schwere Verwirrung des Nervensystems hervorzurufen. Diese Erkenntnisse führten dazu, daß er Olivia dazu gratulierte, daß sie es vorzog, sich diesem zweifelhaften Vergnügen nicht hinzugeben. Olivia, die nichts lieber getan hätte, als sich – mit einem unterhaltsameren Begleiter allerdings – »dem zweifelhaften Vergnügen« sehr wohl hinzugeben, hörte ihm mit wachsender Ungeduld, aber gleichbleibendem Lächeln zu. Sie hatte es längst aufgegeben, gegen Lord Linhams vorgefertigte Ansichten Argumente vorzubringen, wohlwissend, daß sie kein Gehör finden würde.

Als sie nun Mylady Sefton auf sich zukommen sah, war sie für diese Unterbrechung äußerst dankbar. Sie erhob sich sofort, als Mylady sie angesprochen hatte und ihr mitteilte, daß ein Gentleman um die Ehre dieses Tanzes gebeten hatte. Dann fiel ihr Blick auf Myladys Begleiter, der nun herantrat, um ihr vorgestellt zu werden, und ihr Herzschlag drohte auszusetzen.

»Darf ich Ihnen Seine Gnaden den Herzog von Wellbrooks vorstellen, Miss Redbridge?«

Zu Myladys sichtlichem Wohlgefallen errötete Olivia anmutig und versank in einen tiefen Knicks. Seine Gnaden ergriff ihre Hand, um sich galant darüber zu beugen. Auf seine Frage, ob sie diesen Walzer mit ihm tanzen wolle, antwortete sie höflich, es sei ihr eine große Ehre. Dann ließ sie sich von ihm auf die Tanzfläche führen.

Lord Linham, der sich ebenfalls erhoben hatte, wurde mit einem kurzen Nicken bedacht und einfach stehengelassen.

Der Herzog war ein erstklassiger Tänzer und führte Olivia

mit sicherer Hand über das Parkett. Sie tanzten schweigend. Olivia war sich seiner Nähe nur zu gut bewußt, und es bedurfte keiner großen Phantasie, sich vorzustellen, wie es wäre, in seinen Armen zu liegen. Mit Erstaunen stellte sie fest, daß ihr diese Vorstellung ganz und gar nicht zuwider war. Sie blickte zum Gesicht des Herzogs hoch und hoffte, er würde nichts von ihren Gedanken erraten.

Ihre Blicke trafen sich, da Wellbrooks eben auf sie niederlächelte: »Ich komme anscheinend immer zurecht, Sie vor der Langweiligkeit meiner diversen Cousins zu retten, Miss Redbridge«, meinte er.

Olivia gluckste belustigt. »Oh, Lord Linham erläuterte mir auf das interessanteste die fatalen Auswirkungen der neumodischen Tänze auf den allgemeinen Gesundheitszustand«, erzählte sie ihm mit einem kecken Lächeln.

»Ja, das kann ich mir vorstellen. Was für ein erbärmlicher Tropf«, urteilte Seine Gnaden. »Ich muß ihm wohl einmal Unterricht darin erteilen, wie man sich mit einer hübschen jungen Dame unterhält.«

»Lieber nicht«, entfuhr es Olivia, die ihr letztes gemeinsames Gespräch noch zu gut in Erinnerung hatte.

Sie bereute ihre schnellen Worte, kaum daß sie sie ausgesprochen hatte. Der Herzog war an diesem Abend, ganz gegen jede Erwartung, so freundlich und charmant zu ihr, und sie wollte keinesfalls daran schuld sein, daß sich ihr Verhältnis wieder trübte.

Zu ihrer Erleichterung lachte Seine Gnaden jedoch belustigt auf: »Touché, Miss Redbridge«, sagte er anerkennend.

Als der Tanz zu Ende war, brachte er seine Tanzpartnerin wieder zu dem wartenden Lord Linham zurück.

Obwohl er noch eine Weile im Club blieb, forderte Wellbrooks keine der anwesenden Damen mehr zum Tanz auf. Er wechselte einige Worte mit verschiedenen Bekannten, zeigte sich allgemein ungewohnt wohlwollend und verließ dann den Club nach nicht allzu langer Zeit.

XVII.

Die Neuigkeit, daß der Herzog, kaum war er wieder in Gesellschaft zu sehen, Miss Redbridge offensichtlich den Hof machte und zu diesem Zweck sogar bei Almack's erschienen war, nur um mit ihr Walzer zu tanzen, war natürlich schnell in aller Munde.

Lady Darlington, befreit von allen Befürchtungen über die Folgen des unseligen Streites auf Olivias gesellschaftlichen Erfolg, schwelgte in höchstem Triumph.

Wellbrooks wurde vom furchterregenden Ungeheuer blitzschnell zum wahren Gentleman, und sie erklärte ihrer Nichte überschwenglich, daß es doch zu schön wäre, wenn aus ihnen beiden doch noch ein Paar würde.

Dieser gutgemeinte Wunsch wurde jedoch von ihrer Nichte abgetan, die kategorisch erklärte, sie denke nicht daran, sich an einen derart herrischen, arroganten Mann zu binden, nur weil es ihm im Moment gefiel, sie mit Freundlichkeit zu behandeln.

Überdies wäre es nicht zu erwarten, daß ihr Wellbrooks, nachdem sie ihn einmal brüsk zurückgewiesen hatte, noch einen Heiratsantrag machen würde, und sie wäre ihrer Tante sehr verbunden, wenn sie nicht den Gerüchten, die ohnehin die Runde machten, durch unbedachte Worte noch zusätzlich Nahrung gäbe.

Während sie so sprach, machte sich Olivia ihre eigenen Gedanken über das sonderbare Verhalten Seiner Gnaden. Sie konnte sich nicht vorstellen, warum er sie in der Gesellschaft nicht nur nicht links liegen ließ, sondern sie vielmehr dermaßen auszeichnete, daß man wirklich glauben mußte, er habe nur ihretwegen den Ball bei Almack's besucht.

Lady Darlington und Olivia verbrachten nun einige ruhige Tage und Abende zu Hause am Grosvenor Square und folgten dann erst wieder einer Abendeinladung ins Haus des Earls of MacAlister.

Mylord und Mylady begrüßten ihre Gäste in einem hübsch

eingerichteten Salon, und Olivia konnte, an einem Gläschen Champagner nippend, feststellen, daß nur ein kleiner Kreis eingeladen worden war. Sie war mit den meisten der Anwesenden bekannt, kannte die anderen vom Sehen – zu ihrer Freude waren es nur Personen, die sie gerne mochte. Lady MacAlisters ältester Bruder Sir George Woodford war mit seiner Gattin erschienen. Er war ein ruhiger Mann, Mitte Dreißig, kleingewachsen wie seine Schwester, doch nicht mit deren lebhaftem Temperament ausgestattet. Er war allgemein sehr beliebt, nicht nur aufgrund des stattlichen Erbes, das er einmal zu erwarten hatte, wenn sein Vater starb. Er galt als profunder Kenner aller Angelegenheiten, die die Verwaltung ländlicher Güter betrafen, und war daher ein von vielen gesuchter Ratgeber. Da es ihm trotz seiner stillen Wesensart keineswegs an Charme und Humor mangelte, war er ein gern gesehener Gast in jedem vornehmen Haus. Er hatte zwei Jahre zuvor die beste Freundin seiner Schwester geheiratet, eine quirlige junge Dame namens Elisabeth. Diese hatte mit Maria gemeinsam ein vornehmes Pensionat besucht. Sie waren seither unzertrennlich gewesen und hatten auch gemeinsam in ihrer ersten Saison für großes Aufsehen gesorgt: zwei reizende Mädchen, das eine blond, das andere dunkelhaarig, voll lebhaftem Charme.

Sir Woodford, der Elisabeth zwar als junges Mädchen kennengelernt und nicht weiter beachtet hatte, war so hingerissen gewesen von dem entzückenden Wesen, zu dem sich die etwas blasse, dafür um so vorlautere Dreizehnjährige entwickelt hatte, die er in Erinnerung hatte, daß er ihr bald nach dem ersten Wiedersehen einen Heiratsantrag gemacht hatte.

Nun standen die beiden mit Sir Antony Wingfield und dessen Gattin zusammen und amüsierten sich königlich über einen Scherz, den Sir Wingfield gemacht zu haben schien. Antony Wingfield war mit MacAlister und Wellbrooks in Oxford gewesen, er war ein verwegener Sportsmann und anerkannt guter Schütze. Wenn auch manche seine Art, auch über die seichtesten Witze lauthals aufzulachen, etwas übertrieben fanden, so war er doch im allgemeinen wohlgelitten.

Auf einem kleinen Kanapee sitzend plauderte Lady Rivington mit der jungen Mrs. Damford-Hooks. Lady Rivington war eine Nachbarin der MacAlisters, Mrs. Damford-Hooks die Frau ihres Neffen. Die beiden waren in ein angeregtes Gespräch vertieft, während sich ihre Ehemänner über ein Paar Pferde unterhielten, das im Tattersall zum Verkauf angeboten wurde.

»Was meinst du dazu, meine Liebe?« hörte Olivia plötzlich ihre Tante fragen. Schnell wandte sie sich von der Beobachtung der anderen Gäste ab und ihrer Tante zu, die neben ihr stand und sich mit General Gleavensham unterhielt.

»Der liebe General war so freundlich, uns für ein Wochenende auf seinen Landsitz einzuladen. Ist das nicht reizend von ihm? Das Haus liegt ganz in der Nähe von Rochester, weißt du. So werden wir natürlich Gelegenheit haben, die berühmte Kathedrale zu besichtigen. Ach, es scheint mir, als wäre es eine Ewigkeit her, seit ich dieses erhabene Bauwerk das letzte Mal besucht habe. Ich bin sicher, es wird dich sehr beeindrucken, meine Liebe.«

Olivia, belustigt über das plötzliche Interesse, das ihre Tante an Architektur-Denkmälern zu haben schien, dankte höflich für die Einladung und versicherte, daß sie die Kirche wirklich gerne sehen würde.

»Na, dann abgemacht«, rief der General jovial. »Das übernächste Wochenende also! Meine Schwester wird sich sehr freuen, daß ich so nette Gäste eingeladen habe.« Seine runden, faltigen Wangen waren vor Freude gerötet, als er fortfuhr, den Damen genauere Einzelheiten des geplanten Ausflugs zu erklären.

Er war ein korpulenter Mann, Mitte Sechzig, der durch eine schwere Verwundung des rechten Beines, die er in Spanien erlitten hatte, den Militärdienst hatte quittieren müssen. Die letzten beiden Jahre hatte er zumeist auf seinem Landsitz nahe Rochester verbracht und kam von Zeit zu Zeit in die Hauptstadt. Dabei versäumte er nie, Lady Darlington seine Aufwartung zu machen. Er war in jungen Jahren ein großer Bewunderer von Mylady gewesen. Als er ihr damals einen Heiratsantrag gemacht hatte, war er jedoch nicht erhört worden und mußte zu seinem großen Leidwesen mit ansehen, wie sie sich kurze Zeit später mit Lord Darlington verlobte. Trotzdem hatte er nie aufgehört, Lady Darlington zu verehren. Er hatte nie geheiratet – ein Umstand, der viel mehr auf seine militärische Laufbahn als auf ein gebrochenes Herz zurückzuführen war.

Obwohl Mylady das in ihrem Innersten wußte, war sie doch geschmeichelt über diese unverbrüchliche Treue, und ihr waren seine Besuche in London immer eine große Freude.

Olivia, die von dieser Liebesgeschichte nichts wußte, beobachtete nun mit einer Mischung aus Gerührtheit und Amüsement, wie ihre Tante in der Gegenwart dieses dicken, etwas polternden, freundlichen Mannes auflebte. Wie sie über jedes seiner Scherzchen kicherte und über seine Komplimente errötete wie ein junges Mädchen. Wahrlich eine Glanzleistung von Lady MacAlister, den General für diesen Abend einzuladen, dachte sie anerkennend.

Der Butler öffnete die Tür, um einen weiteren Gast anzukündigen.

»Julian«, rief Lord MacAlister und ging auf seinen Freund zu, um ihn willkommen zu heißen. »Du bist der letzte, ganz wie ich es erwartet hatte.« Dies wurde mit einem kameradschaftlichen Lächeln gesagt, das der Kritik jede Spitze nahm.

»Das freut mich, denn ich enttäusche deine Erwartungen nur ungern«, gab Seine Gnaden lächelnd zurück.

Dann verbeugte er sich galant vor der Dame des Hauses und bedankte sich für die freundliche Einladung, begrüßte die anwesenden Damen charmant, die anwesenden Herren freundschaftlich. Er war auch mit dem General bekannt, da er mit ihm, wenn auch nicht im gleichen Regiment, so doch zur gleichen Zeit auf der spanischen Halbinsel gekämpft hatte. Nachdem er Sir Woodford auf die Schulter geklopft und gefragt hatte, ob er sich nun endlich zu einem bestimmten Pferdekauf entschlossen hatte, schlenderte er zu Olivia hinüber, um ihr seinen Arm anzubieten.

»Darf ich Sie zu Tisch führen, Miss Redbridge?« fragte er mit einer höflichen Verbeugung.

Olivia blickte zu Lady MacAlister: »Ich weiß nicht...«, begann sie etwas unsicher. Es erschien ihr, als wären höherrangige Damen anwesend, die mehr Anspruch darauf hätten, vom Herzog zu Tisch geführt zu werden, als sie. »Sind Sie sicher, daß Sie mein Tischherr sein werden, Sir?« fragte sie deshalb.

»Ganz sicher, Miss Redbridge«, erwiderte Wellbrooks mit einem kleinen Lächeln in den Augenwinkeln. »Wissen Sie, ich erkundige mich für gewöhnlich im vorhinein, welche Dame man mir als Tischdame zugedenkt«, erklärte er.

»Ach, tatsächlich?« fragte Olivia überrascht.

»Aber selbstverständlich«, erwiderte er gelassen. »Wie soll ich sonst wissen, ob ein Abend unterhaltsam zu werden verspricht, oder ob mir etwa Stunden banaler Konversation und ermüdender Einsilbigkeit drohen?«

»Und wenn Ihnen eine vorgesehene Tischdame nicht zusagt, dann sorgen Sie dafür, daß die Tischordnung geändert wird?« erkundigte sich Olivia und blickte interessiert zu ihm auf.

»Aber gewiß«, gab er freundlich zu.

»Und wird einer Änderung nicht zugestimmt, dann muß der Abend ohne Ihre Gegenwart stattfinden«, fügte sie, mehr feststellend als fragend, hinzu.

»Sehr richtig, Miss Redbridge. Allerdings ist das noch nicht oft vorgekommen.«

Wider ihr eigenes Erwarten war Olivia über sein selbstherrliches Verhalten nicht entrüstet, sondern amüsiert. Der Herzog bemerkte das belustigte Funkeln in ihren blauen Augen und er lächelte.

Olivia wußte, daß es einer Dame gut anstand, dieses Thema nicht mehr weiter zu verfolgen, und doch konnte sie es sich nicht versagen zu fragen: »Und heute, Sir? Sind Sie heute mit der Wahl Ihrer Tischdame zufrieden?«

Wellbrooks blickte einige Augenblicke schweigend auf sie nieder, als würde er seine weiteren Worte überlegen. Olivia hatte eine scherzhafte Antwort erwartet. Nun gewahrte sie jedoch den Ausdruck seiner dunklen Augen. Er hatte seinen Blick auf ihr Gesicht gerichtet, und es war ihr, als würde plötzlich das

Herz bis zum Hals hinauf schlagen. Hatte der Herzog schon bei ihrer ersten Begegnung ihren Gefallen und ihr Interesse erregt, so wußte sie in diesem Augenblick klar und deutlich, daß sie sich in ihn verliebt hatte. Verliebt in einen Mann, dem sie vor wenigen Tagen einen deutlichen Korb gegeben hatte! Der weiche Blick in seinen Augen zeigte unverkennbar, daß auch sie ihm nicht gleichgültig war.

Lord MacAlisters Stimme brach den Bann, als er die beiden ins Speisezimmer bat. Olivia blickte erstaunt um sich und stellte fest, daß die anderen Gäste bereits den Raum verlassen hatten. Mit verlegenem Lächeln, die Wangen zart gerötet, legte sie ihren Arm auf den des Herzogs und ließ sich von ihm in den Speisesaal führen. Was immer Wellbrooks über die Wahl seiner Tischdame anzumerken gehabt hätte, blieb ungesagt.

Das Dinner war vorzüglich, die Unterhaltung amüsant und frei von steifer Formalität. Kein aufwendiger Tischschmuck verstellte die Sicht zu den Gästen auf der gegenüberliegenden Seite der Tafel, und so war, zumindest an dem Ende, an dem die jüngeren Mitglieder der Gesellschaft Platz genommen hatten, bald ein lebhaftes Gespräch im Gange.

Der Herzog trug nicht viel zur Unterhaltung bei. Es wurde über eine Sängerin debattiert, die seit kurzem an der Covent-Garden-Oper wahre Triumphe feierte. Alle anderen jungen Damen waren von ihrem Koloratursopran hingerissen und schwärmten in höchsten Tönen. Olivia hingegen konnte dem Tremolo des Stars nichts abgewinnen und hielt mit ihrer Meinung nicht hinter dem Berg. Der Herzog erfreute sich im stillen an den humorvollen Argumenten, die Olivia zur Untermauerung ihrer Ansicht vorbrachte, und auch die anderen Herren waren sichtlich amüsiert über das fröhliche Streitgespräch. Von der Sängerin war es nicht weit zu Gesprächen über Oper und Theater allgemein, und da fielen einem auch die zahlreichen Besucher ein, deren Gehabe und Kleidung ein unerschöpfliches Thema waren.

Da man sich bei Tisch schon gut unterhalten hatte, war es nicht verwunderlich, daß die Herren anschließend nicht lange beim Portwein verweilten, sondern sich bald den Damen anschlossen, die sich in den Salon zurückgezogen hatten.

Auf Anregung der Gastgeberin wurde in der angrenzenden Bibliothek ein Spieltisch aufgestellt, und Lady Darlington setzte sich gemeinsam mit dem General sowie Lord und Lady Rivington zu einigen gemütlichen Rubbern Whist nieder, während die jüngeren Mitglieder der Gesellschaft im Salon verblieben. Auf Bitte ihrer Schwägerin begab sich Lady MacAlister zum Klavier. Sie spielte eine flotte Melodie, und als sie den Text anstimmte, fiel ihr Gatte mit ein, so daß sie ein beschwingtes Duett zusammen sangen. Dem Vortrag wurde heftig Beifall gespendet und stürmisch eine Zugabe gefordert.

»Wie ist es, Ju?« fragte MacAlister, an seinen Freund gerichtet, der in der Nähe von Olivia in einem der Fauteuils saß, »singst du mit mir unser Lied?«

Ohne sich zu zieren, erhob sich Wellbrooks und begab sich zum Flügel. Dann sangen die beiden Freunde von Mylady begleitet »Ahé Marmont, onde vai, Marmont« – ein Spottlied auf den französischen General Marmont, das im Lager oft gesungen worden war, als sie zusammen unter Wellington in Spanien dienten.

Sie intonierten mit Begeisterung und lauten, vollen Stimmen und untermalten den Text mit weitausholender Gestik.

Olivia saß auf einem kleinen Sofa und konnte den Herzog nicht aus den Augen lassen. War das noch der Mann, den sie kennengelernt hatte? Nichts war geblieben von seiner zynischen Arroganz. Hier im Kreise seiner Freunde war er wie ausgewechselt, frei und ungezwungen. Das war die Umgebung, in der er sich wohl fühlte. Als hätte Wellbrooks gefühlt, daß ihn Olivia beobachtete, blickte er zu ihr hin und zwinkerte ihr kaum merklich zu. Sie errötete leicht und senkte verwirrt den Blick.

»He, Wellbrooks«, rief Sir Woodford, als die Freunde das Lied beendet hatten und der Beifall verstummt war, »hast du kein neues Gedicht?«

Olivia blickte erstaunt auf.

Mrs. Damford-Hooks kam ihr zuvor: »Sie schreiben Gedichte, Sir?« fragte sie.

»Gelegentlich«, antwortete der Herzog.

Das war wieder eine völlig neue Seite an ihm, dachte Olivia. Dieser Mann steckte voller Überraschungen. Daß ein Gentleman wie der Herzog Gedichte schrieb, hätte sie nie vermutet. Wer, ausgenommen die, die ihn sehr gut kannten, würde das wohl für möglich halten? Was mochten das wohl für Gedichte sein? Doch nicht etwa jene Art von Poesie, die Lord Byron berühmt gemacht hatte? Olivia konnte sich nicht vorstellen, daß diese Art von Romantik, der sie nicht viel abzugewinnen wußte, das Genre des Herzogs sein konnte.

»Ja, Wellbrooks, gibt es etwas Neues?« schloß sich nun auch MacAlister dieser Frage an.

»Eine Ballade«, meinte Seine Gnaden schlicht.

Natürlich wurde er sofort bestürmt, diese zum besten zu geben, womit er dann auch unverzüglich begann. Er sprach frei, ohne Konzept, mit ernster, wohlklingender Stimme, die das leichte Lächeln in den Augenwinkeln Lügen strafte.

Schon nach den ersten Versen stellte Olivia erstaunt fest, daß das Gedicht eine Abendveranstaltung beschrieb, die auch sie besucht hatte. Obwohl keine Namen genannt wurden, waren die Personen, die darin vorkamen, klar zu erkennen. Wellbrooks beschrieb ihre Kleidung, hielt Details fest, karikierte sie treffend, zum Teil mit trockenem, zum Teil mit beißendem Humor. Seine Zuhörer folgten ihm gebannt, er war ein Meister des geschliffenen Wortes, seine Gedanken oft von hintergründiger Zweideutigkeit. Nichts schien seinen wachen Augen entgangen zu sein, die doch meist mit gelangweiltem Ausdruck unter schweren Augenlidern auf der Gesellschaft zu ruhen pflegten. Olivia konnte nur staunen, welche Einzelheiten dem Herzog aufgefallen waren, wie es ihm gelang, die Schwächen seiner Zeitgenossen aufzuzeigen, ohne verletzend zu werden. Seine Rede war geschmückt mit köstlichen Pointen, die alle zum Lachen brachten, und äußerst treffenden Schlußfolgerungen.

Stürmischer Applaus folgte seinen Darstellungen. Woodford trat auf ihn zu, um ihm anerkennend auf die Schulter zu klopfen.

»Das war wirklich eine Glanzleistung«, bestätigte MacAlister. Dem konnten die anderen nur begeistert zustimmen.

Der Herzog nahm die Huldigungen mit gewohnter Gelassenheit entgegen, und doch war seine Freude über den Erfolg unverkennbar.

»Nun laßt uns tanzen!« rief Mrs. Woodford. Auch dieser Vorschlag fand sofort allgemeine Zustimmung. Umgehend begann man damit, das Mobiliar aus der Mitte des Zimmers zu räumen.

»Komm, Maria«, meinte Mrs. Damford-Hooks, »ich werde dich am Klavier ablösen. Wir können uns abwechseln, wenn es dir recht ist.«

Olivia ließ sich von der gelösten Stimmung gerne mitreißen. Das war ein Abend ganz nach ihrem Geschmack, fröhlich und ungezwungen. Verschwunden war die vornehme Blasiertheit, die die Mitglieder der vornehmen Gesellschaft üblicherweise zur Schau zu tragen pflegten. Keine Spur von formellem Gehabe und weltmännischer Gelangweiltheit. Mrs. Damford-Hooks schlug die ersten Takte eines Walzers an. Wie selbstverständlich stand der Herzog auf einmal neben Olivia. Er verbeugte sich galant, und sie legte ihre Hand in seine. Sie sprachen kein Wort, als sie zusammen durch den Saal wirbelten. Olivia war einfach glücklich. Nie hatte ein Mann auch nur annähernd solche Gefühle in ihr hervorgerufen, wie sie im Moment verspürte. Sie merkte, wie sein Arm, der ihre Taille umfaßte, sie enger an sich zog, und schaute auf. Ihre Blicke trafen sich und es raubte ihr fast den Verstand.

In diesem Augenblick betrat Lady Darlington, gefolgt vom General, den Salon. »Wir haben euch lachen gehört«, meinte Mylady, »und das hat uns magisch angezogen, nicht wahr, mein Lieber?« Der General bestätigte dies und führte sie zu dem kleinen Sofa, das an den Rand des Saales gerückt worden war.

Der Herzog, der sofort nach Myladys Eintreten den Griff um Olivias Taille gelockert hatte, seufzte nun in gespielter Verzweiflung und hob resigniert die Schultern.

Olivia fand diese Geste so komisch, daß sie trotz der betrüblichen Unterbrechung ihrer harmonischen Zweisamkeit lachen mußte.

Ihrer Tante war natürlich schon beim Betreten des Salons nicht entgangen, mit wem ihre Nichte da so hingebungsvoll tanzte, und ihre innig gehegte Hoffnung bezüglich einer möglichen Eheschließung der beiden bekam weitere Nahrung.

Der Walzer war beendet, und Mrs. Damford-Hooks begann die Melodie für einen Reigentanz anzustimmen.

Der Herzog verbeugte sich vor Olivia und reichte ihre Hand Lord MacAlister weiter, während er Lady Maria zu diesem Tanz führte.

XVIII.

Obwohl es bei MacAlisters noch recht spät geworden war, erwachte Olivia bald am nächsten Morgen. Die Sonne leuchtete durch die geschlossenen Vorhänge und kündete von einem warmen, freundlichen Frühlingsmorgen. Olivia blinzelte und rekelte sich in ihren warmen Kissen. Ein Gefühl des Glücks und die Vorfreude auf einen schönen Tag nahmen sie ganz gefangen. Sie überlegte noch etwas benommen nach diesem kurzen Schlaf, was wohl der Grund dafür sein mochte, daß sie sich so leicht und beschwingt fühlte. Da schoben sich zwei dunkle Augen in ihre Erinnerung, die in warmem Glanz auf sie niederlächelten.

Nun hielt es sie nicht länger im Bett.

Vor ihrem großen Spiegel blieb sie stehen und warf sich einen freundlichen Blick zu. So sah man also aus, wenn man verliebt war. Nun, es stand ihr gut, fand sie, nachdem sie sich von allen Seiten kritisch betrachtet hatte. Sie war verliebt!

Es war ein überwältigendes Gefühl. Und was das Glück vollkommen machte, ihre Gefühle wurden erwidert. Liebte er sie? Natürlich, er hatte nichts Derartiges gesagt. Doch seine Blicke … ihre Knie wurden jetzt noch ganz schwach, wenn sie daran dachte. Sie ließ sich auf den kleinen Sessel fallen, der neben ihrem Bett stand, zog die Beine an und umklammerte die Knie. So hatte sie es als Kind oft gemacht, wenn sie sich in ihrem Zimmer eingeschlossen hatte, um in Ruhe wichtige Dinge zu überlegen oder in Träumereien zu schwelgen.

Es war doch wirklich kaum zu glauben: Hatte sie nicht vor wenigen Tagen erklärt, sie würde Wellbrooks um nichts auf der Welt heiraten? Und jetzt wünschte sie sich nichts sehnlicher, als seine Frau zu werden. Sie hatte ihn für arrogant und verwöhnt gehalten, für einen Mann, der sich für den Mittelpunkt der Welt hält – und sie war auch jetzt seinen Fehlern gegenüber nicht blind geworden. Sie hielt ihn noch immer für verwöhnt, arrogant und egozentrisch, aber sie hatte auch andere Seiten an ihm kennengelernt: seinen Charme, seinen Humor, die Natürlichkeit und Kameradschaftlichkeit, wenn er mit seinen Freunden beisammen war, seinen gewandten Umgang mit der Sprache – denn hatten nicht seine gekonnten Ausführungen gestern diese Meisterschaft unterstrichen –, seine scharfe Beobachtungsgabe und den wachen Verstand. Ob das wohl alle hinter seiner stets gelangweilten Miene vermutet hätten, die er in Gesellschaft zu zeigen pflegte? Es gefiel ihr, daß er die Schwächen der anderen wohl erkannte, sich aber nicht darüber mokierte. Es gefiel ihr… es gefiel ihr einfach so vieles. Vor allem jedoch der warme Blick aus seinen Augen, der Druck seiner Hände.

In dieser träumerischen Haltung wurde sie von ihrer Zofe angetroffen, die leisen Schrittes ins Zimmer getreten war, um die Morgenschokolade zu servieren.

»Guten Morgen, Miss«, grüßte diese überrascht und stellte das Tablett auf das Nachtkästchen neben Olivia. »Was hat Sie denn so früh geweckt? Ich hoffe, es war nicht der Gemüsehändler, der heute bereits zeitig eine ganze Anzahl von Kisten in der Küche abgegeben hat. Ich habe mir noch gedacht, daß er so laut klapperte und schepperte…«

»Nein, es war nicht der Gemüsehändler«, sagte Olivia und kehrte mit leichtem Unmut wieder ins Alltagsleben zurück.

Der Unmut hielt nicht lange.

»Welches Kleid möchten Sie heute tragen, Miss?« erkundigte sich Molly und öffnete den Kleiderschrank.

Der Herzog würde sicher kommen, um ihr einen Morgenbesuch abzustatten! Sie mußte besonders hübsch aussehen! Sollte sie das zartgelbe Kleid wählen oder das himmelblaue?

›O Gott‹, dachte sie, ›ich benehme mich wie ein Mädchen, das soeben aus der Schule entlassen wurde und nun voller Aufregung den ersten Verehrer erwartet.‹

Sie bemühte sich, ihre gewohnte Gelassenheit wiederzufinden, und entschied sich für ein geblümtes Musselinkleid, das ihr besonders gut stand. Es war in verschiedenen Blautönen gehalten, der Ausschnitt mit Spitzen verziert. Dazu passende Halbstiefelchen aus blauem Leder und blaue Kalbslederhandschuhe. Zum Ausgehen würde ein Strohhut, mit kleinen Kornblumen aus Seide verziert und einem breiten Seidenband unter dem Kinn gehalten, die Toilette auf das reizendste vervollkommnen.

Mit ihrem Anblick zufrieden, begab sie sich ins Frühstückszimmer. Sie war nicht überrascht, als der Butler ihr mitteilte, daß ihre Tante das Schlafgemach noch nicht verlassen hatte. Vor freudiger Erwartung hatte sie eigentlich gar keinen Appetit und hätte sich am liebsten gleich in den kleinen Empfangssalon begeben, um auf den geliebten, herbeigesehnten Morgenbesucher zu warten.

Ein Blick auf die Uhr belehrte sie jedoch, daß zu so früher Stunde kaum mit einem Besuch zu rechnen war – denn wie verliebt ein Gentleman auch sein mochte –, und sie hoffte, er wäre sehr verliebt, so konnte man doch nicht erwarten, daß er zu so früher Stunde sein Schlafzimmer schon verlassen haben würde.

Sie zwang sich, nicht ungeduldig zu werden und einige Häppchen Toast mit Butter zu essen, und nahm auch eine schmale Scheibe Rinderschinken, der so verlockend auf dem Buffet bereitstand. Dann stachen ihr auch noch die reifen Erdbeeren ins Auge, die mit frischer Schlagsahne serviert wurden.

Während sie diese genüßlich verspeiste, betrat der Butler wieder das Zimmer und verkündete freudig, daß es ein äußerst milder Frühlingstag zu werden versprach. »Ich muß sagen, Miss, daß wir lange schon keinen so schönen Mai mehr hatten«, meinte er, während er den frischgebackenen Kuchen in Olivias Reichweite rückte. Sie lehnte diesen zwar dankend ab, blieb aber noch sitzen, um mit dem Butler zu plaudern. Sie hatte es sich zur Gewohnheit gemacht, ihn über die Sehenswürdigkeiten der Stadt zu befragen. Auf diese Weise hatte sie schon viele Einzelheiten erfahren und Geheimtips entdeckt, die der Reiseführer nicht erwähnte.

Als sie sich vom Frühstückstisch erhob, war es bereits nach halb elf Uhr, und sie hatte kaum den kleinen Empfangssalon betreten, als schon ein Wagen vorfuhr und kurz darauf der Türklopfer energisch betätigt wurde.

Olivia warf einen schnellen Blick in den Spiegel, zupfte ihre Kragenspitze zurecht und blickte dann, mit bangem Herzen, erwartungsvoll zur Türe. »Lord Linham, Miss«, verkündete der Butler.

Olivia begrüßte den Besucher mit einem höflichen Lächeln und hoffte, man würde ihr die Enttäuschung nicht anmerken.

»Sind Sie bereit für unsere kleine Ausfahrt, Miss Redbridge?« fragte Seine Lordschaft. »Ich würde Ihnen empfehlen, einen Umhang mitzunehmen. Der Sonnenschein ist etwas trügerisch zu dieser Jahreszeit, und wenn es auch schon erfreulich warm geworden ist, so herrscht im Inneren der Kirche doch eine gewisse Kühle, die einen leicht frösteln macht.«

Diese Worte brachten Olivia mit Schrecken in Erinnerung, daß sie mit ihm schon vor Tagen vereinbart hatte, heute die Westminster Abbey zu besichtigen. In ihrem Glückstaumel hatte sie es vollkommen vergessen. Nun gab es kein Entrinnen. Mit einem unmerklichen Seufzen verflogen die süßen Träume von einem Vormittag in Begleitung des Herzogs. Sie enteilte, um Umhang und Handschuhe zu holen, und band den Hut mit einer kecken Schleife schräg unter dem Kinn fest.

Ein hübscher Anblick – schade, daß er an einen Mann wie Lord Linham verschwendet wurde.

Ihr Begleiter erwartete sie in der Halle, die Bewunderung stand ihm deutlich ins Gesicht geschrieben, als er Olivias ansichtig wurde. »Sie sehen bezaubernd aus, Miss Redbridge«, sagte er mit wohlwollendem Lächeln, als er ihr seinen Arm anbot. »Es ist mir eine große Ehre, an der Seite einer so hübschen jungen Dame eines der erhabensten Bauwerke unseres Landes besuchen zu dürfen. Ich bin mit dem offenen Wagen meiner Mutter gekommen. Ich dachte, Sie würden ihn bequemer finden als meinen schnittigen Phaeton.«

Sie waren auf die Straße getreten, und Olivia warf einen kritischen Blick auf den Landauer, der vor der Haustüre auf sie wartete. Ein älterer Groom hielt beide Pferde am Halfter, zwei plumpe Tiere, denen man ansehen konnte, daß sie gemächlichen Trott gewohnt waren. Olivia war froh, daß nur eine kurze Wegstrecke vor ihnen lag.

Sie hatte auf den Ledersitzen Platz genommen, und auch Lord Linham war gerade dabei, den Wagen zu besteigen, als eine großgewachsene Gestalt, in schlichtes Grau gekleidet, in den Grosvenor Square einbog.

Charles nahm dies zuerst wahr. »Wellbrooks!« rief er überrascht und alles andere als erfreut aus, als er seinen Cousin erkannte: »Was treibt denn dich zu so wenig mondäner Stunde aus dem Haus?«

»Die Sonne, mein lieber Charles«, erklärte der Herzog freundlich und blickte Olivia ins Gesicht. »Ihr Diener, Miss Redbridge.«

Charles beäugte skeptisch den Himmel und sagte dann: »Ich hätte nie gedacht, daß du dich auch nur einen Deut um die Sonne kümmerst.«

»Aber du irrst dich, mein Guter«, antwortete Wellbrooks mit verstecktem Lächeln, »mir kommt es vor, als sei meine Sonne heute noch strahlender und beglückender als je zuvor.«

Seine Lordschaft hatte, da er nun endgültig den Wagen bestieg, nicht auf den Blick geachtet, den der Herzog Olivia zugeworfen hatte. Es war ihm infolgedessen entgangen, daß Olivia leicht errötete und, weit davon entfernt, die Augen sittsam niederzuschlagen, Seiner Gnaden ein glückliches Lächeln schenkte. Sie hatte sehr gut verstanden, wer heute seine Sonne war.

»Wohin des Wegs, Cousin?« wollte Wellbrooks wissen. Er zeigte auf das Fahrzeug: »Eine größere Ausfahrt, nehme ich an.«

»Miss Redbridge und ich werden die Westminster Abbey besuchen«, erklärte Linham. »Da ich Miss Redbridge viele Einzelheiten genau erklären möchte, steht uns ein umfangreiches Programm bevor. Wenn du uns also entschuldigen würdest. Ich möchte die Pferde nicht länger warten lassen.«

Der Herzog machte, trotz dieser eindeutigen Aufforderung, keine Anstalten, vom Wagen zurückzutreten.

»Kein Grund, die Pferde länger stehenzulassen. Gerade heute habe ich Lust bekommen, auch die Westminster Abbey zu besuchen. Du gestattest doch, daß ich euch begleite?« Ohne eine Antwort abzuwarten, bestieg er den Landauer und nahm Olivia gegenüber, mit dem Rücken zur Fahrtrichtung, Platz. Lord Linham konnte sich nur verwünschen, daß er nicht in seinem zweisitzigen Sportwagen vorgefahren war, der es dem Herzog unmöglich gemacht hätte, sich ihnen anzuschließen.

Der Kutscher nahm seinen Platz ein, und die Pferde setzten sich in Bewegung.

»Mach doch nicht so ein mißmutiges Gesicht«, sagte der Herzog an seinen Cousin gewandt. »Nimm mich einfach als Anstandsperson. Es ist ja wirklich nicht das Wahre, wenn ein Jüngling wie du alleine mit einer jungen Dame eine Ausfahrt unternimmt.«

»In einem offenen Wagen, in Begleitung eines Kutschers und eines Grooms?« entgegnete Seine Lordschaft entrüstet, ohne auf den scherzhaften Ton des anderen einzugehen: »Das kann auch Menschen mit den strengsten Moralvorstellungen nicht vor den Kopf stoßen! Du kannst es mir glauben, Vetter, mein Anstandsgefühl ist sehr stark ausgeprägt. Ich pflege nicht die lockeren Sitten, denen du dich für gewöhnlich ergibst!«

In den Augen des Herzogs blitzte es amüsiert auf: »Welche lockeren Sitten meinst du wohl?«

»Ich werde mich hüten, in Gegenwart einer Dame aus der Schule zu plaudern«, sagte Linham steif.

Er wandte sich Olivia zu und wechselte ostentativ das

Thema: »Ich habe eine ganze Anzahl bedeutender Werke, die die Einzelheiten der Abtei genauestens schildern, mitgebracht.« Er wies auf einen Stapel Bücher, die neben ihm auf dem Lederpolster lagen.

»Ich habe alle durchstudiert und das Wichtigste unterstrichen, um Sie umfassend informieren zu können.«

»Westminster Abbey«, meldete sich der Herzog wieder zu Wort. »Ich kann mich gar nicht mehr erinnern, wann ich das letztemal in dieser Kirche war. Es muß gewesen sein, als uns dein Vater dorthin führte, weißt du noch, Charles? Das muß jetzt achtzehn oder zwanzig Jahre her sein. Wir waren noch Buben. Ich erinnere mich, daß wir Stunden, zumindest schien es mir damals, es wären Stunden gewesen, vor den einzelnen Grabmälern gestanden sind. Dein Vater wußte über jede Einzelheit Bescheid und versuchte, alle lateinischen Inschriften zu übersetzen. Ich bin sicher, du hast dich ebensogut vorbereitet, habe ich recht?«

»Falls dir ein Kirchenbesuch derart langweilig erscheint, brauchst du uns ja nicht zu begleiten«, entgegnete Charles patzig.

»Aber im Gegenteil, mein Guter. Ich brenne darauf, meine Bekanntschaft mit den königlichen Toten zu erneuern.«

Dieser pietätlose Ausspruch war keiner Erwiderung würdig.

Charles, dem klargeworden war, daß sich sein unwillkommener Vetter durch nichts würde abschütteln lassen, beschloß, eifersüchtig über Olivia zu wachen. Gleichzeitig konnte er aber auch das Gefühl einer gewissen Befriedigung nicht verleugnen, einen weiteren Zuhörer für seine Ausführungen gefunden zu haben. Er, der unscheinbare Cousin des großen Wellbrooks, der diesem in allen gesellschaftlichen Tugenden und sportlichen Belangen hoffnungslos unterlegen war, hatte hier ein Gebiet gefunden, in dem er mehr Wissen aufwies als der Herzog. Natürlich war er diesem auch in medizinischen Belangen voraus, aber auf diesem Gebiet wurden seine Kenntnisse ja allgemein viel zu wenig geschätzt.

Sie betraten die Kirche, Charles voran. Er hatte einen der

Kunstführer aufgeschlagen und steuerte sofort auf die ersten Grabmäler zu. Olivia blieb zurück, beeindruckt von der Größe des Bauwerks. Ihr Blick glitt von den dunklen Stützpfeilern zu den Chorfenstern, durch deren Buntglas vielfarbiges Licht in das Kircheninnere strömte. Dann weiter hinauf ins reine Licht, den Obergadens, bis hin zur Decke. Das Gewölbe erschien ihr wie ein riesiger Baldachin.

»Wie heiter das alles wirkt!« stellte sie überrascht fest.

Der Herzog war, neben ihr stehend, ihrem Blick gefolgt. »Es strahlt Gelassenheit aus«, meinte er, »und Zuversicht, daß es einen Einklang gibt zwischen Gott und den Menschen.«

Sie war überrascht vom Ernst seiner Stimme und erfreut darüber, wie sehr sich ihre Gedanken beim Anblick dieses erhabenen Kirchenschiffes ähnelten.

Sie wäre noch gerne in dieser Harmonie geblieben – aber das konnte Charles nicht dulden. Geflissentlich eilte er herbei, um sie zum Weitergehen zu drängen. »Es hat keinen Sinn, hier stehenzubleiben und die Decke anzustarren«, sagte er streng. »Diese hat keinerlei wahren Kunstwert. Wenn wir die Abtei zur Gänze, samt allen Kapellen, sehen wollen, dann möchte ich doch ersuchen, daß ihr mir unmittelbar folgt, damit wir nicht unnötig Zeit verlieren.«

Mit diesen Worten schritt er voran in ein schier unentwirrbares Durcheinander von Gedenksteinen und Grabdenkmälern, die zu Ehren berühmter Verstorbener errichtet worden waren.

»Irgendwie passen diese Grabmäler mit ihren verschiedenen Formen und Stilen gar nicht zur Architektur des Bauwerks«, urteilte Olivia kritisch.

Der Herzog blickte um sich, um diesen Gedanken zu erwägen: »Sie haben recht. Die Grabmäler erscheinen zu ernst und wuchtig im Vergleich zur Luftigkeit, die das Bauwerk selbst ausstrahlt.«

Doch dann war keine Zeit mehr für derartige Gedanken.

Charles durchquerte gemessenen Schrittes, doch zielsicher das Mittelschiff und die Vierung. Ab und zu blieb er stehen, um einzelne Inschriften zu erklären und auf Besonderheiten hinzuweisen. Etwas länger verweilten sie am Grabmal von Eleonore von Kastilien. Dann kamen die Gräber der Staatsmänner und Politiker. In einer Nische war die Büste von Pitt dem Älteren zu sehen, der 1778 im Oberhaus eine leidenschaftliche Rede gegen die Abtrennung der amerikanischen Kolonien gehalten hatte, bevor er, vom Schlag getroffen, zusammengebrochen war. Ein Umstand, auf den Charles besonders hinwies.

Am Hauptaltar konnte Olivia keinen Gefallen finden. Da Charles schon zum Krönungsstuhl, auf dem seit Jahrhunderten alle Monarchen des Landes während der Krönungszeremonie saßen, vorausgeeilt war, sagte sie dies dem Herzog.

»Ganz richtig, er gefällt mir auch nicht. Der Altar in St. George ist bedeutend schöner«, antwortete dieser lächelnd.

St. George war, wie Olivia sehr wohl wußte, jene Kirche am Hanover Square, in der üblicherweise die Hochzeiten der adeligen Gesellschaft stattfanden. Ein rascher Blick in das Gesicht ihres Begleiters bestätigte, daß sie seine Bemerkung nicht falsch interpretiert hatte. Sie lächelte ihm zu und beeilte sich dann, den Anschluß an ihren Führer nicht zu verlieren.

Im südlichen Querschiff waren die großen Dichter des Landes bestattet. Auch Shakespeare hatte 1741 hier einen Ehrenplatz erhalten. Ein lebensgroßes Standbild, das von Scheemakers geschaffen wurde, wie Charles wußte.

Dann standen sie beeindruckt vor den Grabmälern der Königinnen, bewunderten die Kapelle Heinrichs VII. mit ihren bunten Fahnen und schwiegen ergriffen an den Gräbern der unschuldigen Kinder. Die Ausführungen von Lord Linham waren nicht so weitschweifig, wie Olivia befürchtet hatte, sondern gut geeignet, einen informativen Überblick zu verschaffen. Wenn er ab und zu ins Pathetische verfiel oder ihm die Krankheiten und Todesursachen manches Toten erwähnenswerter erschienen als deren Taten zu Lebzeiten, so bot dies seinen Begleitern nur eine hochwillkommene Gelegenheit, sich mit amüsierten Blikken ihre gleichgearteten Gefühle zu offenbaren.

So verging der Vormittag in unerwarteter Harmonie, und es waren drei Stunden vergangen, als sie, blinzelnd in der hellen

Sonne, wieder ins Freie traten. Olivia mußte schuldbewußt feststellen, daß sie sich erheblich zum Lunch verspäten würde, und sie bat Charles, sie unverzüglich zum Hause ihrer Tante zurückzubringen.

Beide Herren begleiteten sie zum Grosvenor Square und fuhren dann weiter zu White's, um dort in unbekannter Einigkeit einen kleinen Imbiß einzunehmen. Die anwesenden Bekannten, die wußten, daß die beiden Cousins im allgemeinen wenig freundliche Gefühle füreinander hegten, wurden in Erstaunen versetzt.

Wenn der Herzog auch den spontanen Entschluß, mit seinem Vetter zu lunchen, nicht wirklich bereute, so langweilten ihn dessen Ausführungen nun doch. Charles, ermutigt von seinem Erfolg am Vormittag, konnte nicht aufhören, weitere Informationen zu den besuchten Gräbern zu erteilen.

Das Interesse, das Wellbrooks an Ort und Stelle und in Begleitung von Miss Redbridge empfunden hatte, war nun beträchtlich abgekühlt. Mit gelangweilter Miene verzehrte er schweigend sein Mittagessen. Daraufhin verabschiedete er sich abrupt und machte sich zu Fuß auf den Weg zu seinem Haus.

Er wurde vom Butler eingelassen, der ihm Hut und Handschuhe abnahm und dann mit gesenkter Stimme geheimnisvoll verkündete: »Ein Herr wartet auf Sie in der Bibliothek, Euer Gnaden.«

Der Herzog hob überrascht seine Augenbrauen: »Wer ist der Herr?« erkundigte er sich, wobei er das Wort »Herr« ebenso betonte, wie dies der Butler getan hatte. Dieser reichte ihm wortlos ein Silbertablett, auf dem eine goldgeränderte Visitenkarte lag. Darauf stand mit schwungvollen Lettern: »M. Henry Libertieu«.

»Ein Franzose?« fragte der Herzog.

»Es scheint so, Euer Gnaden«, bestätigte der Butler.

Wellbrooks fixierte ihn kurz. Irgend etwas an seinem Gesicht erschien ihm verdächtig. Außerdem warteten Fremde üblicherweise in einem kleinen Salon im Halbstock.

»In der Bibliothek, sagtest du?« vergewisserte er sich.

Als der Butler dies bestätigte, begab er sich schnurstracks dorthin. Er öffnete die Tür und sah einen mittelgroßen Herrn mit blonden Locken, der gedankenversunken aus dem Fenster blickte. Seine Kleidung war, obwohl nur von hinten zu sehen, die eines modischen Dandys. Hautenge Pantalons, Hessenstiefel mit breiter, weißer Stulpe und Quasten. Der Rock stark tailliert, an den Schultern sehr stark ausgepolstert.

Der Herzog war kein Freund dieser modischen Gecken.

Irgend etwas an der Haltung des Fremden schien ihm jedoch vage vertraut.

»Sie wollten mich sprechen, Sir?« sprach er ihn an.

Der Fremde drehte sich langsam um, und der Herzog blickte mit großer Überraschung in bekannte Gesichtszüge.

»Mat!« rief er in freudigem Erstaunen und eilte näher, um seinen Freund willkommen zu heißen.

»Ich freue mich auch, dich wiederzusehen, Julian, alter Junge!« sagte Matthew Laurent, während er mit dem Herzog einen kräftigen Händedruck tauschte, der sein stutzerhaftes Äußeres Lügen strafte.

»Ist diese Verkleidung die neueste Mode bei euch?« wollte der Herzog wissen.

Mat grinste ungeniert: »Hübsch, nicht? Ich hätte mir trotzdem denken können, daß du mich gleich erkennen wirst. Dein Butler hat das übrigens auch.«

»Das erklärt sein geheimnisvolles Gehabe«, stellte Wellbrooks trocken fest.

Der Besucher blickte sich um und fragte, ob sie wirklich ungestört waren. Auf die Versicherung des Herzogs, daß Hindley die Anweisung habe, niemanden in die Bibliothek einzulassen, zog sein Freund die blonde Perücke mit gekonntem Griff vom Kopf, und seine kurzgeschnittenen, schwarzen Locken kamen zum Vorschein. Den blonden Backen- und Schnurrbart zu beseitigen, war schon eine schwierigere Angelegenheit.

Bald jedoch vermittelte er wieder den Eindruck eines »griechischen Gottes mit klassischen Gesichtszügen«, wie es Lady Jersey vor Jahren einmal treffend formuliert hatte. Nur die gebleichten Augenbrauen wollten nicht so recht in dieses perfekte Bild passen.

»Sherry?« fragte der Herzog, sich zu einem Beistelltischchen wendend, auf dem einige Glaskaraffen bereitstanden. Sein Gast nahm gerne an.

»Möchtest du auch etwas zu essen?«

»Danke, ich habe im Hotel einen kleinen Imbiß zu mir genommen. Ich bin im Grillon abgestiegen. Ganz nobel. Obwohl ich viel lieber mein Haus in der Mount Street aufgesucht hätte. Aber das ist natürlich unmöglich in meiner derzeitigen Rolle. Das erinnert mich daran: Ist meine Mutter in London?«

Als der Herzog verneinte, atmete Mat befreit auf: »Dem Himmel sei Dank! Sie würde mich sicher in dieser Verkleidung erkennen, Wellbrooks. Und das einzige, was ich im Moment wirklich nicht brauchen kann, sind Mitwisser. Ich stecke mitten in einer verdammt verzwickten Geschichte, mein lieber Freund.«

Der Herzog setzte sich in seinen Lieblingssessel, seinem Gast gegenüber: »Was führt dich nach London, Mat? Irgendwelche Neuigkeiten aus Belgien?«

Sein Gast überlegte: »Was spricht man in England über die Situation auf dem Kontinent?« wollte er wissen.

»Ach, man hört Verschiedenes«, antwortete der Herzog vage. »Du weißt ja, wie die Leute sind. Gerüchte machen schnell die Runde und werden in aufgeregter Übertreibung vielfach verfälscht weitergegeben. Aber im großen und ganzen ist die Mehrzahl der ernstzunehmenden Männer der Ansicht, daß ein Krieg unvermeidlich ist. Sag', wie konnte dieser verdammte Napoleon nur von Elba entkommen und gleich bei seiner Landung in Frankreich so zahlreiche Anhänger um sich scharen? Man spricht hier von einem wahren Triumphzug durch Frankreich bis nach Paris. Was ist Wahres daran, daß er bereits nach Belgien unterwegs ist? Was denken denn die Leute im Kriegsministerium über die Sache, oder bist du an deine Schweigepflicht gebunden?«

»In gewissen Dingen, natürlich«, gab Mat zu. »Aber es steht

mir natürlich frei, über etwas zu sprechen, das schon bekannt ist oder in Kürze öffentlich bekannt sein wird. Obwohl du mir ohnehin sehr gut informiert zu sein scheinst. Ja, es wird Krieg geben. Die Preußen und Niederländer sind schon in Belgien stationiert, und auch unsere Truppen treffen nach und nach ein. Wellington hat vor kurzem den Oberbefehl übernommen, und das läßt alle freier atmen. Bisher lag dieser in den Händen des Prinzen von Oranien, und der war einfach noch zu jung und unerfahren für diese Aufgabe.«

»Wird Napoleon versuchen, England anzugreifen?«

»Wenn wir ihn in Belgien nicht schlagen, ist das sicherlich anzunehmen.«

»Wenn… du sagst: wenn. Wie stehen die Chancen, Mat? Napoleon soll ja in kurzer Zeit ein Heer von erstaunlichem Umfang aufgestellt haben.«

»Das ist richtig«, nickte sein Freund. »Doch mir scheint, kein Grund zu übertriebener Sorge. Ich habe vor meiner Abreise mit Harry gesprochen, meinem Bruder, du kennst ihn ja. Er ist in Belgien stationiert. Die Stimmung im Heer scheint gut, ja bisweilen euphorisch, endlich dem Ungeheuer den Garaus machen zu können. Und das Vertrauen in Wellington scheint ungebrochen.«

»Aber er ist dem Korsen noch nie im Kampf gegenübergestanden«, gab Wellbrooks zu bedenken.

»Das ist richtig«, stimmte Mat zu, »aber dem scheinen die Offiziere, die unter dem Herzog in Spanien gedient haben, keine Bedeutung zuzumessen. Du warst doch selbst in Spanien mit dabei. Hast du etwa Bedenken?«

»Wohl keine ernsthaften«, antwortete der Herzog nach einiger Überlegung: »Aber an der Front sieht man die Lage immer anders. Wenn man hier im Hinterland zur Untätigkeit verdammt ist, hat man mehr Zeit, sich die schrecklichsten Dinge auszumalen. Doch erzähle, was treibt dich zu so einem brisanten Zeitpunkt in die Heimat? Wirst du als Agent des Kriegsministeriums nicht auf dem Kontinent gebraucht?«

»Meine Mission ist natürlich streng geheim«, antwortete

Matthew und tat übertrieben bedeutungsvoll. »Nein, im Ernst, es ist wirklich eine brisante Angelegenheit, zu der ich deine Hilfe brauchen könnte. Ich werde in wenigen Tagen ein wichtiges Schriftstück von Lord Bathurst abholen, das ich zum Herzog von Wellington nach Brüssel bringen soll. Der Inhalt scheint so wichtig zu sein, daß man die Depesche nicht den *Horse Guards* anvertrauen wollte, die üblicherweise die Anweisungen des Kriegsministers oder des Herzogs von York nach Belgien bringen.«

»Du warst doch schon oft in einer heiklen Angelegenheit unterwegs«, warf Wellbrooks ein. »Warum solltest du diesmal meine Hilfe benötigen? Wie sollte ich dir dabei helfen können?«

»Die Franzosen haben Wind davon bekommen, daß ich auf dem Weg nach London bin, und sie werden nun mit aller Macht versuchen, das Schreiben an sich zu bringen, bevor ich England verlasse. Ich bin aus sicherer Quelle informiert, daß es einem oder mehreren Franzosen gelungen ist, sich in die sogenannte vornehme Gesellschaft einzuschmuggeln. Diese haben die Aufgabe, möglichst viele Informationen zu sammeln und an die französische Heeresführung weiterzuleiten. Nun kommt für sie noch der spezielle Auftrag dazu, mich ausfindig zu machen und mir das Schreiben des Kriegsministeriums abzunehmen. Ich soll anschließend beseitigt werden, soviel ich weiß.«

»Um Gottes willen!« rief Wellbrooks aus. »Kannst du nicht dieses Schreiben holen und London sofort wieder verlassen? Es ist doch absoluter Wahnsinn, länger hierzubleiben und deinen Gegnern die Möglichkeit zu verschaffen, trotz deiner Verkleidung dahinterzukommen, wer du bist, und ihren Plan auszuführen.«

»Siehst du«, fuhr Mat gelassen fort, »meine Aufgabe hat zwei Komponenten. Natürlich in erster Linie die Überbringung des erwähnten Schreibens. Aber zudem soll ich meinerseits herausfinden, wer die Franzosen sind, die hier für ihr Land spionieren. Ich soll diese Männer zwar nicht kaltblütig umbringen, wie man es auf der Gegenseite mit mir vorzuhaben scheint, aber sie doch unseren Leuten in sicheren Gewahrsam übergeben.«

Der Herzog hob eine Augenbraue: »Aber Mat, das scheint mir ein Irrsinn zu sein. Ihr seid gegenseitig auf der Jagd nacheinander. Wer als erster den gesuchten Feind findet und zuschlägt, geht als Sieger hervor.«

»Ja, so ungefähr ist es«, gab Mat zu.

»Ja, aber du bist alleine. Die anderen sind vermutlich in der Überzahl. Hast du keine Ahnung, wer sie sein könnten?«

Mat schüttelte den Kopf: »Leider nein. Man weiß nur, daß es ein oder mehrere Franzosen sind, die sich hier in England als Flüchtlinge der Revolution ausgeben und Aufnahme in die Gesellschaft gefunden haben.«

Der Herzog machte eine entmutigende Geste: »Aber von dieser Sorte laufen doch Hunderte in London herum! Du glaubst gar nicht, wie viele Franzosen die Insel bevölkern. Seid ihr denn sicher, daß es sich bei den gesuchten nur um Franzosen handelt?«

»Wir sind sicher, daß die Drahtzieher Franzosen sind. Es ist natürlich sehr gut möglich, daß man sich eines Engländers bedient, um meinen Aufenthaltsort herauszufinden, um zu erfahren, wann ich in London angekommen bin und wann ich wieder abzureisen gedenke.«

»Es ist schwer vorstellbar, daß sich Engländer dazu hergeben, für Frankreich zu spionieren«, meinte der Herzog bitter.

»Man darf hier nicht zu ehrenhaft denken«, wandte Mat ein. »Für Geld kannst du alles kaufen. Auch Denunzianten.«

»Also gut, nehmen wir an, eure Theorie stimmt«, sagte der Herzog. »Wer könnte dich in dieser Verkleidung erkennen? Wer könnte von deinem Aufenthalt wissen? Du warst schon jahrelang nicht mehr in London. Wenn sich auch manche fragen, was aus dir geworden ist, so nimmt man doch allgemein an, du hättest dich auf dem Kontinent niedergelassen. Niemand weiß, daß du ein Agent des Kriegsministeriums bist.«

»Das ist richtig«, stimmte Lord Sudbury zu, »außer dem Kriegsminister, Andy und dir.«

»Sehr fein«, sagte der Herzog. »Und welchen von uns dreien hältst du wohl am ehesten zu einem Verrat fähig?«

Mat lachte kurz auf: »Friß mich nicht gleich, Julian«, sagte er, »ihr drei seid über jeden Zweifel erhaben.«

»Verbindlichsten Dank«, murmelte der Herzog mit einer leichten Verbeugung.

»Ich glaube vielmehr«, fuhr Mat fort, »daß man versucht, irgend jemanden darauf anzusetzen, aus Andrew oder dir Informationen herauszuholen. Ich weiß nicht, wie man hier vorzugehen gedenkt, aber bitte sei auf der Hut. Ich nehme nicht an, daß man sich direkt an den Minister wendet. Mit Andrew werde ich heute noch sprechen. Eine zweite Möglichkeit gibt es natürlich auch noch: Man setzt einen Mann auf mich an, der mich von früher her kennt, oder von meiner Tätigkeit im Ausland. Dieser könnte mich auch in dieser Verkleidung durchschauen. Es erscheint mir durchaus möglich, daß es so jemanden geben könnte, der mir vielleicht gar nicht aufgefallen ist und den ich daher nicht als meinen Gegner erkenne. Für diesen wäre es ein leichtes, mir aufzulauern und sein Werk auszuführen. Er müßte nur sichergehen, daß ich das gesuchte Schreiben auch wirklich bei mir trage, denn ein Mord allein ist sicher nicht im Sinne seiner Auftraggeber.«

Der Herzog ließ sich diesen Gedanken durch den Kopf gehen: »Wie groß ist die Wahrscheinlichkeit, daß es so einen Mann geben könnte? Jemanden, der von deiner Tätigkeit weiß, gegen den du aber keinen Verdacht hegst?«

Mat schüttelte den Kopf: »Ich weiß es nicht. Ich möchte mir darüber auch nicht zuviel den Kopf zerbrechen, da es mich nicht weiterbringt. Bei den meisten Leuten allerdings, die mich aus dem Ausland kennen könnten, bin ich sicher, daß auch ich sie wiedererkenne, wenn sie mir gegenüberstehen.«

»Man wird also als erstes versuchen, dich ausfindig zu machen und dabei trachten, selbst nicht erkannt zu werden«, faßte der Herzog nachdenklich zusammen.

»Richtig. Man muß mich erkennen und gleichzeitig verhindern, erkannt zu werden. Dasselbe gilt natürlich auch umgekehrt für mich.«

»Es wäre doch auch möglich, daß man jemanden als Mittel

dazu benützt, an dich heranzukommen. Deine Gegner werden doch wissen, daß du auch die Aufgabe hast, sie zu finden, nicht wahr? Sie werden daher den Schluß ziehen, daß du nicht in Abgeschiedenheit auf den Empfang des Schreibens wartest, um dann bei Nacht und Nebel wieder zu verschwinden. Sie werden richtigerweise annehmen, daß du dich, unter falschem Namen natürlich, in Gesellschaft begeben wirst. Sie brauchen sich hier nur in der Nähe von irgendeinem anderen aufzuhalten, der dich sicher erkennt. Deine Mutter zum Beispiel, oder irgendein Onkel, was weiß ich. Dieser Onkel spricht dich also in Gegenwart deines Gegners an, und der weiß nun, wer du bist, ohne sich selbst zu verraten. Damit zieht er keinerlei Verdacht auf sich, wie er es täte, wenn er sich an Andrew oder mich wenden würde.«

»Ja, das ist eine weitere Möglichkeit«, stimmte Mat zu. »Obwohl ich nicht weiß, wer mich nach so vielen Jahren erkennen und ohne Wollen verraten könnte. Mein Onkel? Ja vielleicht, aber der kommt selten nach London. Mein Vater hätte mich erkannt, doch der ist tot. Harry ist in Belgien, und überdies weiß er alles über mich. Mama ist nicht in der Stadt, das war ja meine erste Frage an dich.«

»Da du gerade vom Tod deines Vaters sprichst«, meinte der Herzog, vom eigentlichen Thema abgelenkt. »Man hat dir doch mitgeteilt, daß du sein Erbe bist, nicht wahr?«

Mat nickte: »Ja, Harry hat es mir gesagt. Ich hatte sicher angenommen, Vater hätte mit seinen Advokaten einen Weg gefunden gehabt, den in Ungnade gefallenen Sohn zu enterben. Doch anscheinend hat er sich dieser Mühe nicht unterzogen. Das wird wohl auf den Einfluß meiner Mutter zurückzuführen sein. Weißt du, wem die Verwaltung der Güter obliegt? Hast du meine Mutter in letzter Zeit gesprochen?«

»Nein«, sagte der Herzog und nahm das Glas seines Gastes, um es erneut zu füllen. »Ich habe deine Mutter schon über ein Jahr nicht mehr gesehen. Sie ist in letzter Zeit nicht in London gewesen, und ich sah keinen Grund, sie auf dem Lande aufzusuchen. Einmal, unmittelbar nach dem Tod deines Vaters, ich war damals gerade auf Heimaturlaub aus Spanien hier, ist sie bei mir gewesen und wollte von mir deinen Aufenthaltsort wissen. Du warst damals in einer höchst geheimen Angelegenheit unterwegs, und ich wußte zu diesem Zeitpunkt nicht, wo du gerade zu finden warst. Glaube mir, diese Unterredung war alles andere als angenehm. Ich habe deine Mutter immer sehr gerne gehabt. Sie war damals so verzweifelt, voller Schuldgefühle, daß sie dich einst gegen deinen Vater nicht in Schutz genommen hat...«

»Als ob sie gegen diesen Despoten je etwas hätte ausrichten können...«, murmelte Mat.

»...und voller Sorge um dich. Hätte ich damals gewußt, wo du warst, ich hätte es ihr gesagt. Trotz deiner strikten Anweisung, keiner Menschenseele etwas über dich bekanntzugeben. Das Vermögen wird vom Anwalt deines Vaters verwaltet, diesem Mr. Huntigon, Humpligon oder so ähnlich.«

»Humpliton«, sagte Mat. »Das habe ich erwartet. Ein unmöglicher Mensch, aber sehr gewissenhaft. Er wird den Besitz besser verwalten, als ich es in den letzten Jahren geschafft hätte. Wenn diese Angelegenheit gut vorübergegangen ist, dann werde ich mich mit meiner Mutter in Verbindung setzen. Weißt du, ich habe schon vor geraumer Zeit beschlossen, meine Versetzung nach London zu beantragen. Es gäbe hier genug für mich zu tun, und aufgrund meiner Verdienste im Ausland wird man meinem Wunsch hoffentlich Rechnung tragen. Später werde ich mich dann auf dem Land niederlassen, seßhaft werden, eine Frau und eine Schar Kinder haben, fern jeder Aufregung...«

»Welch idyllischer Zukunftsplan«, sagte der Herzog mit leicht spöttischem Grinsen. »Schon eine passende Ehefrau im Auge?«

Mat schüttelte den Kopf: »Bei meiner derzeitigen Aufgabe habe ich wenig mit Frauen zu tun... mit ehrbaren, meine ich wohlgemerkt, die ich mir als Ehefrau vorstellen könnte. Über den Gedanken, auch eine weniger ehrbare zu heiraten, bin ich Gott sei Dank hinaus. Weißt du, Julian, manchmal kann ich es gar nicht fassen, daß ich allen Ernstes vorhatte, eine Frau wie

Betty zu meiner Ehefrau zu machen. So ein Weibsstück ist gut fürs Bett, für ein fröhliches Abenteuer, aber die betrügt einen doch mit dem Nächstbesten, der ihr mehr zu bieten hat... was sie ja auch wirklich getan hat. Damals dachte ich, die Welt ginge unter. Ich hatte so edle Pläne, sie zu einem ehrbaren Mitglied der Gesellschaft zu machen. Als ob sie sich je dafür geeignet hätte! Sie hatte völlig recht, mich wegen dieses italienischen Grafen sitzenzulassen. Seine Moralvorstellungen haben viel mehr mit den ihren übereingestimmt. Wenn man bedenkt, was für ein ernster, edelgesinnter Jüngling ich war, voller naiver Ideale. Oft sehe ich noch die Gesichter meiner Eltern vor mir, als ich Betty mit nach Hause brachte. Du kannst dir nicht vorstellen, wie entgeistert beide waren! Damals schien mir ihre ablehnende Haltung so grausam, ihr Stolz so unangebracht... was für ein Esel ich doch war!«

Wellbrooks lachte kurz auf: »Weißt du, was aus ihr geworden ist?« wollte er wissen.

Mat schüttelte den Kopf. »Nein, ich habe in Rom ihre Spur verloren. Wenn sie nicht mehr mit diesem Grafen zusammen ist, was ich bezweifle, dann wird sie sicherlich einen anderen Gönner gefunden haben. Vermutlich leitet sie heute ein nobles Freudenhaus in der italienischen Hauptstadt. Das ist eine Rolle, in der ich sie mir sehr gut vorstellen könnte.«

»Dann war sie wohl wirklich nicht die ideale Partie«, stimmte Wellbrooks belustigt zu.

»Weil wir gerade von idealer Partie sprechen«, warf Mat ein, »was tut sich denn zur Zeit am Londoner Heiratsmarkt? Irgendwelche aufregenden Neuerscheinungen? Debütantinnen, die es lohnt näher zu begutachten?«

Der Herzog überlegte kurz und sagte dann mit abschätziger Miene: »Nein, Debütantinnen sind mir eigentlich nicht aufgefallen. Sie sind alle von der üblichen blassen Fadheit. Du kennst doch diese Mädchen, die gerade aus der Schule entlassen wurden und nun verlegen kichernd am Rockzipfel ihrer Mutter die Ballsäle unsicher machen. Nein...« er dachte kurz nach und setzte dann, mit einem leichten Lächeln in den Mundwinkeln, fort: »Die einzige aufregende Neuerscheinung in London ist dreiundzwanzig Jahre und kommt aus der Nähe von Bath. Sie ist...« Mat war das Aufleuchten in den Augen seines Freundes nicht entgangen: »...bildschön, anbetungswürdig und steinreich«, vollendete er den Satz.

Wellbrooks lachte amüsiert: »Wie hast du das nur so schnell herausgefunden?« wollte er wissen. »Nein, im Ernst, bildschön, im gängigen Sinn, ist sie eigentlich nicht, obwohl sie eine aufregende Erscheinung ist, schlank, mit rotblonden Locken, die Augen in einem strahlenden Blau. Steinreich ist sie auch nicht, im Gegenteil. Aber anbetungswürdig ist sie auf jeden Fall.«

»Darf man schon gratulieren?« fragte sein Freund.

»Noch nicht. Aber ich nehme an, demnächst«, erwiderte Wellbrooks. Er nahm einen Schluck Sherry und verweilte kurze Zeit bei diesen angenehmen Gedanken.

»Wie wirst du nun weiter vorgehen?« fragte er schließlich.

»Bei der Brautsuche?« fragte Mat scheinheilig.

»Blödsinn«, sagte der Herzog streng. »Wie sind deine weiteren Pläne, deine Gegner betreffend?«

Mat wurde sofort wieder ernst: »Eine genaue Strategie habe ich mir noch nicht zurechtgelegt. Meine Maxime ist, flexibel zu bleiben und Augen und Ohren offen zu halten. Am Dienstag wird mir besagtes Schreiben übergeben, bis dahin sollte alles über die Bühne gegangen sein.«

»Aber das ist ja in fünf Tagen!« rief der Herzog überrascht.

»Du sagst es«, nickte Mat.

»Wie willst du in fünf Tagen unter Hunderten von Franzosen die gesuchten herausfinden? Das ist doch ein Ding der Unmöglichkeit!«

»Du darfst nicht vergessen, daß auch ich gesucht werde. Man wird bereits wissen, daß ich schon in London angelangt bin, oder erwarten, daß ich in Kürze eintreffen werde. Auch mein Gegner weiß, daß ihm nicht viel Zeit bleibt, seinen Auftrag auszuführen. Wir haben jetzt Ende Mai. Napoleon ist auf dem Weg nach Belgien. Man wird sicher damit rechnen, daß mir das bekannt ist. Wir haben keine Zeit zu verlieren, die Anweisungen des Kriegsministeriums und des königlichen Oberbefehlshabers zu Wellington zu bringen. Mein Gegner weiß das sicher, er steht also unter Zeitdruck. Für mich ist es das wichtigste, daß ich die Depesche unerkannt nach Brüssel bringe. Auch wenn ich die Unbekannten bis dahin nicht zur Strecke bringen kann, werde ich mich Dienstag mittag in Richtung Dover aufmachen. Ich schiffe mich dann am Abend dieses Tages ein. Wir werden bei Nacht segeln. Das Schiff liegt, als Fischerboot getarnt, in einer Bucht bei Dover und erwartet mich zu jeder Stunde. Bis Dienstag werde ich als Monsieur Libertieu auftreten, ich werde mich in die Oper begeben, zu der Veranstaltung in den Vauxhall Gardens. Ich werde überall sein, wo ich keine spezielle Einladung brauche. Ich werde mich angenehm machen, Bekanntschaften schließen und mich umhören.«

»Wie gut, daß du perfekt französisch sprichst«, meinte der Herzog.

»Ja, nicht wahr?« stimmte Mat zu. »Wozu doch eine französische Großmutter gut sein kann! Sie hat mit Harry und mir von klein auf nur französisch gesprochen und dies bis zu ihrem Tode beibehalten. Auf diese Weise hat sie ihr Heimweh nach Frankreich besser verkraftet, und wir haben perfekt französisch gelernt.«

»Und was ist meine Rolle in diesem Stück? Wie kann ich dich bei deiner Aufgabe am besten unterstützen?«

»Du und Andrew, ihr werdet euch bitte, soweit es euch möglich ist, in meiner Nähe aufhalten. Registriert alles, was euch verdächtig erscheint, und teilt es mir unverzüglich mit. Vielleicht ist es auch nicht schlecht, ab und zu den Namen Sudbury ins Gespräch zu bringen. Vielleicht beißen sie auf diesen Köder an. Wenn sich jemand unter irgendeinem Vorwand an einen von euch wendet, dann wäre das natürlich die einfachste Lösung. Das müßte ich dann sofort wissen.«

»Werde ich Monsieur Libertieu kennen?« erkundigte sich Wellbrooks.

»Aber, Julian«, rief sein Freund in spöttischer Entrüstung, »wie sollte der große Wellbrooks, ein Nonparail, der nicht seinesgleichen hat, einen Emporkömmling wie diesen Libertieu kennen?«

Der Herzog, amüsiert über die Beschreibung seiner Person, gab zu, daß das wirklich verdächtig erschiene: »Gut, ich werde ihn also nicht kennen. Ich werde allerdings, wie gewünscht, in deiner Nähe sein. Du kennst mein scharfes Auge, ich hoffe, es wird uns nützen. Du schlägst also für heute abend einen Opernbesuch vor. Meinetwegen, wenn es wirklich sein muß. Ich hoffe, man gibt nicht Gluck oder Händel. Du weißt, diese beiden Komponisten liegen mir nicht. Eigentlich hatte ich vor, einen Ball zu besuchen, aber dieser wird eben mit einer sehr verspäteten Anwesenheit meinerseits stattfinden müssen. Für morgen habe ich einen Besuch des Drury-Lane-Theaters vorgesehen. Du solltest dir auch eine Karte besorgen. Und dann also Vauxhall-Gardens. Gut. Damit wäre also das Programm für die nächsten Tage festgelegt. Suchst du nun MacAlister auf?«

»Ja, ich habe mich bei ihm angekündigt. Er war heute morgen nicht zu Hause, aber nun wird er mich erwarten.« Ein Blick auf seine Taschenuhr ließ Mat auffahren: »Himmel, es ist schon nach vier Uhr. Andrew wird sich schon fragen, was aus mir geworden ist. Ich verlasse dich jetzt, Julian.«

Er wandte sich zum großen Spiegel, der in schwerem goldenen Rahmen zwischen zwei Bücherregalen hing, und stülpte mit gekonntem Griff seine Perücke über.

»Wir sehen uns also am Abend in der Oper. Ich werde natürlich im Parkett sitzen.«

Er zog ein kleines, braunes Fläschchen und einen Pinsel aus der Rocktasche und begann die künstlichen Bartteile zu bestreichen, bevor er sie gekonnt und sorgfältig an die richtigen Stellen klebte.

»Hat man denn noch nie daran gedacht, dir Männer zu deinem Schutz zur Seite zu stellen?« wollte Wellbrooks wissen.

Mat blickte ihn im Spiegel erstaunt an: »Was hätte das wohl für einen Sinn?« fragte er, den Zeigefinger an den Schnurrbart gelegt, um diesen fest anzudrücken. »Ich wäre viel zu unbeweglich und zu leicht zu erkennen. Meinen Groom habe ich natürlich immer bei mir, du kennst James doch noch? Er hat damals gemeinsam mit mir das Haus meines Vaters verlassen und hat mir nun oft gute Dienste geleistet. Aber im allgemeinen verlasse ich mich auf meinen Spürsinn und auf diese da.« Er klopfte mit der rechten Hand auf seine Rocktasche, wo eine kaum merkbare Ausbuchtung das Vorhandensein einer kleinen, sicher scharf geladenen Pistole anzeigte.

Wellbrooks läutete nach dem Butler, der Hut und Handschuhe brachte. Die Handschuhe waren aus malvenfarbenem Rehleder, passend zu der bestickten Weste, die M. Libertieu als modebewußter Dandy zu tragen beliebte. Die Erscheinung wurde noch von einem hohen, glänzenden Zylinder abgerundet, den sich Mat verwegen auf die blonden Locken drückte.

»*Maintenant*«, sagte er mit blasierter Stimme, sich an den Herzog richtend: »Es war mir eine große Ehre, Euch zu sehen, *Milor'*.« Er vollführte eine grazile Verbeugung: »Isch bin soeben aus Frankreich gekommen, wo ich vertrieben wurdä vom Hause meiner Väter...« Er hob, von der Erinnerung überwältigt, den Rücken der linken Hand vor die Augen. Ein Beben durchlief seinen Körper, als er ein blütenweißes, mit Spitzen verziertes Taschentuch seinem Rock entnahm, um sich die nicht vorhandenen Tränen zu trocknen.

Wellbrooks verfolgte anerkennend dieses Schauspiel: »Perfekt«, sagte er. »Du hattest recht: ich ziehe es wirklich vor, M. Libertieu nicht zu meinen Bekannten zu zählen. Er ist genau der Typ eines Mannes, mit dem ich binnen kürzester Zeit die Geduld verliere.«

Mats Augen blitzten belustigt auf, doch seine Stimme behielt den Tonfall bei, als er sagte: »Welche Schmach, Euer Gnaden. Ihr betrachtet misch nischt mit Wohlgefallen. *Eh bien,* dann werde isch misch zurückziehen, *enfin.*« Sprach's, ergriff seinen Spazierstock und stolzierte erhabenen Hauptes aus dem Zimmer.

XIX.

Der Abend in der Oper verlief ereignislos.

Der Herzog war in Gesellschaft von Lord und Lady MacAlister in seiner Loge erschienen und hatte dadurch für nicht geringes Aufsehen gesorgt. Der Ball bei Mylady Rivington, der am selben Abend stattfand, war das herausragendste Ereignis dieser Woche, und so war es nicht verwunderlich, daß die meisten Logen leer blieben und auch das Kommen Seiner Gnaden und der MacAlisters nicht erwartet worden war. Das Parkett war dicht besetzt, und doch erkannte der Herzog ohne langes Suchen die Gestalt seines Freundes Sudbury, in zarte Fliederfarben gehüllt.

»Also, das wäre kein Beruf für mich«, flüsterte MacAlister dem Herzog zu, als sein Blick Matthew Laurent kurz gestreift hatte. »Schon allein der Gedanke, in solcher Kleidung herumlaufen zu müssen...«

Lady MacAlister, die erst in das Leben ihres Gatten getreten war, als Mat bereits im Ausland weilte, kannte diesen nicht persönlich. Sie wußte natürlich von der tiefen Freundschaft, die die drei Männer verband, jedoch nichts von dessen geheimer und gefährlicher Tätigkeit. Sie war am späten Nachmittag von einer Ausfahrt mit ihrer Schwägerin zurückgekommen und wurde unverzüglich informiert, daß man die Pläne für den Abend abändern müsse.

»Wir gehen nicht auf Lady Rivingtons Ball?« hatte sie entgeistert ausgerufen. »Aber warum denn nicht? Ich habe doch schon für uns beide zugesagt. George und Elisabeth werden da sein und auch Wellbrooks...«

»Wellbrooks hat uns eingeladen, mit ihm die Oper zu besuchen und...«

»Die Oper zu besuchen? Am Abend von Lady Rivingtons Ball? Seid ihr verrückt geworden? So sag doch, Andy, gibt es einen besonderen Grund für diese unerwartete Einladung?« Ihr Gatte seufzte tief, als er feststellte, daß er seine Frau doch näher informieren mußte. Dann erzählte er ihr vom plötzlichen Auftauchen seines Freundes Mat in London und informierte sie, daß dieser in einer wichtigen Angelegenheit seine und des Herzogs Hilfe erbeten habe. Myladys Neugierde war natürlich umgehend geweckt, doch verstand sie, wenn auch schweren Herzens, daß es ihrem Gemahl nicht erlaubt war, sie in nähere Einzelheiten einzuweihen. Sie nahm ihm das Versprechen ab, sie ganz genau in alle Details einzuweihen, wenn die zu lösende Aufgabe erfüllt und er die Erlaubnis dazu hätte, bat ihn inständig, sich selbst keiner Gefahr auszusetzen, und erklärte sich dann umgehend bereit, ihren Teil dazu beizutragen, um dem Freund ihres geliebten Andy zu helfen. Man könne schließlich nach der Oper noch immer Lady Rivingtons Ball besuchen.

Der Vorhang hob sich, und als ob es Wellbrooks geahnt hätte, es stand Gluck auf dem Programm.

In der Pause sah man M. Libertieu als Mittelpunkt einer Gruppe von Emigranten, die den Neuankömmling umringten, um Neuigkeiten aus der Heimat zu erfahren. Mat kam diesem Wunsch gerne nach, gab frei erfundene Anekdoten zum besten und ließ die Zuhörer an dem tragischen Schicksal teilhaben, das ihm selbst angeblich widerfahren war.

MacAlister, der mit seiner Gattin an der Gruppe vorbeipromenierte, konnte sich ein belustigtes Schmunzeln nicht verkneifen, stellte jedoch fest, daß er keinen aus Mats Zuhörergruppe kannte.

Als sie wieder vor der Loge des Herzogs ankamen, wurde Mylady von einigen Damen in Beschlag genommen, und MacAlister entschlüpfte durch die Logentüre.

»Nun?« fragte der Herzog.

»Keine besonderen Vorkommnisse, Sir«, meldete MacAlister im Ton eines aufrechten Soldaten. Er nahm neben seinem Freund Platz und sagte mit anerkennendem Grinsen: »Du hättest Mat erleben sollen. Er hat bereits eine große Schar Zuhörer um sich gesammelt – vor allem Leute, die ihn für einen französischen Landsmann halten. Er erzählt ihnen gerade etwas über seine angebliche Flucht. Hoffentlich bringt ihn diese Maskerade auch wirklich seinem Ziel näher.«

In diesem Moment betrat Mylady die Loge, und da auch kurz darauf der Vorhang wieder hochging, war keine Gelegenheit mehr für eine Fortführung des Gesprächs.

Es war kurz nach Mitternacht, als der Herzog mit seiner Begleitung das Haus von Lady Rivington betrat. Er überließ es Maria, sich bei der sofort herbeigeeilten Gastgeberin für ihr verspätetes Erscheinen zu entschuldigen, und begab sich in den Ballsaal. Sein Blick suchte ein bestimmtes Gesicht mit rotblonden Locken und strahlend blauen Augen. Er brauchte sich nicht lange umzuschauen und fand Olivia, die in den Armen eines stattlichen jungen Mannes einen schwungvollen Walzer tanzte. So als hätte sie sein Kommen geahnt, blickte sie in diesem Augenblick wie beiläufig zur Tür. Da sah sie den Herzog im Türrahmen stehen. Er bemerkte das Aufleuchten in ihren Augen und verbeugte sich leicht, als Zeichen des Grußes. Dann schlenderte er weiter, um einige Bekannte zu begrüßen. Als jedoch die Musik zu Ende war, stand er an Olivias Seite, um sie zum nächsten Tanz zu führen. Sie versank in einen anmutigen Knicks, als er sie begrüßte, und sagte mit einem bedauernden Lächeln: »Es tut mir leid, Sir, aber ich habe den nächsten Tanz bereits einem anderen Herrn versprochen.«

Bei diesen Worten näherte sich auch schon der Vicomte de Valliseau, und es schien, als wollte er dagegen Protest einlegen, daß ihm jemand seine Tanzpartnerin abspenstig machen wollte. Dann überlegte er es sich jedoch anders, verbeugte sich leicht und erklärte, es sei ihm eine Ehre, sein Recht an den Herzog abzutreten.

Seine Gnaden musterte ihn überrascht, überlegte kurz, welchen Grund dieser Mann wohl haben könnte, sich bei ihm angenehm zu machen, und reichte Olivia den Arm. »Wie nett von Ihnen, mein Freund«, sagte er mit spöttischem Unterton, an den Vicomte gewandt.

»Ein leidenschaftlicher Verehrer von Ihnen, Miss Redbridge?« erkundigte er sich dann, als er Olivia aufs Parkett geführt hatte.

Olivia warf ihm einen kurzen, prüfenden Blick zu. Irrte sie

sich, oder hatte da wirklich Eifersucht in seiner Frage mitgeschwungen?

»Ein Bekannter, den ich sehr schätze, Sir«, antwortete sie. Aus der Miene ihres Tanzpartners war nicht zu erkennen, ob ihn diese Antwort störte.

Er fragte sie statt dessen, ob sie sich bereits mit London vertraut gemacht habe, welche Sehenswürdigkeiten, außer der Westminster Abbey, sie schon besucht habe und was ihr an der Stadt am besten gefiele. Da sie bereits eine ganze Menge gesehen hatte, wußte sie viel zu erzählen. Sie hatte schon zahlreiche Kirchen besichtigt, einige Museen besucht und liebte die Großzügigkeit der Parkanlagen.

»Natürlich ist der Hyde Park zum Ausfahren am besten geeignet, aber am liebsten gehe ich im St. James' Park spazieren«, teilte sie ihm mit. »Dieser erscheint mir mit dem großen See so naturbelassen, und all die verschiedenen Wasservögel, man fühlt sich fast aufs Land versetzt.«

»Waren Sie schon einmal im Richmond Park?« wollte Seine Gnaden wissen. »Ich würde Sie gerne dorthin führen, Miss Redbridge«, sagte er, als Olivia verneinte. »Wenn Sie den St. James' Park aufgrund seiner ländlichen Atmosphäre lieben, dann wird Ihnen der Richmond Park ganz besonders gefallen. Würden Sie mir die Freude machen, mit mir dorthin auszureiten?«

Olivia, über diese Einladung hocherfreut, sagte gerne zu. Und so verabredeten sie sich gleich für den kommenden Tag um halb zehn Uhr vor dem großen Parktor.

Der nächste Morgen versprach einen strahlend schönen Spätfrühlingstag. Die Sonne schien schon überraschend stark, als Olivia knapp vor neun Uhr durch das Haustor trat und blinzelnd gegen den Himmel blickte, der sich in einem leicht dunstigen, hellen Blau präsentierte. Das Hausmädchen, das gerade dabei war, die breiten weißen Stufen zur Straße hinunter zu kehren, blickte erstaunt auf die junge Dame, die zu so früher Stunde, fertig für einen Ausritt gekleidet, im Tor erschienen war. Sie knickste, ohne ihren bewundernden Blick von Olivia zu wenden, die in ihrem hellblauen Reitkleid aus leichtem Samt auf der obersten Stufe stand, die rotblonden Locken unter dem koketten Strohhut im Nacken locker zusammengefaßt. Handschuhe und Reitstiefelchen aus feinem, blaugefärbtem Ziegenleder.

»Guten Morgen, Kathy«, grüßte Olivia freundlich zurück, während sie, die Reitgerte unter dem Arm, die Straße betrat. Sie blickte sich suchend um. Da erschien schon John Pilgrim um die Straßenecke, zwei Pferde am Halfter führend.

»Ein schöner Tag, nicht wahr, Miss Olivia«, sagte er im Näherkommen und blickte freudig zum Himmel.

»Ich habe Ihnen *Fair Lady* gesattelt«, erklärte er und deutete auf die braune, hochgewachsene Stute, deren Zügel er in der rechten Hand hielt. »Schien mir noch das temperamentvollste Pferd in Myladys Stall zu sein. Es ist wirklich jammerschade, daß Sie *Thunderbird* nicht mit nach London gebracht haben. Aber, na ja, dieses Tier sieht auch ganz tauglich aus.«

Er half Olivia in den Damensattel. Die Stute tänzelte nervös, sie war lange im Stall gestanden, und die Reiterin war ihr nicht vertraut.

»Ruhig, meine Gute«, redete ihr Olivia beruhigend zu und beugte sich vor, um den schlanken Hals zu tätscheln.

»Bist du bereit, John Pilgrim?«

»Aye, aye, Miss. Bereit zu jeder Schandtat«, erwiderte der Bursche grinsend und schwang sich in den Sattel.

»Wohin soll's denn gehen?« erkundigte er sich, als er sein Pferd in Bewegung setzte.

»Zum Richmond Park. Ich hoffe, du kennst den Weg.«

»Darauf können Sie sich verlassen, Miss«, bestätigte John Pilgrim. »Aber warum so weit durch die Stadt reiten? Der Hyde Park liegt doch sozusagen vor der Haustüre, und um diese Uhrzeit ist er so gut wie menschenleer. Da läßt sich ein schneller Ritt auf der Rotten Row...«

»Zum Richmond Park, John«, unterbrach ihn Olivia.

»Bitte, bitte, Miss. War ja nur ein Vorschlag vom alten John. Aber wenn Miss den Richmond Park wünschen, also auf zum Richmond Park.«

Sollte sich der Stallbursche gewundert haben, warum seine Herrin auf einen Ritt im weitläufigen Park außerhalb der Stadt bestanden hatte, so ging ihm sofort ein Licht auf, als sie den Park erreichten. Vor dem großen Tor wartete ein eleganter Reiter in rehledernen Reithosen und olivgrünem Reitrock, die Stiefel spiegelblank. Er saß auf einem feurigen, dunklen Rappen und blickte ihnen erwartungsvoll entgegen.

John Pilgrim, der, wie es der Etikette entsprach, einige Pferdelängen hinter seiner Herrin zurückgeblieben war, stieß nun einen anerkennenden Pfiff aus, als er erkannte, wer der Herr war, mit dem sich Miss Redbridge zu so früher Stunde an einem so entlegenen Ort traf.

Der Herzog wartete mit vergnügtem Lächeln, bis Olivia näherkam. Dann verbeugte er sich leicht und wünschte einen guten Morgen.

»Es ist wirklich ein schöner Morgen, nicht wahr, Sir?« sagte Olivia und schenkte ihm ein warmes Lächeln.

»Nun, da Sie hier sind, ist es ein schöner Morgen, gewiß, Miss Redbridge.«

»Oh, haben Sie gedacht, ich würde Sie vergeblich warten lassen?« fragte sie und blickte interessiert zu ihm auf.

Wellbrooks schüttelte den Kopf: »Nein, ich war sicher, daß Sie kommen würden.«

Sie lächelte: »So sicher der eigenen Attraktivität, Sir?« wollte sie wissen.

Das Aufblitzen in seinen Augen zeigte, daß ihm der versteckte Spott in ihrer Frage nicht entgangen war.

»Sie nehmen doch nicht an, daß ich Sie für ein erbärmliches Geschöpf gehalten habe, das getroffene Vereinbarungen nicht einhält«, antwortete er.

Sie waren eine Zeitlang schweigend nebeneinander hergeritten, als Wellbrooks wieder das Wort ergriff: »Wird dieser Kerl uns die ganze Zeit verfolgen?« fragte er und deutete mit dem Kopf auf den nachfolgenden Stallburschen.

Olivia lachte leise auf und sagte dann, sich mit großen, unschuldigen Augen an ihren Begleiter wendend: »Aber, das gebietet doch der Anstand, Sir.«

Seine Gnaden grinste: »Ja richtig, das hätte ich beinahe vergessen.« Er seufzte tief. »So ist es nun einmal, wenn man ein junges Ding, kaum mehr als ein Schulmädchen, zu einem Ausritt einlädt. Dann muß man mit einem Stallburschen im Rücken rechnen und eigentlich auch mit einer Anstandsdame.« Er blickte sich suchend um: »Hat Sie Lady Darlington nicht begleitet, Miss Redbridge?«

»Aber, ich bin doch kein junges Ding!« rief Olivia empört.

Der Herzog blickte ihr tief in die Augen: »Nein?« fragte er ruhig.

Olivia erwiderte seinen Blick, drehte sich dann etwas abrupt zu ihrem Pferdeknecht um: »Du kannst zum Ausgang zurückreiten, John Pilgrim. Warte dort auf mich. Hier im Park brauche ich deine Begleitung nicht mehr.«

Dem Burschen verschlug es für kurze Zeit die Sprache. Als er schließlich Einwände erheben wollte, hatte sich Olivia bereits wieder ihrem Begleiter zugewandt. John Pilgrim hob die Schultern und machte sich auf den kurzen Weg zurück zum Parktor.

»Zufrieden?« fragte Olivia. Allein mit einem fremden Gentleman auszureiten, war nicht im geringsten *comme il faut.* Olivia wußte das, und es machte sie etwas befangen. Und doch reizte sie dieses neuartige Abenteuer.

Der Herzog lächelte ihr zu: »Wie wär's mit einem Galopp, Miss Redbridge?« fragte er anstelle einer Antwort.

»Fein, auf geht's. *Fair Lady*, zeig, was in dir steckt!«

Ein kurzer Schenkeldruck, und die Stute flog in schnellem Galopp den breiten Reitweg entlang. Der Herzog hatte sie bald eingeholt und ritt an die Spitze.

Der Park war um diese Uhrzeit fast menschenleer. Ein Hirte, der eine Schafherde hütete, die auf einer der weiten Wiesen grasten, hob kurz den Kopf und schob seinen Hut in den Nacken, als die zwei unerwarteten Reiter in seiner Nähe vorbeigaloppierten. Sonst war es friedlich still. Ein paar Vögel zwitscherten ein fröhliches Konzert, einige Grillen zirpten.

»Wohin reiten wir?« rief Olivia dem Herzog zu.

»Lassen Sie sich überraschen!« rief dieser über die Schulter zurück.

Er verließ den breiten Reitweg und bog in einen der kleinen Nebenwege ein. Sie mußten nun im Schritt reiten und hintereinander bleiben. Der Pfad war zuerst flach und führte an einer Reihe zart duftender Ginsterbüsche vorbei, dann stieg er sanft an, einen langgezogenen Hügel hinauf. Olivia war sich sicher, daß der Herzog diesen Weg nicht zufällig gewählt hatte. Er schien sein Ziel genau zu kennen.

»Wohin reiten wir, Sir?« fragte sie deshalb nochmals.

Wellbrooks zügelte sein Pferd und blickte sie über die Schulter an: »Sie werden schon sehen, Miss«, sagte er. »Haben Sie denn gar kein Vertrauen zu Edelmännern?«

»Nein«, sagte Olivia.

Der Herzog brachte seinen Hengst zum Stehen und wandte sich im Sattel um. Als er sah, daß Olivia lächelte, lächelte er zurück: »Nun, da haben Sie wohl im allgemeinen recht«, gab er zu, »doch meiner Führung können Sie sich ohne Mißtrauen anschließen. Ich verführe keine widerspenstigen, kleinen Mädchen.« Mit diesen Worten wandte er sich wieder um und folgte weiter dem Weg, den Hügel hinauf. Oben angelangt, brachte er sein Pferd zum Stehen und schwang sich aus dem Sattel: »Von hier sind es nurmehr einige Schritte zu gehen«, erklärte er, als er zu Olivia herantrat.

Er hielt ihr beide Hände entgegen, und sie ließ sich bereitwillig von ihrer Stute herunterhelfen. Er stellte Olivia vorsichtig auf den weichen Wiesenboden, hielt sie jedoch weiterhin in den Armen.

Sie wollte fragen, wohin es nurmehr einige Schritte waren, als sie den Ausdruck in seinen dunklen Augen wahrnahm. Die Worte blieben ihr in der Kehle stecken, ihr Herz klopfte bis zum Hals.

Fair Lady schien es nicht zu behagen, daß ihr plötzlich keine Aufmerksamkeit mehr zuteil wurde, sie wandte den Kopf und bohrte ihre Schnauze dem Herzog in den Rücken.

Überrascht ließ dieser Olivia los und wandte sich der Stute zu: »Wer sagt denn, daß du keine Anstandsdame bei dir hast, meine Liebe?« stellte er fest. Er nahm *Fair Ladys* Zügel und führte die Stute zu einem Baum, um sie dort neben seinem eigenen Pferd festzubinden.

Das Gras war grün und saftig, und bald senkten die Pferde einträchtig die Köpfe, um sich zu stärken.

Wellbrooks nahm Olivia bei der Hand und zog sie bei einem schmalen Durchlaß durch die Büsche. Sie überquerten eine weite Wiese, die zuerst kurz bergab und dann wieder steil bergauf führte.

Seine Hand umschloß die ihre mit festem Griff, als sie Seite an Seite über die Wiese liefen, wie zwei Kinder auf dem Weg zu einem gemeinsamen Abenteuer.

Die Wiese war mit Büschen begrenzt, Fliederbüsche diesmal, voll von schweren, lilafarbenen Blüten. Der Herzog führte sie hindurch und blieb stehen, mit einer weitausholenden Geste auf den Ausblick zeigend, der sich ihnen darbot. Sie waren am oberen Ende einer weiteren Wiese angelangt, die sich, reich mit Blumen geschmückt, bis zu einem kleinen Teich erstreckte, auf dem sich einige Enten friedlich im Wasser vergnügten.

Olivia atmete tief durch. »Ist es hier aber schön«, stellte sie begeistert fest.

Der Herzog wandte sich ihr zu.

Er sah Olivia neben sich, etwas außer Atem vom schnellen Lauf, die Wangen von der Anstrengung und auch vor Freude gerötet, er war so hingerissen von diesem Anblick, daß er sie in die Arme nahm und küßte.

Ganz sanft erst, als wolle er sichergehen, daß sie sich nicht erschrocken seinen Armen entwand, leidenschaftlich, als er spürte, daß sein Kuß erwidert wurde. Dann standen sie Arm in Arm, schweigend beieinander, das Spiel der Wasservögel beobachtend.

»Schade, daß es hier keine Bank gibt, auf die man sich setzen könnte«, unterbrach Olivia unvermittelt die romantische Stille. Die kleinen Lederstiefelchen an ihren Füßen waren nicht gedacht für Wiesenläufe und machten sich nun mit schmerzhaften Druckstellen bemerkbar.

»Das ist kein Problem«, sagte der Herzog und machte sich von Olivia los. Rasch schlüpfte er aus seinem Rock und legte diesen vor Olivia ins Gras.

»Ihre Bank, Madam«, sagte er mit galanter Verbeugung.

»Oh, wie werden Sie ohne Kammerdiener je wieder in Ihre Jacke kommen?« rief Olivia erschrocken über diese unerwartete Geste. Sie bemerkte Wellbrooks erstauntes Gesicht und fügte hinzu: »Nun, es heißt doch, die Jacken der modebewußten Herren seien so hauteng gearbeitet, daß es mindestens eines oder zweier Diener bedarf, um sie anziehen zu können.«

Der Herzog grinste: »Du hältst mich wohl für einen verdammten Dandy«, stellte er fest.

Er reichte ihr seine Hand, um ihr beim Setzen zu helfen, und ließ sich neben ihr im Gras nieder.

Sie betrachtete ihn, wie er neben ihr saß, die Beine in den wildledernen Reithosen aufgestellt, die Hände lässig zwischen den Knien. Das blütenweiße, gefältelte Hemd war mit engen Bündchen an den Armgelenken verschlossen. Sein Gesicht war ihr zugewandt, die braunen Augen fragend auf sie gerichtet.

»Ich weiß gar nicht, wofür ich dich halten soll«, gestand Olivia. Als er nichts darauf erwiderte, fuhr sie fort: »Mein erster Eindruck war, daß du der bestaussehendste Mann seist, den ich je gesehen habe. Doch über alle Maßen von sich eingenommen, vom Leben und seinen Mitmenschen verwöhnt und arrogant.« Sie hielt in ihren Überlegungen inne und wartete auf seine Reaktion. Aus seinem Blick war nicht zu entnehmen, was er über ihre Worte dachte.

»Als du mich dann im Hause meiner Tante besuchtest, da fand ich dich nicht nur verwöhnt und arrogant, sondern auch noch zynisch, ungerecht und hassenswert. Ich hatte schon einiges über dich gehört. Du weißt sicher, daß du eines der beliebten Klatschobjekte der Londoner Gesellschaft bist. Darum und vor allem aufgrund der Befürchtungen meiner Tante habe ich erwartet, daß du mich aufgrund unseres Streites in der Gesellschaft schneiden oder versuchen würdest, mich auf irgendeine Weise lächerlich zu machen.«

Sie hielt kurz inne, Wellbrooks sagte noch immer nichts. »Und statt dessen hast du bei Almack's mit mir Walzer getanzt...« sie lächelte kurz in der Erinnerung: »... und da begann ich dich interessant zu finden. Und am Abend bei MacAlisters warst du wie ausgewechselt. Ich sah dich fröhlich und so gelöst, wie ich es nie von dir erwartet hätte. Es war, als zeigtest du in der Öffentlichkeit eine Fassade und als sei es nur deinen besten Freunden gestattet, dahinter zu blicken. Und nun, wie du neben mir sitzt, der große Herzog von Wellbrooks im Gras, ohne Hut, ohne Reitrock, ohne Erhabenheit...« Sie hatte unvermittelt geendet, blickte ihn nun etwas unsicher an und erwartete seine Reaktion.

Diese kam umgehend und doch unerwartet: »Ich liebe dich, Olivia«, sagte er und zog sie in seine Arme. »Ich glaube, wir haben einen großen Fehler gemacht«, sagte er dann, als er sie nach längerer Zeit wieder losließ. »Willst du doch, nach allem was war, mir die Freude erweisen, meine Frau zu werden?«

Olivias Herz klopfte rasch. Es gab nichts, was sie lieber wollte. Und doch zögerte sie, denn es lagen ihr noch so viele Fragen auf dem Herzen, so viel, was sie wissen mußte, vor diesem bedeutsamen Schritt.

Der Herzog bemerkte ihr Zögern. »Pfui, Madam«, sagte er, doch sein Lächeln wirkte etwas unsicher. »Wie kannst du mich so hingebungsvoll küssen und mir dann am Ende einen Korb geben?«

»Warum hast du damals um meine Hand angehalten?« wollte sie unbeirrt wissen. »Ich wollte schon lange erfahren, warum deine Wahl gerade auf mich fiel.«

»Oh, das ist leicht zu beantworten«, meinte Wellbrooks nekkend. »Meine Großmutter hat dich für mich ausgesucht.«

»Deine Großmutter?« wiederholte Olivia, ehrlich erstaunt. »Aber kenne ich deine Großmutter denn? Wer ist deine Großmutter, wie heißt sie?«

»Meine Großmutter ist die Mutter meiner verstorbenen Mama«, erklärte der Herzog, »Mylady Addlethorpe.«

Sollte er erwartet haben, daß Olivia in freudiger Erinnerung an die alte Dame auffahren würde, so wurde er enttäuscht.

»Lady Addlethorpe?« murmelte sie statt dessen und schüttelte den Kopf. »Ich habe doch nie... nein warte... Ist das etwa die furchterregende alte Dame, die letzten Sommer in Bath zur Kur gewesen ist?«

Dies wurde von Seiner Gnaden lachend bestätigt: »Nun, du scheinst bei meiner Großmutter einen bleibenden Eindruck hinterlassen zu haben«, stellte er fest.

»Aber ich habe doch nur einige Male kurz mit ihr geplaudert«, verteidigte sich Olivia.

»Und dennoch hat ihr scharfer Verstand erkannt, daß du genau die richtige Frau für ihren Enkel bist, mein Liebling. Da siehst du, was für eine kluge Großmutter ich habe.«

Olivia lachte: »Wie kamst du denn überhaupt auf die sonderbare Idee, deine Braut von deiner Großmutter aussuchen zu lassen?« wollte sie wissen.

»Wie hätte ich denn sonst eine Frau finden sollen?« fragte er. »Hätte ich eines der Mädchen um ihre Hand bitten sollen, die sich mir scharenweise vor die Füße werfen? Eines der blassen Geschöpfe, die mir von ehrgeizigen Müttern geradezu aufgedrängt werden...«

»Übersättigt, Wellbrooks?« fragte Olivia.

»Sehr richtig«, bestätigte er.

»Du wirst vom Schicksal viel zu sehr verwöhnt, mein Lieber«, stellte Olivia weise fest. »Ich habe mir nicht vorgestellt, daß deine Wahl aus diesem Grund auf mich gefallen sein könnte. Was habe ich mir den Kopf zerbrochen, wo und wann wir uns kennengelernt haben könnten. Meine Stiefmutter meinte, du hättest mich irgendwo gesehen und seist von mir ›verzaubert‹ gewesen, wie sie es ausdrückte.«

Sie schwieg erschrocken und hoffte, der Herzog würde sie nicht näher nach ihrer Stiefmutter befragen. Doch dieser antwortete statt dessen: »Deine Stiefmutter hat nicht unrecht gehabt. Hätte ich dich jemals gesehen, ich wäre von dir verzaubert gewesen.«

Er legte den Arm um Olivia, um sie abermals zu küssen, was sie willig geschehen ließ.

»Aber weiter, Wellbrooks…« sagte sie schließlich.

»Ich heiße Julian«, unterbrach er sie sanft.

Olivia errötete leicht: »Also weiter, Julian«, verbesserte sie sich. »Angenommen, ich hätte deinem Antrag zugestimmt, angenommen, du hättest dich nicht in mich verliebt…« sie brach ab und schlug die Hand vor den Mund. »Du bist doch in mich verliebt, nicht wahr?« vergewisserte sie sich rasch.

»Ich dachte, das wüßtest du inzwischen«, sagte der Herzog mit einem warmen Lächeln und beugte sich vor, um sie auf die Stirn zu küssen.

»Wie wäre es weitergegangen mit uns? Hast du dir Gedanken über diese auf so ungewöhnliche Art zustandegekommene Vernunftehe gemacht?«

»Aber selbstverständlich.« Seine Gnaden lächelte. »Ich wußte, daß meine Auserwählte das Landleben liebt, daß sie daran gewöhnt war, einen großen Haushalt zu führen, ein Gut zu leiten und Kinder zu betreuen. Und daran sollte sich nichts ändern.«

»Wie bitte?« rief Olivia empört. »Du wolltest mich bei meinem Vater lassen?«

»Unsinn«, entgegnete Wellbrooks. »Ich hätte dich nach Brooks Hall gebracht. Dort hättest du ein weites Wirkungsfeld in Hof und Haus gehabt, meine Liebe…«

»Und du wärst in London geblieben?« fragte Olivia fassungslos.

»Aber natürlich«, bestätigte der Herzog belustigt. »Meine Pflichten im Oberhaus, meine Pflichten dem Prinzregenten gegenüber…«

»…ja, und dann all die Annehmlichkeiten…« setzte Olivia ungerührt diese Aufzählung fort. »All die Abendunterhaltungen, Bälle und Routen. Welch ein Genuß müssen diese sein mit einem Ehering am Finger, der einem alle heiratswilligen jungen Damen vom Halse hält.«

Der Herzog lächelte. »Wie gut du mich verstehst«, sagte er.

»Und ich sollte auf dem Lande versauern und deinem Verwalter auf die Finger sehen«, stellte Olivia fest. »Welch ein verlokkendes Leben! Doch sag, wer wären wohl die Kinder gewesen, die ich zu betreuen gehabt hätte?«

»Na, unsere eigenen«, antwortete Wellbrooks, als sei dies das Selbstverständlichste der Welt.

»Ach!« rief Olivia aus. »So nah hätten wir uns also schon kennengelernt?« Kaum war ihr dieser impulsive Ausruf entschlüpft, als sie tief errötete und sich fragte, ob sie Seine Gnaden mit dieser freimütigen Bemerkung wohl schockiert habe.

Der Herzog ergriff ihre Hand und drückte einen leichten Kuß darauf. »Du bist wirklich erfrischend«, sagte er hingerissen.

Olivia machte ihre Hand von ihm los, als ihr ein neuer Gedanke kam: »Und weshalb hast du dich nicht selbst nach Redbridge Manor bemüht, um deinen Antrag vorzubringen?«

»Ja, weißt du«, erklärte er, nicht im geringsten schuldbewußt, »MacAlister hatte ein Pferdewettrennen für gerade diesen Tag arrangiert. Und da ich es war, der herausgefordert wurde, blieb mir nichts anderes übrig, als daran teilzunehmen.«

»Ein Wettrennen!« rief Olivia aus. »Gott gebe, daß das mein Vater nie erfährt!«

»War er sehr schockiert, als ich Bactexter schickte?« wollte der Herzog wissen.

»Ja, ich denke schon«, antwortete Olivia.

»Was wird er wohl sagen, wenn er in der nächsten *Gazette* unsere Verlobungsanzeige sieht?«

»Wird er das denn?« fragte Olivia mit leichtem Lächeln.

Der Herzog sprang auf, vollführte eine elegante Verbeugung und fragte mit feierlicher Stimme: »Wollen Sie mir die Ehre erweisen, meine Frau zu werden, Miss Redbridge?«

Olivia blickte strahlend in seine dunklen Augen und nickte.

»Dann wird er es lesen«, stellte Seine Gnaden sachlich fest, bevor er seine Angebetete abermals in die Arme nahm.

XX.

Am selben Abend besuchte Olivia das Drury-Lane-Theater. Man spielte Shakespeares *Hamlet*, eine Aufführung, die aufgrund ihrer hervorragenden Darsteller für großes Aufsehen sorgte. Tante Mable hatte darauf bestanden, das Theater zu besuchen. Es war ihr einfach unerträglich, daß es ein Thema gab, das in aller Munde war, bei dem sie aber nicht mitreden konnte. Der Vorhang hatte sich eben nach dem zweiten Akt gesenkt und Mylady wandte sich mit deutlichem Mißfallen an ihren Begleiter, General Gleavensham: »Also, mein Freund. Ich weiß wirklich nicht, was die Leute an diesem seltsamen Theaterstück finden. Dieser Hamlet ist doch einfach unnatürlich, finden Sie nicht auch? Welcher junge Mann geht denn schon mit einem Totenkopf spazieren, frage ich Sie?«

Der General war hin- und hergerissen zwischen seiner wahren Meinung über das Stück und seiner Verehrung für Mylady: »Nun«, gab er zu bedenken, »man darf nicht vergessen, daß das Stück in Dänemark spielt.«

Diese Erklärung schien Ihre Ladyschaft voll und ganz zufriedenzustellen: »Sie haben wie immer recht, mein Teuerster«, sagte sie mit bewunderndem Lächeln. »Ein Ausländer. Das erklärt so manches.«

In Olivias Augen blitzte es amüsiert auf. Sie blickte zur Tür der Loge, die soeben geöffnet wurde, und hoffte, der Herzog würde eintreten. Sie hätte sich so gerne mit ihm zusammen über das Gespräch dieses kulturverständigen Paares gefreut. Doch es war nicht Wellbrooks, sondern der Vicomte de Valliseau, der in der Tür stand. Sie hatte nicht damit gerechnet, daß sie ihn an diesem Abend sehen würde, da er ihr am Vorabend erklärt hatte, er müsse die Stadt aus familiären Gründen für ein paar Tage verlassen.

Sie begrüßte ihn mit einem freundlichen Lächeln.

»Ach, Sie sind es, Sir. Sind Sie doch in der Stadt geblieben?«

Der Vicomte verbeugte sich höflich vor den Damen und begrüßte den General, bevor er sich Olivia zuwandte: »Ich konnte glücklicherweise alles an einem Tag erledigen, Miss Redbridge. Wie hätte ich auch guten Gewissens länger der Stadt fernbleiben können, ohne Gefahr zu laufen, bei Ihnen vollends ausgestochen zu werden. Mir kommt es so vor, als ob die Schar meiner Rivalen von Tag zu Tag größer würde.«

Er sagte dies in neckendem Tonfall. Olivia war nicht entgangen, daß sich der Franzose sehr für sie interessierte, und doch konnte sie aus seinem Verhalten keinen Hinweis darauf finden, daß er sich als ernsthafter Anwärter auf ihre Hand sah. Es schien ihr, als würde er gerne in ihrer Begleitung gesehen werden, als erfreuten ihn ihre langen, amüsanten und interessanten Gespräche, aber als hege er trotz allem keinerlei tiefe Gefühle für sie. Darüber konnte sie nur froh sein und sie ging gerne auf seinen freundschaftlichen Tonfall ein: »Sie schmeicheln mir, Sir«, sagte sie und fragte sich, warum sie sich scheute, ihm von ihrer Verlobung mit dem Herzog zu erzählen.

Ihrer Tante hatte sie die erfreuliche Neuigkeit sofort nach ihrer Rückkehr vom Ausritt im Richmond Park mitgeteilt. Lady Darlington hatte, wie erwartet, bereits auf sie gewartet und energisch Aufklärung darüber verlangt, was ihre Nichte zu einem Ausritt zu so früher Stunde veranlaßt haben könnte. Noch dazu, ohne eine Anstandsdame mitzunehmen. Nun gut, sie hatte zwar ihren Stallburschen bei sich gehabt, und doch konnte sich die Tante des Gefühls nicht erwehren, daß Olivia ein heimliches Stelldichein mit einem jungen Mann gehabt haben könnte.

Der Anblick ihrer Nichte, die mit strahlendem Lächeln und geröteten Wangen nach Hause gekommen war, ließ ihren Verdacht zur Gewißheit werden. Dann bemerkte sie einige Grashalme, die an Olivias Reitkleid hafteten: »Olivia!« rief sie schokkiert, die Augen in ungläubigem Erstaunen weit aufgerissen: »Du kommst jetzt sofort mit mir in den kleinen Salon und erzählst, wo du gewesen bist.«

Sie nahm ihre Nichte beim Arm, als fürchte sie, diese könne sich ihrem Befehl widersetzen, und schob sie vor sich in den Salon. Dann schloß sie geräuschvoll die Türe und blickte ihre

Nichte erwartungsvoll an: »Also«, wiederholte sie, »wo bist du gewesen?«

Olivia war leicht verärgert über den autoritären Ton ihrer Tante. Sie war schließlich volljährig und niemandem für ihre Handlungen Rechenschaft schuldig. Und doch war sie so unendlich glücklich, daß sie nichts aus der Ruhe bringen konnte: »Im Richmond Park, liebste Tante«, antwortete sie daher gelassen und löste die Schleife unter ihrem Kinn, um den Strohhut abzulegen.

»Im Richmond Park«, wiederholte Mylady, als sei dies ein Ort des Lasters, und begann dann aufgeregt im Zimmer auf und ab zu gehen: »Wer ist der Mann? Mit welchem Kerl hast du dich dort getroffen?«

Olivias Augen blitzten auf: »Es besteht nicht der geringste Grund für deine Aufregung, versichere ich dir«, sagte sie, nun tatsächlich ärgerlich geworden.

Ihre Tante, der der eisige Tonfall ihrer Nichte nicht entgangen war, blieb stehen, beide Hände in die Lehne eines Sessels verkrallt, und sagte, bemüht, ihrer Stimme einen ruhigen Ton zu geben: »Aber du bist im Gras gesessen.«

Olivia blickte an sich hinunter, bemerkte nun auch die verräterischen Grashalme und begann sie einzeln einzusammeln, als wollte sie diese zu einem Strauß zusammenfassen.

»Ja, ich habe einen Mann getroffen«, gab sie schließlich zu, »und wir sind tatsächlich im Gras gesessen.«

Sie bemerkte den entgeisterten Blick ihrer Tante und konnte es sich nicht verkneifen hinzuzufügen: »Nun, eigentlich nicht wirklich im Gras. Weißt du, mein Begleiter hatte seinen Rock ausgezogen, und auf diesem haben wir uns niedergelassen. Aber natürlich hatten meine breiten Röcke nicht ganz Platz, obwohl...« fügte sie mit einem mutwilligen Lächeln hinzu: »... wir wirklich eng beieinander gesessen sind.«

Diese als harmlose Erklärung hervorgebrachte Ungeheuerlichkeit raubte Mylady dermaßen den Atem, daß sie nach Luft schnappte und in den nächstbesten Sessel sank.

Nun fand es Olivia doch an der Zeit, ihre geplagte Tante zu

beruhigen: »Wir haben uns verlobt, weißt du«, erklärte sie daher.

»Ihr seid im Gras gesessen und habt euch verlobt?« stammelte die Tante, den Tränen nahe. »Wer ist der Kerl, der dir auf so unschickliche Weise den Hof macht? Ich brauche sofort mein Riechfläschchen! Was wird bloß dein Vater dazu sagen? Und erst seine neue Frau!«

Sie erhob sich, um zur Kommode zu gehen und das Riechfläschchen zu suchen. »Was werden die beiden nur von mir denken? Daß ich es zugelassen habe, daß du dich mit einem Abenteurer verlobst! Nie mehr werde ich ihnen in die Augen sehen können!«

Endlich hatte sie das Riechfläschchen gefunden. Sie schnüffelte daran, dann seufzte sie tief: »Wenn ich bedenke, daß du Wellbrooks hättest haben können, daß du Linham hättest haben können, daß du...«

»Aber es ist Wellbrooks«, sagte Olivia ruhig.

Lady Darlington starrte ihre Nichte an: »Wie bitte?« fragte sie, als hätte sie sich verhört.

»Ich sagte: es ist Wellbrooks, mit dem ich mich verlobt habe«, wiederholte ihre Nichte.

Myladys Riechfläschchen wurde achtlos weggelegt. Ihre Aufregung war wie weggeblasen. »Aber meine liebste Olivia!« rief sie aus. »Ist das wirklich wahr? Nein, so etwas! Mir so einen Schreck einzujagen, du abscheuliches Mädchen! Mit Wellbrooks verlobt! Das ist aber eine erfreuliche Neuigkeit!«

Sie ging auf ihre Nichte zu, um diese an ihren Busen zu drükken, hielt kurz inne und fragte: »Warum die Geschichte mit dem Gras, meine Liebe?«

Olivia lachte. »Es war, wie ich es dir erzählt habe«, sagte sie.

»Wellbrooks saß im Gras? Ohne Rock im Gras?« Mylady versuchte sich dieses Bild vorzustellen. Es gelang ihr nicht. »Und du meinst tatsächlich den Herzog?« fragte sie zweifelnd.

Als Olivia ihr erneut versicherte, daß jeder Zweifel ausgeschlossen und sie wirklich mit Seiner Gnaden verlobt war, da wurde sie abermals herzlich umarmt. Die nächste Stunde wurde damit zugebracht, daß Ihre Ladyschaft Pläne für die bevorstehende Verlobungsfeier schmiedete und immer wieder wiederholte, sie könne es gar nicht fassen, welch eine vorteilhafte Verlobung da unter ihrer Ägide zustandegekommen war.

Nun, da also bald die ganze Stadt von ihrer Verlobung sprechen würde, konnte Olivia selbst nicht verstehen, warum sie sich scheute, ihrem französischen Verehrer davon zu berichten. Sie entschloß sich statt dessen, vom Wetter zu plaudern und die warmen Spätfrühlingstage zu preisen. Dies veranlaßte den Vicomte, sie für den nächsten Vormittag zu einer Ausfahrt einzuladen. Olivia hatte gerade die Einladung angenommen, als die Tür abermals geöffnet wurde, und diesmal war es der Herzog, der die Loge betrat.

Wie es nicht anders zu erwarten war, stürzte Lady Darlington sofort auf ihn zu, sprach ihm ihre herzlichsten Glückwünsche aus und informierte die beiden anwesenden Herren über die freudige Nachricht. Der General schenkte Olivia einen anerkennenden Blick und brachte dann galant seine Glückwünsche vor. Auch der Vicomte beeilte sich, es ihm gleichzutun, und versetzte Olivia einigermaßen in Verwirrung, da er über ihre Verlobung mit dem Herzog von Wellbrooks tatsächlich hocherfreut zu sein schien.

Sie war froh, als ihr ihr Verlobter den Arm bot, um sie aus der Loge zu führen und auf dem Gang zu promenieren.

»Ich hätte eigentlich gedacht, dein französischer Verehrer würde mich am liebsten zum Duell fordern, wenn er die Neuigkeit erführe, doch er erschien mir bemerkenswert gefaßt«, meinte Wellbrooks, als er die Logentüre geschlossen hatte. »Hast du ihm das Herz gebrochen, mein Liebling?«

Sie schüttelte den Kopf, meinte, daß sie das nicht annehme, und suchte nach einem unverfänglicheren Gesprächsthema. Warum ihr gerade in diesem Augenblick ihre Verpflichtung Marilla gegenüber einfiel, konnte sie sich später nicht mehr erklären. Und doch war es ihr in diesem Augenblick willkommen, um das Thema zu wechseln.

»Ich möchte dich etwas fragen«, sagte sie daher rasch.

Der Herzog blickte sie erstaunt an: »Was ist es, mein Herz?«

»Ach, es ist eigentlich nichts Wichtiges«, meinte Olivia, nun doch im Zweifel, ob es klug war, dieses Thema im Foyer des Theaters anzuschneiden. Und überhaupt, es war wie erwartet schwierig, die richtigen Worte zu finden.

Sie bemerkte, daß Wellbrooks stehen geblieben war und sie erwartungsvoll anblickte. Nun gab es kein Zurück mehr.

»Ich habe gehört, daß du ein Freund von Matthew Laurent Sudbury bist«, sagte sie, bemüht, leichthin zu sprechen. »Ich würde gerne wissen, wo er sich zur Zeit aufhält. Kannst du mir vielleicht weiterhelfen?«

Seine Gnaden blieb ganz ruhig. Und doch trat in seine Augen ein Ausdruck, den Olivia nicht deuten konnte.

»Matthew Laurent Sudbury?« wiederholte er fragend.

»Ja, der nunmehrige Earl of Sudbury«, wiederholte sie.

Da der Herzog nichts erwiderte, fühlte sich Olivia zu einer näheren Erklärung verpflichtet. Der Worte ihrer Stiefmutter eingedenk, setzte sie fort: »Ich bin mit Lady Sudbury, der Gattin Seiner Lordschaft, bekannt. Be… Betty und ich waren zusammen in einem Institut in Bath. Nach ihrer Verehelichung mit Lord Sudbury habe ich meine Freundin aus den Augen verloren. Und da dachte ich, daß du mir vielleicht ihre Adresse nennen könntest.«

Der Herzog blickte sie weiter schweigend an, und Olivia begann sich äußerst unbehaglich zu fühlen.

»Du bist doch sein Freund, nicht wahr?« fragte sie noch einmal. Sie blickte in das Gesicht ihres Verlobten und versuchte, dessen seltsame Miene zu ergründen.

»Du warst mit der Gattin von Lord Sudbury in Bath?« fragte dieser interessiert.

Olivia nickte: »Ja, aber leider habe ich sie aus den Augen verloren. Und da ich nun erfuhr, daß du ein Freund ihres Mannes bist, hoffte ich, du könntest mir vielleicht weiterhelfen.«

Der Herzog zog langsam seine Schnupftabakdose aus der Rocktasche und öffnete sie elegant mit den Fingern einer Hand.

Er nahm gemächlich eine Prise, doch ließ er sie dabei nicht aus den Augen.

Olivia hätte viel darum gegeben, dieses Gespräch ungeschehen zu machen. Wenn sie ihn doch nicht gefragt hätte! Oder wenn sie ihm wenigstens die wahren Motive ihres Interesses an Lord Sudbury enthüllen könnte! Dann wäre sie nicht in diese peinliche Situation geraten.

»Woher weißt du, daß Sudbury ein Freund von mir ist?« hörte sie den Herzog fragen.

»Ich weiß, ich weiß auch nicht genau, irgend jemand hat es mir, ja irgend jemand hat es wohl erwähnt...«, begann sie stotternd zu erklären.

Der Herzog ließ seine Schnupftabakdose zuschnappen. »Ich kann dir nicht sagen, wo du Seine Lordschaft findest«, antwortete er.

»Nun, ist ja nicht so wichtig«, bemerkte Olivia, bedacht, dieses peinliche Gespräch zu beenden.

Die Glocke, die das Ende der Pause ankündigte, kam ihr zu Hilfe. »Oh, ich muß zurück in die Loge«, erklärte sie erleichtert, »bringst du mich bitte zu meiner Tante?« Der Herzog verneigte sich und kam ihrem Wunsch umgehend nach.

Er blieb nicht in der Loge, sondern verabschiedete sich sogleich, um seinen eigenen Platz wieder einzunehmen. Obwohl er lächelte und ihre Hand zum Abschied küßte, wußte Olivia, daß sie einen schweren Fehler begangen hatte. Doch es war ihr nicht klar, wodurch.

XXI.

Der Herzog verließ das Drury-Lane-Theater lange vor Ende der Vorstellung. In seiner Brust brannte das Gefühl von tiefstem Schmerz, verletztem Stolz und bitterer Enttäuschung. »O Gott«, dachte er, als er sich in die Polster seiner Kutsche zurücksinken ließ, »ist das die Strafe für mein selbstgerechtes Verhalten all die Jahre? Wird mir jetzt die Rechnung präsentiert?«

Als er bemerkte, daß der Kutscher noch immer auf Anweisungen wartete, sagte er müde: »Nach Hause, James.«

Auch wenn dieser Befehl wirklich ungewöhnlich war – denn James war schon lange im Dienst Seiner Gnaden und hatte diesen selten vor zwei Uhr morgens nach Hause gebracht –, hielt es der Kutscher doch für besser, sich jeden Kommentars zu enthalten. Der Ausdruck im Gesicht seines Herrn war ihm fremd. Da hieß es auf der Hut zu sein: Er kannte Wellbrooks gelangweilt, in Wut, er erkannte auf den ersten Blick, ob Seine Gnaden am Spieltisch erfolgreich gewesen war oder eine größere Summe verspielt hatte, und er kannte ihn, und da war er entsprechend stolz darauf, auch fröhlich und ausgelassen. Nur diesen Gesichtsausdruck, dachte er nachdenklich, während er die Pferde schneller laufen ließ, hatte er noch nie gesehen.

Auch dem Herzog selbst erschien es, als habe er an diesem Abend eine völlig neue Seite an sich kennengelernt.

Er hatte sich verliebt, wie er noch nie in seinem Leben verliebt gewesen ist. In ein Mädchen, das nicht mehr in der ersten Blüte ihrer Jugend stand, das, obwohl attraktiv, nichts gemeinsam hatte mit jener exotischen Schönheit, deren sich seine letzte Geliebte rühmen konnte, ohne jegliche finanzielle Mittel. Er wäre bereit gewesen, sich für sie in Stücke reißen zu lassen, ihr alle Wünsche von den Augen abzulesen, ihr überall hin zu folgen. Er hätte ihr sein Herz und die ganze Welt zu Füßen gelegt, und er hatte ihr seine Hand und seinen Namen angeboten. Sie hatte angenommen. Er stöhnte bitter – aber nicht aus Liebe – nein, er war nur ein Mittel zum Zweck.

Sie hatte augenscheinlich den Auftrag, Mats Aufenthaltsort herauszufinden. Da war ihr sein Interesse an ihr nur recht gekommen. Und daß dabei eine vorteilhafte Heirat und der Titel einer Herzogin von Wellbrooks – sozusagen als Draufgabe mit anfiel, würde sie wohl als erfreulichen Nebenaspekt betrachten.

Die Kutsche hielt an, und der Groom sprang ab, um dem Herzog den Schlag aufzuhalten. »Halte dich bereit«, befahl der Herzog dem Kutscher, als er aus dem Wagen stieg. »Es kann sein, daß ich dich heute noch brauche.«

Langsam schritt er die Stufen zur Türe hinauf. Kraftlos, als hätte ihn jeder Schwung verlassen, als habe man ihm alles Blut aus seinen Adern gezapft.

Der überraschte Butler beeilte sich, das Tor zu öffnen.

»Schicke Bactexter zu mir«, ordnete Seine Gnaden an, als er die Halle betrat. »Ich brauche ihn auf der Stelle.« Er übergab dem Lakaien Hut und Handschuhe, begab sich in die Bibliothek und ließ sich in seinen Lieblingssessel fallen.

Noch nie war er sich so einsam vorgekommen wie in diesem Augenblick. Wie leer war doch das Haus. Kein Mensch, der ihn erwartete, der seinen Kummer mit ihm teilte.

Eine Zeitlang saß er da, beide Beine von sich gestreckt, versunken in Selbstmitleid und Melancholie.

Dann raffte er sich energisch auf und erinnerte sich an seine nächstliegenden Pflichten.

Gerade als er sich fragte, wo sein Sekretär so lange blieb, trat dieser ein. Der Herzog hatte sich wieder so weit gefaßt, daß er seinem Sekretär mit üblicher Gelassenheit seine Anweisungen erteilen konnte. »Fahre sofort zum Hotel Grillon«, sagte er, »und frage dort nach Monsieur Henry Libertieu. Sollte er ausgegangen sein, so bringe in Erfahrung, wo er sich befindet. Ist dir das nicht möglich, so warte im Hotel auf seine Rückkehr. Bringe den Herrn dann sofort hierher.«

Bevor der erstaunte Sekretär etwas erwidern konnte, fuhr Seine Gnaden fort: »Nein, bitte stell jetzt keine Fragen«, unterband er jeden Einwand. »Es ist von höchster Wichtigkeit, daß ich diesen Gentleman noch heute abend spreche. Er wird mit dir kommen, sobald du ihm sagst, daß ich dich schicke. Aber wohlgemerkt, nur er darf wissen, daß du in meinem Auftrag handelst. Sage niemandem, daß du ihn zu mir bringst. Und nimm die kleine Kutsche, ohne das Wappen am Schlag. James soll dich fahren, aber ohne Livree. Ich erwarte, daß du den Gentleman so ins Haus bringst, daß er von niemandem, außer Hindley, gesehen wird. Ist alles klar?«

Bactexter versicherte dies, verbeugte sich und ging. Nun blieb Wellbrooks nichts anderes zu tun übrig, als zu warten. Geduld hatte noch nie zu seinen Stärken gezählt. Doch er hatte Glück, es war kaum eine halbe Stunde später, als sein Freund in Gestalt des Dandys Libertieu die Bibliothek betrat. Er war in Abendkleidung, der dunkelgrüne Frackrock mit Goldfäden durchwirkt, die venezianische Weste gewagt gemustert.

»Was ist passiert, Ju?« fragte er anstelle einer Begrüßung und legte Hut und Handschuhe auf einen Beistelltisch. »Dein Sekretär hat gesagt, du wolltest mich dringend sprechen. Es war ein Glücksfall, daß ich kurz im Hotel vorbeigesehen habe, denn ich erwartete eine Nachricht vom Ministerium. Und darum bin ich vom Theater nicht direkt zu der Kartenpartie gegangen, zu der ich eingeladen bin, sondern...«

»Ist doch egal«, unterbrach ihn der Herzog ungeduldig. »Nimm Platz.«

Mat verstummte sofort, setzte sich auf einen Lehnstuhl vor dem Kamin und blickte seinen Freund erwartungsvoll an. Mit Erschrecken fielen ihm die Schatten auf dessen Gesicht auf. Der Herzog hatte die Stirne in Falten gelegt, der Ausdruck seiner Augen und die zusammengekniffenen Lippen ließen nichts Gutes erahnen. »Ich kann dir sagen, wer der Mann ist, nach dem du suchst«, sagte er knapp.

Mat richtete sich erstaunt auf. »Wer?« fragte er gespannt.

»Der Vicomte de Valliseau«, erklärte Wellbrooks.

»Valliseau!« entfuhr es Mat. »Aber das ist ein Mann der ersten Kreise, alter französischer Adel, tadellose Familie. Ich habe schon meine Erkundigungen über diesen Mann eingeholt. Warum sollte Valliseau ein Interesse daran haben, den neuen Herrscher in seinem Land zu unterstützen?«

Der Herzog zuckte die Achseln. »Was weiß ich«, entgegnete er ohne großes Interesse. »Wahrscheinlich verspricht er sich Vorteile davon, dem Korsen zu dienen anstatt dem fetten Bourbonen. Aber im Grunde sind mir seine Beweggründe völlig gleichgültig. Alles, was ich sagen will, ist, daß ich den dringenden Verdacht habe, daß der Vicomte der Mann oder einer der Männer ist, den du suchst.«

»Ja, sehr gut, danke«, entgegnete Mat, noch nicht zufriedengestellt. »Wie kommst du zu dieser Feststellung? Wer hat es dir verraten?«

Der Herzog blickte seinen Freund eine Zeitlang unbewegt an. »Niemand«, sagte er schließlich.

»Ist Valliseau direkt an dich herangetreten? Inwiefern hat er sich verdächtig gemacht?«

»Nein, er hat sich nicht direkt an mich gewandt. Aber ich... habe herausgefunden, daß er sehr erpicht darauf ist, deinen Aufenthaltsort zu erfahren.«

»Wenn er es nicht selbst war, wer ist dann an dich herangetreten?« wollte Mat wissen. »Warum weißt du, daß Valliseau dahintersteckt? Nun sag schon, Wellbrooks, wer hat dich gefragt? Ich muß auch den Namen dieser Person wissen.«

Der Herzog antwortete nicht sofort. Er blickte nachdenklich auf seinen Freund – Mat hatte das beunruhigende Gefühl, er blicke durch ihn hindurch.

»Nein«, sagte der Herzog schließlich, und sein Ton ließ keinen Widerspruch zu: »Es ist Valliseau, das muß dir genügen.«

Mat blickte ihn durchdringend an. »Ich verstehe deine Zurückhaltung nicht. Was soll das heißen: das muß mir genügen. Es genügt mir aber nicht! Ich muß wissen, wer dein Informant war. Ich muß auch seinen Namen im Ministerium nennen...«

»Mehr habe ich nicht zu sagen«, unterbrach ihn Wellbrooks. Mat kannte seinen Freund nur zu gut. Wenn er es auch vorgezogen hätte, in alle Einzelheiten eingeweiht zu werden, so wußte er doch, daß es sinnlos war, weiterzubohren. Er seufzte und erhob sich. »Ich danke für deine Hilfe«, sagte er ernst, während er nach Hut und Handschuhen griff.

»Was wirst du jetzt tun?« wollte Wellbrooks wissen.

»Ich werde Valliseau eine Falle stellen«, entgegnete Mat. »Wenn sich dein Verdacht bestätigt, dann werde ich mir den Kerl schnappen und wenn möglich auch seine Hintermänner. Ich hoffe, daß ich durch deinen Hinweis den entscheidenden Vorteil gegenüber meinen Gegnern gewonnen habe.«

Er hob die Rechte zum Abschied und machte sich auf den Weg zur vereinbarten Kartenpartie.

Der Herzog blickte eine geraume Zeit auf die Türe, die sich hinter seinem Freund geschlossen hatte. Er hatte seine Pflicht getan und Matthew Laurent informiert. Doch um nichts auf der Welt wäre er bereit gewesen, die Rolle von Olivia Redbridge in dieser Angelegenheit offenzulegen. Mochte sie noch so verräterisch, ja verbrecherisch gehandelt haben – nie würde er sie einem Tribunal ausliefern. Hier siegte die Liebe zu einer Frau über seine Pflicht gegenüber seinem Vaterland. Liebe zu einer Frau? Liebe zu Miss Redbridge? Der Herzog lachte bitter auf.

Er stand auf, um sich ein Glas Brandy einzuschenken, nahm einen großen Schluck und ließ sich abermals in seinen Sessel fallen. Er wußte, daß es keinen Sinn hatte, sich zu belügen. Trotz seiner Verbitterung, trotz seines Schmerzes wußte er, daß Olivia noch bedeutend Schlimmeres tun könnte, ohne seine Liebe zu verlieren. Wer weiß, dachte er, sich an den Gedanken wie an einen Strohhalm klammernd, vielleicht wußte sie gar nicht, wie schändlich es war, für Valliseau Mats Aufenthaltsort in Erfahrung zu bringen? Es war ja schließlich nichts Ungesetzliches, nach einer Adresse zu fragen! Sicher würde sie gut dafür belohnt. Und welche Frau ließ sich nicht von Geld und Juwelen einfangen? Die vielen, eleganten Kleider, die Olivia trug, fielen ihm ein, die zahlreichen, wertvollen Schmuckstücke. Und dann erst das Gespann, das sie lenkte! Es war wirklich nicht anzunehmen, daß sich ein wenig begüterter Landedelmann, wie es Lord Redbridge war, ein Phaeton für seine älteste Tochter leisten würde! Nein, all diese Luxusgüter mußte Olivia von den Franzosen bekommen haben! Es fiel ihm wie Schuppen von den Augen! Olivia mußte wissen, was sie tat! Denn nur eine ungesetzliche Tätigkeit wurde so überreich belohnt. Der Herzog stöhnte qualvoll auf und griff abermals zu seinem Glas. Wer sagte ihm denn, daß sie das zum erstenmal tat? Vielleicht stand sie schon lange Zeit im Dienste der Feinde!

Es war einfach verrückt: die Frau, die er liebte – eine Spionin für Napoleon!

Er konnte sie unmöglich heiraten! Und doch: er wollte sie nicht verlieren, er wollte sie in seiner Nähe haben, er wollte... Mit einem Ruck richtete er sich auf.

»Nein!« rief er laut und griff abermals zur Brandyflasche. Hatte sie denn nicht nur ihre Heimat verraten, sondern auch ihm ihre Liebe nur vorgegaukelt, um zu ihrem Ziel zu gelangen? Hatte sie damit nicht nur seinen Freund dem Gegner ausliefern wollen, sondern auch seinen Stolz mit den Füßen getreten? Er nahm einen kräftigen Schluck, ...jawohl, mit den Füßen getreten.

Der Brandy half ihm nicht, Ordnung in seine Gedanken, seine Gefühle zu bringen. Er konnte sich nicht erinnern, sich jemals so elend gefühlt zu haben.

»Der große Wellbrooks«, sagte er spöttisch und erhob sich mühsam. Sein Gang war schon etwas beeinträchtigt, als er zum großen Spiegel schritt, der über dem Kamin hing. »Der große Wellbrooks«, wiederholte er und blickte starr auf sein Ebenbild, »tief bist du gesunken, mein Freund.«

Er hob sein Glas und prostete sich mit großer Feierlichkeit zu. »Nieder mit Miss Redbridge!« rief er aus und nahm noch einen Schluck: »Nieder mit allen Frauen der Welt!«

In dieser Nacht schlief Olivia sehr schlecht. Was war nur in sie gefahren, zu einem so unpassenden Zeitpunkt mit der Frage über Lord Sudbury herauszuplatzen?! Mitten im Foyer des Theaters!

Und doch – die Reaktion des Herzogs war so unerwartet und schien ihr in ihrer Intensität völlig ungerechtfertigt. Nun gut, dieser Mat ist seit acht Jahren von der Bildfläche verschwunden. Ja, seine Eltern, insbesondere sein Vater, haben ihn ungerecht behandelt.

Doch gab es eine Berechtigung dafür, ihr dafür die Schuld zu geben? Wellbrooks konnte doch nicht einmal einen Zusammenhang zwischen ihr und Lord Sudburys Familie erkennen! Unruhig wälzte sie sich im Bett hin und her. Aber hatte ihr denn der Herzog irgend etwas vorgeworfen? Nein, er war ruhig geblieben und äußerlich ganz gelassen. Und doch war der Ausdruck in seinen Augen ihr durch Mark und Bein gegangen. Es hatte sich Unglauben darin gespiegelt, Enttäuschung, ja, sogar Entsetzen!

Olivia fuhr im Bett hoch: Warum sollte ihn meine Frage nach Lord Sudbury entsetzt haben?!

Sie hatte doch ganz plausibel ihre Freundschaft mit Mats Frau erklärt. Nun, diese Frau war der Grund für die Entzweiung zwischen Mat und seinen Eltern gewesen. Sollte Wellbrooks etwa entsetzt darüber sein, daß Olivia diese Frau ihre Freundin nannte? Das konnte sie sich nicht vorstellen. Hat nicht der Herzog die unnachgiebige Haltung von Mats Eltern verurteilt? Hatte nicht er zwischen Vater und Sohn zu vermitteln versucht? Nein, die Bekanntschaft mit Mats Frau konnte ihn nicht entsetzt haben.

Aber was war es dann?

Warum erklärte er, er könne nicht sagen, wo sich Mat aufhalte? Konnte er es nicht oder wollte er es nicht?

Am nächsten Morgen zog ihre Zofe die Vorhänge des Bettes zur Seite und verkündete gutgelaunt, daß der Tag wieder strahlend schön zu werden versprach.

Olivia richtete sich mühselig auf und griff gewohnheitsmäßig zu der Tasse Kakao, die auf dem Nachtkästchen bereitstand.

Als sie nicht antwortete, warf ihr Molly einen prüfenden Blick zu. Sie erkannte, daß ihre Herrin ungewöhnlich blaß war und sich dunkle Ringe um ihre Augen gebildet hatten, und sie fragte sich besorgt, ob sich Miss Olivia nicht wohl fühle. »Sie werden doch nicht krank werden, Miss?« meinte sie, »so kurz vor unserer Abreise nach Rochester.«

»Ach, mach dir keine Sorgen, Molly«, erwiderte Olivia müde. »Ich habe schlecht geschlafen, das ist alles.«

»Ich hoffe wirklich, es ist nichts Ernstes«, sagte die Zofe, während sie den Kleiderschrank öffnete. »Mylady wäre sicher untröstlich, wenn sie den Ausflug zu General Gleavensham, zur Schwester des Generals, sollte ich sagen, verschieben müßte.«

Olivia, die sich längst nicht mehr fragte, wie es kam, daß alle

Dienstboten so gut über die Gefühle ihrer Herrschaft Bescheid wußten, wiederholte nur matt, daß sie sich ausgezeichnet fühle, und ordnete dann an, das gelbe Musselinkleid herauszulegen, mit dem dazupassenden Hut, da sie am Vormittag zu einer Ausfahrt eingeladen sei.

»Oh, fahren Sie mit dem Herzog aus, Miss?« erkundigte sich Molly neugierig.

»Nein«, antwortete ihre Herrin mißmutig und knapp.

Als der Vicomte de Valliseau Olivia abholte, hatte sie sich jedoch schon wieder so weit gefangen, daß es ihr gelang, ihn mit einem freundlichen Lächeln zu begrüßen.

Die Ausfahrt durch den blumengeschmückten Hyde Park, die Wärme der Frühlingssonne und ihr charmanter Begleiter trugen viel dazu bei, daß sie um einiges ruhiger und ausgeglichener zum Haus ihrer Tante zurückkehrte.

»Ein Mann hat nach Ihnen gefragt, Miss«, erklärte der Butler, als er Hut und Handschuhe in Empfang nahm.

Olivia blickte ihn überrascht an. Irrte sie sich, oder hatte da wirklich Mißbilligung in seiner Stimme mitgeklungen?

»Wer war der Gentleman, der mich sprechen wollte?« fragte sie.

»Wenn ich mir die Freiheit erlauben darf«, erwiderte der Butler steif, »so handelte es sich bei diesem Besucher keineswegs um einen Gentleman.«

Er reichte ihr das kleine Silbertablett, auf dem eine einfache Visitenkarte lag.

»Eher ein Bürgersmann, würde ich sagen«, fuhr er fort. »Aber auch da nicht aus der Elite seines Standes.«

»Mr. Jonathan Stevens«, las Olivia nachdenklich.

Irgendwie kam ihr dieser Name bekannt vor. »Mr. Jonathan Stev... Ja natürlich, ich erinnere mich!« rief sie aus. »Hat der Mann gesagt, was er von mir wollte?«

»Nein, Miss«, entgegnete der Butler würdevoll. »Doch er teilte mit, daß er am Nachmittag abermals vorzusprechen beabsichtige.«

Mit dieser Ankündigung mußte sich Olivia zufriedengeben.

Sie begab sich auf ihr Zimmer, um sich für den Lunch frisch zu machen.

Mr. Jonathan Stevens – das war doch der Fremde, der ihr ihre Handtasche gerettet hatte, nachdem sie ihr auf der Bond Street entrissen worden war. Wie lange schien das nun schon her zu sein! Was er wohl von ihr wollte? Sicher, sie hatte zugesagt, sich für seine Dienste erkenntlich zu zeigen.

Doch in welcher Weise konnte sie ihm wohl behilflich sein?!

XXII.

Ihre Neugierde wurde nicht allzu lange auf die Folter gespannt. Das Mittagessen war eben abserviert worden, als der Butler ankündigte, Mr. Stevens wäre nun abermals eingetroffen, um Miss Redbridge zu sprechen.

Während Olivia den Butler anwies, den Besucher in den kleinen Empfangssalon zu führen, und sich selbst auch auf den Weg dorthin machte, atmete sie insgeheim auf, daß sich ihre Tante bereits zum gewohnten Mittagsschlaf zurückgezogen hatte. Olivia hatte beim Lunch kurz erwähnt, daß Mr. Stevens vorgesprochen hatte, um ihre Tante vorzuwarnen, falls sie dem seltsamen Besucher zufällig in der Halle begegnen sollte. Lady Darlington war weit davon entfernt gewesen, sich über die Aufdringlichkeit dieses Mannes zu entrüsten, sondern hatte im Gegenteil erklärt, sie selbst wolle den Helden empfangen, der ihrer lieben Nichte einen so wertvollen Dienst erwiesen hatte.

Nun war jedoch die Mittagsstunde Ihrer Ladyschaft heilig, und unter keinen Umständen durfte sie in dieser Zeit gestört werden. Dies enthob Olivia der Notwendigkeit, ihre Tante über die Ankunft des Besuchers zu informieren.

Sie betrat den Empfangssalon mit einem freundlichen Lächeln. »Wie geht es Ihnen, Mr. Stevens?« fragte sie und ging ihrem Besucher entgegen, der in der Mitte des Zimmers stand und ihr mit verlegenem Lächeln entgegenblickte.

Daß ihm Olivia noch dazu die Hand reichte, verstärkte seine

Verlegenheit weiter. Es war offensichtlich, daß er sich in dieser vornehmen Umgebung äußerst unwohl fühlte und den Augenblick herbeisehnte, sich wieder verabschieden zu können. Olivia hatte kurz befürchtet, der Mann könne, obwohl er an Ort und Stelle einen Finderlohn ausgeschlagen hatte, nun mit unverschämten Geldforderungen an sie herantreten. Beim Anblick des verlegenen Handwerkers wußte sie, daß diese Sorge unbegründet war. »Bitte, nehmen Sie Platz, Mr. Stevens«, forderte sie ihn auf und wies auf den Sessel gegenüber der Bank, auf der sie sich niedergelassen hatte.

»Was kann ich für Sie tun?«

»Zu gütig, Miss«, stammelte Mr. Stevens und setzte sich vorsichtig auf die äußerste Kante des Möbels. Den Hut hielt er noch immer fest in beiden Händen, als wäre er ihm eine Stütze.

»Nun?« fragte Olivia aufmunternd.

»Tja, es ist so, Madam. Ich hoffe, Sie finden es nicht unverschämt von mir, da einfach so hereinzuschneien bei Ihnen. Aber als ich es erfahren habe, dachte ich, Sie könnten mir vielleicht 'nen Tip geben. Und wo Sie doch gesagt haben, ich könnte mich an Sie wenden, da dachte ich, ich kann es ja mal versuchen...« er beendete seine verworrene Rede und blickte Olivia hilfesuchend an.

»Was haben Sie denn erfahren? Welchen Tip kann ich Ihnen denn geben?« fragte Oliva, die sich keinen Reim auf das Gehörte machen konnte. »Verstehe ich Sie richtig, Sie wollen einen Rat bei mir einholen?«

»Nun, 'nen Rat nicht gerade Ma'm«, beeilte sich ihr Gegenüber zu sagen: »Eigentlich ist's ne Auskunft. Nur 'ne Auskunft, weiter nichts.«

»Ja, aber sagen Sie doch schon, welche Auskunft ich Ihnen geben kann«, forderte ihn Olivia auf, leicht ungeduldig geworden. Sie war wirklich gespannt, was er von ihr erfahren wollte. Das Folgende hatte sie jedoch nicht erwartet:

»Es geht um Mr. Sudbury, Ma'm – Lord Sudbury, sollte ich wohl sagen«, erklärte er. »Sie können mir nicht vielleicht sagen, wo ich den finde?«

»Lord Sudbury!« wiederholte Olivia entgeistert und starrte ihren Besucher an.

»Ja, ich dachte, wo Miss sozusagen die Schwester von Seiner Lordschaft ist, da dachte ich…« er hielt mit seiner Erklärung inne, als ihm das versteinerte Gesicht seiner Gastgeberin auffiel.

»Ich bin nicht Lord Sudburys Schwester«, entgegnete diese scharf. »Wie kommen Sie zu dieser Annahme?«

Mr. Stevens rutschte unruhig auf seiner Stuhlkante hin- und her.

»Ich weiß nicht, woher ich es habe, Miss. Hat jemand meinem Burschen gesagt, glaube ich. Ja, so war es. Irgend jemand sagte zu meinem Burschen: ›Hast du schon gehört, Lady Sudbury‹, sagte er, ›Lady Sudbury hat Mylord Redbridge geheiratet.‹ So war das, Miss. Und da dachte ich: So ein Zufall! Wo ich Ihnen, Miss, doch aus der Patsche geholfen habe, sozusagen, nicht wahr. Und da dachte ich, gehst du zu der freundlichen Miss und fragst sie einfach, wo Lord Sudbury ist.«

»Ich kann mir nicht vorstellen, wer Ihrem Burschen die Information geben konnte, Mr. Stevens«, sagte Oliva nachdenklich. »Die Eheschließung wurde noch nicht offiziell bekanntgegeben. Sie wissen nicht, wer dieser Informant war?«

Stevens schüttelte bedauernd den Kopf: »Leider, Ma'm. Ich weiß es wirklich nicht.«

»Dann seien Sie doch so freundlich und fragen Sie ihren Burschen«, forderte ihn Olivia auf. »Es besteht kein Grund, daß Sie sich abermals herbemühen, aber wenn Sie so freundlich sein wollen, mir eine schriftliche Nachricht zukommen zu lassen…«

Wieder schüttelte ihr Besucher den Kopf: »Das wird nicht gehen, Miss«, meinte er. Es war ihm deutlich anzusehen, wie peinlich ihm das Gespräch war: »Mein Bursche nämlich, der Charly, ist wirklich ein herzensguter Mensch. Und der versteht was von Stiefel, sag' ich Ihnen. So einen bekommt man nicht alle Tage. Erst neulich sagte eine Kundschaft zu mir, ein Baron war's, Miss, sagte zu mir: Mr. Stevens, so einen Burschen bekommen Sie nicht alle Tage…« Er bemerkte, daß er den Faden verloren hatte und räusperte sich verlegen. »Aber leider, Miss«, fuhr er fort, als ihm einfiel, was er hatte sagen wollen: »Leider ist Charly nicht ganz klar im Kopf. Vergißt immer alles wieder. Vor allem Namen. Namen, vor allem. Sag ich ihm zum Beispiel, die Schuhe seien für Mr... sagen wir: Maxwell. Fünf Minuten später hat er's schon wieder vergessen. Erst neulich war es wieder so: Ich sagte zu ihm: Charly, sagte ich...«

»Ja, ist schon gut«, unterbrach ihn Olivia unwirsch. »Ich sehe schon, daß es keinen Sinn hat, Ihren Burschen zu fragen.« Sie fragte sich, welchen Grund der Schuster wohl hatte, ihr den Namen seines Informanten nicht preisgeben zu wollen.

»Was wollten Sie denn von Seiner Lordschaft?«

»Also es ist so, Miss. Seine Lordschaft hat bei mir Stiefel anfertigen lassen. Feinstes Rindsleder, allerbeste Qualität. Und nun hat er sie noch nicht abgeholt...«

»Seine Lordschaft hat bei Ihnen Stiefel anfertigen lassen?« unterbrach ihn Olivia erstaunt. Um Himmels willen, wie schlecht mußte es diesem Mann finanziell gehen, daß er sich bei einem Schuster, wie diesem Stevens seine Schuhe machen ließ! Es mußte ja nicht gerade Hoby sein, bei dem die Herrn der besten Gesellschaft ihre Stiefel bestellten, doch da gab es zweifellos noch andere...

»Sie denken wahrscheinlich: der muß knapp bei Kasse gewesen sein, wenn er sich von so einem seine Stiefel machen läßt...« erriet Mr. Stevens ihre Gedanken, »aber ich versichere Ihnen, ich mach allerfeinste Maßarbeit, Miss. Nur von Leder der besten Qualität. Es gibt einige von der besseren Gesellschaft, für die ich schon gearbeitet habe. Gentlemen und auch Ladies.«

Olivia, peinlich betroffen, daß der Schuster ihre Gedanken so genau lesen konnte, beeilte sich das Thema zu wechseln: »Hat Lady Sudbury auch bei Ihnen arbeiten lassen?« fragte sie mit höflichem Interesse.

Dem Schuster blieb kurz der Mund vor Staunen offen stehen: »Lady Sudbury?« wiederholte er entgeistert: »Sie meinen die Lady Sudbury, die wo jetzt Ihren Vater geheiratet hat?«

Dieser Gedanke allein belustigte Olivia: »Nein, nein. Ich meine die Gemahlin von Lord Sudbury, nicht seine Mutter.«

Das Erstaunen im Gesicht ihres Gegenübers vertiefte sich: »Seine Gemahlin? Aber Seine Lordschaft ist doch nicht verheiratet!« rief er aus.

»Aber natürlich ist er das«, widersprach ihm Olivia.

»Aber, Sie irren sich, Miss«, sagte der Schuster bestimmt und schränkte ein, als er Olivias fassungslose Miene sah.

»Na zumindest, als ich ihm die Stiefel angemessen habe, war er's noch nicht.«

Olivia konnte ihren Besucher nur anstarren. Die Tragweite des gerade Gehörten wurde ihr schlagartig bewußt. Sudbury war nicht verheiratet!!

»Sind Sie ganz sicher?« vergewisserte sie sich.

»Aber ja, Miss«, bekräftigte Mr. Stevens, »ganz sicher. Ich weiß noch, daß es Seine Lordschaft einmal ausdrücklich erwähnt hat. Ich kann mich zwar nicht mehr an den Zusammenhang erinnern, aber gesagt hat er es ganz bestimmt, denn...«

»Wann war das, als Lord Sudbury bei Ihnen war?« wollte Olivia wissen.

Der Schuster zögerte: »Ein halbes Jahr ist's her, Miss. Oder vielleicht auch ein bißchen länger.«

Nein, dachte Olivia, wenn Sudbury vor einem halben Jahr nicht verheiratet war, dann war nicht anzunehmen, daß er in der Zwischenzeit geheiratet hatte.

Und sie hatte Wellbrooks gegenüber erklärt, sie sei eine Freundin von Lord Sudburys Frau! Seiner Frau! Die er gar nicht hatte! Verdammt sei diese Lügerei! Warum hatte sie von Marilla nicht gefordert, dem Herzog die Wahrheit enthüllen zu dürfen? Warum hatte sie sich überhaupt diese lästige Pflicht auferlegen lassen, Mats Aufenthaltsort herauszufinden! Es war einfach unerträglich!

Was mochte Wellbrooks nur von ihr denken? Er wußte sicher, daß sein Freund nicht verheiratet war. Warum hatte er es ihr bei dem Gespräch im Theater nicht gesagt? Was dachte er denn von ihr?

Ein entsetzlicher Gedanke kam ihr in den Sinn, und sie schnappte entsetzt nach Luft: Dachte er etwa, sie hätte ein persönliches Interesse an Seiner Lordschaft? Welch ein absurder Gedanke! Jedenfalls hatte der Herzog von Anfang an gewußt, daß sie die Unwahrheit sagte. Sie mußte ihn umgehend darüber aufklären, was sie dazu gezwungen hatte.

Noch heute würde sie Marilla schreiben und diese auffordern, sie des Versprechens zu entbinden. Dann mußte sie mit Wellbrooks sprechen!

Matthew Laurent war nicht verheiratet! Warum hatte er sich dann nicht bei seinen Eltern gemeldet, da doch der Grund des Zerwürfnisses nicht mehr bestand? Warum blieb er bis heute versteckt? Warum hat er sein Erbe nicht angetreten?

Sie konnte sich keine Antwort auf ihre Fragen denken. Und doch: Sie mußte die Wahrheit herausfinden.

Doch zuallererst galt es den Schuster loszuwerden.

»Gut«, sagte sie daher, »bringen Sie die Stiefel hierher. Ich werde sie in Verwahrung nehmen und bezahlen.«

Sie erhob sich zum Zeichen, daß sie die Unterredung als beendet betrachtete. Ihr Besucher stand ebenfalls auf und sah einen Augenblick lang so aus, als hätte es ihm die Rede verschlagen.

»Hi... hierher bringen...« stotterte er. »Nein, nein, Miss. Ich meine, das geht nicht.«

Olivia hob überrascht die Augenbrauen: »Warum denn nicht?« wollte sie wissen. Langsam hatte sie wirklich genug von der Geheimniskrämerei dieses Schusters.

»Weil, weil die Stiefel, die sind ja noch nicht fertig. Wissen Sie, da ist noch eine Anprobe nötig. Ja, so ist es. Darum brauche ich Seine Lordschaft persönlich.«

Er wischte sich mit einem großen Taschentuch den Schweiß aus der Stirne. »Ja, dann«, meinte Olivia bedauernd und betätigte die Glocke. »Es tut mir wirklich leid, daß ich Ihnen nicht helfen konnte, Mr. Stevens. Doch leider ist mir der Aufenthaltsort von Lord Sudbury nicht bekannt.«

Der Butler erschien verdächtig schnell. Es hatte fast den Anschein, als habe er, seine Würde vergessend, an der Türe gelauscht. »Dann verabschiede ich mich jetzt wohl besser«, sagte

Mr. Stevens und verbeugte sich. »Verzeihen Sie mir bitte, daß ich Sie gestört habe.«

Er wollte unter weiteren Verbeugungen das Zimmer verlassen, als ihm noch etwas einfiel:

»Wenn Sie einmal, vielleicht ganz zufällig, Miss, die Adresse erfahren, ich meine... darf ich vielleicht in den nächsten Tagen noch einmal kommen und nachfragen, ob Sie vielleicht die Adresse in der Zwischenzeit erfahren haben?«

Olivia konnte sich nur wundern über die Hartnäckigkeit, mit der der Schuster sein Ziel verfolgte.

»Ich werde Seine Lordschaft von Ihrem Besuch informieren, sollte ich ihn treffen«, sagte sie. »Er wird Sie dann sicher aufsuchen.«

Damit mußte sich Mr. Stevens zufrieden geben. Er verbeugte sich abermals, und dann wurde er von Murphy zur Haustüre geleitet.

Es war zwei Tage später, als eine große, etwas altmodische Reisekutsche vor dem Haus von Lady Darlington am Grosvenor Square vorfuhr, vollbeladen mit Koffern und Hutschachteln. Olivia, die soeben in Begleitung von Lord Linham vom Hyde Park zurückritt, kam dieses behäbige Fahrzeug seltsam vertraut vor. Ein Blick auf das Wappen am Schlag bestätigte ihren Verdacht. »Ich muß mich jetzt leider von Ihnen verabschieden«, sagte sie, an ihren Begleiter gewandt. »Es scheint so, als wäre mein Vater nach London gekommen.«

Sie sprang behende aus dem Sattel und übergab die Zügel dem Stallknecht, der herbeigelaufen war. Dann reichte sie Linham die Hand. »Werden Sie heute abend den Ball im Vauxhall Garden besuchen?« erkundigte sich dieser.

»Ja, soviel ich weiß, hat meine Tante eine Loge gemietet« erklärte ihm Olivia. »Wir werden also höchstwahrscheinlich dort sein.«

Seine Lordschaft lächelte zufrieden, während Olivia sich umwandte, um zum Haustor zu eilen.

Als sie die Halle betrat, fand sie die Dienerschaft in Aufregung. Koffer wurden geschleppt, die Haushälterin ihrer Tante stand in der Mitte des Raumes und führte das Kommando. Der Butler eilte auf Olivia zu, um ihr Hut und Reitgerte abzunehmen.

»Lady Redbridge ist vor einigen Minuten angekommen«, informierte er sie. »Die beiden Damen befinden sich im kleinen Salon.«

»Marilla, was für eine Freude, dich zu sehen!« rief Olivia, als sie den Salon betrat.

Ihre Stiefmutter war wie immer sehr modisch angezogen in einem cremefarbenen Reisekleid von fast goldfarbenem Schimmer, die Haare zu einer jugendlichen Frisur aufgesteckt. Neben der fülligen Gestalt von Lady Darlington wirkte sie noch jünger und zierlicher als sonst.

Sie war sofort aufgestanden, als ihre Stieftochter ins Zimmer getreten war und streckte ihr nun beide Arme entgegen: »Ich freue mich auch, dich wiederzusehen!« sagte sie herzlich. Sie ließ sich von Olivia auf beide Wangen küssen und hielt sie dann in einigem Abstand von sich entfernt, um sie besser betrachten zu können: »Du bist ja nicht wiederzuerkennen!« stellte sie befriedigt fest: »Wie ich es mir gedacht habe: Aus dem biederen Landmädchen ist eine wahre Schönheit geworden.«

Lady Darlington lachte, amüsiert durch diese freie Rede, auf. Sofort wandte sich Marilla ihr zu: »Oh, ich weiß, daß Sie großen Anteil an Olivias Veränderung haben«, sagte sie freundlich, »Ihr Geschmack ist wirklich unfehlbar.«

Tante Mable errötete geschmeichelt. »Das ist freundlich, daß Sie das sagen. Aber ich versichere Ihnen, Olivia selbst hat ein vorzügliches Gespür dafür, was ihr steht.«

Olivia lächelte. Es war offensichtlich, daß ihre Stiefmutter den richtigen Ton gefunden hatte, um die Sympathie ihrer Tante, die ja immerhin die Schwester der ersten Lady Redbridge gewesen war, zu erringen.

»Was bringt dich nach London?« fragte sie, um das Gespräch über ihr Aussehen zu beenden: »Ist Papa nicht mit dir gekommen?«

Marilla wandte sich wieder ihrer Stieftochter zu und rief ungläubig: »Du fragst, was mich nach London bringt, meine Liebe? Wie soll ich das verstehen? Gleich nachdem gestern vormittag dein Bote vorgesprochen hatte, haben dein Papa und ich beschlossen, daß ich sofort hierher reisen werde. Dein Vater wollte die Güter im Augenblick nicht verlassen, da wir ja einen neuen Verwalter haben. Und da du ja ausdrücklich nach mir verlangt hast...«

»Mein Bote?« unterbrach sie Olivia erstaunt. »Welcher Bote, Marilla? Ich habe dir doch keinen Boten geschickt!«

»Du hast keinen Boten geschickt?« wiederholte Lady Marilla fassungslos und schüttelte den Kopf:

»Gestern, es war so ungefähr zehn Uhr vormittags, ich war eben dabei, mit der Haushälterin die Wäscheliste durchzusehen, traf ein Reiter auf dem Vorplatz ein. Da er angab, er habe persönliche Botschaft von dir an deinen Vater und mich, wurde er umgehend vorgelassen. Ich habe Papa extra von den Ställen holen lassen...«

Olivia hatte mit ungläubigem Staunen zugehört: »Und welche Nachricht brachte der Mann?« fragte sie atemlos.

»Ich gebe zu, er sprach etwas verworren«, räumte Mylady ein. »Und doch hatten wir keinen Anlaß zu bezweifeln, daß du ihn uns geschickt hast, meine Liebe. Er sagte, du würdest meine Anwesenheit in London für dringend erforderlich erachten. Ja, er sagte ausdrücklich meine Anwesenheit, das war ein Umstand, der deinen Vater etwas stutzig machte.«

»Ja, hatte der Mann denn kein Schreiben bei sich?« wandte nun Lady Darlington ein, die sich entgegen ihrer Gewohnheit bisher schweigend verhalten hatte.

»Ja, richtig«, meinte nun auch Olivia, »wie erklärte der Mann, daß er keinen Brief von mir bringen konnte?«

»Er sagte, du hättest keine Zeit gefunden, uns ausführlich zu schreiben. Du würdest in London alles erklären.«

»Sagte er, warum ich deine Anwesenheit in der Stadt für so notwendig erachtete? Nannte er irgendwelche Gründe?«

Marilla schüttelte den Kopf: »Nein, er nannte keine Gründe.

Er beteuerte nur eindringlich, du habest ihm aufgetragen, mich von der Wichtigkeit der Reise zu überzeugen.«

»Aber, das ist doch mysteriös!« rief Olivia entsetzt. »Warum gibt sich da jemand als mein Bote aus? Wer könnte denn wollen, daß du Redbridge Manor verläßt? Oder sollte jemandem an deiner Anwesenheit in London liegen?«

»Wie sah denn der Mann aus?« fragte ihre Tante.

»Nun, wie sah er aus?« überlegte Lady Marilla. »Klein, ja ziemlich klein und etwas untersetzt. Nicht mehr der Jüngste, würde ich sagen. Mit einer Glatze. Wie ein typischer Pferdeknecht, eben. Ich dachte, er wäre einer Ihrer Bediensteten.«

»Aber ich habe doch keinen Pferdeknecht mit einer Glatze!« rief Lady Darlington, entrüstet über diese Unterstellung. Olivia wischte diesen Einwand unwillig beiseite, sagte jedoch bestätigend: »Einen Pferdeknecht, auf den diese Beschreibung zutrifft, gibt es hier im Hause wirklich nicht.«

»Was ist das bloß für eine geheimnisvolle, aufregende Geschichte!« rief Lady Darlington aus.

»Und du bist auf seine bloßen Worte hin nach London gereist?« wollte Olivia von ihrer Stiefmutter wissen.

»Ihr hättet doch annehmen müssen, daß ich einem Boten einen Brief mitgeben würde. Soviel Zeit hat man doch immer, daß man ein paar Zeilen zu Papier bringt.«

»Darüber haben wir uns nicht den Kopf zerbrochen«, entgegnete Marilla, leicht gekränkt. »Wir haben erfahren, daß du uns brauchst, und ich bin gekommen. Es hätte ja etwas mit dem Herzog von Wellbrooks sein können, mit eurer Verlobung... oder etwas mit... na, du weißt schon, eben irgend etwas Wichtiges.«

Olivia drückte ihrer Stiefmutter warm die Hand: »Es ist schön, wenn man weiß, daß man jemanden hat, auf den man sich verlassen kann!« sagte sie.

Auch Lady Darlington fuhr aus ihrem fassungslosen Schweigen auf. »Ja, Sie wissen es ja noch nicht, meine Liebe: Wellbrooks und Olivia haben sich tatsächlich verlobt! Es wird in der nächsten Ausgabe der *Gazette* bekanntgegeben.«

Marilla war sofort vom eigentlichen Gesprächsthema abgelenkt: »Das ist aber wirklich eine freudige Nachricht!« rief sie aus und umarmte ihre Stieftochter: »Ihr werdet bestens zusammenpassen, meine Liebe. Ich gratuliere dir. Ich kann dir keinen besseren Mann wünschen.«

Olivia, ihrer Unstimmigkeiten mit dem Herzog eingedenk, bremste diesen Überschwang, indem sie mit kühler Stimme sagte: »Ja danke, Marilla. Ich habe euch meine Verlobung in einem Brief mitgeteilt. Dieser wird jedoch erst in ein paar Tagen auf Redbridge Manor eintreffen. Doch nun läßt mir die Geschichte mit diesem Boten keine Ruhe. Ich muß unbedingt herausfinden, was dahintersteckt.«

Es schien ihr, als sei ihre wohlgeordnete Welt nun völlig aus den Fugen geraten. So vieles war ihr unerklärlich, so viele offene Fragen.

Lady Darlington, die sich an ihre Hausfrauenpflichten erinnerte, schaltete sich nun ein und fragte, ob ihr Gast eine Erfrischung wünsche.

Marilla lehnte ein Getränk dankend ab, fragte aber, ob sie sich in einem Zimmer frisch machen dürfe.

»Ich habe mich noch gar nicht nach einem Hotelzimmer umgesehen«, erklärte sie. »Da meine Abreise so überstürzt erfolgte, konnte ich mein Kommen in meinem, im Haus meines Sohnes, nicht ankündigen. Dieses wird zur Zeit nicht bewohnt, und so haben wir nur ein Dienerehepaar dort angestellt, und diese wären mit meinem Aufenthalt sicher überfordert. Andererseits möchte ich für ein paar Tage nicht extra Personal einstellen.«

»Aber, das ist auch gar nicht nötig!« rief Lady Darlington aus, »Hotelzimmer! Nein, davon möchte ich wirklich nichts hören. Sie sind selbstverständlich Gast in meinem Haus! Das wäre ja noch schöner, wenn die Stiefmutter meiner Nichte in ein unbequemes Hotelzimmer abgeschoben würde! Nein, ich habe schon bei Ihrer Ankunft Anweisung erteilt, Ihr Gepäck in das blaue Gästezimmer zu bringen, und ich hoffe, Ihre Kammerfrau ist bereits dabei, die Koffer auszupacken.«

»Ich danke Ihnen vielmals«, entgegnete Marilla erfreut. »Ich nehme Ihre Einladung mit Freuden an.«

Sie wandte sich Olivia zu: »Bist du so nett und zeigst mir mein Zimmer?« fragte sie.

Im blauen Gästezimmer, so benannt, weil Teppich und Vorhänge in Blautönen gehalten waren, war Myladys Kammerfrau tatsächlich gerade dabei, die Koffer auszupacken, wurde aber von ihrer Herrin kurzerhand hinauskomplimentiert.

»Du weißt wirklich nicht, was es mit dem Boten auf sich hat?« fragte Mylady, als sie die Tür hinter sich zugezogen hatte, und betrachtete ihre Stieftochter eindringlich.

»Nein, ich habe keine Ahnung«, sagte Olivia.

Marilla seufzte und ließ sich auf dem breiten Himmelbett nieder, das ebenfalls mit einer mattblauen Samtdecke zugedeckt war: »Und ich hatte gehofft, du würdest nur in Gegenwart deiner Tante nichts sagen wollen. Hast du irgend etwas von Mat gehört?«

»Wenn du meinst, ob ich herausgefunden habe, wo er sich aufhält, dann nein«, entgegnete Olivia zu ihrer Enttäuschung. »Aber ich habe Neuigkeiten über ihn erfahren. Zuerst habe ich Wellbrooks nach ihm gefragt. Ich habe mich als die Freundin der Frau deines Sohnes ausgegeben, ganz wie du es von mir verlangt hast.«

»Und?« fragte Marilla gespannt.

»Seine Reaktion war mir vorerst nicht verständlich: Er war überrascht und entsetzt. Ich konnte mir zuerst nicht erklären, was ihn an meiner Frage entsetzt haben konnte, denn ich hatte ja nicht direkt nach Mat gefragt, sondern nach dessen Frau.« Sie blickte ihre Stiefmutter durchdringend an, ehe sie fortsetzte: »Vor zwei Tagen habe ich jedoch etwas erfahren, was Wellbrooks Entsetzen erklären könnte...«

»Und das wäre?« erkundigte sich Marilla gespannt.

»Dein Sohn ist nicht verheiratet.«

»Was soll das heißen!« rief Lady Marilla schrill, »Mat hat doch Betty Laroche geheiratet.«

»Hat er eben nicht«, erklärte Olivia. »Dein Sohn ist ledig.«

»Woher weißt du das?« fragte Marilla atemlos, »vom Herzog?«

Olivia schüttelte den Kopf: »Nein, das ist eine längere Geschichte«, sagte sie. »Ich erzähle dir alles am besten der Reihe nach.« Sie setzte sich neben ihre Stiefmutter, erzählte ihr von der Begebenheit auf der Bond Street, als dieser Mr. Stevens durch Zufall – war es wirklich Zufall? – ihre Handtasche in Sicherheit bringen konnte, vom Gespräch mit Seiner Gnaden im Drury-Lane-Theater und schließlich vom Besuch des Schusters vor zwei Tagen. Als Olivia geendet hatte, verharrte Marilla in fassungslosem Schweigen.

»Es ist kaum zu glauben, nicht wahr?« erriet Olivia ihre Gedanken, »eine Aneinanderreihung von scheinbaren Zufällen und Rätseln. Weißt du nun, warum ich sagte, ich könne das Entsetzen von Wellbrooks verstehen?«

Marilla sah sie erwartungsvoll an.

»Nun, ich habe doch nach Mats Frau gefragt«, erklärte Olivia leicht ungeduldig. »Wellbrooks weiß sicher, daß Mat nicht verheiratet ist. Er weiß also, daß ich gelogen habe. Die wahren Gründe meiner Frage durfte ich ihm nicht enthüllen. Was wird Seine Gnaden wohl von meinem Interesse halten? Muß er nicht gezwungenermaßen annehmen, ich sei an Mat selbst interessiert? Sei seine ehemalige Geliebte?«

Marilla schnappte hörbar nach Luft: »Seine ... ähem ... Olivia! Mußt du dich so drastisch ausdrücken. Wellbrooks denkt sicher nichts dergleichen! Hätte er sich sonst mit dir verlobt?« fragte sie. Da fiel ihr ein: »Wie kommt es denn überhaupt, daß du mit Wellbrooks verlobt bist? Du hattest uns doch geschrieben, du hättest seinen Antrag abgelehnt.«

»Seinen ersten Antrag schon«, erklärte Olivia.

»Aber, ... sag bloß, er hat dir einen zweiten Antrag gemacht? Aber warum sollte er ... es sei denn ...« sie blickte ihre Stieftochter eingehend an.

Als diese sanft errötete, rief sie aus: »Nein, wie romantisch! Ihr heiratet aus Liebe, nicht wahr? Oh, meine liebe Olivia, ich freue mich so für dich!«

Sie drückte Olivia herzlich beide Hände.

»Siehst du jetzt, wie wichtig es ist, daß Wellbrooks nicht glaubt, ich sei um meinetwillen an Mat interessiert? Du mußt mir einfach gestatten ihm zu erzählen, daß du meine Stiefmutter bist und daß ich in deinem Auftrag Mats Aufenthaltsort in Erfahrung bringen wollte.«

Marilla hob resigniert die Schultern: »Gut«, sagte sie, »wenn du es für richtig hältst. Obwohl ich glaube, daß wir dann Mats Adresse nie erfahren, denn schließlich war ja auch ich vehement gegen die Heirat...« Sie hielt abrupt inne: »Aber diese Heirat hat ja nie stattgefunden!« rief sie aus. »Warum hat sich denn Mat nie gemeldet? Wie konnte er grundlos das Risiko eingehen, von seinem Vater enterbt zu werden? Verstehst du das? Ich bin am Ende meiner Weisheit!« Sie sank wieder auf die Bettkante zurück.

»Ich werde Wellbrooks fragen«, beschloß Olivia energisch und erhob sich. »Ich muß umgehend zu ihm und ihm alles erklären.«

»Du willst ihn in seinem Haus aufsuchen?« fragte Marilla mißbilligend. »Das kannst du doch nicht tun. Das ist völlig ausgeschlossen!«

»Aber ich bin doch seine Verlobte«, gab Olivia zu Bedenken. »Und im übrigen ist es mir völlig egal, wie man sich in einer derartigen Situation zu verhalten hätte! Ich muß Wellbrooks jetzt einfach sehen und ihm den wahren Sachverhalt erklären! Ich bin sicher, er wird ihn verstehen.«

»Soll ich dich nicht lieber begleiten?« fühlte sich Marilla verpflichtet zu sagen.

»Nein, nein, meine Liebe«, sagte Olivia und drückte ihre Stiefmutter, die sich erheben wollte, sanft zurück auf die Bettkante. »Du ruhst dich jetzt aus. Du mußt ganz mitgenommen sein von der langen Fahrt! Ich werde Molly mitnehmen. Du kannst also ganz beruhigt sein.« Mit diesen Worten verließ sie das Zimmer und ließ ihre Stiefmutter zurück – alles andere als beruhigt.

XXIII.

Es war dann doch erst gegen drei Uhr nachmittags, als Olivia vor dem Haus des Herzogs am Berkeley Square aus der Kutsche stieg.

Das kleine Mittagessen war von Tante Mable mit langatmigen Ausführungen über ihre weiteren Pläne und einer Aufzählung all der amüsanten Veranstaltung in die Länge gezogen worden, die ihre neugewonnene Verwandte unbedingt besuchen müßte. Sie hatte Marilla sofort ins Herz geschlossen und erklärt, daß diese ja nun, sozusagen, die Stelle ihrer Schwester einnahm. Als solche sei sie natürlich herzlich eingeladen, an all den Vergnügungen teilzuhaben, die Mylady zu genießen gedachte. So auch zu dem Ball in den Vauxhall Gardens am selben Abend. Und natürlich gab es keinen Zweifel, daß General Gleavensham nur zu erfreut sein würde, einen weiteren Gast in Rochester zu beherbergen.

Nun war es also mitten am Nachmittag, als Olivia den schweren Messingtürklopfer auf der großen, dunkelgrünen Tür zum Haus des Herzogs von Wellbrooks betätigte und bangen Herzens auf das Öffnen wartete.

Sie war ziemlich aufgeregt. Sie wußte, daß es ungewöhnlich war, wenn eine unverheiratete Frau einen unverheirateten Mann in seinem Haus besuchte, da änderte auch ihre – noch dazu inoffizielle – Verlobung nicht viel. Und dann war die Mission, in der sie hier war, alles andere als angenehm. Sie wünschte, das Gespräch wäre bereits gut überstanden.

Die Tür wurde geöffnet, vor ihr stand der herzogliche Butler, groß und würdevoll und fragte, was er für sie tun könne. »Mein Name ist Redbridge. Miss Olivia Redbridge«, erklärte sie, um einen selbstbewußten Tonfall bemüht. »Melden Sie mich Ihrem Herrn. Ich habe ihn in einer dringenden Angelegenheit zu sprechen.« Der Butler hob leicht die Augenbrauen und zeigte Olivia damit deutlich, was er von jungen Damen hielt, die nur von einer Zofe begleitet in das Haus eines Junggesellen Einlaß finden wollen.

Olivias Rücken straffte sich.

»Ich bedaure sehr, Miss, doch Seine Gnaden ist leider nicht zu Hause«, erklärte der Butler.

»Nicht zu Hause!« rief Olivia, für kurze Zeit aus dem Konzept geratend. Sie hatte gar nicht an diese Möglichkeit gedacht! »Wann wird Seine Gnaden zurückerwartet?« wollte sie wissen.

Ich bedaure abermals, Miss, dies entzieht sich jedoch meiner Kenntnis«, antwortete der Butler und ließ einen Hauch von Ungeduld erkennen: »Wenn Sie eine Nachricht hinterlassen möchten...« Olivia dachte nicht daran, sich so einfach abschieben zu lassen: »Führen Sie mich zu Mr. Bactexter«, forderte sie stattdessen. »Oder ist dieser auch nicht im Hause?« Der Umstand, daß die unbekannte junge Dame den Sekretär seines Herrn kannte, ließ sie in der Achtung des Butlers steigen. Er verneigte sich und zog die Tür weiter auf, um Olivia und ihre Zofe einzulassen.

»Wenn Sie bitte im Empfangssalon warten wollen, Miss«, sagte er, während er Hut und Handschuhe entgegennahm. »Ich werde Mr. Bactexter unverzüglich rufen lassen.«

Mit diesen Worten geleitete er sie in den Halbstock und öffnete eine der schweren Holztüren.

Olivia hieß ihre Zofe in der Halle auf sie zu warten. Der Empfangssalon erwies sich als großer Raum, der ganz in zartem Grün gehalten war. Er wirkte kalt und ungemütlich. Die Gemälde an der langen Wand zwischen den Fenstern zeigten düstere Landschaftsbilder. Olivia beschloß, nicht auf der grüngoldgestreiften Sitzgruppe Platz zu nehmen, die keinen bequemen Eindruck machte. Sie wollte stehend auf den Sekretär warten.

Es dauerte nicht lange, bis eilige Schritte auf der Treppe zu vernehmen waren und Mr. Bactexter eintrat.

»Miss Redbridge!« rief er aus und verbeugte sich höflich. »Es tut mir leid, daß Sie Seine Gnaden nicht antreffen. Wußte er, daß Sie kommen würden?«

Olivia war auf ihn zugegangen, um ihm die Hand zu reichen, und sagte nun mit leichtem Erröten, daß das nicht der Fall sei:

»Es ist mir jedoch etwas eingefallen, was ich den Herzog unbedingt fragen muß, und darum bin ich hier«, erklärte sie. »Sie wissen auch nicht, wann er zurückkommt?«

»Leider nein«, bedauerte der Sekretär. »Seine Gnaden pflegt uns selten über seine Ziele zu informieren. Aber vielleicht könnte ich Ihnen in irgendeiner Weise behilflich sein.« Dieser Gedanke war Olivia schon bei Betreten des Hauses gekommen: »Es geht um meinen Stiefbruder, müssen Sie wissen«, erklärte sie deshalb. »Könnten Sie mir vielleicht seine Adresse sagen? Ich möchte... möchte ihn von meiner Verlobung verständigen«, fügte sie schlagfertig hinzu.

Diese Worte nahm der Sekretär zum Anlaß, ihr höflich zu ihrer Verlobung zu gratulieren. Dann fragte er zuvorkommend: »Ich würde Ihnen gerne helfen, Miss Redbridge! Aber die Adresse Ihres Stiefbruders? Ich bedaure, ich kenne keinen Herrn Ihres Namens.«

»Nein, nein«, beeilte sich Olivia zu berichtigen. »Er heißt nicht Redbridge. Es handelt sich um den Sohn meiner Stiefmutter: Lord Sudbury.«

Mr. Bactexters kleine Augen weiteten sich hinter seinen dikken Brillengläsern. Sein vor Überraschung offenstehender Mund ließ vergessen, daß er im allgemeinen als intelligenter Mann galt.

»Lord Sudbury?« wiederholte er erstaunt.

In diesem Moment ging die Türe auf und Seine Gnaden betrat den Empfangssalon. Es bestand kein Zweifel darüber, daß er die letzten Worte seines Sekretärs mitbekommen hatte.

»Danke, Bactexter«, sagte er anstelle einer Begrüßung. »Ich erledige das selbst.«

Der Sekretär verabschiedete sich eilig und ging.

»Nun, meine Liebe«, begann der Herzog und wandte sich an Olivia: »Was führt dich zu mir?«

Olivia blickte ihn an, als er sich über ihre Hand beugte. Sein Gesichtsausdruck gefiel ihr nicht. Kein Lächeln war in seinen Augen. Sie fühlte sich nicht wohl in ihrer Haut. »Ich muß mit dir sprechen«, sagte sie befangen. »Und dir etwas erklären. Darum bin ich hier. Ich habe meine Zofe mitgebracht«, setzte sie rasch hinzu, als müßte sie sich verteidigen.

»Ich habe sie gesehen«, antwortete der Herzog kühl. Er schritt auf die Sofagarnitur zu: »Wollen wir uns nicht setzen?«

Olivia folgte seiner Aufforderung nur ungern. Sie fand es leichter im Stehen zu sprechen.

»Darf ich dir etwas anbieten?« erkundigte sich der Herzog. »Ein Glas Sherry vielleicht, oder Limonade?«

Olivia schüttelte den Kopf: »Nein danke.«

Sie wartete, bis sich der Herzog ein Glas Sherry eingegossen hatte. Er stellte gemächlich die Karaffe wieder in die Reihe und nahm dann ihr gegenüber Platz.

»Nun?« fragte er

»Es geht um Lord Sudbury«, erklärte Olivia.

»Das dachte ich mir«, stellte Wellbrooks fest.

Olivia errötete: »Du hast gehört, was ich mit Mr. Bactexter sprach, nicht wahr?«

»Allerdings«, bestätigte Seine Gnaden. Er blickte Olivia nachdenklich an: »Ist es im allgemeinen deine Art, Dienstboten auszufragen, wenn du von der Herrschaft keine Antwort bekommst?« wollte er wissen.

»Bitte, sei nicht ungehalten«, meinte Olivia, die diesem Vorwurf eine gewisse Berechtigung nicht absprechen konnte. Sie beeilte sich, mit ihrer Erklärung fortzufahren: »Als ich das erste Mal auf Lord Sudbury zu sprechen kam, da konnte ich dir die wahren Gründe meines Interesses nicht enthüllen ...«

Der Herzog hob überrascht die Augenbrauen: »Und nun kannst du es?« fragte er interessiert.

Olivia nickte: »Ich weiß jetzt auch, warum dich meine Frage damals so aus der Fassung gebracht hat.«

Der überraschte Ausdruck im Gesicht des Herzogs blieb.

»Ich habe jetzt erfahren, daß seine Lordschaft gar nicht verheiratet ist. Was mußt du wohl von mir gedacht haben, als ich sagte, ich sei eine Freundin seiner Frau! Hoffentlich hast du nicht angenommen, ich hätte ein persönliches Interesse an Lord Sudbury! Ich muß dir gestehen, daß ich mich als Freundin ausgab, war eine Lüge. Wie hätte ich aber wissen sollen, daß er Betty Laroche schließlich doch nicht geheiratet hat, da sie doch der Grund war, warum er… warum er damals im Streit sein Elternhaus verlassen hat. Und da ich dir den wahren Grund, wie gesagt, nicht enthüllen konnte, sind wir auf die Idee gekommen, ich könnte mich für die Freundin von dieser Betty ausgeben. Ich weiß, daß das ein großer Fehler war, dich anzuschwindeln. Ich hoffe, du verzeihst mir…«

Sie hatte abrupt geendet und blickte ihren Verlobten verständnisheischend an. Seine Miene zeigte weiterhin unbewegt höfliches Interesse.

»Nun mach es mir doch nicht so schwer!« rief Olivia. Es klang halb flehentlich, halb verärgert. Was hatte sie denn schon verbrochen, daß sie sich zu einer so peinlichen Verteidigung verpflichtet fühlte? Sie straffte ihre Schultern und hob energisch den Kopf: »Also, um dir die Wahrheit zu sagen, ich bin Matthew Laurents Stiefschwester.«

Sie hatte nicht erwartet, daß der Herzog mit einem überraschten Aufschrei auf ihre Enthüllung reagieren würde, aber doch, daß sie ihn zumindest in Erstaunen versetzt hätte.

Statt dessen erschien auf seinen Lippen ein kleines Lächeln, etwas melancholisch, eine Spur bitter.

Er blickte ihr gerade ins Gesicht: »Was zahlen sie dir dafür?« fragte er mit mildem Tonfall: »Wieviel ist es ihnen wert, daß du seine Adresse herausfindest?«

Olivia fragte sich, wen er wohl meinen könnte? Was sollten diese Fragen bedeuten? Sie fragte ihn das.

»Aber das ist doch ganz einfach«, erklärte er ihr kalt: »Ich habe mir nur Gedanken gemacht, wie die Tochter eines, nun sagen wir: wenig begüterten Landadeligen, es schafft, sich nach der neuesten Mode zu kleiden und in einem derart aufwendigen Stil zu leben. Allein die Unterstützung von Lady Darlington konnte das ja wohl nicht sein.« Er war aufgestanden und stand nun, die Hände am Rücken verschränkt vor Olivia, wandte sein Gesicht jedoch nicht ihr zu, sondern blickte gedankenverloren aus dem Fenster. Olivia starrte ihn an. Sie konnte sich keinen Reim auf das Gehörte machen. Sollte Wellbrooks erraten haben, daß sie von ihrer Stiefmutter unterstützt wurde? Was konnte der Grund dafür sein, daß ihn dieser Umstand derart in Aufregung versetzte?

»Stiefschwester!« rief der Herzog plötzlich, und seine Stimme triefte vor Hohn: »Ist euch nichts Besseres eingefallen, dir und deinen Auftraggebern? Doch nicht Stiefschwester! Lord Sudbury ist einer meiner besten Freunde, Miss. Und da weiß ich selbstverständlich, daß er keine Frau hat und...« er unterbrach kurz und wandte sich mit einem Ruck Olivia zu: »...auch keine Stiefschwester, Miss Redbridge.«

Sie wollte etwas einwenden, aber er ließ sie nicht zu Wort kommen: »Laß dir eines sagen, meine Teuerste. Natürlich weiß ich, wo Mat ist, ich habe es die vergangenen acht Jahre meistens gewußt. Und ich weiß es auch heute. Aber welche Mittel ihr euch auch ausdenkt: ich werde ihn nie an dich oder deinesgleichen verraten!« Er wandte sich wieder von ihr ab.

»Verraten?« wiederholte Olivia entgeistert, »...ihn an meinesgleichen verraten?«

»Es ist ja ein Wunder, daß man nicht versucht hat, mich zu kaufen. Oder habt ihr befürchtet, mein Preis wäre zu hoch?« erkundigte er sich, mühsam die Beherrschung wahrend.

»Wovon sprichtst du, um Himmels willen?!« rief Olivia, ernstlich entsetzt. »Kaufen? Was soll denn kaufen heißen?«

»Nun«, antwortete der Herzog schneidend: »Die einen verkaufen ihren Körper, die anderen ihre Freunde, die Heimat.«

Olivia war auch aufgesprungen. Sie hielt den Herzog am Rockärmel fest: »Du erklärst mir jetzt sofort, wovon du sprichst«, forderte sie energisch: »Ich kann dir keineswegs folgen.«

Der Herzog blickte auf sie herab, Wehmut in den Augen:

»Was war ich doch für ein gottverdammter Narr«, sagte er leise, ganz in Gedanken. »Ich habe mir doch tatsächlich eingebildet, du würdest mich ebensosehr lieben, wie ich dich. Ich war bezaubert von deinem natürlichen Wesen. Alles an dir erschien mir so anmutig, so ungekünstelt, so von Herzen kommend – ja, du hast mich einfach überwältigt.«

Olivia blickte gebannt zu ihm auf und unterbrach ihn nicht. Plötzlich schüttelte er ungeduldig ihre Hand ab, mit der sie noch immer seinen Arm umklammert hielt und sagte heftig: »Und dabei war alles nur vorgetäuscht... um sich in mein Vertrauen zu schleichen. Gratuliere, meine Liebe, fast wäre es dir gelungen.«

Olivia war weit davon entfernt ihn zu verstehen. »Wenn du so von mir denkst«, sagte sie, in ihrem Stolz zutiefst verletzt, »so besteht kein Grund mehr, unsere Verlobung aufrechtzuerhalten. Betrachten wir sie als gelöst...«

Hier unterbrach sie der Herzog, indem er ihre beiden Oberarme mit festem Griff umklammerte: »Zu spät, meine Teuerste«, sagte er spöttisch. »Die Verlobung wird in der morgigen Ausgabe der *Gazette* bekanntgegeben. Ich denke nicht daran, mich wegen dir in der Öffentlichkeit lächerlich zu machen!«

Der Griff um ihre Oberarme wurde fester, fast hatte es den Anschein, als wollte er sie schütteln: »Nein, meine Gute. Du hast dir die Suppe eingebrockt, nun löffle sie auch wieder aus. Du wirst die Sache durchstehen, und du wirst mich heiraten. Aber es wird kein Honiglecken für dich sein, das verspreche ich dir!«

Olivia war wie vor den Kopf geschlagen. Es erschien ihr wie ein Alptraum, aus dem es kein Erwachen gab. Ihr einziger Gedanke war: Fort! Fort von hier, weg vom Herzog und seinen unverständlichen Beschuldigungen. Heftig riß sie sich los und stürmte zur Tür. Sie eilte die Stufen hinunter, durchquerte hastig die Halle. Ihre Zofe sprang überrascht auf und beeilte sich, mit ihrer Herrin Schritt zu halten.

Krachend fiel die schwere Haustüre hinter den beiden ins Schloß.

»Er hat gesagt, du hättest deinen Körper und deine Heimat verkauft?« rief Lady Marilla entsetzt und blickte Olivia entgeistert an: »Ja, ist denn dieser Mann verrückt geworden?« Sie griff zu dem Riechfläschchen, das neben ihr auf dem Sofa lag, und roch daran: »Ich bin sicher keine überempfindliche Frau«, sagte sie. »Aber jetzt glaube ich, ich werde ohnmächtig!«

Marilla hatte keine Ruhe gehabt, seit Olivia das Haus verlassen hatte, um den Herzog aufzusuchen. Sie hatte sich nach dem Lunch kurz auf ihr Zimmer zurückgezogen, aber bald festgestellt, daß sie es in der Enge dieses Raumes nicht aushalten konnte. Sie war wieder nach unten gegangen, um im kleinen Empfangssalon auf ihre Stieftochter zu warten. Es war ihr gar nicht wohl bei der Sache, und sie fragte sich wiederholt, warum sie nicht nachdrücklicher darauf bestanden hatte, Olivia zu begleiten. Die Antwort lag jedoch klar auf der Hand: Auch wenn es Mylady schwer fiel, es sich einzugestehen: sie war einfach zu feige dazu gewesen. Zu feige, dem Herzog gegenüberzutreten, wie sie es bereits einmal getan hatte. Zu riskieren, eine Abfuhr erteilt zu bekommen. In seinen Augen die Verachtung zu lesen, darüber, daß sie ihren Sohn nicht verstanden hatte. Daß sie es zugelassen hatte, daß er, ohne ein Ziel zu nennen, fortgegangen war. Daß sie nicht versucht hatte, zwischen Vater und Mat zu vermitteln. Als ob sie je einen Einfluß auf ihren Gatten gehabt hätte! Dieser hatte doch stur nach seinen Vorstellungen von Recht und Moral gelebt und keinerlei Bereitschaft gezeigt, die Meinung eines anderen auch nur anzuhören, geschweige denn zu akzeptieren! Aber vielleicht, wenn sie ein bißchen mehr Verständnis für Mats Heiratspläne gehabt hätte, wäre es doch nicht so weit gekommen. Dann wäre vielleicht der Kontakt nicht gänzlich abgerissen. Betty Laroche. Warum hat er sie doch nicht geheiratet? Warum hat er sich nicht bei seinen Eltern gemeldet? Wie groß mußte Mats Erbitterung gegen seinen Vater – aber auch gegen sie selbst sein! Und es war nur zu natürlich, daß seine besten Freunde diese Erbitterung teilten. Nein! Sie wollte Wellbrooks nicht selbst nach Mats Aufenthalt fragen. Es war gut, diese Aufgabe an jemanden anderen zu übertragen. Marilla wußte, daß es Olivia gegenüber nicht fair war, sie für ihre Zwecke auszunutzen. Doch wurde das schlechte Gewissen darüber verdrängt von der Hoffnung, Olivia könnte erfolgreich sein. Als diese nach geraumer Zeit das Haus ihrer Tante betrat, bemerkte Marilla, die in die Eingangshalle getreten war, als sie den Türklopfer hörte, daß ihre Hoffnungen nicht erfüllt worden waren.

Ihre Stieftochter stand vor ihr, käsebleich, als habe sie ein Gespenst gesehen. Keine Miene verzog sich, als sie mechanisch dem Butler Hut und Handschuhe reichte. Marilla war ernstlich beunruhigt. Sie legte den Arm um Olivias Schulter. Diese ließ sich widerstandslos in den kleinen Empfangssalon führen.

»Was ist bloß geschehen?« fragte Marilla, als sie die Tür hinter sich geschlossen hatte. »Soll ich nach Tee läuten?«

»Was ich jetzt brauche, ist ein doppelter Brandy«, sagte Olivia und wandte sich zum Beistelltisch, um nach der richtigen Karaffe zu greifen. »Möchtest du auch einen?«

»Einen Brandy?« rief Marilla aus. »Nein danke, wirklich nicht! Ich trinke nie Alkohol um diese Tageszeit!«

»Ich normalerweise auch nicht«, meinte Olivia. »Aber jetzt kann ich einen brauchen.«

»Nun setze dich und erzähle mir, was geschehen ist. Was hat Wellbrooks gesagt? Du siehst aus, als hättest du ein Gespenst gesehen.«

Olivia nahm ihrer Stiefmutter gegenüber Platz, umklammerte ihr Glas mit beiden Händen und schilderte dann, wie sich die Unterredung im Hause des Herzogs zugetragen hatte. Sie versuchte, sich an jede Einzelheit zu erinnern, an jeden Vorwurf, den ihr Wellbrooks gemacht hatte. Marilla hörte ihr mit großen Augen zu:

»Ich verstehe nicht, was Wellbrooks meint«, sagte sie schließlich. »Erkläre du mir: was sind die Gründe für sein seltsames Verhalten? Warum glaubt er dir nicht, daß du Mats Stiefschwester bist? Warum fragt er nicht genauer nach deiner verwandtschaftlichen Beziehung zu Mat, statt sie von vorneherein höhnisch zu bezweifeln?«

»Ich weiß es nicht«, erwiderte Olivia ratlos.

»Warum glaubt er um Himmels willen, du seist bestochen worden?«

»Ich sagte dir doch: wegen meiner Kleider und wegen meines aufwendigen Lebensstils.«

»Pah, Kleider!« rief Mylady und machte eine wegwerfende Handbewegung: »Natürlich brauchst du modische Kleider, wenn du dich in der Londoner Gesellschaft bewegen willst. Von wegen aufwendiger Lebensstil! Daß ich nicht lache! Da soll Seine Gnaden doch erst einmal vor seiner eigenen Tür kehren. Wer hat denn seine Pferde an allen wichtigen Poststraßen stehen? Wer riskiert denn große Summen am Spieltisch und bei Pferderennen? Wer gibt sich denn nur mit den verwöhntesten und anspruchsvollsten Mätressen zufrieden...?« Sie erinnerte sich, mit wem sie sprach, und brach unvermittelt ab: »Verzeih«, sagte sie.

Olivia war kurzfristig abgelenkt: »Tut er das?« fragte sie interessiert: »Verspielt er wirklich Unsummen?«

»Na, nicht gerade Unsummen«, beeilte sich Mylady einzuschränken. »Und außerdem sagte ich nicht: verspielen, sondern riskieren. Da ist ein großer Unterschied. Denn meistens hat Wellbrooks geradezu unglaubliches Glück.«

»Und die Mätressen?« fragte Olivia weiter: »Hat er denn mehrere gleichzeitig?«

Als Marilla merkte, daß Olivia eher fasziniert als schockiert war, mußte sie lachen: »Darüber weiß ich wirklich nicht genau Bescheid! Und überdies wird er sie sicher allesamt aufgeben, jetzt, da er mit dir verlobt ist.«

Olivia seufzte: »Das hätte er vermutlich. Wenn er mich aus Liebe heiraten würde«, sagte sie.

Nun waren sie zum Gespräch mit dem Herzog zurückgekehrt, und die bedrückende Stimmung umfing sie wieder. »Irgend etwas kann nicht stimmen«, sagte Olivia nachdenklich. »Er kann doch nicht glauben, ich sei von dir bestochen worden, nicht wahr? Er muß jemand anderen in Verdacht haben.«

Sie schwieg und überlegte.

Marilla wartete gespannt.

»Den Freund verkauft, die Heimat verkauft...« murmelte Olivia vor sich hin: »Er glaubt, ich wollte Mats Adresse an jemanden weitergeben. Ja, ich hätte dafür Geld genommen, Mat an jemanden zu verraten.«

»Wer sollte denn Interesse an seinem Aufenthaltsort haben, außer seiner Familie?« warf Lady Marilla ein.

»Ich weiß es nicht. Irgendwelche Gläubiger vielleicht«, meinte Olivia. »Wenn er ohne Geld von zu Hause fortgegangen ist, ist anzunehmen, daß es ihm finanziell nicht gerade rosig geht. Vielleicht hat er erhebliche Schulden gemacht. Oder er steckt in anderen Schwierigkeiten.«

»Um Himmels willen!« rief ihre Stiefmutter erschrocken dazwischen.

Olivia beachtete sie nicht. »Irgend jemand sucht ihn. Irgend jemand will Mats Aufenthaltsort erfahren. Das weiß der Herzog. Und er denkt, dieser Unbekannte würde mir Geld dafür geben, damit ich ihn bei seiner Suche unterstütze. Damit dürfte klar sein, daß dieser jemand eine Gefahr für deinen Sohn darstellt.«

Marilla nickte bekümmert: »Ja, das erscheint mir möglich. Doch wer sucht Mat?«

»Wer sucht Mat«, wiederholte Olivia nachdenklich. Plötzlich hatte sie die Lösung:

»Stevens!« rief sie aus. »Ich habe dir doch von dem Schuster erzählt. Der Mann, der mir auf der Bond Street meine Tasche wiederbrachte. Der Überfall war nur fingiert. Der Mann wollte sich damit mein Vertrauen erschleichen!«

»Aber das ist unfaßbar!« rief Mylady aus. »Glaubst du wirklich, daß der Herzog den Schuster meinte? Welchen Grund solltest du haben, Mats Adresse für einen Schuster herauszufinden? Er kann doch nicht annehmen, daß du dich von so einem Mann bestechen läßt!«

Diesem Einwand mußte Olivia Recht geben: »Nein, das kann er wohl nicht annehmen. Obwohl es mir überhaupt unvorstellbar ist, wie Wellbrooks vermuten kann, ich ließe mich von irgend jemandem bestechen. Doch vielleicht ist dieser Schuster selbst bestochen? Was meinst du? Ich vermute fast, da gibt es noch viel gefährlichere Hintermänner, die Wellbrooks in Verdacht haben könnte. Vielleicht Gläubiger, denen dein Sohn große Summen schuldet: Geldverleiher, Kredithaie. Man hört doch immer, daß diese zu den merkwürdigsten Methoden greifen, um zu ihrem Geld und zu Wucherzinsen zu kommen.«

Marilla stöhnte auf: »Aber Mat kann sich doch nicht in die Hände von Wucherern begeben haben! Er ist der Earl of Sudbury. Das ganze Familienvermögen stünde ihm zur Verfügung. Es wäre doch purer Wahnsinn, sich aus falschem Stolz an Geldverleiher zu wenden!«

»Wir müssen die Wahrheit herausfinden!« verkündete Olivia energisch.

»Wie willst du das anstellen?« fragte Marilla hin- und hergerissen zwischen Neugierde und banger Erwartung.

»Vielleicht sollte ich noch einmal mit dem Schuster sprechen?« erwog ihre Stieftochter, verwarf diesen Plan jedoch gleich wieder: »Nein, ich glaube es ist besser, wenn wir abwarten, ob man neuerlich an mich herantritt – oder nun, da du in London bist, vielleicht an dich. Marilla!« rief sie plötzlich: »Der Bote! Man hat dich durch eine List hierher geholt!«

»Du meinst...«, stammelte Marilla aufgeregt.

»Aber sicher! Als man feststellte, daß man durch mich Mats Adresse nicht herausfinden würde, hat man beschlossen, sich an dich zu wenden. Ich bin neugierig, wie man versuchen wird, an dich heranzutreten...«

»Du meinst doch nicht, daß man auch meine Handtasche entreißen wird!« rief Mylady geschockt.

»Aber nein, sicherlich nicht. Sie werden sich etwas Neues einfallen lassen. Vielleicht haben sie dich aber auch hergeholt, in der Hoffnung, daß du unwissentlich Mat verraten würdest. Sie denken vielleicht, Mat hält sich in London auf und du würdest ihn besuchen. Man könnte dich beschatten und dir folgen...«

Dieser Gedanke war Mylady alles andere als behaglich. Sie riß sich jedoch zusammen und sagte energisch: »Was auch immer es sei, von mir werden diese Kerle nicht die Adresse meines Sohnes erfahren. Ich werde auf der Hut sein und keinen Hinweis liefern, der meinen Sohn verraten könnte. Sollte ich jemals etwas über ihn in Erfahrung bringen.« Es klopfte an der Türe.

Auf Marillas Aufforderung hin betrat Olivias Zofe das Zimmer: »Entschuldigen Sie bitte die Störung, aber Lady Darlington hat nach Miss Olivia gefragt, Mylady.«

Marilla blickte auf die Uhr: »Wie spät es geworden ist. Es ist ja fast schon Zeit, sich für die Vauxhall Gardens umzukleiden! Geh nur, meine Liebe, ich glaube, wir haben alles Nötige besprochen. Du brauchst meinetwegen deine Tante nicht warten zu lassen.«

XXIV.

Der Abend senkte sich warm und sternenklar hernieder, wie geschaffen für eine Veranstaltung unter freiem Himmel.

Die Gesellschaft, die Lady Darlington für ihre Loge zusammengestellt hatte, hatte eben das Boot nach der Überfahrt verlassen, als der Vicomte de Valliseau ihren Weg kreuzte.

Olivia konnte sich des Gedankens nicht erwehren, daß er auf sie gewartet hatte, obwohl nichts in seinem Verhalten darauf hindeutete.

»O Mylady, Miss Redbridge!« rief er erfreut aus: »Wie bin ich glücklich, bekannte Gesichter zu sehen. Ich hatte mich mit ein paar Freunden verabredet, aber ich scheine sie verfehlt zu haben. Nun muß ich sie suchen. Doch *malheureusement:* Ich bin zum erstenmal hier, und da fällt es mir schwer, mich zu orientieren.«

Es war offensichtlich, daß er beabsichtigte, sich der Gruppe anzuschließen. Olivia, nur zu froh, einen amüsanten Begleiter gefunden zu haben, beeilte sich, ihn allen Anwesenden vorzustellen.

Lady Darlington kannte den Vicomte natürlich, nicht aber die Schwester des Generals, Miss Gleavensham.

Diese war eine hochgewachsene Frau mit einem Gesicht, das Olivia stark an einen Adler erinnerte. Die Haare waren streng aufgesteckt, ohne jeglichen Aufputz. Ihre dunkel-violette Robe wurde nur durch ein schmales Rüschenband am hochgeschlossenen Kragen aufgehellt, ein dezent gemusterter Paisley-Schal schützte vor der abendlichen Kühle. Das Häubchen bewies, daß sie sich schon lange nicht mehr zu den heiratsfähigen Damen zählte. Sie hatte nur zögernd die Einladung von Lady Darlington angenommen. Für derartige Belustigungen hatte sie im allgemeinen nichts übrig. Und sie hatte sich den ganzen Weg bisher in unnahbares Schweigen gehüllt. Gegen den Charme gutaussehender Herrn war sie jedoch wie viele alte Jungfern nicht gefeit, und so lockerten sich nun ihre Gesichtszüge, und sie schenkte dem Vicomte ein huldvolles Lächeln.

Marilla, die Muße hatte, den Franzosen zu beobachten, während er sich bei Miss Gleavensham angenehm machte, betrachtete ihn skeptisch. Der junge Mann war hübsch, lächelte knabenhaft und verstand es, charmant zu plaudern, und doch – sie hatte das Gefühl, als wohne sie einem Schauspiel bei, als gäbe sich der Franzose absichtlich ganz anders, als er in Wirklichkeit war. Nichtsdestotrotz reichte sie ihm ihre Hand mit einem freundlichen Lächeln.

Auch der General begrüßte Valliseau jovial und meinte mit seiner polternden Heiterkeit, indem er ihm mit einer seiner großen Hände auf die Schulter schlug, er habe nichts dagegen, daß sich ein zweiter Gentleman der Runde anschließe. Für einen Mann seines Alters sei es doch etwas anstrengend, Hahn im Korb bei vier so hübschen Damen zu sein. Dann bot er Lady Darlington und seiner Schwester den Arm und führte sie den mit unzähligen Lampions geschmückten Weg zu den Logen entlang.

Der Vicomte folgte seinem Beispiel und bot Lady Marilla und Olivia seinen Arm. Er war sichtlich zufrieden, zwei so attraktive Begleiterinnen zu haben, wenn sein bewundernder Blick auch vor allem Olivia galt.

Sie sah heute ganz besonders hübsch aus. Das sonnengelbe Kleid aus leichtem Krepp war weit ausgeschnitten und brachte durch das enge Mieder ihre schlanke Taille vollkommen zur Geltung. Hals und Arme schmückten zarte Perlenschnüre, die Ohren dazu passende Gestecke, und auch in die Frisur waren von Meisterhand Perlen eingearbeitet worden. Ihre Wangen waren zart gerötet von dem prickelnden Gefühl, daß ihr ein interessanter Abend bevorstand, und von der Aufregung, die sie aufgrund der unerklärlichen Vorfälle rund um Lord Sudbury empfand. Es schien ihr fast unglaublich, daß das Gespräch mit Wellbrooks erst vor wenigen Stunden stattgefunden hatte. Daß es erst wenige Stunden her war, daß sie verzweifelt über seine Worte, die Liebe des Herzogs für immer verloren geglaubt hatte.

Doch nun war die Verzweiflung gewichen. Gewichen dem sicheren Wissen, daß die Entrüstung des Herzogs auf einem Mißverständnis beruhen müsse, daß er – aus welchem Grund auch immer – gedacht hatte, sie würde Profit daraus schlagen, seinen Freund einem Gläubiger auszuliefern. Natürlich war es kränkend, daß er sie eines derart schändlichen Verhaltens für fähig hielt – und doch erschien es ihr im Augenblick nicht so wichtig. Wichtig war, den Herzog von ihrer lauteren Gesinnung zu überzeugen – und wie sollte ihr das besser und eindrucksvoller gelingen als am heutigen Abend, wo sie Arm in Arm mit ihrer Stiefmutter eine Veranstaltung besuchte. Konnte er da noch länger an ihren Worten vom Nachmittag zweifeln? Und dann war es natürlich noch wichtig, diesen Mat ausfindig zu machen. Vielleicht war er wirklich in London. Vielleicht besuchte er sogar die heutige Veranstaltung. Diese war ja allgemein zugänglich, und warum sollte sich nicht Mat – vielleicht war er inkognito? – auch einmal vergnügen? Für Marilla müßte es doch ein leichtes sein, ihren Sohn auch nach acht Jahren wiederzuerkennen. Schwieriger war es dann wohl, ihn zu überreden, Geld von seiner Mutter anzunehmen. Und sein Erbe anzutreten. Wie konnte er nur in all den Jahren, da er in finanziellen Schwierigkeiten steckte, ein Leben auf der Flucht vor Gläubigern dem eines Lebens als Lord Sudbury vorziehen? War es wirklich bloß aus falsch verstandenem Stolz? Was war dieser Matthew Laurent wohl für ein seltsamer Mensch?

»So schweigsam heute, Miss Redbridge?« unterbrach der Vicomte ihre Grübeleien.

Olivia blickte um sich: »Ich bin noch nie hiergewesen und muß gestehen, daß ich hingerissen bin von all diesen Lichtern und Lampions.«

»Mir geht es ebenso«, meinte ihr Begleiter. »Und doch sehe ich das alles mit Wehmut. Den Jardin du Luxembourg pflegte man auch so zu schmücken, bevor... vor den Tagen der Revolution. Und nun...« er verstummte mit einer hilflosen Handbewegung.

»Tatsächlich?« fragte Lady Redbridge mit leiser Skepsis. »Das ist doch nun schon mehr als zwanzig Jahre her. Und damals haben Sie abends die Gärten besucht?«

»*Mais naturellement*!« rief der Vicomte aus. »Als Kind an der Hand meiner lieben Mama. Sie haben doch auch Kinder, Mylady. Waren Sie nie mit Ihren Söhnen hier in den zauberhaften Vauxhall Gärten?«

Marilla schüttelte den Kopf.

»Aber sicher würden Sie gerne einmal mit ihnen hier promenieren. Meine Mama, Gott habe sie selig, meine Mama sagte immer, daß es für sie nichts Schöneres gäbe, als am Arm ihrer Söhne eine Veranstaltung zu besuchen.« Er schien auf eine Antwort zu warten, doch Marilla hatte keine Zeit, sich mit diesem Thema zu beschäftigen. Der General war mit den beiden Damen an seiner Seite stehengeblieben.

»Hier ist unsere Loge«, erklärte Lady Darlington. »Wir sind wohl noch etwas früh.«

Die beiden Logen zur rechten und linken waren nicht besetzt. Die meisten Besucher zogen es vor, noch auf Wegen zu promenieren, da das Essen erst zu späterer Stunde serviert werden sollte. Von weitem war leise Musik zu vernehmen.

Der General und seine Begleiterinnen beschlossen dennoch, in der Loge Platz zu nehmen.

»Ich finde die kleinen Steinchen auf den Wegen immer wieder sehr unangenehm«, sagte Lady Darlington entschieden. »Es ist bedeutend angenehmer, die reizende Dekoration im Sitzen auf sich wirken zu lassen. Aber bitte, liebe Lady Redbridge, wenn Sie sich noch ein wenig umsehen wollen, lassen Sie sich nicht von uns aufhalten.«

»Das würde ich wirklich gerne«, gab Marilla zu. »Ich bin schon lange nicht mehr hiergewesen. Ich möchte feststellen, ob sich viel verändert hat, seit ich das letzte Mal hier war. Kommst du mit mir, Olivia?«

Olivia dachte an die Möglichkeit, daß sich der Herzog unter den Besuchern aufhalten könnte und hätte sie am liebsten abgelehnt. Mit bangem Gefühl überlegte sie, daß sich eine Begegnung mit ihrem Verlobten an diesem Abend nicht vermeiden lassen würde. In der Loge sitzend, hinter dem breiten Rücken ihrer Tante hätte sie sich bei weitem sicherer gefühlt. Doch daran war nicht zu denken. Sie konnte ihre Stiefmutter nicht allein durch die Gärten promenieren lassen.

Schweren Herzens stimmte sie einem Spaziergang zu. Zu ihrer Überraschung beschloß der Vicomte, sich ihnen anzuschließen. »Das ist eine sehr gute Idee«, fand Lady Darlington, die eben ihre Loge betrat. Seit ihre Nichte sich mit dem Herzog verlobt hatte, stand sie dem Franzosen mit bedeutend mehr Wohlwollen gegenüber. »Ihre Freunde werden Sie wohl endgültig aus den Augen verloren haben. Wenn Sie möchten, lasse ich ein weiteres Gedeck auflegen. Es wäre uns eine Freude, einen weiteren Kavalier in unserer Runde zu wissen, nicht wahr, meine Lieben?« Ihre Begleiter beeilten sich zuzustimmen, und der Vicomte nahm mit überschwenglicher Freude dankend an.

Lord MacAlister konnte sich nicht erinnern, seinen Freund jemals in der Stimmung gesehen zu haben, in der er sich in den letzten Tagen befand. Er war wortkarg und unnahbar wie selten zuvor. Nicht einmal seinen Freund weihte er in die Gründe dafür ein, die ihn bedrückten. Daß Wellbrooks etwas bedrückte, stand für MacAlister fest. Mochten die anderen die betont arrogante Miene Seiner Gnaden für eine Laune halten, so ließ er sich nicht täuschen. Es war offensichtlich, daß der Stolz des Herzogs empfindlich verletzt war. Wäre es nicht so neuartig gewesen, so hätte MacAlister schwören können, daß sein Freund an Liebeskummer litt.

Doch was auch immer es war, Wellbrooks sprach nicht darüber und erstickte jede Frage im Keim. MacAlister schloß daraus, daß ein Zusammenhang mit Olivia Redbridge bestand. Und auch, daß Wellbrooks' plötzlicher Verdacht gegen den Vicomte de Valliseau damit zu tun hatte. Er konnte nicht glauben, daß Wellbrooks auf den Franzosen eifersüchtig war. Sicher, dieser war ein ganz angenehmer Bursche, recht passabel aussehend mit tadellosen Manieren. Doch er konnte nie ein ernstzunehmender Konkurrent für einen Wellbrooks sein.

MacAlister ging nun schon einige Zeit neben dem Herzog die lampiongeschmückten Wege entlang. Keiner von beiden sprach ein Wort. Vor ihnen promenierte seine Gattin in Begleitung ihres Bruders und ihrer Schwägerin. Die drei waren in bei weitem besserer Laune. Einige Worte ihres fröhlichen Gesprächs drangen an MacAlisters Ohren. Warum sollte er sich von seinem Freund in melancholische Stimmung versetzen lassen? Er würde sich zu den anderen gesellen. Wenn sein Freund nicht mit ihm über seine Probleme sprechen wollte, dann…

Da spürte er die Hand des Herzogs, die sich fest über seinen Unterarm schloß. Er war abrupt stehengeblieben und starrte fassungslos in einen der Seitenwege. Irritiert folgte MacAlister diesem Blick und zog scharf die Luft ein. Was er dort sah, war tatsächlich eine Überraschung: drei Personen bummelten Arm in Arm den Weg entlang. Obwohl sie nur von hinten zu sehen waren, erkannte er Olivia Redbridge auf den ersten Blick.

»Was zum Teufel…« entfuhr es dem Herzog.

»Ist das nicht dieser Valliseau?« fragte MacAlister, obwohl er die Antwort kannte.

»Ja, und Lady Sudbury!« bestätigte der Herzog MacAlisters Verdacht.

»Wußtest du, daß Marilla in London ist? Wie kommt es, daß sie in Begleitung von Miss Redbridge und dem Franzosen die Gärten besucht?«

Die wirrsten Gedanken gingen dem Herzog durch den Kopf. Hatte Olivia nicht von einem Stiefbruder gesprochen? Hatte nicht Bactexter erwähnt, daß Lord Redbridge vor nicht allzu langer Zeit wieder geheiratet hat? War es möglich, daß Marilla ihre Stiefmutter war? Sollte Olivia – um Himmels willen – die Wahrheit gesagt haben? War sie keine feindliche Spionin? Wollte sie wirklich für Marilla Mats Adresse auskundschaften? Dann war sein Verhalten ihr gegenüber nicht nur äußerst rüde gewesen. Es war unverzeihlich! Und doch spürte er eine so große Erleichterung, daß er die ganze Welt hätte umarmen können. Da holten ihn andere Zweifel aus seiner Euphorie. Warum hatte ihn Marilla nicht direkt gefragt? Und vor allem: Warum befand sie sich in der Begleitung dieses Franzosen? Es konnte doch nicht sein, daß Marilla ihren eigenen Sohn…? Nein, diesen Gedanken wollte er nicht zu Ende denken.

»Man muß Mat warnen, daß seine Mutter hier ist, Andrew«, sagte er statt dessen. »Wir müssen ihn finden, bevor ihn Marilla entdeckt und Valliseau auf seine Spur bringt. Bete zu Gott, daß das noch nicht geschehen ist!« Mit diesen Worten machte er kehrt und begab sich mit eiligen Schritten auf die Suche nach Matthew Laurent. MacAlister fand gerade noch Zeit, seiner Frau einige erklärende Worte zuzuflüstern, bevor er sich aufmachte, um den Herzog einzuholen.

Aber die Hoffnungen Seiner Gnaden wurden in zweifacher Weise enttäuscht. Zum einen war es ihm lange Zeit nicht möglich, Mat in der ständig anwachsenden Menschenmenge, die den weitläufigen Park füllte, zu finden. Und zum anderen war die kleine Gruppe bereits auf Mat gestoßen.

Dieser war mit einer Anzahl seiner neugewonnenen Freunde beisammengestanden. In eine zum Teil wehmütige Plauderei über vergangene Feste in Versailles verwickelt, als auf einmal, ohne jede Vorwarnung, seine Mutter vor ihm stand. Er erkannte sie sofort. Sie schien sich kaum verändert zu haben. Aus einem Impuls heraus ging er, jede Vernunft außer acht lassend, einige Schritte auf sie zu.

Auch Marilla hatte ihn sogleich bemerkt und trotz seines veränderten Aussehens keine Schwierigkeiten gehabt, ihn zu erkennen. Was war bloß aus ihrem Sohn geworden? Wo war der dunkelhaarige junge Mann mit den klassischen Gesichtszügen geblieben? Vor ihr stand ein Geck mit einem affektierten Oberlippenbärtchen. Die blonde Perücke gab seinem Aussehen einen fremden Anstrich. Oder waren die Haare am Ende gar gebleicht? Die flaschengrüne Jacke saß eng an der Taille, die Weste war mit einem auffallenden orientalischen Muster bestickt.

Eine aufdringliche Krawattennadel vervollkommnete das Bild. Daß die Kragenspitzen überreich verziert und von einer atemberaubenden Höhe waren, konnte bei dieser Aufmachung nicht verwundern. Und doch war die Gestalt ohne Zweifel Mat. Wie oft hatte sie in Gedanken den Augenblick des Wiedersehens herbeigesehnt! Wie hatte sie sich gewünscht, ihren Ältesten in die Arme zu schließen. Mit ihm über die langen Jahre der Trennung zu sprechen. Nun stand er ihr gegenüber – aber es war nicht der geeignete Zeitpunkt, das Wiedersehen zu feiern. Überall unter den Gästen konnte ein Kredithai, ein Großgläubiger versteckt sein, der Mat in seiner Verkleidung nicht erkannte.

Sie dachte nicht daran, ihn an einen dieser Kerle auszuliefern! Also zwinkerte sie ihrem Sohn unmerklich zu. Das hatte sie früher oft getan, als Mat und Harry noch Kinder waren und sie ihnen Verstehen signalisieren wollte, ohne, daß der gestrenge Vater etwas davon ahnte. Dann hob sie hochmütig die Augenbrauen, als wollte sie die Anmaßung eines Fremden unterdrükken.

Aber auch Mat war, sobald er die ersten Schritte getan hatte, schlagartig zur Besinnung gekommen. Er hatte den Mann in Begleitung seiner Mutter erkannt, und die Worte des Herzogs klangen deutlich in seinen Ohren. Das Zwinkern seiner Mutter sah er wohl – allerdings konnte er sich keinen Reim darauf machen. Ihm war klar, daß er einen Angriff versuchen mußte, wollte er retten, was noch zu retten war: »*Madame Fournarêt!*« rief er daher aus, wahllos den Namen einer seiner Pariser Bekannten gebrauchend. »*Quelle plaisir, de vous revoir!*«

Da er fließend französisch sprach, hoffte er Valliseau dadurch zu täuschen: »Ich wußte nicht, daß Sie nach London gekommen sind, Madame! Wie ich mich freue, Sie zu sehen!« Er war wild gestikulierend auf Marilla zugestürmt und machte nun Anstalten, ihre Hand zu greifen.

Mit einer Miene, die deutlich ihren Unmut verriet, verbarg Lady Redbridge ihre Rechte hinter ihrem Rücken. Dann wandte sie sich an ihren Begleiter: »Was ist das für ein aufdringlicher Mann, Vicomte? Ich habe kein Wort von dem verstanden, was er sprach. Können Sie mir sagen, wer dieser Mann ist und was er von mir will?«

Valliseau warf ihr schnell einen prüfenden Seitenblick zu: »Sie kennen den Mann nicht, Mylady?« fragte er.

Marilla schüttelte energisch den Kopf: »Ich habe nicht die geringste Ahnung, wer er sein könnte.«

Der Vicomte fühlte sich verpflichtet, dem Fremden eine Abfuhr zu erteilen. Er tat dies in einem herablassenden und verächtlichen Tonfall.

Sein vermeintlicher Landsmann murmelte eine Entschuldigung und trat zerknirscht einige Schritte zurück. Seine Bekannten waren dem Wortwechsel interessiert gefolgt.

»Ich habe die Dame wirklich für Madame Fournarêt gehalten«, sagte er mit traurigem Lächeln zu dem Herrn, der neben ihm stand. »Sie war eine so gute Freundin. Mein Wunsch, sie in Sicherheit zu wissen, war wohl größer als mein Verstand, Monsieur. Denn auf den zweiten Blick hatte diese englische Lady keinerlei Ähnlichkeiten mit äh... Jaqueline. Sie kannten Jaqueline Fournarêt, Monsieur?« Während der Gefragte verneinte, waren der Vicomte und seine Begleitung bereits weitergegangen.

Marilla legte mit einer dramatischen Geste den Handrücken an die Stirne: »Nein, so eine Unverschämtheit. Ich muß Sie ersuchen, Vicomte, uns zu Lady Darlingtons Loge zu bringen.«

Der Franzose kam ihrer Bitte ohne zu zögern nach.

Olivia hatte die Szene interessiert, wenn auch schweigend verfolgt. Sie war sich nicht im klaren, was sie davon halten sollte. Zu Beginn hatte sie den Verdacht, daß es sich bei dem Fremden um Marillas gesuchten Sohn handeln müßte. Auf den ersten Blick glaubte sie sogar eine Ähnlichkeit zwischen ihm und ihrer Stiefmutter zu erkennen. Doch dann verwarf sie diesen Gedanken.

Hatte Marilla nicht davon gesprochen, daß ihr Sohn ein ausgesprochen schöner junger Mann sei, dunkelhaarig und elegant? Nun, die Eleganz konnte im Laufe der Jahre, da es ihm finanziell nicht gut ging, abhanden gekommen sein. Das war jedoch kein

Grund, sich in einen modischen Stutzer zu verwandeln. Und dunkelhaarig war er auch nicht. Nein, der Fremde konnte nicht Mat sein. Was sie jedoch stutzig machte, war Marillas seltsames Verhalten. Sie wußte, daß ihre Stiefmutter sehr gut französisch sprach, und doch hatte sie vorgegeben, ein paar einfache Sätze nicht zu verstehen. Sie kannte sie als eine humorvolle Frau mit wachem Verstand. Das aufgeregte Verhalten paßte nicht in dieses Bild. Zu dumm, daß sie vor einem Fremden das Thema nicht anschneiden konnte. Sie brannte darauf, mit Marilla zu sprechen. Da es im Augenblick nicht möglich war, den Vicomte loszuwerden, mußte sie sich gedulden. Sie entschloß sich, auf das Spiel ihrer Stiefmutter einzugehen. Zuerst versuchte sie, die empörte Dame zu beruhigen, dann lenkte sie das Gespräch in harmlosere Bahnen.

In der Zwischenzeit hatten der Herzog und MacAlister die Gruppe um Lord Sudbury erreicht. Mat erkannte sie schon von weitem. Wenn er ihre Mienen richtig interpretierte, wollten die beiden dringend mit ihm sprechen. Er entschuldigte sich bei seinen Begleitern und sagte mit einem theatralischen Gefühlsausbruch – in seinem schauspielerischen Talent seiner Mutter um nichts nachstehend – daß ihm das Wiedersehen mit seiner vermeintlichen Freundin sehr nahe gegangen sei. Er wolle, überwältigt von dem Gefühl der Enttäuschung, seine Gedanken in Stille ordnen. Dabei schien er den Tränen nahe.

Seine Freunde waren an ihm vorbeigegangen. Mat folgte ihnen in einigem Abstand, gesenkten Hauptes, so als sei er völlig mit seinen Gedanken beschäftigt. Nachdem sich der Herzog vergewissert hatte, daß Mat hinter ihnen herging, verließ er die breite Allee und begab sich auf einen schmalen Seitenweg. Sie kamen in einen Teil der Gärten, der von Besuchern kaum frequentiert wurde. In menschenleerer Stille lag er vor ihnen. Die Umgebung war im Licht des Mondes schemenhaft auszunehmen. Sie blieben stehen und warteten, bis ihr Freund herangekommen war.

»Wir müssen dich warnen«, begann der Herzog. »Deine Mutter ist heute abend hier anwesend. Wir haben sie vor etwa einer halben Stunde gesehen. Was für ein dummer Zufall, der sie gerade heute nach London bringt...«

»Ich bin ihr schon begegnet«, unterbrach ihn Mat.

»Verdammt!« rief MacAlister. »Hat sie dich erkannt? War sie noch in Begleitung dieses Valliseau?«

»Ja, das war sie. Und in Begleitung einer weiteren Dame. Einer auffallend attraktiven, soweit ich das gesehen habe.«

»Diese auffallend attraktive Dame ist Miss Redbridge«, sagte Seine Gnaden.

»Julians Verlobte«, erklärte MacAlister, als er Mats fragenden Blick auffing.

»Gratuliere«, sagte dieser.

»Das tut jetzt nichts zur Sache«, meinte Wellbrooks ungeduldig. »Hat deine Mutter dich erkannt? Hat sie dich angesprochen? Hat sie Valliseau dadurch verraten, wer du bist?«

Mat schüttelte den Kopf und sagte sehr ernst: »Nein. Das Seltsame ist, sie tat, als hätte sie mich nicht erkannt.«

Der Herzog atmete hörbar auf.

»Obwohl sie mir zu verstehen gab, daß sie sehr wohl wußte, wer ich war«, fuhr Mat fort. »Ich weiß nicht, warum sie mich verleugnete. Tatsache ist, daß sie es tat. Ich hingegen, Narr der ich bin, hätte mich beinahe selbst verraten.«

Mit knappen Worten schilderte er den Vorfall.

»Wie sind deine weiteren Pläne?« fragte Wellbrooks, ohne einen Kommentar zu dem Gehörten abzugeben.

»Die Zeit drängt«, antwortete dieser. »Morgen um die Mittagszeit muß ich die Stadt verlassen. Mein Schiff segelt in der Nacht zur französischen Küste.«

»Der Brief?« warf MacAlister ein.

Mat klopfte gegen seine Brusttasche: »Wohlverwahrt«, sagte er.

»Du trägst ihn bei dir? Wäre es nicht klüger...«

»...ihn im Hotel zu lassen? Nein. Die Gefahr, daß man mich durchschaut hat und in meiner Abwesenheit das Hotelzimmer durchsucht, ist zu groß.«

»Was wirst du gegen Valliseau unternehmen?« wollte Wellbrooks wissen.

»Julian, alles, was wir zur Zeit gegen diesen Mann vorbringen können, ist ein bloßer Verdacht. Auch wenn mir die Hochnäsigkeit nicht behagte, mit der er mit mir sprach, so ist das kein Beweis für seine Verrätertätigkeit. Ich muß abwarten. Wer auch immer die Männer sind, sie wissen, daß ich nicht mehr lange in England bleibe. Sie sind gezwungen zu handeln. Dadurch werden sie sich verraten.«

»Sie könnten dich überwältigen, ohne daß dir jemand zur Hilfe kommen kann...«, warnte MacAlister.

»Ich habe James immer bei mir.« Mat wandte sich um und ließ einen kurzen Pfiff ertönen. Die Antwort ließ nicht auf sich warten. Sein Diener hatte sich, von allen unbemerkt, ganz in der Nähe niedergelassen.

»Alle Achtung«, murmelte MacAlister anerkennend.

»Ein Wagen des Ministeriums steht bereit. In den kann ich alle Verdächtigen verladen. Zudem warten einige Männer bei den Booten. Sie werden wissen, was man mit Verrätern anzufangen hat.«

»Noch hast du sie nicht«, stellte der Herzog gelassen fest.

»Nein, noch nicht«, bestätigte Mat. Doch er ließ keinen Zweifel daran, daß er dem Ausgang des Abends mit Zuversicht entgegensah.

Das Dinner zog sich in die Länge. Der General, ermuntert von der zahlreichen Zuhörerschar, die seine Anekdoten noch nicht kannte, gab Geschichten aus seiner Militärzeit zum besten. Obwohl alle Anwesenden vorgaben, ihm ihre ungeteilte Aufmerksamkeit zu schenken, war Lady Darlington die einzige, die ihm auch tatsächlich zuhörte. Ihre Begeisterung über die Klugheit und den Mut, mit dem der General manch schwierige Hürde genommen hatte, kam von Herzen. Lady Redbridge und ihre Stieftochter gaben mechanisch passende Ausrufe der Bewunderung von sich.

Mit ihren Gedanken waren sie jedoch nicht bei der Sache. Der französische Vicomte hegte naturgemäß keine große Begeisterung für die britische Armee. Die Schwester des Generals, die die Histörchen wohl schon ein dutzendmal gehört haben mochte, war wieder in dumpfes Schweigen verfallen. Die Erzählungen wurden immer wieder unterbrochen, da Bekannte an die Logenbrüstung traten, um die Anwesenden zu begrüßen. Die überraschende Anwesenheit von Lady Marilla in der Hauptstadt sorgte für reges Interesse. Nun, da bekannt war, daß sie im Hause von Lady Darlington weilte, würde der Türklopfer in den nächsten Tagen nicht stillstehen. So manches Mitglied der Gesellschaft kündigte seinen Morgenbesuch an. Zu groß war die Neugierde zu erfahren, wo Mylady die letzten Wochen verbracht hatte, nachdem sie so geheimnisvoll »über Nacht« verschwunden gewesen war.

Aufatmend erinnerte sich Marilla daran, daß sie am nächsten Tag nach Rochester aufbrechen würden. Was für ein Aufsehen wird es geben, wenn sie die Leute von ihrer Vermählung mit Lord Redbridge in Kenntnis setzen würde! Fragen über Fragen werden über sie hereinbrechen. Und dann noch Fragen über Mat! Nein, solange sie nichts Genaues über ihren Sohn wußte, ging sie Besuchern lieber aus dem Weg. Sie hatte eben Lord Greenhood zugenickt, der im Vorbeigehen höflich gegrüßt hatte, als sie Olivias Blick einfing. Die stumme Frage in ihrem Gesicht war nicht zu mißdeuten. Sicher wollte sie wissen, ob sie den Fremden kannte, der sie angesprochen hatte.

»Und da haben wir das kleine Häuschen hinter dem Hügel entdeckt«, hörte sie den General sagen. »Die anderen stürzten darauf zu. Doch ich, als einziger, war vorsichtig. Ich spürte die Gefahr, die in der Luft lag, ich...«

Der Vicomte spielte mit seiner Serviette und gab sich wenig Mühe, seine Langeweile zu verbergen. Geschickt ließ Marilla ihr Retikül fallen. Sie bückte sich danach, noch bevor einer der umstehenden Lakaien darauf aufmerksam wurde. Olivia, die neben ihrer Stiefmutter saß, bückte sich ebenfalls. »Es war Mat«, flüsterte ihr Marilla zu. Olivia starrte sie ungläubig an, doch Marilla nickte unbeirrt.

Als sie sich mit geröteten Gesichtern wieder aufrichteten, sahen sie, daß ein weiterer Herr an die Logenbrüstung getreten war. Eine wohlbekannte Stimmte wünschte allen Anwesenden einen guten Abend.

Olivia fiel es schwer, ihm in die Augen zu schauen. Wie würde er wohl jetzt reagieren, da er sah, daß sie sich in Begleitung von Mats Mutter befand? Würde er erkennen, daß sie die Wahrheit gesprochen hatte? Würde er sie wortreich um Verzeihung bitten, sie...

»Wir hatten noch keine Gelegenheit, Ihnen zu Ihrer Verlobung zu gratulieren, Euer Gnaden«, hörte sie den General sagen. »Sie haben die richtige Wahl getroffen. Wie die Tante, so die Nichte, wenn ich das auf diese Weise formulieren darf. Meinen herzlichen Glückwunsch. Auch von meiner Schwester, nicht wahr, Ethel?«

»Natürlich. Auch von mir das Allerbeste«, bemerkte Miss Gleavensham nicht gerade herzlich.

Seine Gnaden verbeugte sich angemessen, wandte sich aber dann Lady Redbridge zu: »Es ist eine Ewigkeit her, daß ich das Vergnügen hatte, dich zu sehen, Marilla. Würdest du mir die Freude machen, mit mir einen kurzen Spaziergang zu unternehmen?«

Lady Marilla blickte unentschlossen zu ihrer Gastgeberin hin: »Wenn es Ihnen nichts ausmacht, daß ich mich kurz entschuldige.«

Lady Darlington versicherte, daß sie natürlich nichts dagegen einzuwenden habe. Der Herzog reichte Marilla den Arm und schritt mit ihr von dannen. Mit gemischten Gefühlen sah ihm Olivia nach. Er konnte die Wahrheit noch nicht erraten haben, denn sonst hätte er sie nicht vor allen Anwesenden behandelt, als wäre sie Luft. Und doch war sie gekränkt, daß er Marilla zu einem Spaziergang abholte und sie in der langweiligen Gesellschaft des Generals sitzen ließ. Aber auch Hoffnung keimte auf: Sicherlich gelang es Marilla, ihren Verlobten von den wahren Gründen ihres Interesses an Lord Sudbury zu überzeugen.

Der Vicomte nützte die Gelegenheit, bevor der General abermals das Wort ergreifen konnte, um Olivia zum Tanz zu führen.

Das Tanzparkett in dem kleinen Pavillon war bereits überfüllt, als die beiden dort anlangten. Wie Olivia feststellte, zählten Wellbrooks und Marilla nicht zu den Tanzpaaren. Sie sah Lord MacAlister mit Lady Rivington, Lady MacAlister mit Mr. Finch-Bottom, Sir Woodford mit Mrs. Wingfield. Und in einiger Entfernung auch den Mann, der Matthew Laurent sein sollte. Er tanzte mit einer zierlichen Blondine.

Die Musiker begannen einen Walzer zu spielen, und Olivia nahm mit ihrem Partner Aufstellung. Wie gerne wäre sie im Arm von Wellbrooks durch den Saal gewirbelt. Der Vicomte war kein guter Walzertänzer. Doch an diesem Abend schien es Olivia, als würde er besonders oft aus dem Takt geraten. So war es eine Wohltat, als die Musik endlich verstummte und Lord Linham herbeieilte und um die Ehre des nächsten Tanzes bat. Der Vicomte verbeugte sich und verließ das Tanzparkett. Von nun an wurde Olivia von einem Tanzpartner zum nächsten weitergereicht. Sie ließ keinen Tanz aus und war überrascht, als die Anwesenden zum großen Feuerwerk gebeten wurden, das um Mitternacht auf einer der großen Rasenflächen stattfinden sollte.

Wie schnell doch die Zeit vergangen war. Sicher war Marilla längst wieder zur Loge zurückgekehrt. Sie brannte darauf zu erfahren, wie das Gespräch mit dem Herzog verlaufen war.

»Würden Sie mir die Ehre erweisen, sich von mir zum Feuerwerk begleiten zu lassen?« hörte sie Mr. Finch-Bottom fragen, mit dem sie den letzten Tanz getanzt hatte.

»Es tut mir leid, Sir«, bedauerte Olivia. »Aber ich muß dringend zur Loge meiner Tante zurück. Meine Begleiter werden sich schon gefragt haben, was aus mir geworden ist.«

Sie blickte sich nach dem Vicomte um, um mit ihm zur Loge zurückzukehren. Doch der Franzose war nirgends zu sehen.

»Ich werde Sie zurückbegleiten«, bot sich Mr. Finch-Bottom an, der ihren ratlosen Blick richtig interpretierte.

»Da wäre sehr…« sie brach ab, da sie ein Stück kupferrotes

Kleid an einem der Eingänge bemerkte. »Nein, danke, das ist nicht nötig. Ich habe eben meine Stiefmutter entdeckt. Ich werde mich ihr anschließen. Haben Sie vielen Dank.«

Mit diesen Worten ließ sie ihren Kavalier stehen. Der Weg quer durch den Pavillon zu dem Eingang, vor dem sie Marillas Kleid gesehen hatte, war nicht so rasch zurückzulegen, wie sie gedacht hatte. Alle Anwesenden wollten das Feuerwerk sehen und drängten zu den Ausgängen. Als Olivia endlich ins Freie trat, war keine Spur mehr von Marilla zu sehen.

»Zu dumm«, dachte Olivia, »ich hätte das Angebot von Mr. Finch-Bottom annehmen sollen.« Ohne Begleitung durch die Menschenmenge zu spazieren, war für eine Dame alles andere als erfreulich. Zuviel Pöbel mischte sich unter das Publikum. Ratlos blickte sie sich um.

Welch ein Glück! Sie sah Marillas Kleid wieder, als diese eben in einem der Seitenwege verschwand. Befreit atmete sie auf und beeilte sich, ihrer Stiefmutter zu folgen. Ob sie wohl noch immer in Begleitung von Wellbrooks war? Wie kam es, daß Marilla weder in Richtung der Logen, noch zum Feuerwerk unterwegs war? Mühsam bahnte sich Olivia ihren Weg gegen den Strom der Besucher. An der Weggabelung war von Marilla nichts mehr zu sehen. Es war wirklich wie verhext. Nun, sie hatte Marilla diesen Weg einschlagen sehen, also würde sie ihm folgen. Umkehren hatte keinen Sinn. Längst hatten alle Bekannten, denen sie sich hätte anschließen können, ihre Sitze auf dem Rasen eingenommen. Es blieb ihr nichts anderes übrig, als den Weg zu gehen, den Marilla eingeschlagen hatte. Merkwürdig war das schon.

Dieser Weg führte weg von den beleuchteten Promenaden in ein Dickicht von Büschen und Sträuchern. Zu allem Übel waren nun auch kleine Steinchen in ihre Sandalen geraten. Sie blieb stehen und blickte sich um. Nirgends war eine Menschenseele zu sehen. Also zog sie ihre Schuhe aus, um sie zu entleeren. Sie mußte den Verstand verloren haben, als sie den Weg in diese einsame Gegend einschlug. Sicher jagte sie einem Phantom nach. Da blieb nichts anderes übrig als umzukehren.

Sie wollte es eben tun, als sie gedämpfte Stimmen vernahm. Erschrocken zuckte sie zusammen. Gebe Gott, daß ich doch Marilla gefunden habe, dachte sie. Es war unheimlich hier in diesem einsamen Teil der Gärten. In Strümpfen, die Schuhe noch in der Hand, eilte sie zu der Stelle, von der sie die Stimmen gehört zu haben vermeinte. Es war nun ganz still um sie her, von weit weg war leise die Musik des Pavillons zu vernehmen. Da hörte sie die Stimmen wieder. Sie waren jetzt ganz nahe, nur durch eine dichte Eibenhecke vom Weg getrennt.

Es war eindeutig ein Mann, der da sprach. Mit wem sollte sich Marilla in dieser Abgeschiedenheit treffen? Olivia schlich näher und spähte durch die Zweige. Sie konnte zwei Gestalten erkennen. Doch, wie sie befürchtet hatte, war ihre Stiefmutter keine von beiden. Wer aber waren die Leute, die sich hier in der Dunkelheit trafen? Ein Mann trat unter einer Baumgruppe hervor. Das Mondlicht fiel ihm direkt in das Gesicht. Olivia erkannte einen kleinen, untersetzten Burschen mit Glatze und tiefliegenden Augen. Ob sie gerade Zeuge eines heimlichen Stelldicheins wurde? Obwohl dieser Mann nicht wie ein feuriger Liebhaber aussah, der sich hier zu später Stunde mit seiner Angebetenen traf.

Und doch schien seine Kleidung wie geschaffen für eine heimliche Flucht: Sie war dunkel, ohne jeden Aufputz. Weiße Kragenspitzen fehlten ebenso wie silberne Knöpfe. Wie mochte wohl die junge Dame aussehen, die sich zu so später Stunde mit einem so wenig romantisch aussehenden Galan traf? Die zweite Gestalt trat in das Mondlicht. Zu ihrem fassungslosen Erstaunen war das keine Frau. Sie konnte das Gesicht des Mannes nicht deutlich wahrnehmen. Doch schien ihr sein Gang vage vertraut. Und dann seine Jacke! Seine ersten Worte bestätigten den Verdacht: es war der Vicomte de Valliseau!

Nun hatte sie doch, zu guter Letzt, Glück. Sie würde den Vicomte bitten, sie zum Feuerwerk zurück zu begleiten. Gerade als sie den ersten Schritt durch das Gebüsch machen wollte, ließ eine neue Entdeckung sie in ihrer Bewegung verharren: Sie sah die kleine Pistole in der Hand des Franzosen, mattschimmernd im fahlen Licht des Mondes. Olivia spürte, wie ihre Knie weich wurden. Was sollte sie tun? Würde er seinen Begleiter vor ihren Augen erschießen? Doch ihre Sorgen waren verfrüht. Es war der kleine Mann, der dem Vicomte die Munition reichte. Gemächlich lud der Vicomte die Waffe. Ein leises Klicken war zu vernehmen, dann ließ er sie in die Rocktasche gleiten.

»*Alors*,« sagte er und streifte seine Handschuhe über. »Ich mache mich auf die Suche nach unserem teuren Freund Sudbury. Du wartest auf uns bei den Booten. Ist alles klar? Diese Nacht ist wie geschaffen für unser Vorhaben. *A toute à l'heure*.«

Mit diesen Worten wandte er sich von seinem Begleiter ab und betrat den Seitenweg. Nur wenige Schritte von Olivia entfernt. Sie stand da, ihren Körper an die Sträucher gepreßt, und wagte kaum zu atmen.

»Lieber Gott«, flehte sie, »gib, daß der Vicomte mich nicht sieht!« Nicht auszudenken, was geschehen würde, wenn er bemerkte, daß sie ihn belauscht hatte. Würde er ihr glauben, wenn sie vorgab, seine französischen Worte nicht verstanden zu haben? Kaum zu glauben, daß das wirklich der Vicomte de Valliseau gewesen sein sollte. Wo war der Gentleman geblieben, dem sie manch amüsante Ausfahrt und viele schwungvolle Tänze verdankte? Der Mann, dessen Gesicht im Mondschein unnatürlich blaß gewirkt hatte, dessen verkniffene Lippen bis dahin ungeahnte Brutalität verrieten, dieser Mann hatte so wenig Ähnlichkeit mit dem Vicomte, den sie kannte. Und doch war er es unzweifelhaft gewesen. Er wolle Sudbury suchen, hatte er gesagt. Er wollte Sudbury suchen und hatte eine Pistole! Olivia erwachte aus ihrer Erstarrung. Der Vicomte war der Mann, der hinter Marillas Sohn her war. Von ihm ging die Gefahr aus. Und Mat war in großer Gefahr!

Die Waldlichtung lag nun wieder ruhig und friedlich im Mondschein, als hätte die unheilvolle Begegnung nie stattgefunden. Der glatzköpfige Begleiter mußte sie an der anderen Seite verlassen haben. Valliseau hatte Olivia nicht entdeckt. Sie sah ihn in einiger Entfernung mit großen Schritten den Weg hinuntereilen. Sie trat aus dem Gebüsch hervor und schüttelte die

Glieder, die vom Stehen in unbeweglicher Haltung steif geworden waren. Sie mußte etwas unternehmen! Sie mußte verhindern, daß es zu einer Katastrophe kam! Sie mußte Mat vor dem Franzosen warnen!

Selten zuvor war sich Olivia so aufgeregt und gleichzeitig so hilflos vorgekommen. Wie sollte sie Marillas Sohn in der großen Menschenmenge finden? Wie sollte sie verhindern, daß der Vicomte von seiner Waffe Gebrauch machte? Er schien zu allem entschlossen. Ob Wellbrooks ihr half, wenn sie ihn darum bat? Ob er ihr diesmal Glauben schenken würde? Energisch strafftc sic die Schultern. Es hatte keinen Sinn dazustehen, noch immer die Schuhe in der Hand, und auf Hilfe zu hoffen. Sie mußte handeln. Mit raschen Schritten lief sie auf dem Rasen, der den Weg säumte, zur breiten Allee zurück. Dort schlüpfte sie wieder in ihre Sandalen, um nicht Gefahr zu laufen, von irgend jemandem in Strümpfen überrascht zu werden. Von nun an konnte sie sich nur langsamer fortbewegen. Als sie zu den ersten Logen kam, zeigte ein lautes Krachen den Beginn des Feuerwerkes an. Olivias Entsetzen steigerte sich ins Unermeßliche. Hier im Schutze dieses Lärms konnte ein Schuß fallen, ohne auch nur die geringste Aufmerksamkeit auf sich zu ziehen. Sie blickte sich um. Die Logen lagen verlassen im Schein der Lampions. Auch die Tanzmusik im Pavillon war verstummt. Sie mußte versuchen, Mat unter all den Leuten ausfindig zu machen, die sich auf dem Rasen drängten, um das Feuerwerk zu bewundern.

Ein weiterer Knall zerriß die Stille, und ein weiterer. Olivia war jetzt genügend nahe herangekommen, um die Sterne zu sehen, die in allen Farben auf die Erde hernieder rieselten. Das Publikum war hingerissen. Immer wieder brandeten Stürme der Begeisterung auf. Eine große goldene Blume erhellte für kurze Zeit die Nächte. Olivia sah die Menschenmenge, die wie gebannt zum Himmel blickte – und ganz in der Nähe das bekannte Gesicht von Lord MacAlister. Der Herzog war nicht an seiner Seite. Sie überlegte nicht lange. Die zahlreichen Unmutsäußerungen der Umstehenden in Kauf nehmend, bahnte sich ihren Weg.

MacAlister blickte sich um, um zu sehen, wer ihn von hinten am Oberarm ergriffen hatte, und seine Augen weiteten sich: »Miss Redbridge«, rief er aus, »wo kommen denn Sie so plötzlich her?«

Die nächste Rakete erleuchtete die Finsternis. Seine Lordschaft entdeckte abgebrochene Blätter in Olivias Haar. Ihr aufgeregter Gesichtsausdruck beunruhigte ihn: »Ist etwas geschehen?« wollte er wissen.

»Haben Sie Lord Sudbury gesehen, Mylord?« flüsterte Olivia ihm zu. Diese Frage versetzte MacAlister in noch größeres Erstaunen. »Lord Sudbury?« vergewisserte er sich.

Olivia nickte. »Ich muß ihn finden. Er ist in großer Gefahr. Wären Sie bereit, mir zu helfen?«

»Aber sicher«, murmelte Seine Lordschaft nun ernsthaft beunruhigt.

»Dann lassen Sie uns gehen!« Sie hastete, wieder an den entrüsteten Leuten vorbei, zurück zu dem Weg, von dem sie gekommen war. MacAlister war mit wenigen großen Schritten bei ihr.

»Valliseau hat eine Pistole«, erklärte ihm Olivia, etwas außer Atem. »Ich habe ihn gesehen. Vor etwa einer Viertelstunde. Mit einem zweiten Mann. Wir haben keine Zeit zu verlieren! Er will Sudbury suchen. Der zweite wartet bei den Booten.« Olivia strich sich mit einer ungeduldigen Geste eine Locke aus dem Gesicht, die sich selbständig gemacht hatte. »Am besten ist wohl, wir gehen auch zu den Booten.« Sie wollte sich eben umwenden, als ein fester Griff sie zurückhielt.

MacAlister versuchte, sich auf das Gehörte einen Reim zu machen. Wellbrooks hatte Valliseau als den Verräter entlarvt, der Mat aus dem Weg schaffen und das Dokument an sich bringen wollte. Das stimmte mit den Erzählungen von Miss Redbridge überein. Allerdings konnte man Miss Redbridge unzweifelhaft zu den Freunden des Franzosen zählen. Das war sicher einer der Gründe, warum Wellbrooks in den letzten Tagen so gereizt gewesen war. Vermutlich verdächtigte er seine Verlobte, mit dem Franzosen gemeinsame Sache zu machen. Zwar kaum vorstellbar – und doch, warum sollte sich Miss Redbridge plötzlich gegen den Vicomte stellen? Wie kam es, daß sie vorgab, Mat schützen zu wollen? War das eine Falle, in die er, MacAlister, gelockt werden sollte?

»Einen Moment, Miss Redbridge«, sagte er in scharfem Ton. »Was wird hier gespielt? Warum behaupten Sie, Lord Sudbury werde von Valliseau bedroht? Auf welcher Seite stehen Sie eigentlich?«

Olivia war fassungslos. »Auf welcher Seite ich stehe?« fauchte sie. »Ihr Freund ist in Gefahr, und Sie fragen mich allen Ernstes auf welcher Seite ich stehe?« Sie schluckte und bemühte sich, in leiserem Ton fortzufahren: »Mat ist der Sohn meiner Stiefmutter, Mylord. Lady Sudbury hat vor einiger Zeit meinen Vater geheiratet. Ihr Sohn ist in großer Gefahr. Ich habe keine Zeit für langwierige Erklärungen. Ich habe Sie gebeten, mir zu helfen. Nun sehe ich, daß das ein Fehler war. Entschuldigen Sie bitte, daß ich Ihr Vergnügen unterbrochen habe, Sir. Sie können gerne zurückkehren.« Mit einer energischen Bewegung befreite sie ihren Arm und wandte sich um.

»Verzeihen Sie mir«, hörte sie die Stimme Seiner Lordschaft hinter ihrem Rücken. »Ich wußte nichts von Marillas Heirat. Ich habe Sie auch nicht ernsthaft verdächtigt, mit diesem Valliseau... Wir müssen Mat finden! Wo kann er bloß stecken? Wenn Sie annehmen, daß er zu den Booten gebracht werden soll, ist es vielleicht wirklich das Günstigste, dort auf die beiden zu warten. Lassen Sie uns gehen. Auf dem Weg dorthin erzählen Sie mir alles, was Sie wissen.« Beide dachten an die Möglichkeit, daß man Sudbury als toten Mann zu den Booten bringen wollte, doch keiner wollte der erste sein, der es aussprach.

Das Feuerwerk neigte sich dem Ende zu. Blauer und rosa Lichtschein erhellte abwechselnd die menschenleeren Wege. Sie waren noch nicht weit gegangen, da bot sich ein überraschender Anblick ihren Augen. Auf dem schmalen Pfad, den sie eben kreuzten, kamen in einiger Entfernung zwei Männer des Weges. Der eine war ohne Zweifel Lord Sudbury, der zweite, der etwas hinter ihm her ging, der Vicomte des Valliseau. Es schien, als machten die beiden in friedlicher Eintracht einen Abendspaziergang.

»Was mag das bedeuten?« flüsterte Olivia, die ihren Augen nicht trauen konnte. »Geht Lord Sudbury freiwillig an der Seite des Vicomte...«

»Na, ob das gar so freiwillig ist«, zweifelte MacAlister mit grimmiger Stimme. Olivia sah verständnislos zu ihm auf.

»Sehen Sie nicht Sudburys steife Haltung? Der feine Vicomte hat ihm die Rechte auf den Rücken gebogen und treibt ihn mit der Pistole vor sich her.«

Olivia überlegte nicht lange: »Trauen Sie sich zu, Valliseau niederzuschlagen, wenn ich ihn ablenke?« wollte sie wissen.

»Aber sicher«, bestätigte Seine Lordschaft. »Doch ich denke, wir sollten uns nicht einmischen und warten, ob...«

Olivia hörte ihn nicht mehr. Mit energischen Schritten eilte sie den beiden Männern entgegen.

»Vicomte de Valliseau!« rief sie aus. Es klang, als sei sie freudig überrascht. »Wie gut, daß ich Sie treffe!«

Sie wandte sich scheinbar beiläufig an Mat, um ihm grüßend zuzunicken, und fuhr dann fort: »Stellen Sie sich vor, was geschehen ist, Vicomte...«

Obwohl dieser nicht erfreut sein konnte, sie zu sehen, verriet er mit keiner Regung seine Verärgerung. »Ich würde Ihnen so gerne zuhören, Miss Redbridge, das versichere ich Ihnen. Wenn Sie erlauben, werde ich morgen vormittag bei Ihnen vorsprechen. Doch jetzt müssen Sie mich bitte entschuldigen. Mein Landsmann hatte einen Schwächeanfall. Ich habe mich erbötig gemacht, ihn zu einem Arzt zu bringen. Sie sehen also...«

»Aber, Vicomte...«, redete Olivia unbeirrt weiter, »ich will Sie nicht aufhalten. Doch stellen Sie sich vor, ich habe meinen Stiefbruder gefunden! Er ist gerade bei seiner Mutter. Die ist natürlich außer sich vor Freude...«

Valliseau schien tatsächlich abgelenkt.

»Ihr Stiefbruder!« rief er aus, und für kurz lockerte sich der Griff um Mats Arm. Diesen Moment nützte dieser zu einer raschen Drehung, und mit voller Wucht schlug er seinen Widersacher zu Boden. Dann beugte er sich vor, um Valliseau die Waffe zu entreißen. Dabei löste sich ein Schuß. Olivia spürte einen heißen Lufthauch an ihrer rechten Wange. Dann fiel sie vor den erschrockenen Augen von Mat und MacAlister lautlos zusammen.

XXV.

Der nächste Morgen brachte eine Unterbrechung des warmen, frühsommerlichen Wetters. Der Himmel hatte sich eingetrübt, und ein dauerhafter Nieselregen löste die strahlenden Sonnentage ab.

Olivia lag in ihrem Bett und starrte gedankenverloren zur Zimmerdecke. Die Morgenschokolade, die ihr Molly schon vor einer Stunde aufs Nachtkästchen gestellt hatte, war unangetastet geblieben und längst ausgekühlt. Die Regentropfen klopften an die Fensterscheiben, und Olivia war, als spiegelte das trübe, unfreundliche Wetter die Stimmung wider, in der sie sich befand.

Noch am Vortag hatte sie die Anspannung, der Ehrgeiz, das Geheimnis zu lösen, das Marillas Sohn umgab, aufrechtgehalten – hatte die Verzweiflung über die Unstimmigkeiten mit Wellbrooks verdrängt. Doch nun war die Spannung gewichen, und geblieben war ein Gefühl der Trostlosigkeit und der Müdigkeit.

Im Liegen, ohne den Kopf zu wenden, öffnete sie die Lade ihres Nachtkästchens und tastete nach dem messinggerahmten Handspiegel. Sie setzte sich nun doch auf, um einen kritischen Blick auf ihr Spiegelbild zu werfen. Die ruckartige Bewegung ließ sie aufstöhnen: der Kopf dröhnte. Sie mußte sich, als sie ohnmächtig geworden war, im Fallen den Kopf angeschlagen haben. Der Spiegel zeigte ein blasses, müdes Gesicht, die Haare mit einem Spitzenhäubchen zusammengehalten. Auf der rechten Wange zeigte eine feine rote Spur, daß sie die Pistole des Franzosen gestreift – aber glücklicherweise nicht getroffen hatte. Nicht auszudenken, wenn die Kugel um einige Zentimeter weiter nach links gegangen wäre, dachte sie zum wiederholten Male. Aber der Umstand, daß sie aufgrund eines bloßen Streifschusses in Ohnmacht gefallen war, verwunderte sie doch. Es war das erste Mal, daß sie bewußtlos geworden war – allerdings auch das erste Mal, daß sie beinahe erschossen worden wäre, wie sie, als müßte sie sich vor sich selbst verteidigen, feststellte.

Sie war nicht lange bewußtlos gewesen, doch als sie erwachte, war von Mat und Valliseau nichts mehr zu sehen. Nur MacAlister, der sich besorgt zu ihr niederbeugte, war zur Stelle. Wie durch ein Wunder hatte der Schuß keine Schaulustigen angelockt. Gerade zu dem Zeitpunkt, als er losging, war das Feuerwerk an seinem Höhepunkt angelangt, und eine Rakete nach der anderen war abgefeuert worden.

»Wo ist Mat?« hatte sie, noch leicht benommen, gefragt, als ihr MacAlister auf die Beine half. Der Kopf hatte stark geschmerzt, die Wange, die von der Kugel gestreift worden war, brannte.

»Er ist in Sicherheit. Es ist alles in Ordnung«, hatte MacAlister versichert, als sie sich auf ihn stützte, da sie fürchtete, ihre Beine würden nachgeben und sie würde abermals zu Boden stürzen: »Er wird Sie am Vormittag aufsuchen.«

Olivia hatte genickt und sich mit dieser Auskunft zufriedengegeben. Sie hatte in diesem Augenblick gar keine Einzelheiten erfahren wollen – das hatte Zeit bis später. Alles, was sie wollte, war: nach Hause und schlafen.

Sie lehnte das Angebot Seiner Lordschaft ab, ihre Begleiter zu suchen und bat ihn, sie nach Hause zu bringen. Endlich im Bett, war an ein Einschlafen nicht zu denken. Der Kopf dröhnte, alle Glieder schmerzten. Zu allem Überfluß lief Molly durch das Schlafzimmer wie ein aufgeschrecktes Huhn und konnte sich vor Aufregung kaum beruhigen. Als Olivia ihre Zofe endlich losgeworden war, waren ihre Tante und Marilla zurückgekehrt. Sie schlichen unverzüglich in Olivias Schlafzimmer, und als sie feststellten, daß diese nicht schlief, gaben sie ihrer Sorge um

Olivias Wohlergehen Ausdruck und zeigten sich fassungslos darüber, daß so etwas Schreckliches passieren konnte, während sie nichtsahnend das Feuerwerk genossen hatten.

Marilla war überdies überwältigt von ihrem schlechten Gewissen. Sie hatte Olivia in die Sache hineingezogen und sie dadurch in Lebensgefahr gebracht. Die beiden Damen zu beruhigen, erwies sich als äußerst schwierig, und es dauerte geraume Zeit, bis Olivia endlich alleine war.

»Wenn dieser Mat heute kommt, dann muß ich wohl oder übel aufstehen«, dachte sie lustlos und schwang ihre Beine aus dem Bett. Doch keinesfalls würde sie am Nachmittag mit nach Rochester fahren. Sicher würde der General verstehen, daß sie nach der Aufregung des letzten Abends dringend der Ruhe bedurfte. Sie war von dem Plan, Rochester zu besuchen, nie sonderlich begeistert gewesen, doch unter den gegebenen Umständen hatte sie jede Lust verlassen. Sie seufzte auf, als sie die Bänder ihrer Nachthaube löste und am Klingelstrang zog, um Molly um warmes Wasser zu bitten: Es dauerte nicht lange und Molly erschien, einen Krug dampfend heißes Wasser in ihrer Rechten.

»Ich habe es einfach nicht über das Herz gebracht, Sie zu wekken, Miss Olivia«, erklärte sie, als sie den Krug abstellte. »Sie haben so tief geschlafen. Kein Wunder nach der Aufregung der letzten Nacht. Nein, ich darf gar nicht daran denken, was hätte passieren können...«

»Dann denke nicht daran«, unterbrach sie Olivia mißmutig.

Die Zofe goß das heiße Wasser in die Waschschüssel und schwieg beleidigt.

»Ich fahre nicht nach Rochester«, erklärte Olivia, während sie sich Gesicht und Hände wusch. Vorsichtig, um ihre Wunde an der Wange nicht zu berühren. »Du kannst die Koffer wieder auspacken.«

»Das habe ich mir schon gedacht, Miss Olivia«, nickte die Zofe.

»Ist schon ein Besucher gekommen?« erkundigte sich ihre Herrin.

»Ja, ein junger Mann ist hier. Franzose, wie mir scheint. Er wurde zu Mylady Redbridge in den kleinen Empfangssalon geführt. Wissen Sie, wer dieser Ausländer sein kann?« fragte sie neugierig, um sich dann gleich selbst die Antwort zu geben. »Na, der erste Gratulant vermutlich.«

»Der erste Gratulant?« wiederholte Olivia nicht sonderlich interessiert. »Wem ist zu gratulieren? Hat jemand Geburtstag?«

Molly, die dabei war, Olivias Wäsche zurecht zu legen, ließ einen fassungslosen Aufschrei hören: »Aber Miss! Jetzt ist doch nicht der richtige Zeitpunkt für Scherze, sollte man meinen. Der junge Mann kam natürlich, um Ihnen zu gratulieren! Darum dürfen sie auch keine Zeit mehr verlieren, um im Salon zu erscheinen. Heute wird doch Ihre Verlobung mit Seiner Gnaden in der Zeitung bekanntgegeben!«

Olivia war mit einem Schlag hellwach.

»Meine Verlobung!« rief sie aus. Tatsächlich, sie hatte über all den Ereignissen die Verlobungsanzeige ganz vergessen. Das Haus würde bald voller Besucher sein. Alle würden kommen, um ihr zu gratulieren. Und um ihre Neugierde zu stillen. Mochte die Verlobung des Herzogs auch für manche nicht mehr überraschend kommen, so war sie doch ein Ereignis, von dem die Stadt sprechen würde. Panik überfiel sie: Sie müßte lächeln, Glückwünsche entgegennehmen, neidische junge Damen würden sich um sie drängen, man würde erfahren wollen, wie es ihr gelungen war, Wellbrooks für sich zu gewinnen. Nein! Sie fühlte sich dem allem nicht im geringsten gewachsen.

»Molly, pack die Koffer!« befahl sie ihrer überraschten Zofe. »Ich fahre doch heute nachmittag mit meiner Tante nach Rochester.«

»Aber, Miss Olivia!« protestierte diese. »Das können Sie doch nicht machen. Ich denke, jetzt, da Ihre Verlobung bekannt gegeben wurde...«

»Jetzt erst recht«, sagte Olivia bestimmt.

Marilla saß alleine im kleinen Empfangssalon. Sie hielt die *Gazette* in der Hand, in der die Verlobung ihrer Stieftochter bekanntgegeben wurde, doch ihre Gedanken weilten bei den Ereignissen des letzten Abends. Das blanke Entsetzen hatte sie überkommen, als sie erfahren hatte, in welcher Gefahr sich sowohl ihr Sohn als auch Olivia befunden hatten.

»Ein Herr möchte Sie sprechen, Mylady«, verkündete der Butler, der leise eingetreten war.

»Er möchte mich sprechen?« vergewisserte sich Marilla mit klopfendem Herzen.

»Jawohl Mylady. Der Herr fragte nach Mylady.« Der Butler trat näher, um ein Silbertablett in ihre Reichweite zu halten, auf dem eine Visitenkarte lag. Sie las den Namen, er sagte ihr nichts. Doch wenn der Gentleman ausdrücklich nach ihr gefragt hatte, dann konnte das nur eines bedeuten.

»Soll ich dem Herrn sagen, Sie seien ausgegangen, Mylady?« erkundigte sich der Butler.

»Nein, nein«, widersprach Marilla schnell: »Ich lasse bitten.«

Der Butler schloß die Türe hinter sich und ging, um den Besucher in das Empfangszimmer zu geleiten. Mylady blieb in heller Aufregung zurück. Sie spürte, wie ihre Handflächen feucht wurden und ihre Knie zitterten.

Mat ist gekommen, dachte sie, es muß einfach Mat sein.

»Mister Libertieu«, meldete der Butler, und Matthew Laurent betrat den Raum. Leise schloß sich die Türe hinter ihm. Mutter und Sohn waren alleine. Sie standen sich gegenüber, sahen sich an, und keiner sagte ein Wort.

Wie erwachsen er geworden ist, dachte Marilla befangen. Und trotz der ungewohnten Haarfarbe und dem Oberlippenbärtchen: wie er seinem Vater ähnlich sieht.

Sie streckte die Arme aus, um ihn willkommen zu heißen. »Mat«, sagte sie einfach.

Mit wenigen Schritten war ihr Ältester bei ihr, um sie innig zu umarmen.

»Wie oft habe ich dich vermißt«, sagte er.

Tränen schossen ihr in die Augen und liefen über die Wangen. Sie stand da, in den Armen ihres Sohnes und weinte. Weinte um acht verlorene Jahre. Weinte vor Erleichterung, ihn gesund und wohlbehalten wiederzusehen, weinte vor Freude, ihn bei sich zu haben. Er ließ sie weinen, hielt sie fest an sich gedrückt und strich ihr mit der freien Hand beruhigend und etwas unbeholfen über den Rücken. Schließlich machte sie sich los und kramte in ihrem Retikül etwas umständlich ein Taschentuch hervor, um sich energisch die Nase zu putzen und die Tränen zu trocknen.

»Entschuldige bitte, ich bin wirklich eine alberne Gans«, schalt sie sich selbst und bemühte sich zu lächeln: »Aber ich habe mir diesen Augenblick so sehr gewünscht in all den Jahren. Nun bin ich ganz überwältigt. Wie geht es dir, mein Lieber?«

Sie nahm auf einer kleinen Bank Platz und lud ihn ein, sich neben sie zu setzen: »Komm zu mir. Ich will hören, wie es dir ergangen ist.« Sie schwieg kurz und fragte dann unvermittelt: »Warum um Himmels willen bist du ein derartiger Dandy geworden?« Mat war der Aufforderung seiner Mutter noch nicht gefolgt und lächelte sie nun spitzbübisch an:

»Aber, *ma chère maman*«, sagte er geziert. »Das ist doch der letzte Schrei der Mode, ich versichere Ihnen.« Sein französischer Akzent war makellos.

»Ja richtig, einen französischen Namen hast du dir ja auch zugelegt. Dient das alles dem Schutz vor Gläubigern und Geldverleihern?«

Mat lachte: »Mama, du bist unverbesserlich. Nein, nein, so tief bin ich nicht gesunken. Die Verkleidung gehört zu meinem Beruf, weißt du.«

Er trat zum Spiegel und löste langsam den Bart von seiner Oberlippe. Dann zog er die Perücke ab und schüttelte seine kurzen, schwarzen Locken.

Marilla hatte ihm staunend zugesehen. »Nun bist du wieder du selbst. Obwohl, weißt du, daß du deinem Vater ähnlich geworden bist?«

Mat schien darüber nicht erfreut zu sein. »*Merci du compliment*«, sagte er mit einer steifen Verbeugung.

»Ach, sei doch nicht gleich ungehalten«, bat ihn seine Mama, »sonst müßte ich den Verdacht hegen, daß du ihm nicht nur im Aussehen, sondern auch in deiner Wesensart ähnlich geworden bist. Und das wäre bedeutend schlimmer. Denn, was immer man über deinen Vater sagen kann, mein Lieber, er war ein schöner Mann.«

»Ja, das mag stimmen«, gab Mat, nun schon wieder lächelnd, zu. »Er ist vor zwei Jahren gestorben«, erklärte Lady Redbridge nun, da sie annahm, er war vielleicht nicht informiert.

»Das weiß ich«, sagte Mat jedoch.

»Du wußtest es? Warum hast du dich dann nie gemeldet? Wie hast du von Papas Tod erfahren? Warum hast du sein Erbe nicht angetreten?«

Mat antwortete nicht sogleich und setzte sich nun doch neben seine Mutter auf das Sofa.

»Als Papa starb, war ich gerade in einer sehr heiklen Mission in Spanien unterwegs«, begann er. Dann erzählte er ihr alles der Reihe nach: Über seine Tätigkeit für das Kriegsministerium, wie er überhaupt dazu gekommen war, diese Stellung anzutreten, über seine Flucht mit Betty Laroche, wie er nach kurzer Zeit feststellen mußte, daß diese ihn betrog, über seinen Stolz, der es ihm unmöglich machte zurückzukehren, solange sein Vater noch lebte. Er erzählte, daß er mit Wellbrooks in Verbindung gestanden hatte, begierig alles zu erfahren, was sich zu Hause ereignete und daß er auch Kontakt zu Harry gehabt hatte in diesen Jahren.

»Ich habe gehört, daß du geheiratet hast, meine Liebe«, sagte er schließlich.

Marilla nickte und errötete leicht: »Ja, vor einigen Monaten. Dein Papa war schon fast zwei Jahre tot, als ich Lord Redbridge kennenlernte. Du brauchst also nicht zu glauben, daß ich bereits während des Trauerjahres...«

»Um Himmels willen!« fiel ihr Mat ins Wort. »Du brauchst dich vor mir nicht zu rechtfertigen. Ich freue mich doch, daß du endlich das Glück gefunden hast, das du verdienst und das dir Papa nicht geben konnte.« Er blickte sie eindringlich an: »Du bist doch glücklich, nicht wahr?«

Sie nickte lächelnd und berichtete ihm von ihrem zweiten Gatten und den vielen Kindern und war gerade dabei, ihm die

Rolle zu enthüllen, die ihre Stieftochter gespielt hatte, um seinen Aufenthaltsort in Erfahrung zu bringen, als die Tür aufging und Olivia ins Zimmer trat.

»Oh, ich wußte nicht, daß du Besuch hast, Marilla«, sagte sie, bereit, sich auf ein Wort ihrer Stiefmutter hin zurückzuziehen.

»Du störst nicht. Komm herein, meine Liebe«, sagte diese statt dessen.

Olivia schloß die Türe und trat näher. Sie blickte den Mann mit den dunklen Locken und den überraschend hellen Augenbrauen fragend an.

»Darf ich dir meinen Sohn vorstellen, den ich so lange vermißt habe und den ich, dank deiner tatkräftigen Hilfe, wiedergefunden habe. Meine liebe Olivia: das ist also mein Sohn Matthew Laurent, der Earl of Sudbury. Und das, mein Lieber«, sagte sie an ihren Sohn gewandt, »ist meine neue Stieftochter, Miss Olivia Redbridge.«

Seine Lordschaft verbeugte sich anmutig, während Olivia in einen Knicks versank.

Sie betrachteten sich kritisch, und die Musterung schien zu beiderseitiger Zufriedenheit auszufallen.

»Ich muß Ihnen für Ihr wagemutiges Verhalten von gestern Abend danken«, sagte Mat nach der Begrüßung. »Sie haben mir einen großen Dienst erwiesen. Obwohl ich mir gar nicht vorstellen will, was Ihnen alles hätte passieren können. Valliseau ist ein gefährlicher Mann. Wenn er von Ihrem Auftreten nicht derart überrumpelt gewesen wäre, hätte er sicher auf einen von uns beiden gezielt.«

»Sie meinen, er hätte mich mit Absicht erschossen?« fragte Olivia entgeistert.

»Uns alle, vermutlich«, bestätigte Seine Lordschaft: »Der Einsatz war hoch. Valliseau konnte keine Mitwisser brauchen. Er ist bekannt dafür, alle Hindernisse aus dem Weg zu räumen, die ihm in die Quere kommen.«

Völlig überwältigt ließ sich Olivia auf einem Fauteuil nieder. »Das ist ja schrecklich«, murmelte sie. »Ja, aber warum denn? Welches Spiel spielte er? Ich nahm an…«

»Er ist ein französicher Geheimagent, Miss Redbridge«, erklärte Mat mit unbewegter Miene: »Im Dienste Napoleons, mit dem Befehl, sich ein höchst geheimes Dokument der britischen Heeresführung zu verschaffen und es an die Franzosen auszuhändigen. Da ich im Besitz eben dieses Dokumentes war, war sein zweiter Auftrag, mich aus dem Weg zu räumen.«

»Ein Agent?« rief Olivia, völlig aus der Fassung gebracht. »Ein französischer Spion! Das hat er also gemeint, als er sagte, ich würde meine Heimat verkaufen!« rief sie in plötzlicher Erkenntnis. »Das also meinte er! O wie infam! O wie unerhört!« Sie war völlig außer sich vor Empörung, und es hätte nicht viel gefehlt, und sie hätte mit den Fäusten auf die Sitzpolster getrommelt.

Sie sprang jedoch auf und blickte ihre Stiefmutter an. Ihre Augen funkelten wild, ihre rotblonden Haare leuchteten. Mat betrachtete sie mit einer Mischung aus Erschrecken und Faszination. Sie erinnerte ihn an eine wildgewordene Katze.

»O dieses Scheusal, dieser ekelhafte Mensch!«

Ihre Müdigkeit, ihre trübsinnige Verfassung, die sie den ganzen Morgen über gefangengehalten hatte, waren wie weggeblasen. »Was sagst du dazu?« fragte sie Marilla. »Er hält mich für eine Spionin! Er traut mir zu, mein Vaterland an Frankreich zu verraten! Das meinte er mit dem Wort »verkaufen«. Nein, nicht an Gläubiger! An Frankreich, meinte er, an dieses korsische Ungeheuer...«

Marilla stand auf und legte ihr beruhigend die Hand auf den Unterarm: »Bitte beruhige dich, meine Liebe. Natürlich war es abscheulich von ihm. Aber das ist doch kein Grund, derart die Fassung zu verlieren. Schließlich wird sich jetzt alles aufklären...«

»Es ist mir egal, ob sich jetzt alles aufklärt!« entgegnete Olivia ungehalten. »Allein die Tatsache, daß er mir zutraut, ich würde meine Heimat verraten, um Geld für Kleider zu haben! Es ist unerträglich!«

Sie wandte sich um und sagte zu Lord Sudbury, der, weit davon entfernt, ihr folgen zu können, Olivia mit Bewunderung, aber auch einer Spur Belustigung beobachtet hatte: »Hat er Ihnen nichts erzählt? Ich bin die Helfershelferin eines Spions, Sir. Warum verhaften Sie mich nicht?«

Mats Verwunderung stieg: »Von wem sprechen Sie? Wer ist der Grund ihres Zornes?«

»Sie spricht von Wellbrooks«, erklärte seine Mutter.

»Ja, Sir«, sagte Olivia zynisch, bevor Mat etwas einwenden konnte: »Ich habe die Ehre, mit Seiner Gnaden verlobt zu sein. Man stelle sich vor, er hält mich für eine Spionin und hat trotzdem die Verlobung nicht gelöst! Welch edle Gesinnung muß dieser Mann haben! Hat er Ihnen nichts von seinem Verdacht erzählt?«

Mat schüttelte den Kopf: »Er hat mir von seinem Verdacht diesem Valliseau gegenüber berichtet. Aber er wollte um nichts auf der Welt preisgeben, wie er zu diesem Verdacht kam. Er wollte Sie schützen, Miss Redbridge, nehme ich an.«

Dies wollte Olivia keinesfalls unwidersprochen hinnehmen: »Oh, wie überaus freundlich von ihm«, sagte sie höhnisch. Dann brach sie ab und überlegte kurz: »Er hat Sie von seinem Verdacht Valliseau gegenüber informiert? Wie kam er zu dieser Vermutung? Wußte er, wie gefährlich der Franzose war?«

Mat nickte.

»Heißt das, daß Sie vor Valliseau gewarnt waren, Mylord? Heißt das, daß Sie Vorkehrungen getroffen hatten, sich vor Angriffen des Vicomte zu schützen?«

Mat nickte abermals: »Mein Diener stand eine Weggabelung entfernt, bereit, Valliseau von hinten anzugreifen und notfalls auch zu erschießen, obwohl er uns lebend, als Auskunftsperson bei weitem mehr nützt. Bei den Booten warteten einige Männer, die das Ministerium eingesetzt hatte. Eine Kutsche stand bereit.«

»Heißt das also, daß mein Eingreifen völlig unnötig war?«

»Nein, nein, nicht unnötig!« beeilte sich Seine Lordschaft zu versichern und hob beschwichtigend die Hand.

»Sie haben mir meine Aufgabe natürlich wesentlich erleichtert.«

»Aber es wäre Ihnen auch ohne mein Zutun gelungen, sich zu retten und Valliseau dingfest zu machen?«

Lord Sudbury blickte ihr direkt ins Gesicht: »Ja, mit höchster Wahrscheinlichkeit schon«, sagte er ehrlich.

Das war zu viel für Olivia: »Ich habe also mein Leben riskiert, und es war völlig unnötig«, sagte sie bitter. Sie schob jeden eventuellen Einwand strikt zur Seite. »Völlig unnötig!« betonte sie. »Und Seine Gnaden der Herzog von Wellbrooks hält seine Verlobte für eine Spionin! Das ist einfach zuviel!«

Sie schritt zur Türe und wandte sich noch einmal um, um sich zu verabschieden: »Entschuldigen Sie mich bitte, ich muß mich zurückziehen. Ich habe jetzt einiges erfahren, worüber ich nachzudenken habe. Am Nachmittag fahren wir nach Rochester, wie Ihnen Ihre Mutter vielleicht schon gesagt hat. Es tut mir leid, daß ich dermaßen in Aufregung geraten bin. Aber da Sie jetzt sozusagen mein Bruder sind, ist das ja nur halb so schlimm, hoffe ich.«

Sie bemühte sich um ein kurzes Lächeln, nickte ihrer Stiefmutter zu und verließ den Raum.

Der Butler kam ihr in der Halle entgegen: »Lord Linham ist gekommen, Miss, um Ihnen zur Verlobung zu gratulieren«, informierte er sie. »Ich habe Seine Lordschaft in die Bibliothek geführt, da ich annahm, daß Sie beim Gespräch mit Ihrer Stiefmutter nicht gestört zu werden wünschten.« Bevor Olivia antworten konnte, wurde der Türklopfer abermals betätigt und kündigte den nächsten Gratulanten an. »Sagen Sie, ich sei aufs Land gefahren!« rief Olivia und raffte ihre Röcke, um ins obere Geschoß zu enteilen. »Sagen Sie, Sie wüßten nicht, wo ich sei, wann ich wiederkäme und ob ich überhaupt je wiederkäme!«

Mit diesen Worten verschwand sie im Gang zu ihrem Zimmer und ließ den Butler erstaunt zurück, der versuchte, sich einen Reim auf das seltsame Verhalten einer Frischverlobten zu machen.

XXVI.

Am frühen Nachmittag setzte sich eine eindrucksvolle Kolonne von Fahrzeugen vor dem Haus von Lady Darlington am Grosvenor Square in Richtung Rochester in Bewegung. Das Wetter hatte etwas aufgeklart. Zwar war der Himmel noch bewölkt und ließ keinen Sonnenstrahl erkennen, doch hatte es immerhin zu regnen aufgehört, und die Kutscher mußten nicht fürchten, bis auf die Haut durchnäßt am Zielort anzukommen.

Die Vorhut bildete die Kutsche von General Gleavensham, ein dunkles, ziemlich unförmiges Gefährt, in dem neben dem Eigentümer und dessen Schwester auch Mylady Darlington Platz genommen hatte. Der General hatte sie so herzlich darum gebeten und auch darauf hingewiesen, daß er sich bestens vorbereitet habe, um seiner lieben Mable Sehenswertes entlang der Straße zu erklären, daß sie nicht umhin konnte, seine Einladung anzunehmen.

Einige Stunden in Begleitung der wortkargen Miss Gleavensham, die nicht aufhörte, sie mit eifersüchtigen Blicken zu mustern, in einer rumpelnden Kutsche eingesperrt zu sein, war zwar nicht nach Myladys Geschmack. Mit Wehmut dachte sie daran, um wieviel besser ihre eigene, moderne Reisekutsche gefedert war und um wie vieles bequemer es sich darin reisen lassen würde. Doch wollte sie ihren treuen Verehrer, der es nur um ihrer Gesellschaft willen auf sich genommen hatte, auf dem unbequemen Sitz gegen die Fahrtrichtung Platz zu nehmen, nicht enttäuschen.

Im zweiten Wagen, der modernen Reisekutsche von Lady Darlington, saßen Lady Marilla und Olivia. Darauf folgten der Wagen mit den Kammerfrauen und Olivias Zofe und ein weiterer Wagen mit dem Kammerdiener des Generals, vollgeladen mit Gepäck. »Niemand wird glauben, daß wir London nur für fünf Tage verlassen«, stellte Olivia fest, als sie einen Blick durch das Kutschenfenster warf: »Bei diesen Bergen von Gepäck könnte man annehmen, wir begeben uns auf eine Weltreise.« Marilla lächelte und sagte, daß das wohl stimmen mochte – sie für ihren Teil habe allerdings nur das Allernotwendigste eingepackt.

Olivias Augen glitzerten belustigt: Sie kannte nunmehr die Art ihrer Stiefmutter zu reisen. Denn diese hatte auch beteuert, nur mit kleinem Gepäck nach London gekommen zu sein, und doch hatte sich die Kutsche unter der Last der Koffer und Hutschachteln gebogen.

Die Karawane setzte sich in Bewegung.

Olivia hatte es sich in einer Ecke bequem gemacht und beobachtete, die Wange an das Samtpolster gelehnt, das Treiben der Stadt. Es war keine leichte Aufgabe für die Kutscher, sich den Weg durch die belebten Straßen der Innenstadt zu bahnen.

Marilla betrachtete ihre Stieftochter von der Seite: »Ich hoffe, das Reisen wird dich nicht zu sehr anstrengen, meine Liebe«, sagte sie schließlich. »Wie fühlst du dich? Hoffentlich bekommst du vom Schaukeln des Fahrzeugs nicht wieder Kopfschmerzen.

Olivia hatte sich ihr zugewandt: »Danke, mir geht es gut.«

»Das freut mich«, meinte Marilla und legte ihre Hand auf den Arm ihrer Stieftochter: »Du siehst auch schon viel frischer aus als heute morgen. Ja, ich glaube sogar, deine Wangen haben wieder etwas Farbe bekommen.«

Olivia bemühte sich um ein verbindliches Lächeln und wandte den Blick wieder aus dem Kutschenfenster. Die Fahrzeuge waren nun in weniger belebten Straßen angelangt und strebten in schnellerem Tempo der Stadtgrenze zu.

Während sie die heruntergekommenen Häuser an sich vorbeiziehen ließ, waren Olivias Gedanken bei den letzten Tagen. Sie versuchte sich Wort für Wort an das Gespräch mit Wellbrooks zu erinnern und konnte es nicht fassen, daß ihr nicht sofort der Verdacht gekommen war, ihr Verlobter könne sie der Spionage verdächtigen. Dieser Vorwurf war so unglaublich, daß er ihr nicht in den Sinn gekommen war. Wo war hier ihr Scharfsinn geblieben, auf den sie immer so stolz gewesen war? fragte sie sich, mit sich selbst unzufrieden. Es schien ihr, als würde sie sich in allen Belangen, die den Herzog betrafen, alles andere als scharfsinnig verhalten. Und dann erst Valliseau! Wenn sie daran dachte, wie oft sie zusammen ausgefahren waren, wie oft man sie miteinander gesehen hatte – Miss Redbridge und ein französischer Geheimagent. Nein, es war nicht zu fassen!

»Woran denkst du, meine Liebe?« unterbrach Marilla ihre Grübeleien.

»Ich überlege gerade«, antwortete Olivia, sich nachdenklich an ihre Begleiterin wendend, »ob ich Valliseaus Pläne nicht hätte durchschauen müssen. Weißt du, ich war so oft in seiner Gesellschaft, wir haben viel miteinander gesprochen. Ich selbst habe ihm von meinem verschollenen Stiefbruder erzählt! Ich habe es einfach nicht ausgehalten und mußte mit einem Menschen darüber sprechen. Von all meinen Bekannten habe ich ausgerechnet Valliseau dafür ausgewählt. Er schien mir so ehrlich, so vertrauenswürdig! Ich ahnte zwar, daß er nicht beabsichtigte, mir einen Heiratsantrag zu machen, den ich auch mit Sicherheit abgelehnt hätte. Aber daß er sich nur an mich herangemacht hatte, um an Informationen über deinen Sohn heranzukommen...« Marilla bemerkte die zusammengekniffenen Lippen ihrer Stieftochter und wie sich ihre Hände zu Fäusten ballten. »Du wirst ihm bestimmt auch gefallen haben«, beeilte sie sich zu versichern, um Olivia zu beruhigen.

Ihre Worte hatten jedoch die gegenteilige Wirkung: »Oh, vielen Dank!« fuhr diese auf. »Dann bin ich ja beruhigt! Der Gedanke, mich mit einem französischen Spion wochenlang getroffen zu haben, ohne daß ich ihm gefallen hätte, hätte mich doch zutiefst erschüttert.« Sie warf mit einer theatralischen Geste die Hände über den Kopf: »Der arme Valliseau. Tut seine Pflicht und gibt sich dabei mit einem Frauenzimmer ab, das ihm nicht gefällt. Nein, das wäre zuviel für mich gewesen.«

»Du weißt, so habe ich das nicht gemeint«, sagte Marilla leicht verärgert.

Olivia bereute schon, daß sie sich hatte hinreißen lassen: »Verzeih«, sagte sie reuig. »Was mir jedoch einfach keine Ruhe läßt, ist der Gedanke, daß ich mich so oft mit dem Franzosen getroffen habe, ohne Verdacht zu schöpfen. Aber Wellbrooks hatte einen Verdacht! Wie kam er dazu? Er war doch kaum in dessen Nähe!«

Im ersten Wagen schilderte der General seiner verehrten Freundin die Vorzüge seiner Heimatstadt und unterbreitete ihr die Pläne, die er sich für die Unterhaltung seiner Gäste zurechtgelegt hatte. Man würde am kommenden Tag als erstes die berühmte Kathedrale besichtigen – deren Krypta und Querschiffe aus dem 13. Jahrhundert stammten – wie er stolz zu berichten wußte. Als nächstes mußte Mylady das hübsche Giebelhaus sehen, das 1771 an der High Street errichtet worden war. Er erzählte Mylady, daß dort aufgrund einer Stiftung sieben arme Reisende für jeweils eine Nacht kostenlos beherbergt und verköstigt werden mußten. Lady Darlington hörte seinen Ausführungen ungewöhnlich schweigend zu und beteuerte nur ab und zu schläfrig, wie sehr sie sich auf die geplanten Ausflüge freue.

»Ein besonderer Genuß wird es sein, in Ihnen einen wohlinformierten Führer zu haben, mein lieber Freund«, setzte sie hinzu. »Ich muß leider gestehen, daß ich über keinen so hohen Kunstverstand verfüge, und darum ist es mir eine besondere Freude, in Ihrer sachkundigen Gesellschaft zu sein.«

Der General war über diese Worte natürlich sehr geschmeichelt und erklärte strahlend, es wäre ihm das größte Vergnügen, seiner teuren Lady Darlington immer und überall zu dienen. Er hätte noch gerne mehr gesagt. Ja, er war sogar versucht, im freudigen Überschwang die Hand seiner Angebetenen zu ergreifen – als ihm ein verächtliches Hüsteln die Anwesenheit seiner Schwester allzu deutlich in Erinnerung rief. Er setzte sich abrupt gerade, und ein tiefer Seufzer verriet, daß er die gute Ethel im Augenblick meilenweit weg wünschte. Die Lust an den Schilderungen seiner Heimatstadt war ihm schlagartig vergangen, und er hätte es vorgezogen, die Reise zumindest eine Zeitlang schweigend fortzusetzen. Doch auch dieser Plan wurde von seiner Schwester vereitelt, die ungeduldig fragte: »Und die Burgruine? Was ist mit der normannischen Burgruine? Du wirst doch nicht vergessen, diese unseren Gästen zu zeigen?«

Der General erwiderte gereizt, daß er diese keinesfalls zu vergessen gedachte, aber daß ja sie fortfahren könne, Mylady die Sehenswürdigkeiten zu beschreiben, da sie es ja anscheinend ohnehin besser wisse.

Das wollten nun beide Damen nicht gelten lassen, und sie beschworen ihn, in seinen Ausführungen fortzufahren. Der General war besänftigt, und man beendete die Fahrt in relativ harmonischer Atmosphäre.

Olivia schob die schweren Samtvorhänge auseinander und betrat aufatmend die Terrasse. Es war ein lauer Frühsommerabend geworden, und da man das Dinner frühzeitig eingenommen hatte, war es auch noch nicht dunkel. Ihr Blick streifte über die weitläufige, wohlgepflegte Gartenanlage, die der große Stolz von Miss Gleavensham war. Bunte Blumenbeete wechselten mit sauber geschnittenen Hecken, die Glyzinien, die sich an der ganzen gartenseitigen Hausfassade emporrankten, standen in voller Blüte. Von der Terrasse führte eine schwere Steintreppe in den Garten hinunter, und Olivia war kurz versucht hinabzusteigen, um zu erkunden, wohin der schmale gekieste Weg führen mochte, der vom Haus weg bald hinter einigen hohen Büschen verschwand. Es war ein stiller Abend, vom Haus her war kein Laut zu hören. Nur das Hufgeklapper eines einzelnen Pferdes, das irgendwo in der Nähe über Pflastersteine ging, durchbrach die abendliche Stille.

Olivia seufzte und stützte sich mit ausgestreckten Armen auf die weiße Balustrade. Die Geschehnisse der letzten Tage erschienen ihr so unwirklich. Vieles blieb trotz intensiver Überlegungen mysteriös und undurchschaubar. Woher hatte Wellbrooks gewußt, daß Valliseau ein Spion war? Überhaupt: Wellbrooks! Wie würde wohl das Wiedersehen mit ihrem Verlobten vor sich gehen? Sie würde es ihm nicht leicht machen, das war sicher. Sie mußte sich genau überlegen, wie sie ihm gegenübertreten sollte. Es war gut, daß sie hier in Ruhe und Abgeschiedenheit Zeit zum Nachdenken finden würde.

Olivia atmete tief durch. Wie friedlich es hier war. Und wie weit die Ereignisse der letzten Tage zurückzuliegen schienen.

War es wirklich erst gestern gewesen, daß Valliseau Marillas Sohn bedrohte? Was für ein Glück, daß der aufregende Abend zu guter Letzt einen positiven Abschluß gefunden hatte. Und Mat war auch wiedergefunden. Es war eine Freude, in Marillas strahlendes Gesicht zu sehen. Blieb nur noch Wellbrooks. Und zuvor die Tage hier in Rochester. Wie sollte sie nur die redefreudige Gegenwart des Gastgebers mit Geduld ertragen? Schwelgte er nicht gerade in Erinnerungen an gewonnene Schlachten, so langweilte er seine Zuhörer mit Details über Sehenswürdigkeiten. Dazu der verliebte Blick, wenn er Tante Mable ansah. Es war fast über der Grenze des Erträglichen.

Darum hatte Olivia mit Freuden aufgeatmet, als sich die übrige Gesellschaft unmittelbar nach dem frühen Abendessen zur Ruhe begeben wollte. Es war ein anstrengender Reisetag gewesen, und man wollte ausgeruht sein, wenn man am nächsten Morgen zu der vom Gastgeber zusammengestellten Besichtigungstour aufbrach. Sie selbst war viel zu aufgewühlt gewesen, um schlafen zu können. Daher hatte sie um die Erlaubnis gebeten, noch ein bißchen im Garten spazieren gehen zu dürfen. Eine Bitte, die der General so gerne gestattete, daß sie schon fürchtete, er würde sie begleiten. Zum Glück besann er sich jedoch auf seine Pflichten als Hausherr und bot ihrer Tante den Arm, um sie in die Halle zu begleiten.

Marilla hatte ihrer Stieftochter einen besorgten Blick zugeworfen. Es fiel ihr schwer mitanzusehen, daß, obwohl sich für sie alles zum Guten gewandt hatte, Olivias Schwierigkeiten noch nicht vorüber waren. »Die laue Abendluft ist trügerisch«, sagte sie, ohne ihre Gedanken zu verraten. »Hier, nimm meinen Schal.« Sie legte ihr ihre Stola mit fürsorglicher Geste auf die Schultern, bevor sie sich der übrigen Gesellschaft anschloß.

Nun stand Olivia auf der Terrasse, den Schal achtlos neben sich auf die Brüstung gelegt. Der leichte Abendwind bauschte die Röcke ihres duftigen, weißen Kleides und spielte in ihren rotblonden Haaren. So stand sie ganz in Gedanken versunken. Und bemerkte die großgewachsene Gestalt nicht sogleich, die soeben auf dem Kiesweg um die Hausecke gebogen war.

Es war kurz nach dem Lunch gewesen, als der Herzog von Wellbrooks beschloß, seiner Verlobten einen Besuch abzustatten. Der Vormittag hatte viele neue Informationen gebracht. Lord Sudbury hatte ihn aufgesucht, um sich zu verabschieden. Er hatte ihm von seinem Besuch bei seiner Mutter erzählt. Es verwunderte ihn nicht, daß Olivia über den Verdacht empört war, sie würde mit einem französischen Spion gemeinsame Sache machen. Wie hatte er das überhaupt annehmen können? Wellbrooks erhob sich und legte seine Serviette auf den Tisch. Mat hatte ihm anschaulich die Reaktion seiner Braut geschildert. Wie eine Katze habe sie gefaucht, als ihr die Tragweite seiner Beschuldigungen bewußt geworden war. Auf seinen Lippen erschien ein kleines Lächeln. Na, da würde ihn in Kürze einiges erwarten.

Der Butler öffnete die Türe: »Lord Linham ist erschienen, Euer Gnaden. Er möchte Ihnen zur Verlobung gratulieren. Ich habe mir erlaubt, ihn in den großen Empfangssalon zu führen.«

»Gut gemacht, Hindley. Seine Lordschaft muß sich etwas gedulden. Ich habe etwas Wichtiges zu erledigen. Regnet es noch?«

»Nein, Sir. Es hat vor einiger Zeit aufgehört.« Der Butler warf einen kritischen Blick durch die hohen Fensterscheiben, um sich von der Richtigkeit seiner Auskunft zu überzeugen.

»Meinen Hut, Hindley. Ich gehe aus.«

Seine Gnaden hatte beschlossen, die wenigen Schritte zum Grosvenor Square zu Fuß zurückzulegen. So dauerte es nicht lange, und er betätigte den Türklopfer von Lady Darlingtons Stadthaus.

»Ich komme, um meine Verlobte zu sprechen«, erklärte er dem verdutzten Butler. Mit dieser Aussage brachte er den würdigen Herrn in arge Verlegenheit. War ihm nicht aufgetragen worden, niemandem zu verraten, wo sich Miss Redbridge aufhielt? Konnte diese Anweisung auch für den Herzog gelten?

»Miss Redbridge ist mit Mylady aufs Land gefahren«, sagte er deshalb vage.

Damit hatte Wellbrooks nicht gerechnet. Seine Verlobte war

aufs Land gefahren, ohne ihm eine Nachricht zukommen zu lassen? Und das trotz der Aufregung, die sie am Vorabend durchgemacht hatte. Dazu an dem Tag, an dem ihre Verlobungsanzeige in der *Gazette* bekanntgegeben wurde. Ihr Groll gegen ihn mußte tiefer sitzen, als er gehofft hatte.

»Gut. Geben Sie mir die genaue Adresse.«

Die autoritäre Art Seiner Gnaden hatte noch selten ihre Wirkung verfehlt. Und sie tat es auch heute nicht.

»Die Damen sind nach Rochester gefahren. Einer Einladung von Miss Gleavensham und General Gleavensham folgend. Sie werden in sechs Tagen zurückerwartet.«

Während er sich noch fragte, ob er mit dieser Auskunft seine Kompetenzen überschritten hatte, hatte Wellbrooks dankend die Hand gehoben und war in Richtung South Audley Street davongegangen. Nun, Olivia war also nach Rochester gefahren. Er würde sich auch dorthin begeben. Wenn er auf eine Kutsche verzichtete und die Strecke ritt, konnte er noch am selben Abend beim Haus des Generals anlangen. Allerdings mußte er ohne Aufschub aufbrechen.

Er bog in den Berkeley Square ein und wollte eben den Platz überqueren, als er die Menschentraube gewahrte, die sich vor seiner Haustüre drängte. Allen voran Mrs. Romsey, die Frau seines verstorbenen Onkels, in einem prachtvollen violetten Samtcape, die Straußenfedern ihres breitkrempigen Huts flatterten im Wind. Er hatte erst kürzlich einen Brief von ihr erhalten, in dem sie ihn beschuldigte, ihren lieben George außer Landes verbannt zu haben. Neben ihr standen die drei jüngeren Schwestern seines Erben. Und der Verlobte von Melissa, der ältesten von ihnen. Ein unauffälliger junger Mann, dessen Namen er sich noch nie hatte merken können. Lady Seltic war auch zu sehen, Miss Clarissa in ihrer Begleitung. Da hielt eine Kutsche an, und Mrs. Kirkgate bemühte sich aus dem Wageninneren. Mr. Kirkgates Kopf erschien am Fahrzeugfenster.

Einem plötzlichen Impuls folgend, trat Seine Gnaden hinter einen der breiten Bäume, die der Gartenfläche in der Mitte des Squares Schatten spendeten. Sollten sich alle zu Linham in den

Empfangssalon begeben. Seine Verlobungsanzeige würde ihnen genügend Gesprächsstoff für die nächsten Stunde bieten. Wenn er jetzt ihre Glückwünsche entgegennahm, dann mußte er auch erklären, warum seine Braut Hals über Kopf die Hauptstadt verlassen hatte. Er verspürte nicht die geringste Lust, seinen aufdringlichen Bekannten und Verwandten Rede und Antwort zu stehen. Also wartete er ab, bis Hindley die Besucher eingelassen hatte, und überraschte seine Dienerschaft, als er am Kücheneingang im Souterrain klopfte und Einlaß begehrte. Das Spülmädchen öffnete ihm die Türe. Es hätte nicht viel gefehlt und sie hätte sie ihm vor lauter Überraschung vor der Nase wieder zugeschlagen.

»Euer Gnaden!« rief die Köchin entgeistert, die herbeigeeilt war, um zu sehen, was es mit dem Aufschrei des Mädchens auf sich hatte. »Was um Himmels willen ist geschehen?«

»Nichts ist geschehen, Mrs. Rushend«, rief er ihr freundlich lächelnd zu, als er die Küchenräume durcheilte. »Ihr Käsesoufflé neulich war ausgezeichnet. Ich bin noch nicht dazu gekommen, Ihnen zu danken.«

Während die Köchin rot vor Freude ihren Dank murmelte, hatte Seine Gnaden einen der Lakaien entdeckt, der eben durch die Türe getreten war und ihn offenen Mundes anstarrte.

»Gibt es hier nicht irgendwo eine Treppe in die oberen Geschosse?« wollte er wissen.

»Aber sicher, Euer Gnaden. Wenn ich vorgehen darf«, antwortete der Diener beflissen, als er sich von seinem ersten Schrecken erholt hatte. So gelangte Seine Gnaden, ohne daß seine zahlreichen Besucher es ahnten, unentdeckt zu seinem Schlafzimmer. »Packe das nötigste für eine Nacht«, befahl er dem Kammerdiener, der eben dabei war, ihm die Kleidung für eine nachmittägliche Ausfahrt bereitzulegen. »Nicht mehr, als in meinen Satteltaschen Platz findet.«

»Sehr wohl, Euer Gnaden. Werde ich Euer Gnaden in der Kutsche folgen?«

»Du wirst mir nirgendwohin folgen, mein Guter. Ach, Edward...« wandte er sich an den Lakaien, der sich eben zurückziehen wollte, »laufe zu den Ställen und veranlasse, daß mein Pferd gesattelt wird. Sie sollen es aber nicht direkt vor die Haustüre bringen, sondern etwas weiter oben, etwa auf der Höhe des Hauses des Earl of Cristlemaine.«

»Ich werde Ihnen nicht folgen?« meldete sich der Kammerdiener zu Wort, als Edward davongeeilt war, um dem Befehl seines Herrn nachzukommen.

»Ich werde nur einen, höchstens zwei Tage wegbleiben. Ich brauche daher weder viel Gepäck noch Begleitung. Und jetzt ersuche ich dich, dich zu beeilen. Ich möchte mein Ziel erreichen, bevor es dunkel wird. Und ich habe noch einen längeren Ritt vor mir.«

Eine gute halbe Stunde später verließ der Herzog sein Haus auf demselben unkonventionellen Weg, auf dem er es betreten hatte. Nachdem er sich vergewissert hatte, daß keine Besucher vor dem Haupteingang auf Einlaß warteten, eilte er mit großen Schritten zu seinem bereitstehenden Pferd, schwang sich in den Sattel und machte sich auf, seiner Braut zu folgen.

Er erreichte sein Ziel erst kurz nach Einbruch der Dämmerung, da er sich mehrmals hatte nach dem Weg erkundigen müssen. Und er betätigte den Türklopfer gerade in dem Augenblick, als sich der General und seine Gäste zur Ruhe begeben wollten. So fand er sie alle in der Halle versammelt – fast alle.

»Olivia hat sich auf die Terrasse zurückgezogen«, erklärte ihm Lady Redbridge nach der Begrüßung. Sie hatte seinen fragenden Blick richtig interpretiert.

»Sind Sie den ganzen, weiten Weg hierher geritten?« erkundigte sich der General. »Dann werden Sie sicher Hunger haben.«

»Wir haben bereits diniert«, meldete sich seine Schwester zu Wort. »Aber ich werde umgehend dafür sorgen, daß Ihnen ein Imbiß gereicht wird. Und selbstverständlich sind Sie heute nacht unser Gast. Ich werde ein Gästezimmer bereiten lassen.«

Der Herzog war mit diesem Arrangement sehr zufrieden und bedankte sich herzlich. Miss Gleavensham warf einen Blick durch die offenstehende Eingangstüre. Sie sah das Pferd im Vorhof, um das sich eben ihre Diener kümmerten, und blickte sich suchend um: »Wird Ihr Diener mit dem Gepäck nachfolgen, Euer Gnaden?« »Oh, ich bin ohne Diener unterwegs«, erklärte Wellbrooks. »Alles, was ich brauche, befindet sich in den beiden Satteltaschen. Nun würde ich gerne meine Verlobte sehen, wenn Sie gestatten. Auf der Terrasse, sagten Sie?«

»Ja, mein Junge. Am besten, Sie nehmen den Weg durch den Garten«, schlug der General vor.

Der Herzog nickte, hob grüßend die Hand und folgte dem Kiesweg. Die Zurückgebliebenen blickten ihm staunend nach.

»Er ist die lange Strecke hierher geritten. Ohne Diener. Ohne Gepäck«, faßte Lady Darlington schließlich zusammen. »So unglaublich das klingt, aber ich meine, der große Wellbrooks ist tatsächlich bis über beide Ohren verliebt.«

In der Zwischenzeit war Seine Gnaden um die Hausecke gebogen und betrat, an dichten Fliederbüschen vorbei, den Garten hinter dem Haus. Er hatte erwartet, daß Olivia auf der Terrasse war. Doch als er sie nun sah, blieb er stehen und atmete tief ein. Nie war sie ihm schöner vorgekommen als in diesem Augenblick. Er konnte nicht anders: Er mußte verharren und sie fasziniert anstarren. Obwohl er sich nicht bewegte, hatte Olivia plötzlich das Gefühl, nicht mehr allein zu sein.

»Wellbrooks!« rief sie erstaunt. Sie hatte nicht erwartet, ihn so bald wiederzusehen, und ihr Herz klopfte stürmisch. Der Herzog kam langsam näher.

»Weißt du, wie schön du bist?« fragte er anstelle einer Begrüßung. Er trat an das schmiedeeiserne Geländer der Terrasse heran und schaute zu ihr hinauf: »Und wie sehr ich dich liebe?«

Er hatte ihr dabei mit ernstem, zärtlichem Blick in die Augen gesehen. Es hätte nicht viel gefehlt und Olivia wäre die Treppe hinabgeeilt, um sich in seine Arme zu werfen. Aber so leicht wollte sie es ihm nicht machen! Energisch zwang sie sich, die romantische Stimmung zu brechen.

»Ach ja?« fragte sie, um einen spöttischen Tonfall bemüht, »Euer Gnaden lieben eine Verräterin? Eine Frau, die Freunde und Heimat verkauft?«

»Verzeih mir«, bat der Herzog schlicht.

Olivia ließ die Arme sinken und betrachtete ihn ungläubig. Der Wind war ihr aus den Segeln genommen.

»Was bist du bloß für ein unmöglicher Mensch, Wellbrooks!« rief sie, zwischen Lachen und Empörung hin- und hergerissen. »Ich habe eine Verteidigungsrede erwartet. Erklärungen für dein schändliches Verhalten, die ich mit kaltem Blick hätte zurückweisen können. Statt dessen stehst du da und sagst: ›Verzeih mir!‹«

»Aber es gibt nichts zu verteidigen«, erklärte der Herzog. »Mein Verhalten war unmöglich. Meine Worte unentschuldbar. Glaubst du denn, daß ich das nicht weiß?« fragte er ernst. Doch dann stahl sich ein kleines Lächeln in seine Augen: »So, darf ich jetzt zu dir hinaufkommen, damit ich dich endlich küssen kann!«

Er wartete die Antwort nicht ab, sondern erstürmte die Terrasse mit schnellen Schritten, immer zwei Stufen auf einmal nehmend. Schwungvoll umfaßte er Olivias Taille.

»Halt!« rief diese aus. Allerdings ohne sich aus seinem Griff zu entwinden. »Erzähle mir zuerst, warum du wußtest, daß Valliseau der gesuchte feindliche Agent war! Wie konntest du, bei der großen Zahl der Emigranten, gerade ihn als den Schuldigen entlarven?« Der Herzog grinste und rollte die Augen: »Das verdanke ich meinem sechsten Sinn«, verkündete er theatralisch.

Olivia zwinkerte belustigt: »So sei doch ernst«, forderte sie. »Wieso hattest du den Vicomte in Verdacht?«

Wellbrooks ließ sie los und ging ein paar Schritte, nach den richtigen Worten suchend: »Mat hatte mir erzählt, daß ein oder mehrere Franzosen darauf angesetzt waren, seinen Aufenthaltsort herauszufinden und ein wichtiges Schriftstück an sich zu bringen. Es stand außer Frage, daß sich die Spione in die Gesellschaft eingeschlichen haben mußten. Wie sonst hätten sie sich an Mats Freunde heranmachen können? Dadurch schied die Mehrzahl der Emigranten von vorneherein aus. Das Kriegsministerium hatte den Verdacht, der oder die Franzosen würden sich englischer Helfer zur Erreichung ihres Zieles bedienen. Nun gab es nicht viele Menschen, die über Mats Aufenthalt Bescheid wissen konnten. Nach den acht Jahren, in denen er nicht mehr in der Gesellschaft gesehen wurde, wußte kaum jemand etwas über ihn. Seine Mutter war nicht in London. Sein Bruder in Belgien. Also blieben nur MacAlister und ich. Wir rechneten damit, daß jemand unter einem Vorwand an uns herantreten würde, in der Hoffnung, uns zu täuschen und Mats Aufenthaltsort zu erfahren. Wir wußten nur nicht, wie das vor sich gehen sollte.«

Er unterbrach kurz. Olivia sah ihn erwartungsvoll an. Als der Herzog fortfuhr, blieb seine Stimme weiterhin ernst. Doch ein vergnügtes Blinzeln in seinen Augen war nicht zu übersehen: »Dann bist du gekommen, meine Liebe, und wolltest Mats Adresse wissen. Ich hatte dich so oft in Begleitung des Vicomte gesehen. Da war es nicht schwer, ihn als den gesuchten Spion zu entlarven.« »Aber…« unterbrach ihn Olivia entgeistert«, »aber ich fragte dich doch nicht auf Valliseaus Veranlassung. Ich fragte dich, weil ich es Marilla versprochen hatte!«

Das Lächeln auf dem Gesicht des Herzogs vertiefte sich, und doch antwortete er mit einer Spur Verlegenheit in seiner Stimme: »Das weiß ich inzwischen.«

»Ja, aber dann…« Olivia war noch immer fassungslos.

»Es war reiner Zufall«, gestand er. »Ich war wohl eifersüchtig auf Valliseau, dem du so viel Aufmerksamkeit schenktest. Und als du mich dann nach Mat fragtest, unter dem absurden Vorwand, du wärst mit seiner Frau befreundet. Da lag es für mich auf der Hand, wer hinter deinem Interesse stecken mußte.«

»Du guter Gott!« entfuhr es Olivia.

»Ich berichtete Mat von meinem Verdacht, und er behielt den Vicomte im Auge. Natürlich erwähnte ich mit keinem Wort meinen Verdacht gegen dich.«

»Wie freundlich von dir«, entgegnete Olivia trocken. »Hast du deinem Freund nachträglich gestanden, daß es ein falscher Verdacht war, der dich auf Valliseaus Fährte brachte?«

»Aber natürlich nicht!« rief Wellbrooks belustigt. »Mat ist doch so stolz, einen Freund mit einem derart ausgeprägten detektivischen Spürsinn zu haben!«

Olivia lachte laut auf, der Herzog stimmte in das Lachen ein.

So fand sie der Butler des Hauses, der gekommen war, um den späten Gast zu verständigen, daß das Essen serviert worden sei.

Der Herzog reichte seiner Verlobten den Arm, und sie folgten ihm in das Speisezimmer. Der Tisch war für eine Person gedeckt, und ein Diener war dabei, Platten und Schüsseln voll von dampfenden Gerichten aufzutragen.

»Du gestattest, daß ich mich in Reitkleidung zu Tisch begebe? Ich fürchte, mein Abendanzug hat in den Satteltaschen keinen Platz gefunden.«

Olivia nickte lächelnd und nahm an der Tafel zur Rechten von Wellbrooks Platz. Nachdem sie abgelehnt hatte, sich an dem Mahl zu beteiligen, zogen sich die Diener zurück. Nicht ohne zuvor gebeten zu haben, Seine Gnaden möchte läuten, wenn er ihrer Dienste bedürfe. Als sie alleine waren, wandte sich Olivia ihrem Verlobten zu: »Jetzt wird mir langsam so einiges klar. Valliseau bediente sich tatsächlich eines Engländers zur Verwirklichung seiner schandhaften Pläne. Allerdings sollte weder MacAlister ausgehorcht werden, noch du, sondern ich!«

Der Herzog blickte überrascht von seinem Teller auf. Da erzählte sie ihm von ihrer Bekanntschaft mit dem Schuhmacher Stevens und wie sich dieser in ihr Vertrauen geschlichen hatte: »...aber ich bin sicher, daß Valliseau hinter all dem steckte. Wenn man bedenkt, daß der Überfall inszeniert war. Ein Handtaschenraub auf offener Straße! Noch dazu am hellichten Tag. Welches Risiko sie dabei eingegangen sind! Und doch war es ein kluger Schachzug. Nie hätte ich auf einen Zusammenhang dieses Vorfalls mit dem Vicomte geschlossen.«

»Er mußte auf irgendeine Art von der Verheiratung von Marilla mit deinem Vater erfahren haben«, mutmaßte Wellbrooks.

»Richtig. Ich selbst habe es ihm erzählt. Jetzt erinnere ich mich auch, daß er mich einmal im Theater gefragt hat, ob ich meinen verschollenen Stiefbruder wiedergefunden hätte. Als ich verneinte, schien er mir nicht zu glauben. Vielleicht dachte er, ich hätte einen Grund, ihm nicht die Wahrheit zu sagen. Also fragte er nicht weiter, sondern ließ sich die Sache mit dem Schuster einfallen. Er konnte ja nicht wissen, daß dieser erst recht nichts aus mir herausgebracht hätte. Schließlich hielt ich ihn für einen aufdringlichen Gläubiger!«

Der Herzog staunte: »Das ist wirklich eine abenteuerliche Geschichte! Und als Valliseau auf diesem Wege nichts erreichen konnte, kam ihm der Zufall zu Hilfe und brachte Lady Marilla nach London.«

»Das war kein Zufall«, klärte ihn Olivia auf. »Dieser abgefeimte Schurke hatte einen Boten nach Redbridge Manor geschickt und vorgegeben, daß ich es sei, die Marillas Anwesenheit in London dringend wünschte! Diese zögerte nicht lange und machte sich auf den Weg...«

»Alle Achtung!« murmelte der Herzog, die Taktik des Franzosen anerkennend. »Und seine Rechnung ging letztendlich doch auf. Zwar war es nicht Marilla, die ihren Sohn verriet. Doch dieser hat sich selbst verraten.«

»Ja, und dabei fing er sich so rasch wieder, daß ich meinen Verdacht, es könnte sich bei dem französischen Dandy um Lord Sudbury handeln, rasch wieder verwarf. Valliseau hingegen ließ sich nicht täuschen.«

»Wie kam es, daß du Verdacht gegen den Franzosen schöpftest? Warum hast du gewußt, daß von ihm Gefahr für Mat ausging?«

Mit knappen Worten erzählte sie ihm ihr Erlebnis in dem abgelegenen Teil der Gärten, als sie das Gespräch zwischen dem Vicomte und seinem Begleiter belauscht hatte.

Der Herzog hatte sein Mahl beendet.

»Du hättest getötet werden können«, sagte er, als er sich erhob und Olivia die Hand reichte. »Du bist wirklich eine tapfere Frau. Und doch...«, setzte er mit einem kleinen Lächeln hinzu, »...nicht tapfer genug, um Dich der vornehmen Gesellschaft zu stellen und die Glückwünsche zur Verlobung entgegenzunehmen. War das der Grund für deine Flucht aufs Land, meine Liebe?«

»Aber nein. Natürlich nicht. Ich habe die Einladung zu dieser Reise bereits vor vielen Tagen erhalten«, verteidigte sich Olivia. »Doch was ist mit dir? Hast du dich heute den Gratulanten gestellt, die dich aufgrund der Anzeige in der *Gazette* aufsuchen wollten?«

»Was? Ohne Braut im Arm?!« entgegnete Wellbrooks.

»Auch nicht gerade tapfer«, neckte ihn Olivia.

Da hielt Wellbrooks endgültig den Zeitpunkt für gekommen, seine Angebetete in die Arme zu schließen.

Unterhaltsame Literatur

Eine Auswahl

Sue Henry
Wettlauf durch die weiße Hölle
Roman
Band 11338

Richard Hey
Ein unvollkommener Liebhaber
Roman
Band 10878

James Hilton
Der verlorene Horizont
Ein utopisches Abenteuer irgendwo in Tibet
Roman
Band 10916

Victoria Holt
Königsthron und Guillotine
Das Schicksal der Marie Antoinette
Roman
Band 8221

Treibsand
Roman
Band 1671

Barry Hughart
Die Brücke der Vögel
Roman
Band 8347

Die Insel der Mandarine
Roman
Band 11280

Meister Li und der Stein des Himmels
Roman
Band 8380

Rachel Ingalls
Mrs. Calibans Geheimnis
Roman
Band 10877

Gary Jennings
Der Azteke
Roman. Band 8089

Marco Polo
Der Besessene
Bd. I: **Von Venedig zum Dach der Welt**
Band 8201
Bd. II: **Im Lande des Kubilai Khan**
Band 8202

Der Prinzipal
Roman
Band 10391

James Jones
Verdammt in alle Ewigkeit
Roman. Band 11808

Fischer Taschenbuch Verlag

fi 1220/9d

Unterhaltsame Literatur

Eine Auswahl

Michael Mamitza
Fatum
Roman. Band 11264
Feran
Roman. Band 11553
Kismet
Roman
Eine türkisch-deutsche Liebesgeschichte
Band 11053

Andreu Martín
Don Jesús in der Hölle
Kriminalroman
Band 11435
Hammerschläge
Roman
Band 11434

Manfred Maurer
Furor
Roman. Band 11290

Jon Michelet
Hotel Coconut
Roman. Band 10034
In letzter Sekunde
Thriller. Band 8374

Werner Möllenkamp
Hackers Traum
Ein Computerroman
Band 8720

Hubert Monteilhet
Darwins Insel
Ein fabelhafter Roman vom Ursprung der Arten
Band 8718

Leonie Ossowski
Die große Flatter
Roman. Band 2474

Alfred Probst
Amideutsch
Ein kritisch-polemisches Wörterbuch der anglo-deutschen Sprache
Band 7534

Micky Remann
Der Globaltrottel
Who is who in Katmandu und andere Berichte aus dem Überall
Band 7615

Ann Victoria Roberts
Louisa Elliott
Roman
Band 11126

Erik Rosenthal
Der Algorithmus des Todes
Ein mathematischer Kriminalroman
Band 8714

Fischer Taschenbuch Verlag

fi 1220/8f

Pearl S. Buck

Ein angenehmer Abend
Erzählungen
Band 8330

Antwort auf das Leben
Band 8327

Die Frauen des Hauses Wu
Roman. Band 8387

Die Frau, die sich wandelt
Roman. Band 8329

Geheimnisse des Herzens
Erzählungen
Band 8331

Land der Hoffnung, Land der Trauer
Roman
Band 8325

Letzte große Liebe
Roman. Band 8335

Die Liebenden
Erzählung
Band 8328

Die Mutter
Roman. Band 11662

Morgens im Park
Erzählungen
Band 8333

Nächsten Samstag und auf ewig
Erzählungen
Band 8326

Ostwind – Westwind
Roman. Band 11661

Ruf des Lebens
Erinnerungen an mein China
Band 10197

Wie Götter werden
Roman
Band 8334

Eine wunderbare Frau
Roman
Band 8332

Zurück in den Himmel
Erzählungen
Band 8336

Meine schönsten Erzählungen der Bibel Altes Testament
Band 8323

Meine schönsten Erzählungen der Bibel Neues Testament
Band 8324

Fischer Taschenbuch Verlag

fi 1570/2

Valmai Howe

Sarahs Herz

Roman. Aus dem Amerikanischen von
Anne Steeb und Bernd Müller
Band 10870

Sarah Ashton ist ein ungewöhnliches Mädchen aus einer ungewöhnlichen Familie. Ihr Vater ist ein überzeugter Kommunist und Streikorganisator im Australien der sechziger Jahre, der seine stille und duldsame Frau ausbeutet, seine Schwiegermutter, eine vornehme und herzensgute Aristokratin, verachtet und seine hochintelligente Tochter zu manipulieren versucht. Seit man bei Sarah einen hohen Intelligenzquotienten festgestellt hat, ist sie Objekt und Opfer des väterlichen Ehrgeizes. So drängt er sie, gleich nach dem Ende der High-School eine »solide« Ausbildung als Krankengymnastin anzufangen. Aber Sarah beginnt, eigene Wege zu beschreiten, und nimmt zunächst mit ihrer Freundin Emma einen Sommerjob in einem exklusiven Sanatorium an. Dort lernt sie Leon, einen merkwürdigen Arzt mit mysteriöser Vergangenheit, kennen. Zwischen beiden entwickelt sich eine stürmische Liebesaffäre, die im Lauf der Jahre, die nun folgen, immer schwieriger wird. Sarah wird stets aufs neue bedrängt von Leidenschaften, echten und falschen Rücksichten und Erwartungshaltungen, die an sie herangetragen werden, bis sie versteht, welche Art von Freiheit zum Erwachsenwerden führt.

Fischer Taschenbuch Verlag

fi 1606 / 1